Stefan KJ Högberg

PÅ HEDERSORD

roman

© Stefan KJ Högberg 2016
Förlag: BoD – Books on Demand, Stockholm, Sverige
Tryck: BoD – Books on Demand, Norderstedt, Tyskland
ISBN: 978-91-8027-904-8

Del 1

1

Du tog dig fram på alla fyra längs dikesrenen. I mörkret, vätan. Trevade med händerna framför dig. Letade, skrek. Och till slut fann du honom.

Din son bara låg där. Du kommer aldrig att kunna förlåta dig själv, sa du till mig efteråt. Vad som än händer kommer du aldrig att bli kvitt skulden. Den stora förbannade skulden. Alla duster som du och Oskar hade haft, dusterna om det där med att leva farligt. Dina ord som vägde tyngst, så som det ska vara i en relation som er. Din syn på dig själv som hård men rättvis, obeveklig när det gällde. Plikten, din plikt. Du var den som skulle skydda från faror och risker.

Filip, jag vet. Jag vet att du månade om din grabb som vilken pappa som helst. Din Oskar som nu hade blivit så stor, ett blad till och en ung man hade tittat fram. Du såg dagen när han skulle tacka dig för din omsorg komma.

Men så gjorde du undantaget, det enda. Allt fick skrivas om. Det är svårt Filip, jag fattar att det är svårt. Din ovissa framtid, dina nya djupa sår som aldrig läker. Men det var inte mitt fel, det som hände din son. Är det vad du tror vet jag inte vad som tagit åt dig.

*

Varje gång Filip berättat om olyckan har han haft samma skärpa i detaljerna. Alltid lika inlevelsefullt, lika målande. Ibland har han upprepat sig, ältat. Ropat ut att han är största egot på jorden. Sedan har han tittat på mig, gråtit stilla och ställt samma fråga igen. Den om hur han kunde vara så självisk.

Jag har funnits där när han behövt mig. Jag har aldrig svikit trots att jag saknat svar. Min egen son gör att jag kan leva mig in i vad som hänt. Vi hade något mer än ett grabbigt kompisskap, Filip Silverstrand och jag. Allt det som var, innan han beslöt sig för att försvinna från mig. Filip, den älskvärde, den svekfulle. Nu är han borta och jag vet inte varför. Det måste handla om oss, om mig, inte bara om Oskar. Filip undviker mig och jag står inte ut med ovissheten längre. Jag kommer att leta upp honom. Jag måste leta upp honom och ställa honom mot väggen. Backa tillbaka till allt vi har gjort.

Han var utan cigaretter den där snöfria, kolsvarta vinterkvällen då det var så dålig sikt. Filip var inne i en grandios blossarperiod just då, som han uttryckte det. Sög i sig minst två paket om dagen utan att hymla det minsta. Andra perioder kunde han sky tobak som pesten.

Hans celebra middagsgäster hade brutit upp, med ett lämpligt antal glas innanför västarna. Snart var bara en mycket god gammal vän kvar, en chefredaktör från tiden på barrikaderna. De hade för avsikt att avsluta kvällen med att sätta sig ner och lösa åtminstone ett par av världsproblemen. Filip hade precis hällt upp två glas maltwhisky när han upptäckte att rökat var slut. Bilden kändes inte komplett. Världsproblemen skulle förbli olösta utan tobak.

Oskar bodde hos sin pappa den helgen. Det hände inte så ofta. Svag musik kunde höras från övervåningen i den stora gamla lantvillan som Filip disponerade just då. Renoveringsobjektet, drömobjektet. Grabben hade varit med under middagen, lämnat bordet när ämnena blivit mossiga och ointressanta. Far och son log mot varandra när Oskar bar sin tomma tallrik till diskbänken och släntrade ut från matsalen. Och Filip log varje gång han berättade för mig, just på det här stället. De skulle göra något kul dagen därpå, bara de två. Det var ett löfte. De hade fin kontakt trots att det var Oskars mamma som hade den formella vårdnaden.

Filip bad sin gäst vänta ett ögonblick och så gick han uppför trappan. Han tänkte be sin son om en enkel tjänst, bara just ikväll.

Tonårskroppen låg utsträckt på sängen. En tidning framför ansiktet, musik strömmande ur datorn, ingen ansats att sänka volymen eller ens titta upp bara för att farsan kom in. Filip kände sig inte berusad, men stramade upp sig mentalt ändå. Det var aldrig populärt när farsan drack whisky, inte ens i måttliga mängder. Det visste han. Filip dricker aldrig mer än måttligt, och endast vid speciella tillfällen med speciella personer. Det blir aldrig ett glas för mycket. Skärpan får aldrig gå förlorad.

Men Oskar tyckte ändå inte om det. Inte lukten, inte stämningsförändringen, inte rösten. Inte att farsan valde att ha mottagning i bästa gästfåtöljen just en helg när Oskar var där. Bara den här gången, bara just den här helgen, bara just den här kvällen. Redan i morgon skulle det vara annorlunda. Och nästa gång skulle de bara ägna sig åt varandra, hela långa helgen. Tummis på det.

Nästa gång ja.

Filip sträckte fram handen och drog långsamt undan tidningen under Oskars näsa. Oskar sa inget, tänkte låta farsan tala tills han fått ur sig det han måste. Han prövade sin far, låtsades att han inte förstod. Filip dansade runt sin fråga, jamsade.

Han har imiterat sig själv när han berättat, överdrivit, gjort karikatyr på sitt arma jag. Riktat knytnävar mot sitt eget ansikte.

Grabben visste inte exakt, men han visste att något konkret skulle komma. Något han skulle bli ombedd att göra. Så var det när gäster fanns kvar i huset. Viktiga typer, sådana som satt därnere i otålig väntan på att värden skulle fjäska lite mer för dem, skratta lite högre och lite mer tillgjort för dem. Röka och dricka med dem, ignorera sin son med dem.

Långt därinne skämdes han väl, Filip. Det här var totalt emot hans egna principer. Han var i färd med att rasera något som han byggt upp med alla sina krafter. Han hade gjort vad han kunnat efter skilsmässan. Och nu stod han där för att visa upp att han inte levde som han lärde, att hans ord och hans förmaningstal inte var mycket att ta på allvar.

Men det var ju ändå han som var farsan. Det var han som bestämde. Och Oskar sken upp när frågan slutligen kom, kunde inte hålla tillbaka. Det här var något annat. Kylan skar i det kompakt svarta därute, men det struntade han i nu. Farsans jamsande hade oväntat utvecklats till en serverad chans, en chans Oskar måste ta då den kunde vara ytterst flyktig och förgås innan man visste ordet av.

Oskar hade storligen gillat det han sett när han kom till huset dagen innan. Två spritt nya mopeder parkerade vid verandan. Han hade fått röra och han hade fått sitta, men han hade absolut inte fått köra. Det kom inte på fråga. Men när tiden och mognaden var inne, då självklart. Då skulle han få ta ett eget förarbevis. Oskar hade plutat truligt med underläppen, sett yngre ut än han var. Det var för helsike evigheter dit, hela världen hann väl gå under innan dess.

Filip hade klappat grabben över hans tjocka mörka hår medan han provsatt. Oskar som var fjorton år fyllda och tyckte att ett år var en evighetslång tid.

Hela världen hann gå under innan dess.

Filip satt i fåtöljen igen och sa till sin vän att det inte skulle dröja länge nu. Ordningen var snart återställd. Det var inte så långt till närmsta butik. De hade öppet sent och brydde sig inte så mycket om åldersgränser. Ägaren kände Filip, kände hans barn. Allt var lugnt.

En liten sipp ur whiskyglaset, några skratt av välmående. Så en dov duns, avlägsen. Strålkastare spelande över innertaket, ett djupt motorljud som snabbt avtog.

Försvann bort. Smet.

Filip mindes precis känslan, sa han till mig. Återupplevde den då och då. Den där känslan av att veta fast man egentligen inget visste. Den där känslan av att vara tvungen att agera, på vilket sätt som helst. Absolut inte avvakta, inte tillåtet att vänta. Bara agera.

Han for fram mot fönstret som vette mot verandan, mot uppfarten, bort mot den smala vindlande vägen som ledde till de tre glest liggande tomterna varav en var Filips. Drömtomten. Han såg inget därute. Jo, kanske ett svagt sken mitt i det svarta. Kanske något som glimmade.

Han tog inte på sig någon jacka på vägen ut. Han hade inget minne av några skor. Men något måste han ha fått på fötterna, för han mindes inga blöta strumpor heller. Inga kalla fötter på sjukhuset sedan. Inte på det viset.

Filip såg knappt något framför sig, ökade ändå på stegen, sprang allt fortare. Inte en tanke på en ficklampa när han lämnade verandan. Han famlade efter mobilen i fickan, snubblade och stöp i backen. Han har visat mig ärret efter skrubbsåret på knäet många gånger. Jag har känt på hudens utbuktning med mina fingertoppar, försiktigt. Filip vrålade ut i tystnaden. Svordomar först, förbannelser över sig själv, sin klumpighet, sin tankspriddhet. Banala saker, som för att hålla det han nalkades på avstånd ett litet tag till. För han visste ju, kände sig allt säkrare. Snart skulle han få vråla igen, det arga skulle övergå i något annat. Något avgrundsdjupt, något otröstligt.

Han kom inte på fötter efter sitt fall, behövde inte. Stapplade bara en liten bit och var framme. Han föll ner igen, långsamt ner på alla fyra. Kröp längs dikesrenen nu, slog larmnumret med ena handen och trevade i blindo framför sig med den andra. Här var det. Här någonstans var det.

Mardrömsvärlden. Den han trädde in i, precis då.

Vardagsproblemen, lyxproblemen. De som fanns i den vanliga verkligheten. Så avlägsna nu, så lyxiga nu. Tunna ord, tyckte Filip i sitt sorgearbete efteråt. Klichéartade. Sitta och jämföra vardagsproblem med verkliga problem, vad var det? Men han kunde inte beskriva det han upplevde på annat sätt.

Filip och klichéer hade alltid varit motpoler. Han undvek dem, hatade dem, retades med folk som använde dem. Men efter olyckan kunde han prisa dem. Det gick inte att gömma sig i ett hål och bara släcka ner allt ansvar, hur dyster verkligheten än var. Det har man inte rätt till, sa han. Man måste visa ansiktet inför alla som artigt deltar i ens sorg och det är då klichén kan vara så användbar. Det är då det händer att inga andra ord finns.

Filip kunde inte stoppa blodflödet där i diket. Borta var hans prominenta gäst och ryggklapparna och skålandet med whiskyglasen och de affärsmässigt löftesrika blickarna och berömmet över hans nya lantliga residens och hans gästvänlighet och hans fantastiskt trevliga sätt och ... Borta var husrenoveringen, de fina mopederna, barnens förarbevis, allt det där som skulle göra allt så mycket bättre.

Filips ögon hade anpassat sig till mörkret och han kunde se blodet som ymnigt sipprade mellan hans egna fingrar. Oskar låg på rygg, fadern höll upp hans hjälmlösa huvud med ena handen och försökte lokalisera såret med den andra. Ovansidan av skallen, där kändes det varmast. Där var det. Det var nästan skönt. Filip lade ner Oskars huvud igen, ömt, skakigt, höll runt huvudsvålen med båda händerna. Mer blod som kletade i det tjocka håret, mer som rann längs tinningarna och in i öronen. Öronen som kanske inte kunde höra hur det rann.

Oskar krockade med en bil bara hundrafemtio meter från tomten när han var på väg att köpa cigaretter till sin pappa. Hjälmen flög av hans fjortonåriga huvud, remmen var inte fastspänd. Vägen var alldeles för smal för ett säkert möte, till och med på moped. Föraren av bilen smet men Filip visste. Bilen måste ha tillhört någon av granngårdarna på ett eller annat sätt. Den slingriga vägen ledde ingen annanstans.

Oskar slutade andas i ambulansen på väg till sjukhuset. Dödstidpunkten sattes till 23:36, en stund efter ankomsten till akutmottagningen. Men för Filip var allt förbi där bak i ambulansen, det var där hans son slutade andas för honom. Det han såg när båren och Oskars smutsiga gymnastikskor skumpade iväg genom okända korridorer var bara materia.

Hittade man bilföraren? Knackade man dörr? Satte man dit någon? Filip har inte varit tydlig med det. Det har inte känts relevant, inte för någon av oss. Han har hela tiden sett sig själv som den vållande, den ansvarige, den skyldige. Den som får bära det tunga oket för resten av livet.

Men han har sagt att han skulle kunna döda vilken rattfull dåre som helst med sina bara händer om han bara fick chansen.

*

Samma natt talade du om för mig vad som hade hänt. Du var tydlig med att du behövde några veckors bearbetning i ensamhet och inte kunde ses på ett tag. Responsen på min utsträckta hand fick vänta. Motvilligt accepterade jag och efter ett par månader var du redo. Du dök upp och vi kunde prata igen. Om förlusten, om livet.

Vi kom närmare varandra än någonsin. Det var som om minnet av Oskar förenade oss. Du levde upp igen, Filip. Jag kände att jag bidrog. *Trodde att jag bidrog, trodde att jag betydde något.*

Men så en dag bröt du. Tittade på mig med konstig blick och försvann. Du gjorde dig onåbar, undvek mig, sket fullständigt i mig. Nu fanns ingen tidsfrist, bara locket på. Jag fattade ingenting. Fattar ingenting.

Efter lång tystnad kom ditt brev. Jag sprättade upp det som besatt. Här kom äntligen förklaringen, tänkte jag. Återföreningen. Ursäkten. Jag reagerade förstås på att du skickat brevet från ett sjukhus. Nu var det du som var inlagd men du talar inte om varför. Istället ser jag anklagelser mellan raderna. Du ställer en massa öppna frågor som jag inte har några svar på. Ingen handlar om att ta kontakt med mig igen, om att ses. Tvärtom.

Utskriven från sjukhuset sedan länge, adresslös, utraderad. Du lämnar mig i ett slags limbo efter allt vi upplevt, efter all tröst jag skänkt. Din skitstövel.

Om det är något posttraumatiskt som gripit dig var det just ett snyggt sätt att tala om det på. Nej, jag är rädd för att det handlar om oss. Om att du har ångest över det vi gjort, att du fegt backat tillbaka till det vanliga. Det accepterade.

Det vore synd, så synd.

Det var inte mitt fel, det som hände din son. Det är inte jag som är redaktören från barrikaderna som satt och suktade efter cigg i din fåtölj.

Om du inte förstår det får jag ingen frid.

2

Jag ligger ensam på sängen och lyssnar på dunket av lös plåt på taket. Stundtals är det rytmiskt och sammanfaller med mina egna hjärtslag. Därpå kusligt tyst trots att vinden pinar vidare därute. Jag känner mig utslagen. Först en hård dag på jobbet och sedan en höggradig förbränning i löparspåret. Med blåsten kommer en stämning. Den där tänkarstämningen som är så lätt att frammana numera.

Jag tänker förstås mycket på breven jag skrivit de senaste veckorna. Aldrig tidigare har jag varit brevskrivartypen. Men jag fann en ny ådra hos mig själv när jag började skriva till Filip. Nu har det utvecklat sig till ett måste. Jag skriver till honom fast jag inte vet om han läser det jag skriver. Jag vet inte ens om han får breven.

Jag vet ingenting. Min resa har bara börjat.

För att spara pengar hyr jag övervåningen på en tvåvånings-villa i Rosenlund, på östra sidan om kanalen som delar Söder-tälje. Jag är ensamstående och har en nioårig son som bara bor hos mig vissa helger. Boendeformen duger bra. Villan är från femtiotalet, mycket välskött och bara försiktigt modifie-rad. Det har bara handlat om små förbättringar och an-passningar genom åren, som ägarinnan Linnea säger.

Linnea bor på nedre plan. Hon är sällan sen med att fram-hålla sin bortgångne mans enastående förmåga att hålla allt i skick. Han var så smidig. Han var igång kontinuerligt, men inte så att någon lade märke till det. Målade han om fasaden, då målade han en liten bit i taget liksom i smyg. Så stod där ett nymålat hus utan att någon riktigt fattade hur det hade gått till.

Det skimrar om Linnea varje gång hon pratar om Kurre. Jag undrar hur mycket hon egentligen förskönar. Det var en herrans massa år sedan han gick bort från henne och det är klart att det är de fina stunderna hon vill minnas. Linneas minne fungerar på bästa sätt. Det skulle inte falla mig in att antyda något för henne om vad jag tänker. Stundom har jag noterat små tecken som tyder på att det inte alltid var en dans på rosor att vara gift med en sjöman som var borta stora delar av året.

Det kan vara en liten ryckning bakom en djup fåra jag ser. Bortom den behagfullt patinerade fasaden kan det hända att jag skönjer en gammal plåga. Men det är bara i undantagsfall. Damen jag lärt känna är vänlig, rolig och rapp. Damen som jag tycker om att bo hos.

Jag bryr mig om Linnea. Jag har skäl att oroa mig för henne om den där gamla plågan skulle börja visa sig oftare.

En gång hände det att något kom som var tydligare än en ryckning. Jag var yrvaken och förstod först inte vad jag hörde. Det var mitt i natten och det kom skrik från nedervåningen. Jag ville inte att det skulle vara Linneas skrik.

Det var inga långdragna arior som höll mig vaken i timmar. Det var bara några korta rop, men de lät fasansfulla och jag kommer att minnas dem länge. Jag tror att det var ångest och rädsla jag hörde den natten, och bland de få ord jag kunde uppfatta fanns både Kurt och Kurre med. Det var en våndans mistlur som ljöd därnere och jag tackar för att den fattade sig kort. Jag gick inte ner för att kolla läget och det kan jag ångra ibland.

Men det här var länge sedan och jag har inte hört något liknande sedan dess. Jag kunde inte se några spår på Linnea när vi stötte på varandra dagen efter. Hon var lika glad och rapp som vanligt.

Jag har fått frågan om Linnea kan tänkas vara min gamla mamma. Jag har skrattat till svar. Hur kan man tro det? Det här handlar för fasen om min hyresvärdinna. Någon mamma har jag inte sett mycket av i livet. Jag insåg tidigt att det gick utmärkt att klara sig utan mor då min riktiga definitivt raserade det lilla frö till kontakt vi hade genom att sticka och strax därpå dö.

Jag var bara barnet då det hände, men stor nog att klara mig. För någon verklig och närvarande pappa kan jag inte heller påstå att jag haft.

Jag kör igång en spellista och dunket från takplåten dränks. Jag tittar på pappershögarna som ligger på bordet intill sängen, väljer en speciell låt och tänker mer på Filip. Jag har skrivit mina brev för hand. Mitt i denna digitala värld har jag använt penna och papper. Det hade jag inte gjort på åratal innan jag startade denna ensidiga kommunikation.

Filip Silverstrand. Visionären, mångsysslaren, älskaren. Mannen med förmågan att engagera sig i tusen saker på en gång.

Mannen som njuter av mycket liv och rörelse runt sig, helst hela tiden. Han som älskar människor och människor som älskar honom. Han som hatar att välja bort saker bara för att tiden inte vill räcka till. Det är inte argument nog, som han säger. Filip som blir frustrerad när han tvingas inse att han är slav under klockan som alla andra.

Då kan han släppa påbörjade projekt demonstrativt för att aldrig mer röra vid dem eller ens nämna dem. Då är de borta för honom. Helt. Han blir uppretad om man nämner dem.

Min vän Filip som förlorade sin son. Jag vägrar prata om hans egenskaper i något annat än nutid. Han är borta men han är inte död. Så är det bara. Jag räknar med att han har lika många strängar på sin lyra fortfarande, att det är ett kroniskt tillstånd. En gåva, inte en åkomma.

Min vän Filip. Var han än är. Mitt skratt är glädjelöst.

Historien kring mopederna har en tendens att hemsöka mina tankar. Ibland känns det som om antalet moppar omkring mig har ökat, som om de förföljer mig. Bara för att jag inte har tänkt på dem innan. Så måste det ju vara.

En tid före olyckan arbetade Filip med EU-frågor om trafik. Jag hade bara känt honom i några månader och hade snabbt fångats av den långe livsnjutaren. Avundats. Han var frånskild och hade nyligen blivit ägare till den över hundra år gamla lantvillan, där drömmarna skulle uppfyllas. Huset låg på en rejäl tomt om närmare femtusen kvadratmeter i trakterna av Källsta, åt Nynäshamn till. Filip bodde där ensam förutom under de korta perioder när hans barn fanns hos honom.

Renoveringsbehovet var stort och Filip skulle hålla i trådarna själv. Naturligtvis. Han hade både kunskapen och kontakterna. Vi var många som hyste tvivel inför hans storslagna föresatser, men det var inte starkt. Han hade lyckats förr, så varför inte lyckas en gång till? Det lät ju så självskrivet. Öppet framlagda planer för alla som ville och inte ville lyssna. En bombastisk kontrast till Linneas diskrete Kurt som pysslade i skymundan.

Jag hälsade på Filip därute en gång under förevändningen att han ville prata med mig om ett antal trafiklagar som stiftats inom EU och som var på väg att anpassas för svenskt bruk. Han ville ha min åsikt då jag vid tidpunkten hade ett konsultuppdrag för Trafikverket. Jag tvekade inte att komma, ilade iväg och kanske hade jag till och med något rosenrött över kinderna.

Filip bjöd på utsökt hembakt rabarberpaj med vaniljsås. Rabarbern hade han odlat själv i trädgården och han var noga med att visa mig spåren på händerna efter allt rotande i vegetationen. Han hoppades att det inte gjorde något att det fanns lite jord kvar under naglarna. Att jag inte skulle bli äcklad av det.

Det var ett nyupptäckt intresse, sa han. En enkel man kan inte ana hur mycket gott det finns att laga bara med hjälp av egna odlingar. Han struntade i min avvärjande gest när han bestämde att jag hädanefter skulle göra likadant.

Två granna mopeder stod parkerade på uppfarten, omöjliga att missa. Snart stod det klart att Filip hade åsikter om den nya mopedklassningen. Han berättade stolt att de färgsprakande tvåhjulingarna var nyköpta. Och inte bara det, båda tillhörde något som hette klass I och som skulle tillämpas i Sverige till hösten. Det skulle bli en klass I och en klass II.

"Det fina är klass I", sa han och händerna gestikulerade allt intensivare. Jag studerade honom när han gick på. "Dessa springare får gå i fyrtiofem, men det bästa är att ett särskilt förarbevis ska krävas för att få grensla sadeln. Åldersgränsen ska vara femton för båda klasserna, men alla ungdomar som vill ha en moppe av riktig klass måste lära sig trafikregler först."

"Okej", sa jag.

"Okej? Gosse, det är för farao supervettigt! Jag gillar inte klass II, den har kommit till som en ren och skär nödlösning. Moppar för cykelbanor, gamla och skitiga moppar som inte kräver bevisat förarvett. Jag har klurat på hur jag ska få min röst hörd för att få klassen slopad redan från början."

Vi lämnade köksbordet och gick en lov runt tomten. Filip pekade på mopederna och han pekade bort längs den slingrande vägen bortom tomten. Han tände en cigarett och sög på den en stund.

"Titta på vägen som går hit", sa han. "Krokig, smal och härlig. Vad ska vi med en breddning av den till om vi kan minska ner biltrafiken till förmån för den smarta EU-moppen? Härute är moppen i sitt esse lika mycket som den är det i stan. Och jag skulle säga att den är miljövänligare än bilen."

När Filip och jag jobbade tillsammans var det verkligen inte tal om några miljöfrågor, tvärtom. Nu kastade han huvudet bakåt i ett skratt, skakade på det sedan. Askade cigaretten i luften, nickade åt mig. Lockade med att vara den där som alltid överraskade, den som man aldrig riktigt visste var man hade.

Vi fortsatte vår vandring längre ut mot ägornas utkanter och när vi stannat upp vid en gammal igensatt brunn fokuserade han mig med den där blicken som kunde vara så intensiv.

Nu var han allvarlig, lång, vacker. Nu ville han ha min åsikt. Jag som jobbade för Trafikverket och allt. Vad ansåg jag om de nya mopedlagarna? Tyckte jag att EU-lagstiftarna hade rätt? Tyckte jag att *Filip* hade rätt?

Jag var ärlig mot honom. Jag visste ingenting om klassning av fordon. Att jag hade ett uppdrag för Trafikverket betydde inte automatiskt att jag hade åsikter om allt som ligger på deras bord. Det hände att jag funderade på riskerna i trafiken, givetvis gjorde jag det. Men inte så mycket mer.

Filip såg besviken ut, tog mig om axeln och sa att det var okej. Det var okej att jag inte visste något om Trafikverket trots att jag jobbade för dem. Eventuellt kunde han acceptera det, beroende på hur jag tänkte kompensera.

Vi gick in igen och han öste upp mer rabarberpaj på mitt fat utan att fråga. Vräkte på ända ut till kanterna. Snabbt in i mikron, ut igen. Han satte sig mittemot mig, utan att ta något till sig själv. Jag lät honom sitta där och titta på mig medan jag åt. Omväxlande såg han tankfullt ut genom fönstret, omväxlande såg han på mig.

"Det viktigaste är naturligtvis säkerheten", sa han så med dov röst. "Får jag välja går säkerheten före miljön. EU-moppen är ett smart fordon, men jag skulle aldrig drömma om att vara nonchalant och använda den på ett lagvidrigt sätt."

Två mopeder, två barn, tänkte jag. En moppe till Oskar och en till hans syster Ellen.

Men först. Åldern inne och giltiga förarbevis, självklart.

Filip lutade sin breda överkropp långt in över bordsskivan, kom så nära att han kunde sniffa på min tallrik. Han fångade mig, log så att det knastrade i skäggstubben. Jag slutade äta.

"Hördu Teo, din grabb då? Hur tänker du göra? Själv tänker jag vara examinator när jag tvingar ungarna att avlägga ett muntligt prov för mig. Enväldig. Det räcker inte med ett myndighetsutfärdat förarbevis i den här splittrade familjen, ser du. Jag litar inte på myndigheter. Inte som du verkar göra."

Blicken. Övertygelsen.

Och sedan kraschen.

Jag fick några meddelanden under tiden Filip sörjde på egen hand. Välkomna livstecken, men bara i början. Han sa att fastigheten i Källsta fick ryka omgående, måste bort från hans liv. Han bad mig att aldrig mer nämna stället. Det fanns ett bestående avtryck där, precis där i diket innan man ens kommit runt hörnet och fått skymten av residenset. En fördjupning som av en tonårskropp. En svart jävla grop, som ett hål rakt in i tomheten. Jag fattade väl att han aldrig tänkte sätta sin fot där mer? En flyttfirma fick ta hand om bohaget medan Filip höll sig på annan ort.

Klart att jag fattade.

EU:s trafikfrågor var som bortblåsta för honom när ämnet som flyktigast kom på tal. Han som brunnit så mycket för de där sakerna, tänkte jag. Inte ett ord mer sades om det trots att mitt uppdrag för Trafikverket förlängdes.

Jag insåg att det första och tyngsta stadiet av Filips sorgearbete var över när jag råkade på honom under en utbildningsdag på jobbet. Min arbetsgivare betalar en viss summa för fortbildning varje år och nu stod jag och några kollegor och pausade i väntan på nästa föreläsning om själens läkande kraft och den själsliga intelligensen SQ.

Helt oväntat dök han upp i foajén till föreläsningssalarna. När jag förstod vems ryggtavla det var fick jag en tudelad ingivelse som spretade åt vitt skilda håll. Antingen ville jag kasta mig i hans armar och säga att jag var så in i helsike glad att se honom igen eller så ville jag diskret avvika och stänga in mig på närmaste toalett i hopp om att han inte såg mig.

Jag var uppriktigt förvånad över mig själv. Förstod inte varför jag reagerade så. Kände mig nervös efter veckorna ifrån varandra.

Det slutade med att jag tog mitt förnuft tillfånga och betedde mig som en civiliserad människa. Jag knackade Filip på axeln.

"Men visst är det du? Hej!" hojtade jag.

Min vän vände sig hastigt om och tittade ner på mig. Han kändes på något sätt ännu längre än han brukade. Kanske var det jag som krympt.

"Jaså?" sa han bara kort.

Han spände sin intensiva blick i min och den skrämde mig. Han tycktes inte bara längre, ögonen tycktes mörkare också. Mörkare och samtidigt vackrare än någonsin. Vart har sorgen fört honom, hann jag tänka.

"Känner du inte ens igen mig?" sa jag.

"Klart jag känner igen dig! Herregud, Teo! Vänta lite. Kom med här."

Filip ursäktade sig nickande mot personerna han hade stått och pratat med och tog mig lätt om armen för att visa riktningen. Vi hastade iväg en bit bort i foajén och stannade där vi kunde vara ensamma.

"Hur är det med dig?"

Min fråga var inte tänkt att låta slentrianmässig, den skulle vara deltagande.

"Med mig? Toppen! Kolla här ..." Han fladdrade ostyrigt med en broschyr. "Jag har en föreläsning prick klockan tre, det börjar kännas lite pirrigt."

"Föreläsning? Jaså, ska du hålla en av föreläsningarna här? Du gör mig nyfiken! Vad handlar den om?"

"Inte här för farao! För nåt år sen åkte jag omkring och gjorde grejer som det här, men jag tröttnade. Det gav mig inget efter ett tag. Folk från företag, tjänstemän, har en väldigt tröttande effekt i längden. Har du inte märkt det?" Skratt. "Nu reser jag omkring i skolor. Jag har alltid gillat att prata inför ungar. Och *med* ungar också. Jag ska hålla en föreläsning i skolans aula klockan tre. På Västergårdsgymnasiet."

Jag sneglade på broschyren han höll i handen men såg inte vad den ville presentera. Logiken sa mig att den handlade om något annat än personlig och andlig utveckling som utmärkte Folkets hus den här dagen. Filip rullade ihop broschyren i handen innan jag hann se ordentligt.

"Det låter minst lika spännande det", sa jag. "Gymnasie-ungar är bland det mest krävande man kan föreläsa för, det har man ju förstått. Får man fråga vad du ska prata om?"

"Visst får man fråga, men jag tänker inte svara." En klapp på axeln och ett kraftigt skratt i örat, precis som den gamle vanlige Filip. "Jag skojar såklart. Jag föreläser om rattonykter-het. Det har gjorts förr, jag vet, men aldrig på mitt sätt. Det är ett ständigt aktuellt ämne."

Så anades den igen, sorgen i hans ansikte.

Framför mig hade jag en man som visste att bearbeta sin för-lust på bästa sätt. Han åkte runt och agerade presentabelt varnande exempel så att andra inte skulle vara lika dumma som han. Det måste ju ändå vara bra, tänkte jag.

Vi hade inte tid att prata länge. Men gnistan fanns där någonstans, någonstans mellan oss. Resterna av den. Jag blev glad av det och kände mig nöjd med mig själv. Jag hade gjort rätt som tagit kontakt.

"Jag måste springa nu, men du kan väl komma förbi nån gång?"

Filip lät hoppfull.

"Förbi? Ja, visst kan jag komma förbi", sa jag, "men vart ska jag komma? Var bor du nuförtiden? Jag menar, du har ju inte kvar ..."

"För farao, inte ett ord om det där stället! Jag har en lägen-het i stan nu, centralt. På Kaplansgatan."

"Så pass. Men när ska jag ... När är du hemma? Vad tror du om en fika nån gång i helgen till exempel?"

Mitt utslängda bete gav napp.

"Perfekt! Då säger vi så. Ring eller skicka ett mess strax innan bara. Jag kommer att hålla mig hemma en hel del den närmaste tiden. Jag håller på med ett nytt företag som jag dri-ver hemifrån. Hemkontor är vardagsmat så här i IT-tider, du vet."

Mer skratt och så en Filip som varsamt men bestämt lirkade sig fram mellan grupperna av människor som blockerade hans väg. På avstånd såg jag att han åter sällade sig till gruppen han pratade med innan. Han verkade ha en viktig roll i sällskapet jag inte blev presenterad för, alla såg ut att slappna av när han var tillbaka.

*

Filip var som en pånyttfödd, mognare människa när vi började umgås igen. Det hade gått fort, tyckte jag. Det fanns kvällar då vi sörjde tillsammans och han fick öppna den skuldtyngda fadern i sig och vräka ut innehållet inför mig. Men för det mesta var han uppåt och livskraftig igen. Stark och full av idéer, så snart efter tragedin. Jag valde att se det som något bra. Jag valde att tycka om det.

Vi lånade ofta barnen samtidigt från deras mödrar och hittade på saker alla fyra. En ny umgängesform som vi hämtade mycket energi från. Ungarna lämnades tillbaka och vi hade en massa vuxet att prata om och ta itu med, fulla av tacksamhet.

Min son och Filips dotter kom bra överens och det var inte lätt för mig att förklara för min Alfred varför han plötsligt inte fick träffa Ellen mer. För så var det. Efter månader av nära vänskap kom blixten från klar himmel. Ellens pappa packade sina pinaler och stack.

När jag begärde att få veta mer gav han mig som hastigast ett nytt mobilnummer och en adress i Malmö nedkladdad på en lapp. Där skulle han högst troligen bo, sa han. Han menade att det inte var någon större idé att jag försökte söka upp honom där.

Om det nu ens hade varit möjligt.

Det var aldrig någon som svarade på mobilnumret. Adressen i Malmö stämde inte, gatunamnet existerade inte ens i stan. Jag var arg, jag var besviken, jag var ledsen. Till slut var jag uppgiven. All aktivitet hade avtagit på Filips Facebooksida och numret gav ingen träff när jag sökte på olika personupplysningssajter. Samma sajter talade om att Filip bodde kvar på Kaplansgatan, men där fanns inte ett spår av honom. Först var lägenheten tom, sedan hade någon annan flyttat in. Någon som aldrig hört talas om mannen jag sökte. Jag kände mig tvingad att släppa taget. Det fanns något truligt trotsigt över mig när jag gav upp.

Okej, skit i alltihopa då. Tydligen betydde det inte mer än så här för dig, Filip.

Så en dag kom brevet. Linnea hade lagt min post på bänken i hallen precis som vanligt, men allt var inte vanligt den här gången. Ett kuvert utan fönster, med handstil över halva framsidan och med ett snett klistrat frimärke i hörnet var sällsynt.

Linnea hade också noterat det, skarpsynt som hon är. Hon var glad för min skull sa hon och skrockade smittsamt. Hade någon annan haft åsikter om min oöppnade post hade jag blivit irriterad, men när det gällde Linnea brydde jag mig inte. Istället log jag mot henne och sa att det inte alls var säkert att det var den där efterlängtade beundrarinnan som äntligen tagit mod till sig och fått ner några smäktande rader. Det var säkert något helt annat.

Och något annat var det.

I sammelsuriet av ord och anklagelser finns ett antal konkreta händelser skildrade och det är inga solskenshistorier. Varför vill han berätta dem för mig på det här viset? Varför i brevform och varför så diffust? Vad har de med vår historia att göra?

En av händelserna är någon form av olycka. Men det är inte Oskars dödskrasch det handlar om, det är en annan typ av olycka som Filip själv hade en aktiv del i. Där det är han som blivit skadad. Här är hans ton frågande, undrande. Som om han vill veta vad som egentligen hänt, vad han behöver göra för att få rätsida på sitt liv.

Och det är mig han frågar.

Brevet låg där och tittade på mig varje dag efter jobbet. Jag kom att tänka på en vän som studerat psykologi och som sökte jobb som psykoterapeut. Hon måste få läsa det. Analysen fick mig att bestämma mig. Jag måste försöka förklara för Filip vad jag vet och vad jag känt.

Tänk om det är något slags rop på hjälp vi läser.

När jag hade skrivit klart mitt första korta svar och omsorgsfullt klistrat igen kuvertet slog det mig att jag inte visste vilken adress jag skulle skriva på framsidan.

Kaplansgatan kunde jag ju inte ta. Och Malmö funkade inte heller. Skickade jag brevet dit hade Linnea fått plocka upp returen från brevlådan inom kort.

Jag hade granskat hans brev utan och innan, men jag hade inte lagt själva kuvertet under lupp. Jag hade bara snabbt konstaterat att ingen avsändare stod på baksidan och slängt det åt sidan.

Nu såg jag att där fanns ett litet tryck uppe i vänstra hörnet. Kuvertet kom från ett sjukhus, från S:t Görans sjukhus på Kungsholmen i Stockholm. Fanns Filip på sjukhuset, hade han blivit så allvarligt skadad att han blivit inskriven och fjättrad vid en vitbäddad säng i något sterilt rum på någon jättelik avdelning? Han som hade sådana fruktansvärda minnen från sjukhus.

Skulle jag skriva adressen till S:t Görans sjukhus på kuvertet? Ett långskott utan like. Brevet var frankerat med vanligt frimärke och jag visste inte om det var ett gott eller dåligt tecken. Om man vill skicka privatbrev från en sjukhussäng, har man då tillgång till sjukhusets förtryckta kuvert men måste man själv stå för frimärket?

Jag hade inte en aning.

Det fanns bara en väg att gå. Jag var nervös och vetgirig i ett. Fanns han på sjukhuset var jag förstås rädd för att han skulle vara slagen sönder och samman, jag var rädd för att han skulle vara ett utmärglat vrak med insjunkna kinder och utstående ögon, rädd för att han skulle vara fången i vansinnets våld och psykiskt icke igenkännlig. Jag var rädd för att det skulle kännas fegt att skicka mitt brev.

Informationen nådde mig per telefon, men det var inget som var givet. Jag visste inte mycket om hälso- och sjukvårdssekretessen. Kunde jag vänta mig att få svar rakt upp och ner i luren?

Man måste ju ändå kunna förekomma de stackare som har till uppgift att tala om för en att något allvarligt hänt, tänkte jag. Man måste ju själv kunna ta reda på om en anhörig tagits in på akuten. Skyddet av en sekretess ska väl fungera just som ett skydd och inte som ett vapen som rispar de osaligas själar.

24

När första tveksamheten kom i luren slank det ur mig att jag var Filips sambo. Det var det närmaste nära anhörig jag kom.

Vilken avdelning? undrade man. Jag försökte med akuten, okunnig som jag är på sjukhusens avdelningsindelningar. Så bad man om mitt telefonnummer. Jag gav dem det och så lade vi på med löftet om att jag skulle bli uppringd efter en stund.

Det dröjde några minuter. Samma person ringde och nu hade tyglarna släppt ett stycke.

"Din sambo Filip Silverstrand finns inte här", sa rösten.

Besvikelsen kändes.

"Jaså, jaha, då vet jag. Jag får försöka nån annanstans."

"Han finns inte här *längre*. Han skrevs ut den tjugotredje juli. För tre veckor sen idag."

"Är det så? Vet du vart han har tagit vägen nu? Ja alltså, jag menar att han inte bor hos mig just för tillfället. Han kommer att bo här igen sen, men just nu bor han inte här."

Svettpärlor bröt fram i pannan.

"Så här är det", sa telefonrösten. "Om det är en adress du söker kan jag tyvärr inte lämna ut den."

"Nä, det förstås. Är det sekretessen?"

"Det skulle man kunna kalla det, ja. Patienten har inte begärt sekretess när det gäller uppgifter om hans vistelse här, däremot får jag inte lämna ut personliga uppgifter om honom. Jag beklagar."

"Jag förstår."

"Men vi eftersänder hans post enligt önskemål."

"Eftersänder? Till adressen där han befinner sig alltså?"

"Det får vi väl anta, ja."

"Det låter jättebra. Jag tackar så mycket för uppgifterna jag fått."

Sjukhuset eftersänder post. Absurt. Hade någon annan sagt det hade jag inte trott på det. Men nu var mitt första brev skickat.

*

För inte länge sedan råkade jag komma i kontakt med Filips mamma Anita. Jag hade träffat henne några gånger förut, bland annat i samband med ett sommarstugeköp. Filip ville ge sin mamma och hennes man Ruben ett sommarställe, som

25

han sa vid tillfället. För allt mamma hade gjort för honom under alla år. Jag minns att jag tyckte det lät väl storsint men också underbart. Hade han pengar och den äkta viljan, så varför inte?

Om det blev något köp vet jag inte. Det var inte läge att fråga Anita om det när jag nu fick syn på henne.

Hon såg inte kry ut. Antingen hade hon åldrats betänkligt eller så mådde hon inte bra. Jag gick fram till henne och det naturligaste ämnet att ta upp var vår gemensamma angelägenhet. Jag hade ju inte sett Filip på väldigt länge och så hade jag fått brevet. Jag trevade bara, undvek att visa att jag oroade mig.

Filips mor såg ännu mer härjad ut när hon hörde sin sons namn nämnas. Det spelade ingen roll att jag sa det så glatt och obekymrat jag kunde.

Det gick inte att komma in bakom skalet på henne, ett skal som sannerligen inte var polerat. Hon muttrade hest och blängde ilsket på mig. Det luktade unket om sörjan som flöt ur henne. Rösten sprack upp i skärvor, krackelerade. Vi kom ingenstans. Jag hade varit alldeles för oförberedd. Efteråt tänkte jag mycket på vad jag borde ha sagt, vad jag borde ha frågat.

Aningslöst rättfärdigade Anita mitt enkelriktade brevskrivande. Hon gick sin väg och min motivation ökade. Det har hänt något som inte är bra, något som är outrett och som skänker lidande. Jag känner att jag är en del av det fast jag ännu inte är säker på min roll.

När nästa brev är postat har jag nått en gräns. För att kunna fortsätta måste jag ge mig ut för att ta reda på mer. Jag måste prata med folk.

Jag måste få ta del av andras minnen för att förstå vad jag behöver förstå.

3

Billjud vid uppfarten till Linneas villa. Det händer inte ofta att någon kommer hit så jag sträcker mig fram och kikar ut genom fönstret. Två bilar stannar intill varandra, lyktor släcks och dörrar öppnas. Jag räknar till fem personer och jag känner igen ett par av dem.

Det är Linneas släktingar. Kvinnan med den kortklippta svarta frisyren är hennes dotter och den tunnhåriga mannen med den hopplösa hållningen är hennes svärson. Idag har de med sig en yngling som måste vara deras son. Linneas barnbarn. Honom har jag hört en del om.

Det gråtrista paret som kliver ur den andra bilen har jag aldrig sett förut. Alla försvinner strax in under verandans tak.

Jag hör tydligt hur Linnea reser sig därnere när hon uppfattat dörrklockan. Hon checkar av sitt ansikte i spegeln, ser jag för mig, och så går hon och öppnar.

Det finns ingen dörr som avskiljer det centrala allrummet uppe hos mig från trappan mellan våningarna. Det var inte igår Kurre lämnade Linnea så hon har hunnit hyra ut övervåningen till ett antal hyresgäster före mig, och allteftersom har våningen anpassats mer och mer för ändamålet. Men någon dörr har det inte blivit. Allrummet har fått ett pentry med kylskåp och frys, så det händer att jag kallar det för köket. Det står ett bord med fyra köksstolar vid fönstret. Härifrån kan jag höra vartenda ord som sägs nere i hallen.

Nu blir det ett herrans liv när det öppnas för gästerna. Linneas tunna röst dränks i de andras. Många pratar samtidigt och visst är orden vänliga och omtänksamma. Men bakom dem finns något tomt, ekande tomt.

Gästerna försvinner snart in i nedre våningens kök, in i Linneas inbjudande och doftande kök. Dörren stängs bakom dem. Ljuden dämpas men jag har blivit nyfiken. Mansrösterna tränger igenom tak och golv, men jag får inget sammanhang.

Kanske har jag ingen som helst anledning att oroa mig för Linnea, men jag kan inte hjälpa min rastlöshet. Jag tassar nerför trappan och stannar på nedersta trappsteget. Besviket konstaterar jag att Linneas gäster redan lämnat köket och gått längre in i bostaden. Nu är det omöjligt att uppfatta samtalet.

Jag står kvar och avvaktar och det blir inte förgäves. En av männen kommer snart tillbaka in i köket. Han höjer rösten för att de andra ska höra inifrån vardagsrummet. Det blir alldeles lagom även för den mystiske hyresgästen utanför dörren.

"Det gäller ju att se till behoven", säger mannen och låter kökskranen rinna en stund. "Det är så vi alla måste tänka. Vi måste alla anpassa oss när det är såna tider som det är nu. Med det menar jag inte att det behöver bli dåligt. Så är det verkligen inte. Vi är lyckligt lottade här jämfört med många andra, det kan jag se. Jodå, det är vi."

Så får rösten sällskap av en kvinnlig.

"Du ska väl inte stå här? Gå in och sätt dig så fixar jag det här. Och mamma, gå in och sätt dig du också. Du ska inte behöva springa och passa upp på oss. Gå och vila dig i fåtöljen nu så fixar jag det här."

Av min hyresvärdinna hör jag inte ett knyst.

"Ska alla ha kaffe?" fortsätter dottern.

Snart är det mest bara mummel långt därinne igen. Jag retirerar uppåt.

Men så hör jag några tydliga ord till. De kommer från den andre mannen, inte samma röstklang som tidigare.

"Det skulle bli så mycket bättre, framför allt för dig själv, Linnea. Det vet jag att du förstår, det vet vi alla att du förstår." En duns inifrån ett skåp, kanske skafferiet. "Det blir inte lika lätt nu när vi ska flytta, Anki, jag och Rasmus. Vi är ledsna, men vi har inget val så som det är i nuläget. Vi *måste* flytta. Det är klart att vi kommer att ses ändå, men det kan inte bli lika spontant som förut. Inte om du ska fortsätta ha det som du har det nu. Inte om du ska envisas med att sköta allt det här själv."

Jag stannar upp för att inte missa något och blir stående en stund som ett vädrande djur. Det blir tystare igen, men så våldför sig ett annat slags ljud på tystnaden som i ett slag. En löjlig och skärande mobiltrudelutt hörs från mitt arbetsrum och jag stegar iväg plikttroget som vore jag i tjänst. Jag bor ju ändå här, jag behöver inte smyga.

"Teo."

"Tjena killen", säger rösten i andra änden. "Är du hemma fortfarande?"

"Hej Jesper. Ja, jag är hemma. Har en del skrivande att göra. Lite förberedelser och så där. Det är rätt mycket nu."

"Årajt."

Jesper låter avvaktande. Jag förstår inte varför.

"Är du på gång snart?" frågar han.

"På gång? Med vadå? Jag är inte mer på gång än att jag ska jobba som vanligt tidigt i morgon bitti. Jag är mitt inne i ett uppdrag för AstraZeneca och sköter jag mina kort väl kan det mycket väl bli förlängt. Jag behöver det, har ingen lust att sitta på bänken just nu."

"Men vad fan Teo, kom igen!"

"Vadå? Vad är det med dig? Har det hänt nåt?"

"Det har väl inte hänt nåt speciellt förutom det vanliga. Jag jobbar på och så tar jag ut min speciella belöning ibland. Min *jävligt* speciella belöning, polarn. Man blir fan lite speedad bara av att tänka på det."

"Det låter ju kul, men jag är inte riktigt med nu", låtsas jag.

"Teo, vi sa klockan sju. Hon är snart fucking sex redan. Jag hoppas att du inte har glömt. Du *får* inte ha glömt."

Min gamle barndomsvän Jespers röst stegras i fruktan. Jag önskar att jag faktiskt har glömt och att minnet aldrig kommer tillbaka. Jag tar mig för pannan och sätter mig tungt ner i arbetsstolen.

"Jesper, för helvete. Sa vi verkligen ikväll?"

"Shit också, du *har* alltså glömt? Jag vet att jag inte kan ställa orimliga krav och så, men det här är jävligt viktigt för mig. Tror du att vi kan få till det ändå? Det finns inget annat ställe för oss, vi kan inte hålla på och pröjsa hotellrum hela tiden. Det är folk både hemma hos mig och hos henne, det funkar inte. Du vet ju att jag betalar igen, att du får igen för dina tjänster så att säga."

"Jag vet", säger jag trött. "Båten. Jag vet att jag får ta en tur med din båt när jag vill. Jag vet det."

Jag fattar inte hur jag har kunnat gå med på det här. Det skulle vara en engångsföreteelse. Blir det av ikväll är det fjärde gången. Och inte en gång har jag utnyttjat Jespers erbjudande att njuta sommarliv med hans båt. När han kom med förslaget första gången såg jag för mig Affe och mig glidande över vågorna tillsammans. Jag såg för mig min son jätteglad över vad hans riktiga pappa tar med honom på.

Nu stirrar jag ut över ett ruggigt oktoberlandskap och kan inte hålla inne ett snett, bittert leende.

"Det fixar sig", säger jag till Jesper. Jag vet inte varför, men jag säger det. "Men låt det bli sista gången. Och inte längre än till nio, okej? Och ni måste vara tystare den här gången. Ni är inte ensamma i huset."

"Du är en ängel, Teo. Du är en fucking jävla ängel, fattar du det?"

"Ja ja. Jag lägger nyckeln på vanliga stället. Kom ihåg att jag är tillbaka senast halv tio."

En gammal barndomsvän som sträcker ut en hjälpande hand, är det jag det? Knappast. En medbrottsling i ett äktenskapsbrott, det är vad jag är. Jag hjälper ingen, jag bara stjälper. Jag är med och bidrar till att människor blir sårade. Jag är delaktig i att sätta fyr på lögnerna så att de får leva ännu längre och skövla ännu mer.

Min ynkrygg.

Jesper är gift sedan ett tiotal år och har två barn därhemma. Rödhåriga Maria, som Jesper ligger med på övervåningen jag hyr av Linnea, har man, dotter och villa i Enskede. Jag tror att hon har dem kvar. Det är för jävligt, men jag gör det ändå. Upplåter min bostad för deras nedriga otrohetsaffär, låter dem tumla runt i min säng och jämra sig lidelsefullt med gamla Linnea precis under sig. Jag gör det för gammal vänskaps skull, skulle man säkert kunna säga. Men så är inte sanningen.

Irriterat slår jag ihop laptopen och lägger den i väskan. Jag har jobb att förbereda inför morgondagen. Mitt nuvarande uppdrag är krävande och jag vill ge ett gott intryck. Jag får sätta mig på någon offentlig plats på stan medan övervåningen är ockuperad ikväll. Jag har ett par favoritplatser där jag ibland sitter och jobbar samtidigt som jag tittar på folk, men jag vill knappast bli hänvisad dit av någon annan än mig själv.

Jag ska ta ett snack med Jesper och jag ska inte nöja mig med att sätta stopp för vårt lilla ensidiga utbyte. Jag ska också tala om vad jag tycker om otrohetsaffärer i allmänhet och om hans egen i synnerhet.

Gästerna är fortfarande kvar hos Linnea när jag ger mig iväg. När jag är halvvägs nerför trappan öppnas dörren till Linneas kök. Inte för att det på något sätt är hemligt att jag hyr hennes övervåning, men jag känner mig inte ett dugg sugen på att trängas i hallen med hela gänget. Det slår mig precis att jag glömt nycklarna i arbetsrummet, vänder på klacken och hastar uppåt igen. Det är klart att jag blev sedd. Det som först är en kakofoni av röster blir till en abrupt tystnad i det att jag rundar trappkurvan.

Ingen ropar efter mig. Men jag blir snart omtalad.

"Vem var det där?"

"Jag vet inte. Det var nån kille."

"Jag såg väl att det var en kille. Men vem ..."

Det är ett vansinnigt prasslande av kläder och skor i hallen. Jag känner ångor av utomhus tränga upp till mig. Om någon ska kunna svara på vem jag är så är det väl Linnea, tänker jag. Invig huvudpersonen i samtalet, för böveln.

"Gå och prata med henne", kommer till slut.

Jag står och väntar utom synhåll. Håller nycklarna i ena handen och granskar dem en i taget medan jag försöker lyssna. Så, en mansröst, högt och kristallklart:

"Vi hade ju faktiskt bestämt för länge sen att det skulle vara slut på det där. Vi hade ju kommit överens om att det bara är onödigt. Och riskabelt."

Konstlat uppgivet. Gnälligt. Jag känner en ilska bubbla upp inombords.

När jag slutligen kommer ner, klampande extra hårt i trappan, har jag omedelbart alla ögon riktade mot mig. Det räcker med att jag möter någon av blickarna så viker de undan. Linnea syns inte till.

Det finns en väluppfostrad sida av mig trots att jag inte är väluppfostrad. Jag sträcker fram handen mot första bästa person och säger mitt namn med fast blick. Det råkar vara den skallige och krokigt hållne svärsonen som står främst. Han besvarar mitt handslag slappt.

"Jo, det är jag som är Linneas hyresgäst", hinner jag före, "och jag har bott häruppe i ... vad är det nu ... många år. Jag trivs utmärkt."

"Så bra. Vi skulle just ..."

"Ni skulle just gå, ja."

"Ja, just det."

Jag tittar förbi klungan av människor, försöker se om jag kan upptäcka Linnea därinne. Jag ser henne inte.

"Så du hyr övervåningen här", säger svärsonen och ställer sig i vägen för dörröppningen. "Bor du ensam?"

"Jag bor ensam. Men ibland har jag min grabb här. Han är nio. Linnea och Affe har funnit varandra och tycker om att prata tillsammans. Linnea är en härlig dam, tycker vi båda två. Hon är jättebra med barn."

"Jaha, där ser man."

Svärsonen granskar mig uppifrån och ner och ser ut att vilja säga så mycket mer än han förmår. Jag klarar inte av att få utlopp för den ilska som växt inom mig. Jag förmår inte heller.

Den andre mannen i sällskapet blir hindrad av Linneas dotter just som han ska stänga köksdörren efter sig. Dottern nickar lätt mot honom och föser undan hans hand, varpå hon bestämt tar över dörrhandtaget och stänger överdrivet omsorgsfullt. Jag tror att hon gärna hade reglat dörren med lås och bom som varken jag eller Linnea rår på.

"Hej", mot mig, "Anki heter jag, jag är Linneas dotter."

"Teo, hyresgäst."

"Vi ska åka nu, men jag vill bara säga att jag hoppas att du har börjat se dig om efter nåt annat ställe att bo på. Mamma orkar inte hyra ut längre, det är alldeles för tungt för henne. Hon klarar inte av allt stök som blir, hon behöver lugn och ro nu." Dottern sätter upp båda händerna framför sig. "Inget illa ment från vår sida, inte på något sätt, men jag vill bara säga att du inte kommer att kunna bo här så länge till. Du behöver inte känna nån panik, men du kommer att höra från oss snart igen. Är du också på väg ut?"

"Ja, jag ska iväg", säger jag och går först ut ur hallen, ut ur huset.

Jag har knappt hunnit nerför yttertrappan när jag ser en bekant bil svänga upp på uppfarten. Nej, tänker jag, inte redan! Jag kastar ett getöga på klockan och inser att jo, redan. Jesper, den idioten, parkerar oberört sin bil strax bakom en av släktens bilar. Blockeringen blir effektiv.

Med tydlig iver i steget klampar han ut på sina träskor och fattar Marias hand så fort han får chansen. Håret är bakåtslickat sånär som på några böjda testar som avsiktligt kilar in bakom glasögonen. Den läpplösa munnen är som en tunn linje i ansiktet. Han har inte ens vett att smyga med det nidingsdåd han ger upphov till. Maria är inte bättre hon. Hon är söt med sitt långa röda hår och sin midjeåtsmitande mockajacka.

Jesper kommer inte att ha någon nyckel om jag inte kliver fram och ger honom den nu. Att han ringer på och låter Linnea öppna är ett lika dåligt alternativ som att han smiter in när släktingarna går ut. Diskretionen har redan fått sig en törn som heter duga.

Jag skyndar mig fram till de otrogna. Min hälsning är kort och dämpad men det hela känns förgäves när Jespers röst spräcker atmosfären. Uppspelt och lycklig.

Linneas gäster är ikapp, en efter en. Det gråtrista paret sätter sig i sin bil. Mannen sorterar en samling papper i famnen och kluddar ner några kråkor här och där på sidorna. Bakom står Jespers bil, men gråmössen gör ingen ansats att göra något åt det. De bara sätter sig där och väntar.

Andra har dock för avsikt att få saker att hända. Linneas dotter och svärson, som båda besitter blickar som kanske inte kan döda, men i alla fall sänka, dyker upp precis bakom mig och de känns obehagligt nära när de börjar tala. Orden håller sig inom anständighetens gränser, men där finns annat som inte gör det. Allt är riktat mot mig.

Jesper är fenomenalt trög och det dröjer evigheter innan han backar ut sin bil. Och sedan kommer han ut igen, bullrig och oförstående. Han undrar högt och tydligt vad det var för galningar som hängde i min trädgård och såg fucking crazy ut. Han förväntar sig grabbigt medhåll och ett gemensamt avfärdande under skrattsalvor, men jag kan inte ge honom det. Jag befarar att han hjälpt mig förlora min bostad ännu tidigare än vad som först signalerades.

Maria har tajta jeans och jag ser hur Jespers hand utforskar skinkornas rundade former. De står en stund vid ytterdörren och slinker så in i huset. Det här är sista gången, hann jag säga till honom.

Jag ska promenera ner på stan, småjogga lite mellan brunnslocken. Jag hade gärna sprungit som en tok, men just nu måste jobbportföljen gå först. Jag tar upp telefonen på vägen för jag vill höra min son Alfreds röst. Jag får gå via en misstänksam och purken kvinnoröst, en som jag trodde att jag älskade över allt annat en gång, men jag låter det inte bekomma mig.

Det finns annat som är viktigare nu.

4

Filip Silverstrand och jag möttes första gången i tjänst. Precis som idag var jag då anställd på det stora, opersonliga bemanningsföretaget Bremers. Jag var uthyrd för ett kort uppdrag till firman som Filip arbetade för och det var så han ville kalla min arbetsgivare. Opersonlig. Säkert bra, men opersonlig.

Det får vara hur det vill med den saken. Jag trivs bra.

Den personliga firman Filip var anställd vid hette OrxLite och sysslade med elektroniska skyltar. Det var både tillverkning och försäljning och skyltarna skulle fungera såväl för reklam som för allmän information. Stockholmskontoret där Filip satt var fint och centralt. Fabriken låg bara tjugo minuter bort.

Under tiden jag var där levererades skyltar av vitt skilda slag. Det var trista köskyltar som skulle visas upp vid trafikstockningar, och det var flashiga och jättelika skyltar med rörliga bilder som något moderiktigt företag ville visa upp sig med. Filip var lika stolt över båda.

Det gick bokstavligt talat lysande för OrxLite. Måtte Filip ha njutit så länge han fick vara med, för han stannade inte kvar mycket längre än jag.

Jag skulle vara där i fyra veckor för att jobba med företagets webbsida och dessutom skulle jag hjälpa till med att katalogisera de olika produkterna enligt speciella listor som någon hade satt ihop. Som så ofta annars drog det ut på tiden och mitt uppdrag förlängdes.

Jag fick stanna tillräckligt länge för att lära känna Filip och det har satt sina spår i mitt liv. Han satt som närmaste man under chefen som aldrig visade sig. Jag kan inte säga säkert om jag såg den ordinarie chefen en enda gång. Det blev Filip som höll i trådarna under min tid. Det blev han som ledde mig och talade om vad jag skulle göra.

Han hade något som jag gillade ända från första dagen. Öppenheten, chosefriheten, det mänskliga. Kontrasten mot de andra insnöade typerna på firman. Det är inte som uppdragsgivare och tillförordnad chef för ett framgångsföretag jag minns honom.

Jag gjorde mitt bästa för att visa vad jag tyckte.

När man som jag jobbar med att vara inhyrd för kortare perioder vet man vad det innebär att inte bli tagen seriöst. Många tycker att det knappast är värt att lägga ner någon större möda på en figur som ändå försvinner vilket ögonblick som helst. På något sätt är känslan bekant från min barndom.

Men Filip tvekade inte. Han var på min sida. Instruerade, skrattade, förstod. Såg han något särskilt i just mig eller kunde han vara så här mot vem som helst? Det kunde jag inte veta.

På kontoret fanns tio–femton personer, de flesta män. Halvkass, krystad sammanhållning. Jag deltar sällan med någon större frenesi på alla kafferaster som flödar inom företagen. Ingen idé då jag ändå inte hinner bli någon naturlig del av skvallret.

Men på OrxLite såg Filip till att jag tog pauser och hängde med, ibland under milda protester. Själv intog han alltid centrum i fikarummet varje gång han var med. Överkroppen reste sig över de andras och det var inte bara fysionomins förtjänst. Det var något med intellektet också. Han verkade sitta på faktakunskaper i vitt skilda ämnen som ibland var rent häpnadsväckande, men det var inte det som var det bästa.

Det bästa var hans sätt att förmedla. Ödmjukt, aldrig överlägset. Inget skryt trots kunskaperna. Ögonkontakt med alla. Det var intressant att betrakta sällskapet när Filip höll hov. Där fanns beundran. Och avundsjuka.

Ibland kom Filip senare till fikat. Han skulle bara avsluta något helt kvickt, som han alltid sa och kommenderade mig in till de andra. Diskussionerna utan Filip följde samma mönster, gång efter annan. Löjligt mallstyrda, extremt uttråkande.

Folk kallades som regel vid sina efternamn på företaget, fråga mig inte varför. Kändes tillgjort militäriskt i mina ögon. Filip, eller Silverstrand då, garvade bara åt företeelsen. Han kunde inte förklara varför det blivit så men tyckte att det var ett kul inslag. Måttligt kul, tyckte inhyrde Hallberg.

En Fagerholm satt ofta försjunken i någon facktidning, först på plats över kaffemaskinen som han alltid var. En gång bläddrade han frenetiskt i en resetidning när jag kom in. Tittade hastigt upp men sa inget. Jag var inte stor nog som publik för honom. När klungan väl växt lade han diskret tidningen åt sidan och satte igång med att upplysa oss.

Han rapade upp fakta om Paraguay. Om landets inklämda läge, dess statsskuld, bristande infrastruktur och så floden. Floden som hade samma namn som landet. Galet lustigt, menade Fagerholm. Det hade han tänkt på många gånger, hade inte vi? Under alla sina resor till Sydamerika, fick vi förmoda. Tänk om Sverige hade en flod som hette Sverige, liksom.

Inga kommentarer. Som enda svar fick Fagerholm och vi andra ta del av en föreläsning om Rio, levererad av en König med så svårt skakande händer att kaffemuggen klapprade ljudligt mot hans tänder. Självklart fick vi höra om karnevalen som det obegripligt nog fanns folk som inte hade besökt. Hur kunde man ha missat Brasilien överhuvudtaget?

Måtte det ha irriterat Fagerholm att ingen tidning stod som facit till Königs svada. Längtande glodde han på tidningshögen i rummet. Klämde ur sig några nya krystade fakta. Att ta upp tidning eller mobil och läsa innantill var inget alternativ.

Så här höll det på och jag bestämde mig för att retirera, den här gången också. Jag vägrade bidra med några inlägg. Var är du, Silverstrand?

När en Johansson flyttade ämnet hem till Sverige och med högrött anlete upprördes över att en Sahlén påstod att ett visst vägval till en hästgård nära Nynäshamn var helt förkastligt på grund av att sträckan var en hel kilometer längre än en annan väg, tömde jag resterna av mitt kaffe i vasken.

Jag mötte Filip i dörren.

"Pratar ni om Gribby gård?" sa han och stegade in. "Där är det fint."

Det blev tyst och Filip spolade omsorgsfullt sin kaffemugg med vatten. Det lät som en hackspett om Königs kopp när han utan ett ord ställde ner den på bordet. Jag stannade.

"Känner ni till nåt om gårdens historia?" frågade Filip och satte sig bekvämt tillrätta och tittade på alla i tur och ordning

"Det är faktiskt så att jag känner familjen som äger gården. Gården härstammar från 1600-talet och har ägts av samma släkt hela tiden. Det har inte alltid varit guld och gröna skogar därute, ska ni veta. Det har hänt en del skandaler där, den senaste för sisådär ett tjugotal år sen. Har ni inte hört talas om den? Den nämns fortfarande ibland när man pratar brottshistoria. Gribby-fallet."

Filip njöt av huvudskakningarna.

"Egentligen borde man inte tycka att det är märkvärdigt. Familjebråk som leder till brott händer för farao dagligen. Men vissa brott får rubriker, de sätter sig i folks medvetande. Minnena hänger kvar. Mord inom familjen liksom, överlagda mord."

Han väntade en stund, insöp vår tystnad. Tog en minimal klunk av sitt kaffe och smakade på den länge. Klippte med ögonfransarna.

"Det var en av grabbarna", fortsatte han. "Det var en av grabbarna som tröttnade. Han stod inte ut längre."

"Med vad?" frågade någon ängsligt, möjligen var det Sahlén. "Med vad, med vem?"

"Med sin far. En sommarmorgon när solen precis gått upp gick grabben ut till boden och hämtade en klyvyxa. Han gick in i mangårdsbyggnaden igen, tog sig raka vägen in till föräldrarnas sovrum och högg helt sonika yxan i huvet på gubben. Farsan dog på fläcken, snittet blev perfekt. Det var bestialiskt och osmakligt, för ur ett huvud kommer det mycket blod. Är ni säkra på att ni inte minns nåt av det här? Det var om det på TV igen för inte så länge sen, i nåt program om mord som begås av barn."

Huvudskakningar igen.

"Var grabben bara ett barn? Hur gammal?"

"Han var tolv när det hände", sa Filip.

"Så hemskt."

"Pappan var en tyrann. En man som inte borde ha satt barn till världen. En man som var svinigt egoistisk och utnyttjade sin familj. En slavdrivare som pinade sina söner. Polisen hittade fotbojor i ett förråd när gården genomsöktes. Jag vet att det är kontroversiellt att säga så här, men jag kan inte påstå att grabben gjorde fel. Det är inte svårt att förstå honom om man känner till detaljerna."

"Och det gör du alltså? Fotbojor, herregud!"

"Ja. Jag är en mycket god vän till familjen."

Det knäppte i fikarummets stolar, som av eftertänksamhet.

"Det är tragiskt", sa Filip, "men killen led och det här var hans sätt att göra sig fri. Tyrannen var borta för alltid och för honom själv började ett nytt liv. Ett annorlunda liv."

"Åkte han in?"

"Han var för farao tolv år. Han togs omhand."

"Det där stora huset", sa Johansson som nyss varit där och ridit. "Mangårdsbyggnaden. Tänk att en sån sak hände i ett av sovrummen därinne."

Filip skrattade till. Högt och frigörande. Han gjorde en gest mot sitt eget bröst.

"Grabben har ett bra liv idag, det ska ni veta. Och mamman. Sen får folk säga vad de vill."

Ett antal små diskussioner blommade upp som avslutning på fikarasten. De handlade alla om grymma fäder. Folk nickade och höll med varandra, sa "precis" och "absolut" och "ja, är det inte ohyggligt?" Filip tittade på mig de sista minuterna, tyst. Ansatsen att ta mig åt sidan när vi kommit en bit längs korridoren var tydlig. Inte kunde jag ana vad han hade i kikaren för mig då.

Men innan vi blev ensamma vände han sig om och tittade ner på Fagerholm där han stod och sorterade fikarummets tidskrifter.

"Du Fagerholm", sa Silverstrand, "jag har varit i Paraguay, på östra sidan om floden med samma namn. Det är ett fattigt men spännande land, du borde åka dit nån gång. Man lär sig så mycket av att se ett land på riktigt."

Fagerholm fick en slug blinkning och så gick vi åt skilda håll, vi två åt ett och Fagerholm åt ett annat.

"Visst är det trevligt att hon är intresserad, men hon måste förstå att det inte går", sa Filip från sin kontorsstol sedan. "Jag är för farao lyckligt tillsammans med Isabella sen ett gäng år. Det är ingen som kan rucka på det."

Mitt lysande frågetecken fick honom att förklara mer.

"Ja, Strandberg som ansvarar för de lokala kund-kontakterna här alltså. Hon är förbaskat fräsch, jag säger inget annat, men det är inte lönt för henne att fortsätta. Jag har sagt det till henne. Ja, inte rätt ut alltså, man måste ju vara smidig. Jag sa det på ett snyggt sätt, men hon ger sig inte."

"Jaså, du menar ... Naomi heter hon va? Okej, när du säger det så, hon kollar kanske lite extra på ..."

"Skojar du?" Filip himlade med ögonen. "Hon kan vara riktigt framfusig ibland. Men Teo, det var inte Strandberg vi skulle prata om här. Och inte om Isabella heller, även om jag helst av allt här i världen pratar om henne. Du skulle träffa henne, hon är min riktiga lilla sagopingla. Det får vi lov att fixa till nån gång, varför inte liksom? Men nu vill jag prata om dig, Teo."

"Om mig? Jag är i alla fall tacksam för att du använder mitt förnamn."

Filip blev stilla och de intensiva ögonen fokuserade mig.

"Ja, om dig. Och om mig. Du förstår", så lutade han sig fram mot mig i förtroende, "oss emellan så håller jag på att ta över den här firman. Ja, inget är officiellt än. Det är inte ens bestämt. Men vi har snackat mycket, Hammarlund och jag. Det är egentligen bara en del formalia kvar, skulle jag vilja kalla det."

"Är det sant? Det låter jättekul!"

"Sch! Inte så högt. Visst, det är skitkul. Men det är en jäkla massa jobb också. En helvetes massa jobb till och med. Det är här du kommer in i bilden, förstår du. Hur bra trivs du med din konsulttjänst på Bremers?"

"Jag trivs bra. Det finns både för- och nackdelar med att jobba som jag gör."

"Fokusera då på nackdelarna ett tag."

"Okej."

"Och så fokuserar du på mig."

"Jepp."

"Vad ser du?"

"Ja, jag ..."

"Du ser en blomstrande framtid tillsammans med mig på OrxLite, eller hur? Firman som är på väg att bli störst i facket elektroniska skyltar. Oroa dig inte för somliga idioter här. Det mesta här i världen är utbytbart."

*

Erbjuden fast jobb på stående fot efter bara ett par veckors administrativt tragglande, inte dåligt. Det är klart att jag kände mig smickrad, men lika mycket misstänksam.

40

Något jobb blev det aldrig mer tal om efter den dagen. Jag fullföljde mitt uppdrag och Filip och jag hade många både roliga och djupa diskussioner varje dag. Han öppnade sig för mig och jag öppnade mig för honom. Företagets egentliga chef syntes aldrig till. Han kanske hette Silverstrand trots allt. Vartefter tiden gick kändes erbjudandet mer och mer som ett skämt, ett infall. Jag funderade på att ta upp saken när jag närmade mig avslut, ställa en fråga seriöst. Men jag tror att jag blev bortfintad. Utrymmet gavs aldrig, skrattades bort om det skymtade. Istället pratade vi om våra bakgrunder, om våra barn, om våra förhållanden. Då kände jag mig utvald.

Filip lät mig ta del av all den kunskap han förvärvat under sina studier utomlands. Jag kunde bara kontra med mitt eget halvhjärtade försök att tillbringa en av mina studieterminer i England, försöket som inte ens blev av. Han tryckte inte ner mig i skorna för det. Han lyssnade på vad jag hade att säga.

Det han lärde mig var alltid invävt i en massa kul och spännande anekdoter från alla möten med olika människor. Jag kunde skratta mig fördärvad när han var i sina bästa stunder.

Allvarligare blev det när vi kom in på Filips familjeangelägenheter. Men han drog sig inte undan. Han kunde vara lika öppen när det gällde problem och starka känslor. Det hände att vi satt på barer och pratade ända in på småtimmarna. Ibland kunde han plötsligt säga att han var jävligt trött på stället där vi satt, han ville vidare och en taxi var snabbt haffad på gatan. Blicken kunde bli stirrig för kortare ögonblick, flackande som om han fått syn på någon som han inte borde ha fått syn på. Halvfulla ölglas kunde bli lämnade i all hast utmed barborden. Jag blev aldrig klok på de där rusningarna.

Kanske ville jag inte bli klok på dem.

Men man glömde dem lätt. Väl inne på nästa krog fångade han mig igen, och kärleken jag såg när han pratade om sin dotter stack av glöd och äkthet. Det var mest Ellen som gällde vid den här tiden. Jag ska erkänna att jag blev överraskad när han senare talade om att han också hade en son. Än idag har jag inte förstått varför far och son hade bristande kontakt under så lång tid, varför Filip tycktes ha förverkat sin umgängesrätt. Åtminstone tillfälligt. För jag vet ju vad som hände sedan. Som en skänk från ovan var det Oskar hit och det var Oskar dit, som om något annat aldrig gällt.

Och sedan small det och allting förändrades. En skänk från ovan blev till en krasch i helvetet.

Något hände när det handlade om Filips pappa. Det var inte som med övriga familjemedlemmar. Han fick ett annat tonläge, ett annat grepp. Tappade lite av den sedvanliga detaljskärpan.

Familjen hade haft det kämpigt när Filip växte upp. Ekonomin var pressad och jag skulle förstå att det inte var någon dans på rosor. Han var enda barnet i en familj där sjukdom var en del av vardagen och där det inte gick att komma undan med vila, lek och lata dagar. Han bedyrade för mig att han absolut inte ville hyckla. Det var som det var, det var ett faktum och han missunnade verkligen inte andra deras serverade framgång och lycka. Titta på mig, sa han, här satt han nu med ett utbjudet framgångskoncept framför näsan. Hela hans uppväxt hade varit ett helvete, men den hade inte lyckats sätta käppar i hjulen för hans framfart som vuxen. Visst hade den försökt, men Filip hade varit starkare. Priset hade dock knappast varit lågt, det var viktigt att förstå.

Gubbskrället levde men hade inte hälsan i behåll. Nu gick Filip bara och väntade på det slutgiltiga beskedet. Det skulle inte beröra honom när det väl kom, sa han. Det skulle bli skönt.

Jag minns att jag bad Filip förtydliga sig. Jag ville veta mer om priset han betalt, vad det egentligen bestod av. Jag ville veta vad det var för sjukdom han växte upp med och varför han inte hade något till övers för sin far idag. Då flög han upp, hötte med näven mot taket. Gick bokstavligen runt i cirklar och sa att han minsann tar hand om gubbfan nu på sjukbädden, nu när det gamla russinet är helt borta och inte fattar ett förbannat jota längre.

Och inte en jävel har någonsin bett honom om det.

Det var i princip tvärtom, fräste han. Filip blev ombedd att dra, inte hjälpa till. När hans föräldrar skilde sig försvårades läget för pappan ytterligare och det var då han valde att bryta kontakten med sin son istället för att be om den hjälp som fanns. Stoltheten var för stor. Inte ens när det knep på gränsen till undergång gick det an. Det var helt otänkbart att gå ner på knä inför sin ende son och erkänna att man hade misslyckats och nu stod på ruinens brant.

I sinom tid skulle Filip berätta mer för mig. Lägga till, addera. Ge bättre skärpa till historien. Men relationen med fadern och bitterhetens grund blev aldrig helt klar för mig under tiden jag fick innan Filip försvann.

När han gav mig blicken och närheten såg jag det stora sveket målat över hela hans långsträckta uppenbarelse. Och då frågade jag inte mer.

Vanligtvis är jag återhållsam med att berätta om min uppväxt. Tycker sällan att den kan tillföra något. Det är så onödigt att riva fram den, riva upp den. Men till slut bad Filip om den. Hävdade bestämt att ingen barndom är så ointressant att den inte tål att berättas. När den kom lyssnade han stillsamt. Granskade djupt mitt berättarjag.

Efteråt blev stämningen riktigt märklig.

Jag bestämde mig för att vara saklig, tydlig och visa hur oberörd jag kände mig. Jag ville vara en kontrast till Filip trots att vi har bördor gemensamt. Han fick höra om kollektivet där jag fick dela mina tidiga år tillsammans med andra barn och deras föräldrar eller andra släktingar. Man visste inte så noga. Min mamma bodde aldrig där, inte så vitt jag kan minnas. Hon bodde inte långa stunder tillsammans med sitt enda barn överhuvudtaget. Hon blev så förändrad efter förlossningsdepressionen, som hon sa till sina vänner efter att begreppet blev känt. Hon var väl en av de där som aldrig lyckades identifiera sig med sin mammaroll fast jag vill tro att hon försökte.

Filip fick höra om min pappa som hade pengar men ändå tyckte att ett kollektiv med ytterst begränsade excesser var det bästa boendet för ett barn. Där fanns många som kunde dela på ansvaret. Dela på uppfostran. Man skulle dela på allt. Och dela med sig av allt. Ägde man mer än andra boende var det viktigt att alla fick ta del av ens rikedom.

Min pappa kom och gick. Hade ihop det med olika kvinnor, ibland från kollektivet, ibland utanför. Han gav mig födelsedagspengar som jag skulle lägga i kökskassan för alla att dela på.

Jag berättade för Filip att mamma kom för att hämta mig när jag var tolv. Jag ville inte men följde ändå med henne ut till bilen på gatan utanför huset. Vi satt där och pratade en stund och så bad hon mig gå in och packa ihop mina saker. Jag gick in men jag packade inte. Jag anslöt mig till några lekande barn i ett rum på övervåningen med fönster bort från gatan.

Senare, vad som kändes som timmar men troligen var mycket kortare, tittade jag ut genom fönstret på andra sidan huset. Mammas bil var borta. Den dagen var sista gången jag såg min mor.

Någon månad gick och jag fick veta att hon hamnat i ännu sämre sällskap än vanligt och att hon tragiskt omkommit i en olycka på Teneriffa. Omständigheterna förblev oklara och jag kunde inte sörja. Förmådde inte, visste inte hur man gjorde.

När jag sa till Filip att min pappa bara några år efter mammas död tröttnade på sitt missbruk och på sitt liv, fick min vän något mörkt i blicken och lämnade rummet. Jag blev ställd och visste inte om jag skulle följa efter honom eller låta honom vara. Senare sa jag till honom att det inte är så farligt som det låter. Det fanns många härliga människor i kollektivet. Jag fick kärlek, visst fick jag kärlek av andra.

Det är mycket möjligt att Filips barndom var värre, försäkrade jag honom.

*

Vi är ju båda ensambarn, Filip. Ensambarn med saker inom oss som våra fäder knappast skulle vara stolta över. Det är mycket inom oss som är lika. Kanske för lika för dig.

Innan jag lät dig få veta om min mammas öde pratade du ibland om Anita. Om din mamma. Du var så glad för hennes skull. Hon hade hittat en ny man medan du fortfarande var ton-åring, en man som accepterat dig och tagit emot dig. Ruben, mannen som ända från början kunde lyssna på vad du hade att säga. Han fanns ännu kvar vid din mammas sida under tiden på OrxLite. Vad jag förstår gör han det fortfarande.

Du såg upp till Ruben. Men det blev tyst om honom och om Anita efter att du fått höra om min mors flykt och död. Då ville du inte säga mer.

Och Filip, jag måste fråga. Vad är det din mamma har emot mig nu? Det verkar som om hon föraktar mig. Fräser mot mig, undviker mig. Jag förstår ingenting. Du kan väl i alla fall svara på det. Det behöver inte vara ett långt brev. En rad på mobilen, ett vykort.

OrxLite då, din utstakade karriär bland skyltarna? Jag hörde att du tog ditt pick och pack och lämnade skutan inte långt efter mig. Varför slutade du när du var så omtyckt och så aktad? Jag såg ditt kontorsrum, jag hörde när du pratade med företagets huvudägare i telefon. Jag uppfattade era ord. Du hade inte en fot inne, du stod med hela kroppen i branschen. Du skulle ju faktiskt ta över.

Denna vanliga omständighet när det gäller dig. Denna flyktighet. Folk ser dig komma och folk ser dig gå.

Vad är det som skrämmer iväg dig gång efter annan? Nu vet jag hur det känns att bli drabbad. Och jag har verkligt svårt för att tolerera det.

5

Filips flickvän Isabella är en klart intressant spelare i sammanhanget. Kan hon vara den avgörande pusselbiten för att få bilden att klarna? Är det hon som ska lösa gåtan Filip åt mig?

Men gåtan *Teo* då? viskar en röst i mitt huvud. Vem ska lösa den? Med ens blir jag rastlös och måste resa mig och gå omkring en stund för att rensa tankarna och starta på nytt.

När jag sätter mig igen har pusslet fått ännu fler olikartade bitar. Men nu finns en idé om hur jag skulle kunna få rätsida på dem.

Isabella förstås. Än så länge är hon mest bara ett namn. Jag har aldrig träffat henne men skulle gärna vilja. Hon var på tal redan under de första dagarna jag spenderade med Filip och det var inga tunna ord.

Han måste ha älskat henne. Måtte han *älska* henne. Jag blir tvungen att gå omkring igen. Jag blir så ambivalent när jag tänker på hans känslor för henne. De stör mig.

Vi skulle få träffas, men saker kom alltid emellan. Med Isabella var det som med många andra i Filips liv. Periodvis pratade han inte alls om henne, inte ett ord på flera veckor. Och så nästa dag var hon en sång som Filip nynnade på från morgon till kväll. Vad jag förstår hade de fortfarande någon typ av förhållande sista gången jag hörde från honom.

Vi hade varit på Parken Zoo i Eskilstuna med våra barn en helg. Det var strax efter det som avskedet kom. Hastigt men knappast lustigt fick jag den där lappen med ett nytt nummer och en ny adress instucken i fickan. Och så fick jag en hälsning från Isabella. Filip underströk verkligen att han ville framföra hennes hej till mig. Hon var så nyfiken på mig, sa han.

Sedan försvann han.

Jag har sett foton på Isabella. De var ena riktiga posörer, de två. Lustiga poser i både vardagliga och annorlunda miljöer, galna miner och galna upptåg. Och så ömhet. Närhet. Allt såg så naturligt ut.

Jag minns en gång när vi var hemma i lägenheten på Kaplansgatan. Vi hade pratat allvar i timmar. Oskar kom upp, Filips föreläsningar för gymnasieungdomar kom upp och till slut grät han. Stunden var sådan att han naken grät rakt framför mig, rakt inför mig. Det var smittsamt.

Jag hade precis förklarat för honom att jag inte tycker om när människor känner sig tvingade att hålla sig till det mänskliga skådespelets mallar. Jag tycker att det är fullständigt okej om en man behöver brista trots att det inte står så i reglerna, sa jag. Jag beundrar när någon som förväntas vara stark kan släppa på tyglarna och våga visa sig ynklig och svag. Det förmänskligar, sa jag till Filip och kände ett rus.

Han satte sig där och hulkade och allt blev så oerhört känslosamt. Jag såg en reslig man som hade förlorat sin son och inte visste vart han skulle ta vägen. Jag blev alldeles varm.

Snart tog han fram ett par klassiska fotoalbum med plastfickor och jag förväntade mig få se sonen i olika åldrar. Istället dök Isabella upp allt tätare allteftersom Filip bläddrade fram resebild efter resebild. Hennes mörka hår flög i vinden och ibland täckte det delvis ansiktet. Hon hade ett leende med stora granna tänder. Ruset jag kände förminskades. Avtog allteftersom sida lades på sida.

Jag reagerade på att Filip bemödat sig med att beställa papperskopior av bilderna. Och jag reagerade på att det här och där fanns tomma plastfickor mitt på sidorna. Filip sa inget om det.

Desto mer sa han om Isabella. Det var inte hon som var mamma vare sig till Oskar eller till Ellen. Det var en annan kvinna som var det.

Men Isabella hade gjort livet värt att leva för barnens pappa.

Jag vet var jag kan titta efter henne. Bara få en liten glimt, till att börja med. Se hur hon verkar. Om hon jobbar kvar på sin arbetsplats, vill säga. Det skulle visst vara tillfälligt det där

jobbet på Plantagen ute i Moraberg. Ett helgjobb under läkar-
studierna.

Men jag kommer att göra ett försök.

Idag är en glädjens dag. Men det är också en dag som in-
leder något som kan sluta i känslor av tomhet och otillräcklig-
het. Känslor av saknad långt innan vi ens sagt hejdå. Jag ska
hämta upp min son Alfred på tågstationen om ett par timmar.
Han har höstlov och kommer att vara hos mig i fyra dagar.

Affes mor och jag har gemensam vårdnad om gossen som
hunnit fylla nio. Vickan och jag var aldrig gifta. Jag kände ett
motstånd redan när det kom på tal första gången, kunde inte
säga varifrån det kom. Jag påstods älska den där kvinnan, jag
hade precis fått ett barn tillsammans med henne. Vi hade bott
ihop ett bra tag, hunnit skaffa saker ihop. Och så var det ju så
oändligt smart att gifta sig. Juridiskt alltså.

Men jag ville inte. Jag tror att jag kände en vittring.

Affe måste inte bo lika mycket hos oss båda bara för att vi
har gemensam vårdnad efter att vi flyttade isär. Han är skri-
ven på sin mammas adress i Linköping och det är där han ska
bo och gå i skola. Socialtjänsten och vi var rörande överens
om att det var den bästa lösningen för vår grabb. Man måste
alltid se till barnets bästa, som ledorden klingade under hela
vår korta session.

Det var innan den nye karln flyttade in hos Vickan. Den ir-
ländske plastpappan som bor där än idag.

På papperet har jag lika mycket vårdnadsansvar som Vick-
an, kurande ensam ovanför gamla Linneas huvud. Vickan har
ingen rätt att besluta om viktiga frågor som rör Alfreds ut-
veckling utan att jag får veta något. Säga vad man vill om
Vickan, men här har jag fullt förtroende för henne. Hon löser
det praktiska kring Affes resor till mig med perfektionism.
Hon är mån om att jag ska träffa honom och får det att hända.

Jag har sett Filips situation. Han är inte vårdnadshavare
för sin Ellen och han var det inte för Oskar heller. Han har
bara viss umgängesrätt. Det är tydligt att han inte mår bra av
det. Han borde ha lika mycket vårdnadsansvar som barnens
mor med tanke på att de dessutom var gifta. Då ska det ske
automatiskt vid skilsmässa om inte särskilda skäl talar emot
det, har jag fått lära mig.

Jag har inte vågat fråga Filip vilka särskilda skäl som råder i just hans fall. Förgäves har jag väntat på att han ska tala om det självmant.

Det fanns en tid när jag levde i vånda. Mitt och Vickans samboliv var definitivt över och enda utvägen var att jag tog min glesa del av bohaget och lämnade. För Alfreds skull hade vi hållit ihop ett bra tag trots att luften länge varit tjock av ovilja under vårt tak.

Jag visste så väl att inget längre fanns att göra för oss, ändå var det ett hårt slag när jag insåg vad Vickan hållit på med de senaste månaderna. Slaget var hårt och det skulle komma att fälla avgörandet. Min reaktion var orättvis och snedvriden, det erkänner jag. Jag var för tusan medveten om vad jag själv gjort. Naivt skyllde jag på skillnaden i tid, på skillnaden i engagemang.

Jag hade bara varit intim med den andra personen en futtig gång medan Vickan passat på att tokknulla med tatuerade Jonas så fort minsta lucka dykt upp. Så föll mina ord när vi stred och de hade åtminstone hyfsad sanningshalt.

Värst menade jag ändå att det var med vår Affe. Lillpojken hade för helsike bevittnat deras ångande och stinkande älskog. Jag kom hem och fann vår son oskyldigt plockande med leksaker mitt i allrummet utanför sovrummet där täcket nödtorftigt skylde två heta kroppar.

Jag gjorde det själv. Jag hade sex med en annan, ett annat slags sex. Hela vårt hem skrek ut att det var över mellan oss, och först då lät jag mig ledas till en annan människas varma famn. Vickan och jag var båda otrogna, men jag ville envist vidhålla skillnaderna.

Jag hade haft ett annat slags sex, det hade inte Vickan.

Men det var också tiden det börjat, tiden det hållit på. Det var engagemanget i vad som skett, det var den befängda öppenheten inför barnet. Och det var ångern. Jag mådde pyton av vad jag gjort och jag hävdade bestämt att Vickan inte gjorde det. Hennes plan var långsiktig, sa jag. Min var något annat.

Men den verkliga våndan kom senare. Den kom *efter* separationen och den var fruktansvärd. Det handlade inte om att jag var den som måste flytta. Det var Vickans betalda lägenhet och vi hade inte skrivit något samboavtal. Jag hade ingen annan än mig själv att skylla för det.

Och det handlade inte om att Affe skulle vara skriven hos sin mor och ha sin naturliga hemvist där. Visst gjorde det ont, men vad fanns det för alternativ med en far på bar backe? Inte heller handlade det om tanken på att otrohetsobjektet Jonas skulle sno min plats som pappa. Problem av det slaget skulle jag komma att få först senare i form av en okänd irländare. Tattoo-Jonas var högst tillfällig och åkte snart ut. Rätt åt honom för att han tydligen gjorde bort sig.

Nej, våndan kom när jag vaknade en natt och fick för mig att jag inte hade samma vårdnadsrätt som Vickan. Jag blev helt enkelt osäker på om lagen verkligen var på min sida när det gällde mitt ansvar för Alfred.

Upp for jag och försökte minnas hur det lät från socialtjänsten när Affe föddes. Vickan och jag levde i synd och faderskap måste bekräftas. Rutingöra, sa man. Anmälan om gemensam vårdnad måste också göras, annars skulle hela vårdnaden automatiskt falla på barnets mor.

Där gick jag omkring mitt i natten och trodde att min före detta sambo skulle ringa när morgonen grydde. Hon skulle ringa och säga att hon nu tänkte flytta utomlands och ta vår son med sig. Hon skulle låta iskall och när jag protesterade skulle hon kort säga att jag ändå inte hade någon laglig vårdnadsrätt om Alfred nu. Han var hennes från och med nu. Hon skulle säga att om jag ville träffa honom fick det bli kort och det fick bli i hans nya hemland borta i Tjottahejti.

Det var tyst hos Jesper där jag tillfälligt bodde. Ingen ringde. När jag omslöts av dagsljus och sedan satt på kontoret sansade jag mig. Självfallet gick allt rätt till, sa jag och flinade tillgjort mot en oförstående kollega. Vickan och jag tyckte ju om varandra på den tiden.

Men så kom natten igen. Jag spatserade omkring naken i Jespers och hans frus hus, jag lyckades väcka deras barn och jag misslyckades med att komma med en vettig ursäkt.

Så här höll det på ett tag. Jag vägrade till och med ta Vickans samtal av ren rädsla. Inte undra på att det blev glest mellan mina och Affes möten då. Till slut tog jag mitt förnuft tillfånga och tog reda på hur det var. Det var förstås busenkelt när det väl skedde. Det var bara att ringa ett samtal.

Det kom dock ingen glädjeflod när jag fick det bekräftat. Jag var lika mycket vårdnadshavare som Vickan, men inte slog jag klackarna i taket för det. Det skulle krävas betydligt mer för att få mig att känna gnistan igen.

Med denna erfarenhet kan jag bara ana hur Filip måste ha haft det.

*

Som vanligt känner jag mig överspänd nu. Det gör jag alltid stunden innan jag ska träffa min son. Jag övertygar mig om att det endast är en positiv känsla, likt den nervositet scenskådespelare säger att de måste känna för att en föreställning ska bli riktigt lyckad.

Jag reder upp på övervåningen inför besöket. Mina handskrivna brev till Filip ligger framme och jag stuvar undan dem. Jag har kopior av allt som sänts iväg, något annat vore otänkbart. Jag måste kunna backa tillbaka.

Det händer att jag förlöjligar mig själv. Vem är jag som sitter och skriver långa novelliknande brev till någon tjomme som ändå inte svarar? Som kanske inte ens får dem!

Men just nu behöver jag bara tänka på Isabella för att få ny energi. När jag tänker på henne känner jag mig inte alls löjlig.

Jag har inte pratat med Linnea sedan hennes släktingar var här. Och sedan Jesper och Maria förärade oss allihop med sitt besök. Häromdagen såg jag skymten av henne när hon drog igen sin köksdörr bakom sig. För en sekund fick jag en känsla av att hon gjorde det för att slippa prata med mig.

Jag har stannat här trots att jag är fullt medveten om att jag borde skaffa mig en riktig lägenhet. Inledningsvis hamnade jag här mest för att det var billigt. Men allteftersom har det växt till något mer. Jag har bott kvar för att jag trivs och för att både jag och Affe tycker om att samtala och umgås med Linnea.

Jag har aldrig stått i någon bostadskö och jag vet hur korkat det är. Medan jag bodde inneboende hos Jesper ögnade jag igenom några bostadsrättsannonser och kippade efter andan då jag såg priserna. Jag har minsann andra planer med mina pengar. Så dök den här möjligheten upp och jag tog den. Tillfälligt, som det hette då.

Hon kommer upp från källaren precis när jag kommer nerför min trappa. De båda trapporna möts i Linneas hall och dörren till källartrappan slås upp så att jag nästan får den i ansiktet.

Linnea blir alldeles paralyserad för en kort stund. Hon står med ena handen krampaktigt om dörrhandtaget. När glädjen och värmen flytt hennes fårade uppsyn ser hon verkligt gammal och tärd ut. Hon stirrar på mig.

Men det går över fort. Hon blir sig själv igen. Det vita försvinner från hennes knogar och jag pustar ut inombords.

"Teo! Där är du ju. Hinner du ta en kopp kaffe innan du åker och hämtar honom? Eller kommer ni direkt hit sen?"

Jag minns inte att jag har talat om för henne att jag ska hämta Affe idag.

"Tack Linnea, men jag måste avböja. Tåget kommer in snart. Jag har inte jättebråttom, men jag vill absolut inte komma för sent."

"Nej, det förstår jag. Jestanes, hur skulle det se ut?"

Hon plirar mot mig och ögonen är åter fulla av liv.

"Precis. Och vi kommer inte hem direkt sen. Vi ska åka ut och handla först, äter en bit på stan. Affe vill nog ha mat efter att ha sprungit omkring i butiker ett tag."

"Men hans mamma ger väl honom mat ordentligt?"

Jag får en vänskaplig skuff på axeln.

"Det hoppas jag. Men det tar ju ändå ett tag att åka ..."

"Det tar bara en och en halv timme ungefär. För hon har väl ändå satt honom på det snabba tåget?"

"På X2000 ja. Han åker med snabbtåget."

Den gamla kvinnan tycker om att retas med mig. Men det är bara ibland och jag har ingen aning om när.

Hennes späda kropp försvinner in i köket och hon lämnar dörren öppen bakom sig vilket betyder välkommen. Okej, en kort stund då. Jag är ju ändå nyfiken. Och orolig. Jag vill inte gå på hårt om det som hände härom dagen. Det kan vara känsligt.

"Det var ett väldans stort besök du hade nyligen?" säger jag. "Jag såg att en massa folk kom och hälsade på dig. Det lät trevligt."

Hon tittar på mig som om jag vore helt tappad bakom en vagn.

"Du behöver inte göra dig till, Teo. Känner inte vi varann vid det här laget? Jag vet att du är en klok kille."

"Jag bara tänkte ... Klok? Man känner sig inte helt klok ibland."

"Du är klok som har bott hos mig och sparat pengar. Det är alltid något."

"Linnea, det där är jag tacksam för, det kan sägas hur många gånger som helst. Jag kan tänka mig att betala betydligt högre hyra än du begär, det är bara att säga till."

"Såja, snälla vän. Du betalar det du betalar och så är det inget mer med det. Det är inte mer pengar jag förväntar mig av dig. Jag behöver inte mer pengar. Vad skulle jag göra med dem?"

Hon rotar runt i sitt skafferi. Doften av sött och gott till fikat hänger lika stark som vanligt över rummet. Jag vet inte hur den har kunnat fastna så här. Enligt Linnea har hon inte bakat sedan Kurre gick bort.

"Tja, inte vet jag", säger jag. "Pengar kan man väl aldrig få för mycket av, antar jag. I så fall är det ju bara att skänka bort dem, finns många som behöver."

Jag följer Linneas rörelser utmed skåphyllorna som om jag förväntade mig något.

"Men du, var det nåt speciellt som gjorde att alla dessa människor kom och gästade dig? Jag har väl inte missat nån högtidsdag eller nåt?"

"Jestanes. Nej, det var sannerligen ingen högtidsdag."

"Då missade jag inget alltså."

"Du vet väl vad jag förväntar mig av dig?" frågar Linnea och tittar upp.

Hon har den där uppsynen som gör att jag lätt kan föreställa mig henne i sin krafts dagar som lärarinna på högstadiet. Så sätter hon sig vid köksbordet, vingligt och med en duns mot stolen som om hon i en hast tappat alla kvarvarande krafter. Jag ser stråket av smärta genomsyra hennes ansikte och illusionen av den bestämda lärarinnan är lika försvunnen som om den aldrig funnits där.

Linnea tittar ut genom fönstret. Hon vill inte att jag ska se.

Jag sätter mig mittemot henne. När hon vänder ansiktet mot mig finns där ett lugn och en nyvunnen harmoni. Det svänger fort idag.

"Jag tror att jag vet vad du förväntar dig av mig", säger jag till henne.

"Bra, Teo. Då är vi överens."

Sedan pratar hon om Kurre. Tonen blir drömmande och det spelar ingen större roll vad jag säger eller hur jag reagerar. Eller att jag ens sitter där.

Det handlar om hur han kunde konsten att hålla den vackraste av fasader. Det gällde både han själv och hans hem. Där innanför fanns åtskilligt som också var vackert, men inte allt. Hon säger åtskilligt, absolut inte mer.

Under Kurres tid hölls huset i topptrim, ska jag veta. Linnea petar på en färgflaga på fönsterkarmen och ler avläxet. Han var sjöman och kunde vara hemma i flera veckor likväl som han kunde vara borta i flera veckor. Saker blev gjorda, obemärkt. Var han än befann sig. Jag har hört det förr och ska precis till att snegla på klockan när jag har hennes blick mot mig igen, fullt fokuserad.

"Det jag förväntar mig av dig är att du ser till att skaffa dig något redigt", säger hon.

Jag ler frågande.

"Du har låg hyra hos mig och du kan spara pengar. Jestanes Teo, du bör kunna lägga undan en hel del varje månad. Du kommer att behöva det."

"Linnea, jag ..."

"Du kan inte ha det så här i all evighet. Bo hos en gammal gumma på det här viset, vad liknar det?"

"Men jag har inga problem med det. Varför ska man behöva göra som alla andra, varför ska man vara tvungen att köpa en dyr bostad? Jag trivs jättebra här i ditt hus, Linnea. Och visst är det väl ändå så att min hjälp då och då är bra? Lite bra?"

Mitt försök till pillemariskt smil biter inte alls.

"Du behöver kunna ta hem folk som andra människor gör, utan att behöva skämmas. Du behöver nån som kan hjälpa *dig*, det är inte *jag* som behöver hjälp av dig. Inte längre. Jag är oerhört tacksam för all hjälp du har gett mig, men ... Tänk på Alfred, Teo. Han springer, ska du veta. Och han springer allt fortare."

Jag ser på henne.

"Vad är det du egentligen säger? Vilka var det som var här och hälsade på dig och vad ville de? Förstår du inte att jag blir orolig när du slingrar dig så här?"

"Det var Anki, min dotter, och hennes man. Lisbet och Anders var också med fast de aldrig har varit bjudna hit."

Linnea reser sig och går in i vardagsrummet. Det knarrar i golvet. Hon är strax tillbaka och hon bär något i handen. Ett inramat fotografi.

"Se här", säger hon, "det här är mitt barnbarn Rasmus. Ankis enda barn. Han var också med."

Nu ser jag att hon har två olika foton med sig.

"Här är han när han var fem år. Se så söt han är, så kavat. Och här är han när han är femton. Ser du? Glimten är borta, glädjen är borta. Viljan är borta. Det är inte bara bilderna. Jestanes."

Jag vet inte vad jag ska säga.

"Se till att Alfred får det bra, Teo. Det är vad jag vill säga. Du måste kunna erbjuda vad han behöver innan det är för sent. Tappa aldrig taget."

"Men Linnea, inte behöver jag väl ... Affe har det jättebra hos sin mamma. Han har det jättebra som det är nu. Jag får ju träffa honom i stort sett när jag vill. Du vet ju hur han är. Hur bra han är."

"Han är en underbar gosse. Men jag är inte blind, snälla du. Inte än i alla fall." Paus. "Behöver du inte ge dig iväg nu?"

"Jag åker strax. Men du måste säga vad du menar först."

"Teo, jag ser på dig att du inte är tillfreds med hur läget är i Linköping. Jag känner till att du oroar dig för vad som händer där. Du har inte förlikat dig. Du tycker helt enkelt inte om att Alfred har en pappa till. Och jag säger inte att jag klandrar dig."

"Knappast finns det väl nån som tycker det är kul när en vilt främmande karl daltar med ens barn", säger jag. "Förlåt mig om jag låter snäsig, men det ligger så mycket i det du säger."

"Nu trampade jag visst på en öm tå. Alfred har det ändå så bra där, säger du, hos sin mamma?"

Jag stiger upp från stolen och går mot hallen.

"Det är säkert bara jag som är löjlig", säger jag och stannar upp i dörröppningen. "Han har det bra egentligen, precis som jag sa. Den där karln har bott där i åratal. Vad kan jag göra åt det? Inget."

"Du kan skaffa dig något redigt, vännen min. Börja se dig om, lova mig det."

Min hyresvärdinna ber mig vänta när jag är på väg att stänga dörren. Det var bara en sak till.

"Jag tar det här nu direkt, det är lika bra", säger hon och tar sig mödosamt upp till stående igen. Hon kommer emot mig. "Det här är inget jag vill ta upp när du har Alfred med dig."

"Okej."

"Jag har inget emot att du bjuder hem folk, det är din övervåning. Reglerna är inte hårdare här än i vilket hyreshus som helst."

"Nej, det vet jag. Och det är tacksamt."

"Bra. Det jag vill säga nu är för din egen skull, inte för min."

"Linnea, du är visst på ett riktigt knepigt humör idag."

Jag ser en glimt av stolthet bakom rynkorna.

"Än lever gumman, ser du. Men knepig är inte det ord jag skulle vilja använda. Det känns inte rätt för mig. Jag vill bara ge dig goda råd."

"Det är bra. Shoot!"

"Vad?"

"Ja alltså, jag vill gärna höra dina råd nu. Fast jag har blivit lite nervös."

"Det ska du inte vara. Alla behöver vi vänner här i livet. Det är inget konstigt med det, det är självklart. Vänskap är en fråga om ömsesidighet, Teo. Man måste vara beredd att ge i en vänskapsrelation, man kan inte bara ta. Det får aldrig förekomma utnyttjanden mellan vänner. Håller du inte med mig? Det är klart att du håller med mig."

"Var det ditt råd?"

"Ja, det kan man säga. Det är dags för dig att kila iväg nu. Tåget kommer in snart."

"Riktigt så bråttom är det inte. Du kan inte släppa iväg mig med en massa lösa tåtar hängande. Då blir jag galen på kuppen. Hur kopplar du ihop vikten av vänskap med att det är min övervåning?"

"Det vet du redan, vännen min. Du är en klok kille, var det inte så?"

Det är klart att jag vet, har jag lust att hojta. Men jag förblir tyst en stund och låter min nya fina rodnad tala för sig själv. Jag känner mig oerhört skamsen och det är klart att det syns.

"Jag vill bara inte att du ska vara utnyttjad, Teo. Jag vill inte att de utnyttjar dig. Och i det här fallet kan jag faktiskt sätta ner foten om jag vill. Jag har god lust att göra det. För din skull."

"Du menar ..."

"Ja, just det. Jag har sett dem alla gångerna. Jag har *hört* dem alla gångerna. Och du har slokat iväg längs vägen här varje gång. Jagad från ditt eget hem. Jag tycker inte om det. Den där killens sätt är inte rätt."

Jag bannar mig själv på väg till stationen. Jag betalade faktiskt hyra när jag bodde hos Jesper och jag har inte använt hans båt en enda gång. Jag har inget att betala tillbaka. Nu får det vara slut.

Och jag ska skälla på honom för att han och Maria lämnade kvar sina befläckade sängkläder i mitt gästrum. Jag har tvättat dem i Linneas maskin nere i källaren. Så lydde verkligen inte avtalet.

6

Vi sitter i bilen på väg till Moraberg och Plantagen och stämningen har äntligen lättat. Affe är glad och nöjd. Vi började med att gå omkring i city en stund. Affe sa inte många ord och tittade konstant ut genom sidorutan på väg från stationen. Jag tyckte att han såg lång ut när han klev av tåget. Det skär till i mig varje gång jag inser att han växt ett stycke. Jag känner mig som en främling när det händer.

Vad som är en kort tid för en vuxen är en lång tid för ett barn, det får man komma ihåg. Affe är bara nio år och det är klart att det blir blygt när vi inte setts på en tid som för honom känns som flera månader för mig.

Det brukar räcka med en kvart. Idag tog det bortåt en timme innan jag fick riktig kontakt.

Vi har köpt ett nytt TV-spel till konsolen hemma. Så snart affären var i hamn lossnade det sista. Vi flabbade ihop och tittade varandra i ögonen en längre stund. Jag noterade att den lilla vinkeln på pojkens näsrygg strävar alltmer åt moderns håll. Vickans profil tränger sig fram.

Spelet är något som blir speciellt med vistelsen hos pappa, det är något som Affe kan förknippa med att vara här hos mig. Jag pratade med Vickan om just det här spelet. Det är ett konstnärligt spel, inte ett krigiskt. Vi sa att det får bli min grej, det får bli något som Affe får hålla på med när han är på min övervåning och ingen annanstans.

Vi svänger in på parkeringen och Affe pratar allt intensivare. Han ser elektronikbutikerna och pekar på dem lika ivrigt som varje gång.

"Vi kan gå dit senare om du vill", säger jag. "Men först måste vi uträtta ett annat ärende. Ser du stora blombutiken där?"

Affe slår spelkartongen i sidorutan när han vänder sig om i bilen.

"Blombutiken?" frågar han först, besviket. Men så ser han Plantagens neonskylt och lyser upp. "Den ja!"

"Vi ska gå in där en sväng, du och jag. Din gamle pappa ska kolla upp en sak. Det finns en massa kul prylar därinne, det är inte alls bara blommor."

"Jag gillar faktiskt blommor", säger Affe. "De är ofta snygga. De som är stora och så där typ krulliga."

"Okej, krulliga blommor. Så här som ditt hår då ungefär?" Jag rufsar runt i hans mörkblonda kalufs.

"Nä, inte så", säger han. "Stort och grönt. Krulligt och fullt med blad och grejer man skulle kunna gömma sig i. Asballt att gömma sig i."

"Aha, det är så du menar. Verkligen asballt."

Jag parkerar bilen och Affe är ute innan jag ens stängt av motorn.

Glesa folksamlingar och massor av prylar över större ytor får Affe att slita sig. Springet i benen kommer som på beställning, precis som när han var mindre. Det skulle kunna vara oroande och obekvämt för en stackars ringrostig far, men här på Plantagen känns det okej. Uppsikten är ganska bra och jag har en känsla av att personalen är pålitlig.

Det skulle vara kul att se hur pålitlig just en viss person är. Jag ämnar speja.

Bortre delen av blomvaruhuset delas av med hjälp av en gigantisk glasvägg. Bakom den finns en annan avdelning, även den fylld med plantor, växter och trädgårdstillbehör till förbannelse. Affe har redan hittat bortom glasväggen. Hans illasittande gröna täckjacka fladdrar omkring mellan hyllorna och raderna av krukor. Han känns barnslig i sådana här lägen, men jag låter honom hållas. Trivseln framförallt.

Två kvinnor med likadana kläder kommer in genom en dörr som inte ser allmän ut. Jag ser mest bara konturerna av dem där de traskar med målmedvetna steg. De hör till personalen, så mycket är säkert. En är mörkhårig och den andra har något på huvudet. Jag snubblar lätt mot en uppsättning höstglöd i min strävan att ta mig närmare. Det skälver till i den långa raden av blad som om de blivit kränkta.

Nu är det bara hon med mössan kvar, och hon har ställt sig framstupa över en samling figurer att ha i trädgården. Om någon av de två är Isabella tror jag inte att det är hon. Men hon kanske vet mer.

Mina steg blir skyndsammare och jag går via avdelningen där Affe flänger runt. Jag hittar honom med huvudet nedstucket i en jättekruka i terrakotta. Ett mindre barn sitter och lurpassar bakom krukan. Affe har hittat en kompis.

"Affe, jag ska gå och leta efter en grej bara", säger jag. "Men ni tycks ju klara er bra här. Jag finns en liten bit bort. Ser du tomtarna, Affe? Där är jag."

Hon står kvar. Min målmedvetenhet falnar något när jag är på armlängds avstånd.

"Kan jag hjälpa till med nåt?"

Försäljerskan kastar sig upp i stående ställning och är knallröd i ansiktet de första sekunderna. Huvudbonaden visar sig vara en grå tomteluva. Hon tar den av sig och känner sig nödgad att komma med en ursäkt.

"Ja, du vet hur det är i butiksvängen. Vi ska börja julskylta snart och som du ser har vi redan lagt upp julgranskulor och tomtar och ... Vi ska sälja såna här luvor och det gäller att föregå med gott exempel. Men det blir bara så varmt! Vad tycker du? Får det vara en liten tomteluva?"

"Nej tack."

"Du får väl återkomma när det börjar bli dags", säger hon. "Kan jag hjälpa till med nåt annat?"

"Nej, egentligen inte."

Jag visar absolut inget intresse för de stora trädgårdstomtarna som står intill oss, ändå låter jag mig ledas in bland dem trots att de är bland det mest missprydande jag vet.

"Det här är faktiskt inga jultomtar i egentlig mening", förklarar försäljerskan sakligt, "såna här kan man ha i trädgården året om. Ja, det är många som har. Har du trädgård?"

"Nej", säger jag och rör vid näsan på en enormt stor och enormt ful tomte. Tänk att den till och med har fått en enorm vårta på nästippen.

"Det finns mindre modeller också. Och djur och troll, inte bara tomtar."

"Vad bra, men jag är inte intresserad. Jag måste gå och leta upp min grabb nu, han är här i närheten nånstans. Men du", jag sneglar omkring mig, "jag funderar på en annan sak."

"Jaha?"

"Jag söker efter en person."

"Okej. Vem då?"

"Äh, det var inget. Jag kan nog inte hitta henne här i alla fall."

"Okej, jaha. Men jag hjälper gärna till om jag kan."

Jag vacklar nu när jag är så nära. Funderar på vad jag ska säga till Isabella om jag blir ställd öga mot öga med henne. Hon känner inte mig. Jag känner inte henne. Och ändå har jag letat upp henne, som värsta detektiven. Filip kanske har gjort slut på ett elakt sätt och nu är hon ...

Jag ska precis ställa frågan igen när ett nytt käckt utrop hejdar mig.

"Vi har ett stort utbud av trädgårdsfigurer! Här står både tomtar och djur, som du ser. Kom med här får du se."

För en skräckfylld sekund tror jag att tomteluvskvinnan bestämt sig för att inte ge upp fallet Teo. Jag har blivit kvar längst inne i hörnet och måste trängas för att ta mig härifrån. Försäljerskan och hennes nya kund har bildat en barriär tillsammans med jättetomtarna. Min axel gnids mot kundens och hon vänder sig om mot mig. Precis då ser jag vem det är. Och hon ser vem jag är.

Mer händer i samma stund. Det brakar till rejält borta i avdelningen bakom glasväggen. Jag hör att något förvandlas till skärvor. Affe, tänker jag och spänner hela kroppen.

"Oj, jag måste iväg", säger jag.

Men jag har fastnat. Den äldre kvinnan glor på mig. Jag sträcker mig upp på tå och kisar och då får jag syn på Affes gröna täckjacka en bit bort. Hans rörelsemönster är yvigt.

"Vad gör du här?" frågar jag och hör i samma stund hur oartig jag låter. "Jag menar, tänk att man stöter på dig här!"

"Ja, tänk", muttrar kvinnan med sin omisskännligt spruckna stämma.

"Hur är det med dig?"

Jag förväntar mig inget svar. Det här är bara en tom startsträcka. Människan ser ännu mer härjad ut än förra gången. Hon bör vara åtminstone tio år yngre än Linnea, men inget i hennes yttre talar för det. Det måste ha hänt i ett slag, så här minns jag henne inte alls för bara något år sedan.

"Med mig är det som det är", säger Filips mamma Anita.

"Det spelar ingen roll."

Hon koncentrerar sig på trädgårdstomtarna.

"Jaha, ska det vara lite trädgårdsprydnader till tomten?" fortsätter jag på väg till kärnfrågan. "Tomtar till tomten liksom. Är det till sommarstället? Vad jag förstår så är det vinterbonat där också, så ..."

Jag känner att jag hamnar för långt ut i periferin.

Tomteluvskvinnan låter oss vara nu. Hon har dykt ner med ansiktet före på samma plats där hon tidigare höll till. Filips mor ser stel ut. Nästan apatisk. Hon rör vid en tomte med säck på ryggen.

"Jag har inget sommarställe", säger hon. "Detta är för ... för vårt hem."

Ruben, tänker jag. Gudskelov att han tycks finnas kvar.

"Vad trevligt. Du Anita, hur är det med Filip? Det var längesen jag träffade honom nu. Har inte hört nåt från honom alls."

Filips mamma ser på mig. Jag är svettig. Hon säger inget.

"Jag har försökt ringa några gånger", säger jag. "Men jag har nog inte rätt nummer. Jag fick ett nytt mobilnummer och en Malmöadress för bra länge sen nu. Men han har aldrig svarat på dem. Och på Facebook är det helt dött. Bor han i Malmö nuförtiden?"

Lång paus. Sedan, med nya djupa sprickor i rösten:

"Nej. Filip bor inte i Malmö."

"Nehej. Jag gissade väl det. Vad gör han numera då? Man blir nyfiken. Filip är ju en kille som kan hitta på vad som helst. Han är så underbart driftig."

Ordet driftig kom som ett slag för Anita. Eller så var det ordet underbar, jag vet inte. Hon ryggar tillbaka och försvinner delvis in i sin beigea tantrock. Hon som var en lång och stilig kvinna en gång.

"Förlåt, jag ska inte störa dig mer", säger jag. "Jag ska ta och hämta min son och så ska vi åka hem. Men jag skulle gärna vilja komma i kontakt med Filip. Jag saknar honom. Det skulle vara kul att få ett telefonnummer som stämmer. Eller en adress."

Nu brakar det till ännu en gång borta vid krukorna. Tomteluvskvinnan och jag tittar instinktivt ditåt, men när jag vänder tillbaka huvudet ser jag att Filips mamma inte rört sig en millimeter. Hennes blick är mörk och den är fäst vid mig.

"Du ska inte komma i kontakt med min son", säger hon. "Du har gjort tillräckligt. Han vill inte ha med dig att göra mer. Förstår du vad jag säger?"

I ögonvrån ser jag Affes jacka och den rör sig onaturligt fort bortåt.

"Nämen", säger jag och drar åt två håll.

"Ja, just det. Filip har berättat allt. Jag vet allt. Vi behöver inte säga mer. Såna som du ska inte lägga sig i mer. Filip behöver inte såna som du. Han har sagt det själv."

Jag tappar målföret.

"Förstår du vad jag säger?" upprepar Anita hest.

"Ja, jag förstår."

Försäljerskan kan inte ha hört något av vårt samtal för hon ler oberört när hon kommer emot oss igen. Luvan har hittat tillbaka upp på skallen. Hon säger något glatt till Filips mamma, men jag hör inte för jag är på väg.

Jag är kall när jag går och letar efter Affe. Känner mig som en brottsling, en våldsman, en psykopat. En som bara gör illa och gör det avsiktligt. Anita är förvirrad, sjuk, galen. Inte jag.

Jag vill ta Affe härifrån nu. Jag vill se honom sitta och spela sitt nya spel vid min TV, jag vill se honom sitta och prata trevligheter med Linnea.

Jag vill känna värme.

Men jag hittar honom inte. Skärvor från minst två olikfärgade krukor städas upp av en man från personalen. Jag passerar utan att stirra för mycket. Där finns redan flera vuxna som valhänt står och väger från ena foten till den andra för att se ut som om de vill hjälpa till.

Affe har inte fått en egen mobiltelefon ännu. Ett beslut som jag inte helt kan stå upp för just nu. Jag går runt hela den mindre avdelningen utan resultat. Jag tar mig genom glasdörren och är ute i den större avdelningen igen. Mina steg blir allt snabbare. Jag håller huvudet så högt jag kan. Det är inte särskilt mycket folk, men det är mycket blommor. Jag ser handtextade skyltar med begonia, cyklamen och murgröna, men jag ser ingen Affe.

I kassorna har ingen sett honom. Det är många barn här, säger de. Några av dem är borta vid utemöblerna. Jag vänder mig snabbt om och stöter till några ställ med godispåsar av ovanlig sort. Jag gör en kort reflektion över att det säljs godis till och med i en blomaffär. Det irriterar mig.

I en svärm av fnitter springer hela gänget iväg när jag närmar mig utemöblerna. De flesta är något större än Affe och de skingras som en flock fåglar när fienden kommer. Jag blir tvungen att rikta siktet mot trädgårdstomtarna igen. Filips mor står kvar där och jag vill inte fångas av hennes vrede igen så jag tar mig igenom korselden fylld av märkliga åtbörder och på ett opraktiskt långt avstånd. Några ungar kryper och krälar innanför Anita och försäljerskan, men ingen av dem är min Alfred.

Jag känner en laserstråle till blick dela min ryggtavla itu. Jag har fasen inte gjort mig förtjänt av det här.

Klungan vid de fallna krukorna har blivit större. Det måste ha hänt något mer, lite splittrad keramik har väl aldrig skapat folkhopar förr. Min uppgift är att hitta Alfred, det är allt.

En annan pappa skingrar gruppen just som jag är framme vid den. Han säger vänligt men bestämt åt människorna att gå, allt har ordnat sig, hon är omhändertagen nu. Hon har blivit omplåstrad. Det var aldrig någon fara, inte med en personal som denna. De är änglar.

Jag slänger ett öga över axeln och ser en mörkhårig kvinna i personalkläder försvinna bort genom lokalen. Hon bär på en liten väska och hon rotar i den samtidigt som hon går. Är det det där håret? Är det den där manen som kastades för vinden och smekte kinderna på både ängeln själv och på älskaren? Såg jag leendet? Samma rika garnityr som i Filips fotoalbum?

Jag har inte tid.

"Ursäkta, men vi ska bara komma fram här."

"Oj, förlåt!"

Klumpigt stiger jag åt sidan och släpper förbi fadern och hans ledsna dotter. Hon har bandage över ena handen och hon borde ha gråtit våldsamt. På golvet under hyllan med jättekrukor ser jag bleka spår av upptorkade blodfläckar.

Skuldkänslorna överväldigar mig. Jag har inte hållit uppsikt över min barnslige son och då har en olycka skett.

Och nu har han blivit rädd.

7

Jag passar på att posta mitt senaste brev när jag ändå är ute och motionerar. Jag har börjat känna mig som en dokumentärförfattare snarare än en brevskrivare. Jag ruschar tillbaka till huset i den tunga och fuktiga luften. Skymningen faller och jag ser inte många människor i rörelse. Det är en vemodig känsla som jag inte tycker illa om. Löpningen går som ett välsmort maskineri. Det lyser hemtrevligt i Linneas köksfönster. Jag ser skuggor röra sig i taket därinne. När jag kommer in i huset passerar jag hennes stängda dörr och går uppför trappan direkt. Jag har lovat att inte störa.

Efter duschen stoppar jag fötterna i ett fotbad och ger mig ut på nätet en stund. Egentligen bär det mig emot, men snart finner jag mig själv på olika sajter med bostäder till salu. Efter Jespers idiotiska meddelande på mitt mobilsvar nyss har jag extra svårt för att föreställa mig en inackordering hos honom igen om det skulle knipa. Jag kan vara ett under av diplomati, men bara om jag vill.

Utbudet brer ut sig framför mig. Folk i min omgivning skaffar hus och lägenheter och på köpet stora skulder. Det är naturligt för dem. Linnea säger att jag borde ha kunnat spara och jag kan inte säga att hon har fel. Dessutom finns en slant efter far undanstoppad i ett hörn.

Men det handlar om något annat för mig. En regnig dag kanske jag drar.

De dåligt formulerade och tätt hopade texterna som ska beskriva lägenhetsobjekten får mig på dåligt humör. Hur kan man skriva att en etta på trettio kvadratmeter har en spännande planlösning? Hur kan samtliga objekt, oavsett läge, pris och standard, vara så ljusa? Enligt den felstavade och särskrivna texten är allting så ljust, så ljust. Vardagsrummen är ljusa, köken är ljusa, sovrummen är ljusa. För att inte tala om badrummen. Fast på bilden är kaklet åt det mörkblåa hållet och inga fönster syns till.

Jag stänger av. Vill inte räkna. Inte nu. Förutom allrummet som mest fungerar som kök har jag tre rum häruppe, badrummet borträknat. Sovrummet, arbetsrummet och det sista rummet som fungerar både som gästrum och som mysrum med TV. Det skulle vara något för en mäklare att bita i, det här. Hur säljer man övervåningen på en villa? Planlösningen är inte ens spännande. Men det är ganska ljust.

När jag hoppat ur badet och smort in fötterna tittar jag in i gästrummet där Affe sover när han är här. Min sons gröna täckjacka ligger slängd över sängen och jag tar upp den för att hänga den på en galge. Jag håller upp den en stund och känner motstridiga känslor. Det är pojkens doft. Jag borrar in näsborrarna i jackryggen.

Men så är det själva jackan. Modellen. Den klär inte Affe. Den är för pösig, han ser ut som ett klot i den. Jag skulle aldrig ha köpt en sådan till honom. Det var Vickan som förde plaggfrågan på tal första gången.

Du ska inte hålla på och köpa en massa dyra kläder till Alfred, sa hon, det är mest sånt som han ändå aldrig har på sig sen. Han har dem när han åker från dig, sen blir de slängda här nånstans bara. Vi ser till att han får de kläder han behöver, du ska inte behöva bekymra dig om det.

Jo jag tackar jag. Det är svårt att inte bry sig när man ser sin son tälta i den här. Jag kan slå vad om att det är irländske Paul som valt den. Jag kan precis se för mig honom flänga omkring i en butik och hastigt och lustigt bara rycka åt sig första bästa jacka. Inte en titt på prislappen, inte en minut över för att prova. Och inte har han lyckats skaffa några egna barn att köpa kläder till heller.

Jag märker att Affes jacka väger tungt på ena sidan. Den har en påtaglig slagsida om jag väger den i luften med tummen inskjuten i kragen. Pojken måste ha ena fickan full med saker. Det får han väl ha om han vill, tänker jag när jag kränger jackan över galgen. Men precis då tittar något ut. Det är som om min barnsliga nyfikenhet drev föremålet ur gömman. Jag svär på att jag inte hjälpte till med vilje.

Jag trycker tillbaka godispåsen och känner att där finns fler saker i botten av fickan. Många saker. Jag låter dem vara, lägger mig inte i. Men påsen. Den var annorlunda och den var bekant. Jag har sett en sådan alldeles nyligen, i en butik som mest säljer plantor och trädgårdstomtar.

Det är dags att gå ner nu.

De sitter vid köksbordet och löser korsord. Det är en fin syn. Både Affe och jag hade skäl att vara dämpade när vi kom hem från Moraberg idag. Linneas välkomnande blev mer önskat än någonsin. Det värmde ett gammalmodigt faders-hjärta när Affe vördsamt bad om att få vänta med sitt nya TV-spel för att först prata med gamla Linnea. Jag köpte spelet till honom och det är viktigt att han gillar att spela det hos mig, men det skulle aldrig falla mig in att värdera det högre än ett samtal mellan gammal och ung, för verkliga livet, om verkliga livet.

Den största stoltheten för mig just nu är denna. Något annat har svagt börjat mola inom mig så jag behöver det här.

"Jestanes gosse, hur kunde du känna till ett så svårt ord?"

Affes min är obetalbar. Han rycker förnöjt på axlarna.

"Jaså, här sitter ni", säger jag. "Får man vara med?"

Bara Linnea tittar upp. Hon nickar och det dallrar till om halsskinnet.

"Då sätter jag mig här mittemot en stund. Om det går för sig mitt bland snillen som spekulerar, vill säga."

"Pappa, skulle du kunna se vad som är på den här bilden?"

Jag andas ut. En olycklig fnurra mellan oss har jag inte råd med.

"Det ser ut som en rolig farbror i mina ögon", säger jag och hör samtidigt hur uråldrigt farbroderlig jag själv låter.

"En rolig farbror?"

"Ja, en man som drar i nån figur", försöker jag.

Linnea rotar leende i sitt skafferi igen.

"Pappa, det är Grendino och hans hund. Hunden kallas för Apelsinhunden. För att han gillar apelsiner så mycket. Ser inte du det?"

"Klart att jag ser! Apelsinhunden har ju en påse apelsiner över ryggen. Men varför drar farbror Grendino i honom?"

Affe suckar. Den här gången svarar Linnea:

"Grendino drar inte i hunden, Teo. Det är bara som det ser ut. Grendino går alltid på det där viset. Det har Alfred förklarat för mig."

"Jaså, på så sätt", säger jag. "Grendino. Är han italienare?"

Det kommer fram saft och småkakor. Färdigköpt alltihop. Affe sätter genast i sig en kaka och jag tänker på godispåsen i fickan.

"Har du berättat för Linnea att du gömde dig för din gamle pappa idag då?"

Affe mal sin kaka mellan tänderna och skriver in några bokstäver i korsordet. Linnea ser på mig. Hon rör sakta vid Affes huvud, kärleksfullt, skyddande.

"Vad är det?" frågar jag.

"Jag tror inte att han vill prata om det nu", säger hon. "Eller hur, Affe?"

Pojken skakar på huvudet.

Vi småpratar om ingenting istället. Affe jobbar vidare med korsordet. Då och då sneglar jag på hans händer, hur han håller i pennan, hur han känner sig för med pekfingret över rutorna.

Senare sitter Affe med blicken fixerad vid TV-skärmen uppe hos mig. Spelet som ska framhäva det konstnärliga i barnet har slagit sitt nät kring min son och infångat honom. Han svarar knappt när jag säger att jag ska gå ner till Linnea en stund till.

"Jag hoppas att du inte tänker prata mer om att jag måste finna mig nåt redigt", säger jag till min hyresvärdinna i lättsam ton. "Och inte räknar jag med att du ska påpeka vad du tycker om somliga av mina gäster heller. Jag kan berätta för dig att jag tar hand om alltihopa. Jag ser till att allt ordnar sig. Det blir inget mer för dem däruppe."

"Bra, Teo. Sätt dig. Vill du ha en kopp kaffe till?"

"Nej tack, jag har fått i mig tillräckligt."

"Alfred har blivit större", säger hon. "Han ser ut att må bra."

"Han mår bra. Men det var ju inte så länge sen du träffade honom sist. Men det är klart, de växer fort. Man hänger inte med."

"Det var faktiskt ett bra tag sen jag träffade honom."

Jag tänker inte opponera mig. Linnea har alltid rätt när det gäller tider.

"Teo, vad hände när ni två var ute och handlade idag? Jag tänkte att jag skulle ta upp det med dig. Fråga dig lite."

"Hände? Det hände inget särskilt. Varför undrar du det?"

"Snälla vän, om inte annat så ser jag det på gossen. Han var nedstämd när ni kom hem. När jag frågade vad ni hade gjort slog han mest ifrån sig. Jag blev allt lite orolig."

För första gången känns det som om Linnea inkräktar. Jag välkomnar inte känslan. Jag har ingen lust att redovisa, vill inte kallas på förhör.

"Linnea, nu ska du inte bry dig om det. Det hände en liten incident när vi var på Plantagen bara. Det var inget. Vi redde ut allt direkt."

"Var det *där* ni var, på Plantagen?" Hon skrattar till. "Jag hörde nåt om blommor. Det är inte var dag du är där, Teo. Jestanes! Är det dags att tänka på egna blommor redan? Du behöver väl inte ha *så* bråttom, snälla vän?"

"Jag har inte bråttom. Och du får så gärna stå för blomstren i hela det här huset även i fortsättningen. Jag hade andra ärenden där. Affe hade jättekul när vi var där. I alla fall först."

"Och sedan?" säger Linneas tysta ryggtavla borta vid köksbänken. "Hade han inte kul sedan?"

"Men sen hände en liten olycka", öppnar jag mig. "Affe lekte med en flicka och så råkade de ha ner några krukor så att de gick sönder. Flickan fick ett litet sår men Affe klarade sig. Mer än så var det inte. Det är klart att han blev lite ledsen och rädd först."

"Säger du det? Så det var en liten flicka?" Linnea vankar i snabbare takt när hon siktar mot köksbordet igen. Hon slår sig ner och spänner ögonen i mig. "Var det *så* det gick till?"

"Ja, ungefär så. Det var inget mer med det."

"Det var inte vad Affe sa till mig."

"Nej, jag märker det. Jag tyckte att du sa att han inte sa nåt alls till dig, att han mest slog ifrån sig när du frågade."

"För mig var det han sa som att slå ifrån sig."

"Jaha, och vad var det han sa?"

"Han sa att det hade kommit en skäggig och arg gubbe och tagit tag i honom. Han mumlade det, Teo, efter att jag givit honom gott om tid. Så sa han att du hade rusat fram och slitit bort gubben från honom. Gubben hade åkt in bland alla krulliga blommor, ja, det var faktiskt så han sa, så att en massa saker hade åkt ner på golvet. Sen hade du och gubben slagits och du hade vunnit. Sen ville han absolut inte säga mer. Det var bara korsordet som hade betydelse sen, och det gjorde mig inget. Jag tänkte att jag frågar hans pappa senare."

"Herregud."

"Teo, jag tror inte att du behöver ta gossen på orden. Jag ser vad du tänker nu."

"Jag tänker på en godispåse", säger jag.

"Vad?"

"Jag ska gå upp nu."

Jag får en blick som bär stänk av ogillande, men det är inget jag bryr mig om. Om Linnea tänker köra mer förhörsledarstil framöver kan jag alltid kontra med frågor om vad hennes kära släkt egentligen har för sig. Där finns det ihåligheter som behöver fyllas.

*

Efter att ha letat alldeles för länge efter Affe i blomvaruhuset fann jag honom utanför själva byggnaden, åt motorvägen till. Han hade satt sig ner bakom en stor pall med gravdekorationer i form av silvergranskransar med stora kottar och inplastade rosetter. Om det var det han menade med krulliga blommor som är fulla med gröna blad som man kan gömma sig i så vet jag inte vem som har fostrat honom.

Han hade slutit sig igen och visst kunde jag förstå honom. Brak, splitter, blodvite och skuldkänslor. Vem som helst kan bli innesluten av det.

Efter en stunds övertalning lämnade Affe sin plats bakom pallen, med bylsig täckjacka halvt på svaj. Stegen var tunga och demonstrativa. Jag såg inga tecken på tårar utmed hans kinder, däremot fann jag en näsa som hade blivit märkbart röd över det karaktäristiska vecket, precis som hans mors när snålblåsten fått behandla den en stund.

Jag föreslog att vi skulle leta upp flickan och hennes pappa för att försäkra oss om att inga onda känslor fanns kvar, men jag fick en hårt stretande son till svar. Jag sa att vi åtminstone måste gå igenom kassorna för det hör till vanligt folkvett när man varit inne i en affär, oavsett om man tänker köpa något eller inte. Hoppa över stängslen på utsidan fick andra syssla med.

Affes hand rörde sig ängsligt mot jackfickan. Näven hårt knuten runt det som halvvägs ramlat ut. Han stod stilla, orubblig. Jag undrade om han inte var intresserad av Linneas saft och kakor som väntade därhemma. Vandringen genom kassorna var välsmord.

Isabella. Det tog några sekunder innan jag förstod att det verkligen var hon. Det hela hade varit en ren chansning, hon skulle bli läkare och jobbade bara tillfälligt i blomvaruhuset. Precis när Affe och jag var på väg ut dök hon upp rakt framför oss. Där fanns bänkar för att slå in blomster i papper, och där stod hon och kämpade med en stor och tung pappersrulle.

Våra ansikten möttes i all hast, men det räckte för att jag skulle bli säker. Det var kvinnan från albumen.

Det var kvinnan som fått Filips kärlek.

Jag såg min chans och ryckte in för att hjälpa till med pappersrullen. Leendet som avbildats i min väns album dök upp och jag fick ett ljust tack, men när Isabella upptäckte något bakom mig stelnade leendet. Ett äldre par hade närmat sig och stannat till.

Det var som om jag plötsligt inte var värdig min Alfred. Starkt kände jag de outtalade orden. Pojken fick utstå stirrningar och ett ansikte som formades i tvivel värre än under nödens år. Filips mor stod alldeles bakom min rygg och det verkade som om hon kippade efter andan. Jag hörde ljuden medan jag spontant höll Affe ömt om nacken. Jag strök honom med handen och kunde svära på att ljuden tilltog bara därför.

Jag såg Isabellas leende fly och jag vände på huvudet och såg på Anita. Hon sa inget på hela den korta tid det varade. Hon sa inget med ord. Men hon hade ett kroppsspråk som kunde rubba berg.

Då slog det mig att de naturligtvis måste känna varandra. Hade jag fått äran att träffa Filips mor måste väl Isabella ha fått det också. Och här stod jag mittemellan dem. Vi gick undan, Affe och jag.

Men Isabella höll sig bortvänd från oss och städade upp inslagsbänken med kvicka rörelser. Anita uppmärksammade inte sin sons flickvän alls. Det var som om de aldrig någonsin sett varandra. Filips älskade mammas koncentration var riktad helt mot mig. Avsmaken hängde kvar och den hängde stadigt. Jag ville inte säga något mer till henne, ville absolut inte bädda för fler olustiga scener. Jag förstod inte min roll som förbrytare och jag förstår den inte nu. Jag började småprata med Affe, så där som man gör när vuxenlivet blir för påfrestande, och så tog jag honom i handen och gick därifrån.

Jag hade inte den minsta avsikt att på något sätt vara i vägen för Anita, ändå tydde följande händelse på det. Ruben och en stornäst trädgårdstomte hade dykt upp i ögonvrån och nu fick Anita äntligen det skydd hon behövde. Ruben ställde ner tomten så att dess döda ögon synade mig, därpå ryckte han till undsättning för sin kvinna. Med ett ansiktsuttryck som bar en blandning av ursinne och förnedring sneglade mannen på mig medan han hjälpte Anita till sittande ställning. En utskällning hade nog varit nära till hands om inte Affe och jag redan hunnit halvvägs ut.

När vi satte oss i bilen såg jag att Isabella lämnade inslagsbänken och satte iväg inåt butiken med effektivitet i steget.

Nu visste jag var hon fanns. Ändå mådde jag illa.

*

Ett TV-program dånar ut i gästrummet och jag stänger av burken mitt framför näsan på Affe. Det är ändå inget att se än, säger jag. Nu vill jag prata med min son när han väl är hos mig. Filip och hans Oskar, de pratade för lite.

"Vill du inte ha lite godis?" frågar jag. "Eller vill du vänta med det tills ditt favoritprogram börjar?"

Affe skruvar på sig.

"Jag bara undrade", säger jag.

"Jag vill inte ha nåt godis, pappa."

"Nähä, okej."

Den är ännu så liten, den där kroppen. Ännu så omärkt, den där själen. Jag är lika mycket vårdnadshavare som Vickan, tänker jag och puffar till några kuddar. Jag kan inte blunda för saker jag ser, för saker jag inte tycker om. För det nya som växer fram.

Jag vältrar mig ner bredvid den lille i min breda gästsäng och utstöter en serie fjantiga ljud. Urlöjliga, rent ut sagt. Asdumma, om Affe får avgöra. För varje aktivitet jag berättar att han och jag ska göra tillsammans nyper jag honom. Det slutar med smittsamma gapskratt och jag riktar mina mot golvet för att de säkert ska gå igenom så att alla i huset hör.

"Tycker du att din gamle pappa borde vara en slags-kämpe?" frågar jag.

"En slagskämpe!" Affe viftar med armarna, bluddrar med läpparna.

"Ja, en sån som kan bekämpa alla elakingar. Skulle du gilla om jag var en sån?"

"Vet inte. Jag brukar slåss med Adam ibland. För det mesta vinner jag."

"Vad menar du nu, Affe? Du slåss väl inte i skolan? Det finns så många bättre sätt att reda ut problem på, det vet du."

"Men du sa ju att *du* ville vara en slagskämpe."

"Nej, det sa jag inte. Jag undrade om du tycker att jag borde vara det."

"Vet inte", säger Affe.

"Det var inte så farligt det där i blombutiken, va?"

Han viftar med armarna igen.

"Jag vill bara säga att jag absolut inte är arg på dig", fort-sätter jag och stoppar hans rörelser. "Vem som helst kan ha sönder grejer av misstag. Det är mänskligt."

"Mm."

"Linnea berättade för mig att jag vann matchen. Att jag segrade över den skäggige gubben. Det är bara det att jag inte minns någon gubbe. Varför sa du så till Linnea, Affe?"

Han svarar inte. Väntar gör Alfreds pappa, han som går in och försvarar sin son handgripligen när elaka gubbar dyker upp. Här sitter Alfreds pappa, hjälten.

Alfreds pappa, hinken. Hinken att ösa skit i.

"Affe?"

"Vet inte."

"Nähä, okej. Vet du vad jag tycker vi kan göra senare?"

"Nä."

"Åka iväg och äta pizza nånstans. Linnea erbjöd sig att bjuda oss på middag, men jag tror att vi struntar i det idag, eller hur? Hon kan få bjuda oss en annan dag. Vad sägs om att det bara blir du och jag ikväll?"

"Det vill jag", säger Affe.

"Vad kul! Fast vi måste bli hungriga först."

Jag berömmer Affe för de ämnen han visat sig ha fallenhet för i skolan. Framgångarna i svenska språket intresserar mig. Pojken brummar med munnen, siktar mot taket genom ett osynligt kikarsikte, ställer sig och hoppar på golvet med armarna som propellrar. Jag drar tillbaka honom, frågar om kompisarna. Affe säger att han har massor och att alla i hela skolan bråkar ibland. Han berättar en liten historia om när någons cykel försvann från cykelstället på skolgården, en rolig historia. Han dras in i den. Det var en klasskompis som hade fått överta en äldre cykel från en släkting. Måste ha varit en asgammal släkting eftersom cykeln var så gammal. Hela klassen hade gått ut på rasten och tittat på underverket. Den hade en lång och knäpp sits, en sån som hängde typ ner där bak, vilket jag efter några närmare beskrivningar förstår är en limpa likt grabbarnas på min tid. Skämmigt urmodig, kan jag tänka mig.

Styret var högt och det satt typ tofsar i ändarna. Asfula. I hjulen lyste det massor av reflexer. Asballa. Fastklämda i ekrarna, tänker jag nostalgiskt. Affe kisar och skrattar, och jag kan inte säga säkert om han skrattar *med* den nyblivne cykelägaren eller *åt* honom.

Delar av historien blir osammanhängande och jag ställer frågor för att styra upp. En hel massa namn på kompisar och andra i skolan som jag naturligtvis aldrig har träffat drar förbi, men så finner han ett spår igen. Cykeln skulle ju försvinna, som hans pappa vänligt påpekar.

Just det. Senare på dagen är cykeln borta från cykelstället och de ser spår av däck inne i skolan. Det är en massa märken över typ hela golvet, garvar Affe. Han som fått cykeln springer bara omkring. Alla tycker att han är jätterolig. Clown eller ofrivilligt utsatt, undrar jag.

En lärare kommer bärande på cykeln och alla springer åt alla håll. Affe flyger upp och sätter sig på en rad av skåp. Flera gör likadant. Ingen kan ta dem där, säger Affe. Läraren har en kille med sig. Han håller i honom nästan som han håller i cykeln. Det blir jättetyst. Läraren ropar på Affe och Adam och några till och säger att de ska komma fram till honom där han står mitt i skolan.

Min son leker med ett skärp medan han pratar. Han ligger i sängen och spänner det runt knäna, drar och rycker i det som ungar gör. Jag känner inte igen det. Det är smalt och har små diamantliknande glasbitar mellan hålen. Det är ett dam-skärp och jag blänger på det men låter Affe hållas.

"Thomas ville tacka oss", säger han. "För att vi tog tillbaka cykeln till han som fått den."

"Men ... var det *ni* som gav tillbaka den till honom?" frågar jag. "När gjorde ni det då? Sprang inte han omkring där bara, ägaren?"

"Jo. Men jag gick med den till typ lärarrummet efter att Melvin hade snott den. Thomas tyckte att det var bra gjort."

"Var det *du* som gick med den till lärarrummet? I så fall var det bra gjort av dig. Vad sa killen som hade tagit den då? Melvin? Var det honom som Thomas nästan bar på?"

"Mm. Han sa väl inget."

"Adam och de andra som din lärare hade ropat på då? Vad gjorde de? Hade ni allihop hjälpts åt med att ge tillbaka cykeln?"

"Mm. Men det var mest jag."

"Helt otroligt, Affe. Vad bra."

Min sons råa skratt, flykten från läraren och sedan berömmet från samma lärare. Jag kan inte säga att jag gillar det.

När Affe springer på toa rullar jag ihop Marias skärp och går in med det till mitt sovrum. Grabben ska inte leka med en äktenskapsförbrytares tillhörigheter. Det luktar damparfym om det. Jag ska fråga Jesper om det är något som saknas.

Så ser jag att en viss påse med chokladkola ligger överst i Affes väska.

Jag vet inte riktigt vad jag ska göra. Jag sneglar på den gro-teska täckjackan där den hänger med sina stora fickor som är som gjorda för att stoppa saker i. Okej, Affes historier är må-lande och det må väl vara hänt. Men stjäla kan jag bara inte låta honom göra. I allra högsta grad inte när han är hos mig.

Det slamrar i toadörren och jag bestämmer mig för att vänta. Låt oss ha roligt några dagar nu så kan jag ta itu med problemet när det drar ihop sig till hemfärd.

Eller så tar jag och beskriver det för Vickan först.

8

Häromdagen fick jag syn på några små lusthus som stod till salu utanför ett byggföretag. Då påmindes jag om den första stora festen vi gick på tillsammans, Filip och jag. Jag hade jobbat för honom och OrxLite i några veckor och vi hade precis insett att mitt uppdrag måste förlängas om jag skulle hinna bli klar. Jag var glad över beslutet och min chef på Bremers Bemanning hade inga invändningar.

Det var en god gammal vän till Filip som anordnade grillfest ute i en skärgårdsliknande miljö på Mörkö. Filip tog mig med för att jag behövde träffa lite nytt folk. Jag behövde nytt fräscht blod att roas åt och njuta av, som han sa. Och kanske hade han rätt. Jag har tänkt mycket på den festen sedan jag fick hans brev.

Lusthusen stod där på rad när jag åkte förbi. Ett av dem fick mina tankar att fly iväg. Det var större än de andra, säkert över tio kvadratmeter, men det var färgen och toppen av taket som frammanade bilden av Filip. Huset var ljusgult precis som hans shorts och hans kortärmade skjorta den kvällen. På taket fanns ett litet inglasat torn med en krok för belysning. I lusthuset på vår första grillfest ihop hängde en gammal fotogenlampa och dinglade i tornet.

Lampan fick Filip att dela med sig av en berättelse som berörde alla närvarande. Vi var en utvald skara som samlats där i lusthuset sent på natten.

Men det var något mer som hände. Det var inte hans fängslande sätt att berätta som kastade om klimatet mellan kväll och morgon. Det var något som hände tidigare, innan vi satte oss där för att njuta av sommarnatten.

Det var mycket som kändes förändrat när folk omtöcknade av drycker och begränsad sömn åkte hem när dagen grytt och mognat till ännu en stekhet sommardag. Jag trodde först bara att somliga hade ett sämre dagenefterhumör än andra. Jag ville inte tänka mer på det då, efter att Filip släppt av mig hemma i Rosenlund. Jag ville bara känna mig nöjd med en bra fest. Nöjd med det steg som tagits.

Men nu när jag hör rösterna upprepa sig i mitt huvud är perspektiven andra.

Det var bara Filip och jag som åkte i hans bil på vägen ner. Han plockade upp mig hemma och han sprakade av sommar lika mycket som musiken i stereon. Han hade anlagt en trendig skäggstubb och han satt där med nakna håriga ben och solglasögon av rätt märke och modell. Han var på ett strålande humör och han skrattade högt när jag steg in i bilen. Jag tyckte inte om att glasögonen skylde hans ögon.

Vi var snabbt framme. Han körde fort och pratade och gestikulerade hela vägen. Jag kände mig inte helt bekväm när han presenterade mig för alla som redan var där. Presentationen var kvickt avklarad och ingen visade något omedelbart intresse för den okände som Filip tagit med sig.

Folk hopades omkring honom istället. Han var som en magnet. Och jag såg att det var så här han trivdes. Han var i sitt esse. Munnen gick i ett, skratten klingade, han samlade poänger överallt och verkade ha ett otroligt minne. Det här var första gången jag på allvar reflekterade över hans förmåga att komma ihåg.

När han vände sig mot någon var hans uppmärksamhet total, direkt. Solglasögonen uppfällda i pannan, blicken varm, fullt fokus. Det syntes hur bra alla mådde av det.

Filip kommenterade vad folk hade haft för sig senast de sågs, utan att fråga dem först. Rätt händelser, rätt detaljer. Till punkt och pricka mindes han vad alla sysslade med och i vilken livssituation de befann sig.

Jag kunde inte hjälpa det, men jag kände ett sting av något jag inte gillade. Något fult. Känslan kommer tillbaka nu. Jag skäms för den, för jag vill så gärna tro att den saknar grund.

Jag var löjlig och kände mig utanför.

Försummad av Filip.

Det var över tjugo personer där när alla hade anslutit. Små klungor hade bildats, alla strosande nerför slänten mot vattnet. Filip gick i främsta klungan, i främsta ledet, och vid ett tillfälle fick han syn på mig och höjde sitt glas och log brett. Jag besvarade. Senare skulle jag märka att han tog det mycket lugnt med alkoholen.

Det fanns människor där som frågade mig vad jag hade för typ av arbete. Somliga frågade vem på festen jag var relaterad till och hur. När jag svarade att jag tillfälligt jobbade för OrxLite och att det var därigenom jag lärt känna Filip fick jag menande blickar och ord som vittnade om en lysande framtid.

Vi kom ner till en underbar strand. Man såg kusten klart och tydligt vidsträckt åt flera håll. Filip hade inte sagt så mycket om kamraten som bjudit till fest, men det var inte svårt att se att här fanns tillgångar. Jag var inte ens säker på vem av alla glada som var värd. Dock skulle jag bli varse snart, och allteftersom uppbrottet dagen efter närmade sig skulle det bli allt tydligare att det rörde sig om ett värdpar med bekymmer.

Ute i vattnet flöt en brygga på pontoner och längst ut låg en mindre sportbåt förtöjd. Några i sällskapet skyndade sig ut på bryggan och satte sig på huk vid båten och diskuterade livligt. Jag behöll fast mark under fötterna. Filip också.

Det var nu jag första gången såg lusthuset. Det stod en bit bort, sannolikt inte inom samma tomts ramar. Det såg fantastiskt idylliskt ut där det låg endast en liten bit från vattenbrynet, skarpt ljusgult i den omättliga solen och med solkatter spelande över glasytorna. Jag lade märke till det lilla tornet högst upp. Det hade egna små spröjsade fönster.

När jag vände mig åt sidan upptäckte jag att Filip ställt sig alldeles intill mig.

"Det här är grejer det, Teo", sa han. "Jag ser att du drömmer, att du njuter. Att du inte ångrar att jag tog dig med hit. För farao, en dag ska du också få dig ett sånt här ställe. Jag kan ge mig fan på det!" Han följde min blick. "Självklart, med åttakantigt lusthus nere vid klipporna och allt! Kom!"

Han tog tag i min arm och vi gick tillbaka en bit längs stigen upp till stugan. Några personer hade satt sig ner i gräset, alldeles nära gränsen där skogen tog vid, och Filip ledde mig fram till dem.

"Har ni hälsat?"

Filip riktade sig mot en ung man med blond lugg, vältränad överkropp och ett ansikte som jag tyckte bar spår av dekadens. Jag kände inte igen honom.

"Då tycker jag att ni ska hälsa nu. Det här är Rickard Egertoft, det här är Teo Hallberg."

Rickard Egertoft satt kvar på sin shortsbak och sträckte slött upp en hand mot mig. Hans kalla ögon glimmade i en ljust blå nyans. Jag tog handen och försökte samtidigt komma ihåg var jag stött på hans ovanliga efternamn förut. Jag såg Filips ansiktsuttryck. Det var tydligt att jag borde veta vem den blonde var.

"Teo jobbar för mig just nu", fortsatte Filip och smilade upp sig. "En förbaskat bra kille."

Jag log artigt mot Egertoft, som svarade med ett likgiltigt ansiktsuttryck mot mig och ett något mera levande mot Filip. Han vände sig mot de andra på gräsmattan igen.

"Teo, kom igen nu", sa Filip med viskande röst. "Egertoft! Tänk en generation över killen här, tänk fastigheter, tänk stora pengar, tänk mäklarfirmor, tänk mogul. Läser du tidningar om näringslivet? Om ekonomi och samhälle? Om bostäder?"

"Njae, inte direkt. Men det händer ju", sa jag. "Jag tror jag vet vart du vill komma. Jag tror att jag har en aning om vem den här killen är."

"Såja! Nu föll visst polletten ner!"

Filip kastade huvudet bakåt i ett skratt och lade armen om mina axlar för en kort stund. Vi hade tagit några steg från Egertoft och hans kamrater och var nu utom hörhåll för dem. Filip tittade bort mot dem en stund och såg drömmande ut.

"Bry dig inte om hans arrogans, Teo. Oss emellan är han mestadels en självupptagen jävel. Men han kan vara hur trevlig som helst när det passar honom också. Jag kan tänka mig att det är värt mödan för honom att vara schysst mot folk när han känner att han själv kan få ut nån vinning av det. Han är ruskigt intelligent också. Vi läste några kurser ihop när jag pluggade i Boston för ett gäng år sen. Ja, vi var några svenska killar som höll ihop där. Du vet, det blir lätt så när man sticker iväg långt hemifrån. Rickard greppade allt direkt och jag tror inte att han öppnade en bok. Själv fick jag för farao sitta och slita utåt nätterna om det skulle bli några resultat."

"Boston? Du har pluggat i USA alltså?"

"Ja, har jag inte sagt det? Men jag var inte så länge där."

"På så vis."

"Vi har pratat om att ha affärer ihop, därför ville jag att ni skulle hälsa ordentligt på varandra. Han har kapitalet och så fattar han hur stort OrxLite håller på att bli. Och så har han kontakter. Det kan vara bra för dig att veta om du ska hänga på. Men det är förstås en annan grej också."

"En annan grej?"

"Fastigheterna, Teo. Rickard är alltså Ulf Egertofts enda barn. Rickards farsa är störst på den här sidan av Gävle, det är det inget snack om. Är man på tillräckligt god fot med den familjen skulle man kunna slippa, eller åtminstone lindra, alla problem med lokaler som förr eller senare dyker upp. För de dyker *alltid* upp, problemen med lokaler. Det här gäller både privat och på firman, Teo. Säg den normalt bemedlade inom 08-området som får tag på de lokaler han behöver utan problem. De är fanimej lätträknade i så fall."

Filip visste hur min bostadssituation såg ut men han hade aldrig kommenterat den. Jag antog att han gjorde det nu.

"Ja, det kan ju alltid vara bra", sa jag uttryckslöst och läppjade på min bål.

"Visst kan det vara bra! Jag har faktiskt en kåk på gång via Egertofts. Ja, för min egen del alltså."

Här böjde han sig fram så att han kom extra nära mitt ansikte. Jag kände doften av rakvatten och såg hans ögon spana från ena sidan till den andra, som om han var på väg att säga något riktigt förtroligt och ville förvissa sig om att ingen var i närheten.

"Det är en klassisk gammal villa i sekelskiftesstil", sa han och studerade mina reaktioner. "I Källsta, på vägen till Nynäshamn. Gigantisk. Jag kommer nog att flytta in innan sommaren är slut."

Och det var precis vad han gjorde. Nytt hus och nya mopeder.

Det här var första gången under kvällen han tog mig åt sidan och pratade bara med mig. Mellan hans utlevelser i festens centrum skulle det komma fler sådana tillfällen.

Några hade börjat spela kubb på gräsplätten strax bakom stugan. Fler och fler hoppade in i spelet, men inte jag. Och inte

Filip. Han hade fångat en skara kvinnor uppe på verandan och hade tydligen något storslaget att berätta för dem. En man hade ställt sig bredvid mig för att prata torrt om skärgård och båtar och jag kunde inte höra vad de andra sa. Men jag såg hur kvinnorna svärmade kring Filip. Jag kom att tänka på allt han sagt om sin Isabella och om Naomi på OrxLite. Ingen av dem var med på festen. Ingen från OrxLites personal överhuvudtaget, och ingen Isabella. Han nämnde inte sin flickvän under hela den helgen.

Först under långbordsdukningen förstod jag vilka som var värdar. Jag minns att jag gick fram till dem för att hälsa en extra gång, lättad för att det inte var den mallige Egertoft jag skulle behöva tacka efteråt.

De var trevliga och befriande vanliga. Han kortare än hon, båda med mörkblonda, lättskötta frisyrer och snälla leenden. Årskort på gymmet. Man förtog sig lätt. Leendena skulle visa sig bli helt utraderade under nattens händelser.

När grillningen kommit igång gick tiden fortare. Filip och jag hamnade i varsin ände av långbordet. Stämningen tog sig hyfsat också i min ände. Filip pratade mycket med Rickard Egertoft och en kvinna som då och då lade av ett hyenaskratt som överröstade allt. Hon torkade sig om ögonen efter varje utbrott. Jag sneglade på dem med jämna mellanrum. Själv pratade jag mest med värdinnan och den torre killen som visste mycket om båtar och havet. Han var så torr att jag fick en känsla av sandkorn i munnen trots att hans ämnen ständigt var blöta. Var god skölj.

Jag kände mig lagom berusad när Filip för andra gången dök upp intill mig. Jag stod bakom husknuten och hörde att någon närmade sig bakifrån. Han såg oerhört lång ut när jag vände mig om. Kraftfull. För ett ögonblick kände jag mig utlämnad.

"Jag blir så förbaskat glad när jag ser att alla trivs", sa han. "När jag ser att *du* trivs, Teo."

"Jag har jättetrevligt."

"Perfekt."

Han bar inte på något att dricka, men han rotade efter ett cigarettpaket i fickan. Han hade sagt till mig att han hade en mycket ful rökovana, men jag såg honom sällan röka. Jag knäppte gylfen och Filip började säga något som jag inte hade väntat mig.

"Jag såg att du pratade med Lisa och Torben", sa han.

"Ja, just det. De som har det här himmelska stället."

"Ungefär så. Det är två fantastiska människor. Torben har jag känt sen urminnes tider. Jag älskar dem verkligen."

"Det kan jag förstå", sa jag. "Jag gillar dem redan. Men vad menar du med 'ungefär så'?"

"Ja alltså, det är lika bra att du får reda på det här. Jag känner att jag vill berätta det här för dig, Teo."

"Okej."

Han bolmade friskt och vi satte oss på en stor stubbe. Han såg på mig, allvarlig.

"Jag berättar det här för att jag inte gillar när folk undanhåller en från sanningen. Det kan vara så med Torben ibland, tyvärr. Men jag gillar honom för mycket. Jag gillar honom för mycket för att bli förbannad." Paus med bloss. "Men det är inte alls så farligt egentligen. Han är bankrutt, vad kan man vänta sig av killen? Det är inte hans ställe det här, fast han hävdar det gärna."

"Jaså, det är inte det?"

"Nej, och inte Lisas heller. Men hon har aldrig gjort anspråk på det heller. Torben skulle köpa det en gång, ja, hela klabbet." Filip slog ut med armarna och lyfte blicken mot träden. "Av en polare, jag känner honom också. Det skulle gå ursmidigt, utan mäklare, men stackars Torben förlorade allt i en vansinnig aktieaffär. Javisst, han har för farao varit en riktig jäkla gambler, en som tog stora risker. Det tror man inte nu va?"

"Nej."

"Sen kunde han inte släppa det. Man säger att han for förbi här med bilen och glodde ibland, direkt efter sin ekonomiska krasch. Det är vår gemensamma polare som äger stället fortfarande och nu lånar han ut det när han själv inte behöver det. Mot att Torben fixar lite här då och då förstås, men det är förbaskat schysst ändå, tycker jag. Vem vet, han kanske får en ny chans att köpa det en annan gång."

"Ja, vem vet? Då är det ju extra generöst att bjuda på allting ikväll då", sa jag. "Om Torben inte har en spänn på fickan, menar jag. Eller har hon ...? Det är klart att jag kan betala för min del av maten och drickat om det är så."

Jag kisade ner i hålet på min tomma ölburk och skakade den. Filip tittade på mig och log. Han ställde sig upp, borstade sig lätt om sina gula shorts och fimpade cigaretten mot en trädstam.

"Du ska inte betala, Teo", sa han. "Och Lisa är inte den som står för kalaset heller. Det gör jag."

*

När jag kom i närheten av Rickard Egertoft tänkte jag på guldskeden han haft i mun sedan han föddes, och jag tänkte på Filips viskande röst av förtroende.

Och när jag tittade på värdparet kunde jag omöjligt släppa tanken på att det var Filip som gått in med pengar för deras fest. De skulle givetvis få betala tillbaka, det sa han, men det var ändå en egendomlig känsla att gå där och veta något som uppenbarligen ingen annan visste. Eller också var det jag som inte visste något som alla andra visste.

Det var högsommarnatt och blev aldrig helt mörkt. Klockan var en bra bit efter midnatt när jag märkte att Filip varit borta ett tag. Folk hade dragit sig närmare stugan och verandan när ljuset blivit dunklare. Det gick fortfarande att se rörelser ända nere vid vattnet.

Tre eller fyra små grupper hade bildats igen. Hälften satt inne i stugans upplysta vardagsrum och andra halvan, där jag ingick, satt på verandan. Det var full rulle på pratet och stojet. Jag såg genom fönstret att gänget därinne dragit igång ett spel där dryck och skam var ledorden.

Det var här det blev tydligt att Filip inte var med.

Någon tyckte sig ha sett honom nere vid båten, men när jag tog en titt vid bryggan fanns han inte där. Ingen sa något mer om det. Jag minns det bara som några korta meningar.

Somliga i gänget hade tagit alltmer plats under kvällens gång. Senast jag såg Filip hade han inte varit den självskrivna centrumstjärnan som han brukade. Han minskade i styrka frampå småtimmarna. De andras fylla hade trängt fram för mycket. Förmodligen led han av det, och han tänkte inte låta det vara för länge. För snart kom han igen med nya idéer.

Spelarna inne i stugan hade svårt med konkurrensen. Vem kunde egentligen höras mest? Det var inte lätt att avgöra. Vrålflabben, tjuten och akrobatkonsterna hade pågått länge nu. Det var någon därinne som inte behövde mer än öppna munnen så var applåderna på plats. Man såg hur kropparna hävde sig innanför fönstren. Jag föredrog verandan, det blev allt tydligare. Jag kände mig pratsammare än på länge och jag tyckte bättre om diskussioner som hade en tydlig början och ett tydligt slut. Sedan spelade det mindre roll att flera av dem handlade om sjön och dess favörer och att det stundtals knastrade i munnen.

Det var svårt att inte dra en lättnadens suck när Filip plötsligt stod där framför oss. Hans tänder och ögonvitor glimmade i det speciella ljuset. Den gula färgen på klädseln gav en flagrant kontrast till armars och bens bruna hud.

Varför vi sedan hamnade i lusthuset som låg vid stranden som hörde till en annan tomt, det vet jag inte säkert. Varför skulle vi gå just dit, till någon annans privata område? Vad jag vet är att jag var nöjd med att vara en av dem som följde Filip. Jag var nöjd med att vara utvald.

Jag har alltid känt mina gränser. Dricker gärna, men aldrig för mycket. Filip hade inte druckit alls på flera timmar. När vi gick genom det glesa skogspartiet som förband tomterna och stannade till och lyssnade på det speciella ljudet av sommarnatt insåg jag att han var annorlunda jämfört med andra på festen. Han behövde inte bli full för att lyckas fånga in människor i sin sfär. Han behövde inte dricka för att känna att människor tyckte om honom.

Vi som följde honom åt hade hittat ett lugn. Ingen var helt nykter, men ingen hade heller något behov av att hålla igång. Inte längre.

"Har ni nånsin suttit i ett litet lusthus och blickat ut över ett blankt och stilla sommarvatten?" frågade han när vi såg huset skymta en bit fram. "Mitt i natten? Och kollat på flygfäna som dansar på avstånd och lyssnat på det väsande ljudet av natt i naturen?"

Det spelade ingen roll vad vi svarade.

"Och diskuterat livets mening, ej att förglömma? Jag ska berätta för er att jag fick en hejdundrande lust till just det. Just nu. Tillsammans med alla som vill. Ni har visat att ni vill. Kom."

Filip klev på i det olåsta lusthuset som vore det den naturligaste saken i världen. Han hade haft rätt när han sa att stämningen var säregen i ett åttakantigt litet hus med nästan helt glasade väggar, spetsigt tak och ruffigt trägolv. Längs väggen fanns fasta träbänkar och i mitten några lösa stolar och ett runt bord i plast. Alla fem slog sig ner. Vi undrade och Filip svarade.

"Det är lugnt, jag känner dem." Han såg finurlig ut. "Ägarna. Man kan kalla det en liten skandalhistoria om man vill."

"Vad menar du?" frågade någon.

"Det är liksom inte vem som helst, om man säger så. Kent Pedersen, chefredaktör för en av våra största nyhetsblaskor."

Filip släppte ner namnet mitt i det enda rummet, lät det rulla runt en stund på golvet innan det fann fäste och han kunde fortsätta.

"Det ligger förstås ingen skandal bara i det. Att en sextioplussare med en framgångsrik karriär bakom sig har ett schysst ställe på Mörkö är väl inget att höja på ögonbrynen inför precis. Det finns hetare ställen i skärgården än det här. Nej, skandalen ni har läst om i tidningarna. Främst i konkurrenttidningarna då förstås. Det var härute Kenta var otrogen med sin nuvarande pinuppa på tjugosju bast och det var härute han blev tagen på bar gärning av självaste fru Pedersen."

Alla lät blickarna gå runt i lusthuset.

"Nej, det vet jag inget om!" sa Filip med höjd röst. "Om det var just härinne i lusthuset det hände. Men vi får väl hoppas för Kentas och unga Natalies skull att det inte var direkt på golvet i så fall."

Han drog med sin sandal mot det stickiga trägolvet och skrattade. Det han sa var inte roligt. Inte den här gången. Kanske märkte han vad jag tyckte.

"Skandal eller inte skandal", sa han, "hur som helst så ligger det mycket sorg och skam i vad som hände. Jag känner starka sympatier för Elisabeth Pedersen, det gör jag verkligen. Jag har för farao alltid beundrat henne. Ända sen jag var liten."

Han ställde sig upp och sträckte sin längd mot takets topp, så långt han nådde. Glipan mellan shorts och skjorta avslöjade den mörka randen av hår som rann nerför naveln.

"Det värsta är att jag beundrat Kenta också. Min pappa kände honom när de var unga och jag var liten."

Om vi var tysta kunde vi höra de andra festdeltagarna på avstånd. Det gick i vågor. Ibland var det helt tyst, ibland beblandades höga och djupa röster i ett sammelsurium. Ett och annat hyenaskratt.

Filip dukade upp för att berätta om sin far. Chefredaktör Kent Pedersen, i vars lusthus vi satt, ledde in honom på det som smärtade men ändå gärna kom ut. Han fick ställa sig på en stol för att haka loss fotogenlampan som hängde i det lilla tornet högst upp i taket. Under tystnad satte han sig ner igen med lampan i händerna. Den var helt torr.

Hans far hade inte lyckats lika bra som sin vän Kenta, sa Filip. Hans far hade inte alls haft samma förutsättningar, inte alls samma utrullade matta som vännerna. Medan deras begåvade läshuvuden blev sponsrade hemifrån fastnade Filips far i sin egen fars charkdisk. Spelade ingen roll hur begåvat läshuvud han hade. Han förväntades stå kvar. Det var inget fel på den karriärvägen, som Filips farfar sa. Här skulle man inte gnälla. Skötte man sina kort väl kunde man en dag få äran att företräda en hel matbutik.

Grannpojkarna med sina familjer och med sin bildningstradition försvann en efter en och tittade ibland bakåt över axeln för att se Filips far stå kvar. De där grannpojkarna som han en gång tillhört. Som han kände att han varit en del av.

Han stod där fortfarande när Filip växte upp som enda barnet, men värre var att butiken gick sämre och sämre. Konkurrenter med uppbackning av stora kedjor blev alltfler omkring honom.

När Filips farfar var redo för pension hade sonen inget att ta över. Och det var i den vevan den riktiga tragedin kom, sa Filip nu med dov röst.

Alla lyssnade, närapå andäktigt. Någon skrynklade ihop en ölburk och ljudet lät lika öronbedövande som opassande. Men ingen sa något. Hade någon annan berättat om sin mossiga pappa och om saker som hände för länge sedan hade det lätt kunnat bli fel. Varning för sentimental smörja. Hånropen och dunkarna i ryggen hade kunnat eka, i synnerhet med tanke på att det skedde mitt under en sommarfest.

Men Filip var hela tiden noga med att inte bli sentimental, att inte bli blödig.

Han höll upp fotogenlampan framför sig och drog i den torra veken. Petade på ett vred så att det gnisslade. Det kan ha varit en sådan här som satte fyr på hans farfars livsverk, sa han. I princip kan det ha varit en sådan här som satte fyr på sjukdomen i hans far.

Butiken bommade igen och farfar gick i pension. Filips far blev sjuk och han blev utan jobb. Filip var inte säker på vad som kom först. Men han var säker på att butikslokalen stod i lågor kort efter den sista dagen med öppna portar. Och han mindes tydligt att farfar tyckt om att knåpa med klassiska fotogenlampor och gärna gjorde det i ett särskilt rum i butikens bakre utrymmen. I hans hem hade alltid funnits fotogenlampor i olika storlekar och modeller, somliga som släckta prydnader, somliga brinnande med höga lågor från stund till annan.

Filip sa att det ofta varit prat om att det var farligt att hålla stora mängder flytande fotogen i en matbutik. Oförenligt med verksamheten.

Filip sträckte sig upp i lusthuset och hängde tillbaka fotogenlampan i det glasade lilla tornet. Han satte sig på samma stol som han stått på, torkade av den med handen först. Han ville att alla skulle trivas, även när ämnena blivit allvarliga. Nu bytte han far till farsan.

"Äh, kom igen allihop! Det är ju för farao sånt som händer. Försäkringsbolaget sträckte väl fram en slant och farfarsgubben var ju redan gammal. Och vill ni veta nåt? Farsan lever än idag. Han är förbaskat dålig, men han lever. Jag tar hand om honom, kan man säga. När han låter mig ge honom min hjälp." Paus. "Vi hade haft det knapert redan innan butiken brann upp, men nu blev det som ni kan tänka er riktigt illa. Farsan jobbade inget mer. Morsan hade aldrig jobbat innan. Nu fick hon försöka hanka sig fram på diverse skitjobb. Hon bytte hela tiden, minns jag. Blev av med dem ett efter ett."

*

Du pratade om morsan och jag visste inte vem hon var då. En märklig känsla efter att ha träffat henne idag. Det ska du ha klart för dig, Filip.

Jag är säker på att vi var fler som undrade om din pappas sjukdom när vi satt där i sommarnatten. Undrade som jag. Du gjorde dig intressant genom att stilsäkert bevara stråk av dimridåer. Jag vet fortfarande inte. Men jag är inte dum. Jag kan räkna ut saker själv.

Det var bra att du var tydlig med att du inte ringaktar ett yrke som köttklyvare i en butiksdisk. Att det var din pappa som menade att det inte dög som verklig karriär, inte du. Annars hade det kunnat bli känsligt. Men det är klart, det är ju du som är balanskonstnären!

Jag minns att du stängde dörren omsorgsfullt efter dig när vi slutligen lämnade lusthuset. Såg till att alla gick ut före dig. Vi kom tillbaka till en stuga där lugnet lagt sig och där sovsäckarna prasslade i hörnen.

Jag blev anvisad en plats i en mycket liten gäststuga längre upp mot vägen. Stugan var tom när jag lade mig tillrätta. Jag hade precis kommit till ro och somnat när du varligt väckte mig.

Dagen efter sa du inte ett ord om granntomten eller om lusthuset. Eller om något annat som hänt under natten.

9

Jag ligger vaken i sängen hemma. Något måste ha väckt mig, något ljud. Vintern är fullkomlig utanför, ser jag när jag sträcker huvudet mot fönstret. Det yr en massa snö runt gatubelysningen och jag funderar på om det kan ha varit den lösa takplåten som dunkade för vinden. Men takplåten har aldrig väckt mig förut. Inte så att jag fastnar i vaket tillstånd sedan. Jag hör inget annat än vindens svaga tjut när jag lyssnar koncentrerat. Det betyder inte att jag kan somna om. Där finns en oro i min kropp.

Jag tänker tillbaka på festen igen. Jag har inte bestämt mig för hur mycket jag ska skriva om den till Filip. Det börjar bli svårare. Jag kan inte helt behålla samma ton som hittills om jag samtidigt ska behålla uppriktigheten mot mina känslor.

En postbox fanns snart angiven istället för Kaplansgatan när jag upprepade min sökning på Filips namn efter att ha postat det första brevet, brevet som gick till S:t Görans sjukhus för påstådd eftersändning. Först blev jag glad och tog det som ett livstecken. Dessutom kändes en postbox betydligt säkrare att posta till. Men smolket kom snart. Varför inte en riktig adress? Filip måste ha begärt särskild postadress hos Skatteverket. Vad vill han dölja med det? Boxens postnummer gick till centrala Stockholm.

Jag är uppe i fyra längre brev nu. Jag har inga bevis för att de blir lästa. Vet inte om boxen töms. Men de kommer aldrig tillbaka och jag är alltid noga med att ange avsändaren klart och tydligt på kuvertet.

Stämningen hade blivit tryckt när vi steg upp i den heta solen på Mörkö den där första sommaren. Det hängde på bakruset, räknade jag med. Filip satt på stugverandan och drack kaffe

när jag kom hasande från gäststugan. Han var glad och utåt-
riktad som vanligt och hade bytt om till shorts och tennis-
skjorta i en diskretare beige kulör. Han hälsade på mig och
garvade åt min trötta uppsyn.

Den manliga delen av värdparet, Torben, kom ut och det
här minns jag tydligt. När jag hälsade på honom fick jag en
röd och härjad bläng till svar. Han fann sig efter någon se-
kund, men bara så att det räckte till en grymtning. Hukad
försvann han bakom husknuten. Det var en helt annan man
än vid långbordet senast solen var uppe.

Filip tittade på mig, ryckte på axlarna, tog en klunk kaffe
och log. Jag tänkte på vad han sagt om Torben kvällen innan.

Sömnlös rekapitulerar jag nu vad som sas i bilen på vägen
hem. Vad Filip sa för att jag frågade. Kanske hade han sagt det
ändå.

Torbens flickvän Lisa hördes vråla nere vid bryggan och
jag tog upp det med Filip. Jag frågade om han visste vad som
hänt. Han suckade och bad mig minnas vad han sagt om det
där paret. Vad han förklarat. Hur det låg till med hela grill-
festen och stället där den gick av stapeln.

Jo, men vad var det som brast på förmiddagen? De ägde
inte stället, de hade lånat det och de hade inga pengar. Men
vad var nytt dagen efter? Varför skällde hon och varför skrek
hon just då? Varför såg paret ut som om de bränt sina ljus i
båda ändarna just den natten? Och varför fick också Filip
jordens utskällning när han rakryggad släntrade ner till bryg-
gan med en cigarett i mungipan? För det hade jag inte missat.

Filip körde snabbt och rivigt och han berättade, ofta med
båda händerna släppta från ratten. I natt försöker jag driva
hans ord ett steg längre. Då fick jag nöja mig med vad han sa,
men det räcker inte nu. Han sa att bandet mellan två parter
som inte har den ekonomi som deras önskade livsstil fordrar
kan bli tunn som sytråd. Precis den liknelsen använde han.
Han sa att tråden lätt brister, och han befarade att det var just
det som hade hänt under natten medan några av oss andra
satt och hade mysigt i lusthuset.

Lisa hade blivit upprörd och arg. På honom, på Filip. Han
hade bett henne ta det lugnt och han hade bett henne sitta
ner ute på bryggan, vid båten. Där hade han talat henne till-

rätta, sa han. Det finns alltid större chanser till sans med vackert svenskt vatten intill.

Hon hade låtit sin vrede gå ut över Filip förr. Ibland tålde hon inte att se sanningen i vitögat, menade Filip. Han sa att det var fullt förståeligt, han anklagade henne inte. De hade det inte så lätt och han hade det så mycket lättare. Han hade sagt att de kunde betala tillbaka när de kunde. Det var ingen fara.

I förtroende böjde han sig över till min sida av bilen och talade om för mig att det nog var på upphällningen nu, Lisas och Torbens förhållande. Risken var överhängande. Filip såg ledsen ut för deras skull.

Jag undrade en gång till. Om det var någon särskild händelse som inträffat just på den här festen. Om jag hade missat något. Om jag var inblandad.

Filip brände av ett av sina berömda skratt. Jag kunde inte undgå att gilla det, inte ens i den situation vi befann oss. Jag var inblandad på så sätt att jag var en av dem som valt att gå en annan väg, sa han. Jag var en av dem som följt med honom, med Filip. I Lisas ilska fanns vår nattvandring mot granntomtens lusthus, erkände han och här kunde jag lägga ihop några av stroferna jag hört. Det var något om att sticka iväg från festen, något om att snacka skit och förstöra för andra, något om att lämna kvar folk som inte dög. Något om att det alltid blir likadant.

Nu vet jag att jag såg något mer. Jag tänker på händelser på verandan, jag tänker på Filips ledaranda, på de glansiga blickarna. Jag tänker på att han försvann för en stund. Var det inte någon mer som försvann?

Jag tror att det lätt kan uppstå problem för en sådan som Filip. Jag tror att det kan hända att för många vill ha en del av honom. Kanske har han stundom valt fel väg att tackla det på. Kanske har han lätt för att falla för frestelser.

Och så kan det sluta med att han avsiktligt bidrar till ett värdpars separation.

Jag spärrar upp ögonen i sovrummets mörker. Några kraftiga dunsar nerifrån, ett skrap. Linnea? En inbrottstjuv?

Det blir tyst igen. Klockan visar 02:47. Mina tankar är kvar hos min vän. Linnea gick bara på toaletten, säger vi. Inte överila sig nu, Teo.

Mörköfesten. Första festen, känslofesten. Jag visste alldeles för lite om mannen som ledde mitt uppdrag för OrxLite. Jag visste bara om fascinationen. Om rastlösheten som kunde bita tag i mig när jag var ensam på kvällarna. Om vad han väckt upp hos mig.

Jag fick knappt höra något mer om folket på festen efteråt. Filip är alltid så full av liv och nya uppslag att det är lätt att glömma att han lämnar saker bakom sig i samma takt som han hittar nya. Man blir upptagen av allt hans nya. Men frågar man får man alltid svar. Svar som kan vara korta men som har full skärpa i alla detaljer. Han lämnar saker men han glömmer aldrig saker.

Vi såg fastighetssnobben Rickard Egertoft på stan långt senare. Det var efter att Filip lämnat OrxLite utan att vända sig om, det var efter att han förlorat sin son och sålt huset i Källsta.

Den här gången ville Filip inte veta av Egertoft. Han drog mig i ärmen och vi tog en annan väg. När vi senare satt på en restaurang sa han kort att nu är det bara skitstöveln kvar i Egertoft. Jag blev varm och kände mig belåten. Jag är inte stolt över den känslan. Jag frågade inget om tiden i Boston. Den tycktes så långt borta.

Samtidigt bekräftade Filip att det för länge sedan var över mellan Lisa och Torben. Han hade som vanligt haft rätt. Det var inte behagligt när han sa att det är vad man kan vänta sig av en sådan som Lisa. Känslokalla människor går det förr eller senare åt helvete för.

Vi åt och ämnena blev nya. Svärtan blev bortträngd bakom beundrans yta ännu en gång.

Flera varv far jag runt i sängen, stillar mig till sist och stirrar på klockan igen. Tio minuter har gått. Tio jädra minuter. I minst fem av dem har Filips mamma Anita stått vid min sängkant och kräkts förebråelser över mig. Jag har ingen mamma men Filip har en. Det är inte mig det är synd om.

Jag kniper ihop ögonen, stönar och precis då kommer skriket från underjorden. Det är inget snack om saken nu. Det *är* Linnea. Jag ryser till, får helt andra saker att tänka på. Det låter så otäckt. Så ångestfyllt. Som ett tungt och sammanpressat stön, kraftfullt och utdraget.

Jag sätter mig upp, blinkar för att vänja ögonen. Det är tyst igen. Men jag bereder mig för att gå ner. Drar på mig ett par kalsonger och sveper en morgonrock omkring mig. Precis när det knakar av min tyngd i allrummets golv låter det som om en möbel faller omkull därnere.

Jag får bråttom.

Börjar med att knacka på den stängda dörren till Linneas kök. Köket förbinder hallen med resten av bostaden så köksdörren blir som en extra ytterdörr. Hon svarar inte, men jag hör svaga prasslande ljud.

"Linnea!"

Inget svar.

"Är allt okej? Är allt okej med dig?"

Prasslandet tilltar och åtföljs av en dov duns. Jag är inte säker på om jag bör öppna dörren utan att ha fått något svar. Tänk om jag skräms. Hon kanske bara är på väg ut ur en dröm. Jag avvaktar en stund. Det blir så tyst att jag kan höra min egen puls dunka i öronen. Ruschen i trappan, intygar jag mig.

Jag funderar på att gå upp igen. Det har hänt en gång förut, det här. Linnea skrek i en förmodad mardröm och inte ett spår syntes på henne dagen efter. Jag har väl ingen rätt att lägga mig i en gammal kvinnas drömmar?

Linnea skriker igen. Hon skriker på Kurt, sluddrigt. Nu trycker jag ner handtaget, öppnar dörren och kikar in i mörkret.

Jag ropar hennes namn igen, försiktigare. Inget svar. Jag får lov att tassa in mot hennes sovrum. Har jag kommit så här långt kan jag inte vända. Hennes röst är så annorlunda, grövre, manligare, gör mig skärrad.

Sovrumsdörren står på glänt och jag öppnar den sakta så att jag kan ställa mig i den mörka öppningen.

"Linnea, är du där?"

Något sätts i rörelse i golvregionen, vitt och glimmande. Linneas nattlinne i satin. Hon verkar liggande. Frågan är om jag ska tända lampan eller om det är klokare att låta kvinnan försöka resa sig obelyst. Jag gör inget alls så länge.

"Vad gör ni?" ryter hon och jag rycker till. "Vad gör ni?"

Whiskyrösten är total och jag svarar att det bara är jag, Teo, hyresgästen sedan flera år. Jag vill bara kolla hur det står till. Hon lyckas ta sig upp och jag tror att hon tar tag i skrivbordsbenet för att lyckas. Hon vacklar till och känns så fruktansvärt liten. Stackars gamla människa, jag borde väl ändå ha räckt henne min hand eller något.

"Får jag tända?" frågar jag. "Hur *är* det?"

"Vad gör ni?" kommer igen. "Vad gör ni här?"

"Det är ju jag. Det är bara jag, Teo."

Min röst låter ynklig, så tydligt i förhållande till den andra i rummet. Jag känner lukten av inpyrt sovrum. Den kommer emot mig starkt och den har något unket över sig. Jag måste ta reda på om Linnea ramlat och om hon slagit sig. Om hon fortfarande sover och bara yrar i nattmössan.

"Ska jag hjälpa dig till sängen?" frågar jag och stiger in för att ömt ta henne om armen.

När jag nuddar vid henne rycker hon undan så att hon håller på att falla över ända igen. Instinktivt vill jag fånga henne om midjan för att hålla henne på rätt köl, men hon återfår balansen själv. Mina ögon har vant sig bättre vid mörkret nu, men jag skulle fortfarande behöva tända.

Linnea muttrar ordlöst. Jag blickar mot sängen och tar beslutet att vrida sänglampan åt sidan och tända den istället för taklampan. Det borde inte bli ett så starkt och bryskt sken.

Linneas ögon är uppspärrade i det plötsliga ljuset och jag ser hur pupillerna successivt blir mindre. Det går långsammare än man kan förvänta sig. Hon tycks inte se mig trots att hon stirrar mig rakt i ansiktet.

"Linnea, hur är det med dig? Det är bara jag, Teo."

Hon trillar till sittande läge på sängkanten och jag sätter mig bredvid.

"Ramlade du?" frågar jag. "Har du gjort illa dig? Kan jag hjälpa dig?"

Rädslan jag kände har avtagit. Jag blir rationell, praktisk. Linnea har slagit undan blicken och nu suckar hon djupt. Hon säger inget. Jag får för mig att hon skäms. Det ska hon inte göra.

"Ska jag ringa efter nån?"

"Ringa?" fräser hon. "Nej, du ska inte ringa efter nån. Du ska bara ..."

Hon gör tecken åt mig att resa mig så att hon kan krypa in under täcket igen. Jag lyder. Hon ser inte på mig mer. Betraktar mig nog som en inkräktare, en känd sådan som för den

94

skull inte har anledning att vara här just nu. En självutnämnd vårdare som kommer springande beredd att dalta helt i onödan. Linneas gråa hår ser tunnare ut än någonsin uppe på skulten och jag ser rosa fält lysa igenom lite varstans. Kalufsen svävar som en svärm knott kring huvudet. Jag smyger till dörren igen.

"Ja, god natt då", säger jag. "Hoppas du får sova igen. Du vet att jag finns däruppe om det är nåt."

Linnea släcker lampan och vrider sig i sängen för att komma tillrätta. Jag går.

När jag är mitt i hennes kök hör jag att hon säger något. Jag stannar till och känner att jag hoppas så innerligt. Jag vill så gärna att det ska vara något sammanhängande som kommer från sovrummet, något rappt och klokt som vanligt.

"Teo!"

"Ja!" Jag vänder.

"Du ska inte bry dig om det här", hörs inifrån mörkret. "Det här är inget att lägga på minnet. Gå upp och lägg dig och så tänker du på dig själv och ditt. Inget annat. Lova mig det."

10

Till min glädje har jag upptäckt att Isabellas tidigare så sta-
tiska Facebook-sida fått mer liv. Det lilla som händer där är
ganska kryptiskt, men det är alltid något. Hon låter alla se
hennes inlägg, även vi som inte är hennes vänner. Lite förvå-
nande, men väldigt bra.

Jag har inte sett henne i verkliga livet sedan tillfället på
Plantagen. Det är enda gången. Jag besökte blomvaruhuset en
gång till kort därefter, undvek trädgårdstomtarna och gick
målmedvetet framåt i jakten på en krukväxt till min över-
våning. Linnea har fortsatt propsa på att jag bör se mig om
efter något redigt och jag övertygade mig om att detta var ett
första steg i den riktningen. En alldeles egen krukväxt, för
första gången. Som för att träna inför min rediga framtid. En
benjaminfikus.

Bara därför tog jag mig till Plantagen igen. Bara därför.

När jag kom hem ställde jag min fikus i gästrummet och
läste Filips brev ännu en gång. Resolut lade jag det ifrån mig
och bestämde mig. På något sätt måste det ske. Här finns svar
att inhämta. Att skicka en vänförfrågan på Facebook går för-
stås inte för sig, det steget mot Isabella skulle bli helt fel i
nuläget.

Det får antingen bli ett privat meddelande via samma soci-
ala medium, där jag med min vackraste text talar om vem jag
är och vad jag vill, eller så får jag lov att leta upp henne aktivt.

Fråga efter henne.

*

Men det måste vänta några dagar. Jag håller på att avsluta
mitt konsultuppdrag för AstraZeneca och där råder viss pin-

samhet som gör att jag måste fokusera mig till fullo den sista veckan.

Man håller på att säga upp avtalet med Bremers Bemanning helt och hållet. Jag har inte varit inblandad i förhandlingarna, jag är bara en slav, men jag har förstått att det skett abrupt. Affärsförhållandet har tydligen varit på fallrepet länge och kulmen nåddes härom månaden. Innan dess visste vi ingenting.

Nu avvecklar man bara, säger man. Efter det som hänt ska konsultuppköpen åtstramas på hela sektionen där jag varit i över ett halvår nu. Man ska börja anställa. Det är så mycket billigare i längden, precis som om alla inte vetat det förut. Som om det var något nytt har man stått där och orerat.

Det är bara det att jag inte vet vad som egentligen hänt. Ingen av oss konsulter har fått någon saklig information. Vi har hört något vagt och vi har sett bistra miner i korridorerna. Det var något om ett avtal som inte följts, om en kostnadskalkyl som skenat. Om utlovad kompetens som man inte levt upp till. Det där sista blundar jag för.

Min närmaste chef säger att det inte ska vara någon fara för min del. Hon har inte kunnat säga hur mitt nästa uppdrag kommer att se ut, men hon har hävdat att det syns i siktet. Avbytarbänken ska inte hinna bli varm under min bak, så mycket har sagts mig. Orden kanske var andra, men innebörden var otvetydig.

Igår vid lunchtid hände något mer. Det antyddes att vi borde korta ner lunchtiderna för att hinna avsluta allt, men jag fick en påringning som gjorde att jag inte lyssnade på det örat. Mitt i all stress hade jag Jesper i luren. Jag hade inte hört av honom på flera veckor. Han skulle komma förbi, sa han. Passa på att luncha med mig nu när han ändå rörde sig i trakten.

När jag lagt på satt jag där och retade upp mig. Både på mig själv och på Jesper, men främst på mig själv. Inga nya sköna idéer om ligg i mitt gästrum har presenterats på ett tag, men äktenskapsförbrytaren måste få veta min och Linneas syn på vad som varit. Det har jag sagt länge nog nu, min ynkrygg.

Vi bestämde ett klockslag och jag gick ner till receptionen precis i rättan tid för att slippa vänta. Jag gillar sannerligen inte att stå och kallprata med receptionisten i väntan på någon som dröjer. Jag gillar i synnerhet inte att göra det när dagarna på firman är räknade och när jag har piskan i ryggen. Igår såg Jesper till att det blev mycket kallprat. Efter tjugo minuter gick jag ilsket upp till min kontorsplats igen. Jespers mobilsvar satte igång när jag sökte honom. Det föll mig inte in att prata in något meddelande.

Jag fortsatte jobba på tom mage, glömde hungern när jag såg att många andra också satt kvar. När mannen som inhyst mig i sin bostad till slut behagade ringa insåg jag att över en timme gått.

"Teo, för fan, visst sa vi klockan halv ett?"

"Nej Jesper, vi sa klockan halv *tolv.*"

Jag orkade inte ens sucka demonstrativt. Det hade inte tjänat något till. Vi pratade i mun på varandra, hackigt, flera gånger på raken. Till slut fick jag sagt:

"Det är ingen idé längre. Broarna är brända."

"Broarna? Här finns inga brända broar, polarn, här är de stadiga som fan. Vi åker över en nu." Jag hörde hur han flinade mot någon intill. "Har du hunnit krubba än?"

"Okej, jag medger att jag inte hunnit äta", sa jag. "Men det funkar inte att vi gör det tillsammans nu, det är för sent. Det kommer att ta för lång tid, jag måste gå på ett möte snart. Vi håller på att avsluta en grej här. Jag får ta nåt snabbt sen, ensam."

"Kom ner till porten, vet jag", sa Jesper utan att bry sig om mina ord. "Vi rullar fram här nu."

Jesper glömmer lätt avtal och löften, men han menar inget illa med det. Han bara är sådan. Enkel till skillnad från Filip.

Ändå kunde jag inte undgå att bli förvånad över vad han sa när jag stod vid hans nerhissade bilruta.

Stressen och den tryckta stämningen på Astra hade förkortat mitt tålamod. När jag med ekande mage gick ner till receptionen för andra gången bar jag på något som jag tagit med mig till kontoret säkert en månad tidigare, lagom till en annan inställd lunch. Jag bar på något som tillhör Jesper, åtminstone på sätt och vis. Jag ville lämna åter vad som glömts kvar.

Nu hade han någon med sig i bilen och jag visste att det kunde bli känsligt. Ändå bar jag föremålet öppet i min hand när jag travade ut genom porten.

Hans väl inkörda Volvo V70 stod där i snömodden och motorn gick på tomgång. Jag såg inte vem som satt på passagerarsidan förrän jag var helt framme och kikade in. Där bredvid satt Jespers fru Eva, mor till hans två barn. Hon såg stressad ut. Vi nickade åt varandra och sa hej. Jag har ju ändå bott hemma hos den här kärnfamiljen. Jag sänkte ner Marias skärp så att det inte skulle synas.

"Det var väl fan att det blev tjall med tiden", sa Jesper. "Vi lär väl kunna svulla nån annan dag."

"Ja, det kan vi säkert", sa jag och räknade dumt med att han lyssnat på vad jag sagt om mitt jobb tidigare.

"Jag har inte tid nu, det har blivit lite tajt", kläckte Jesper ur sig och blinkade bakom sina nya, kantiga glasögon med färgade bågar.

Först glodde jag på honom. Det gjorde Eva också.

"Jaha, *du* har alltså fått bråttom?"

Jag höjde skärpet en aning så att det hamnade farligt nära sidorutans nedre kant.

"Javisst ser du, det har dykt upp en pryl här." Han sneglade på sin fru och flinade läpplöst. "Jag har precis plockat upp Eva för vi ska åka och boka en resa tillsammans. Det brinner i knutarna."

"Jaså? Vart ska ni åka?"

"Till Kreta. Sista fucking minuten. Vi behöver det. Ungarna ska vara hos päronen."

Jesper lade handen på Evas lår och hon flyttade undan benet. Handen gled tillbaka över handbromsspaken och fingrarna hängde som i besvikelse. Eva log tillkämpat och tittade ut genom sin immiga ruta. Hennes hållning skrämde mig. Det här var inte den vanliga Eva. Det här var en förändrad Eva.

"Det har varit för mycket på sistone, eller hur Eva?" Jesper fick inget svar. "Du vet Teo, man bara jobbar och jobbar hela tiden. Jag har tvingats jobba en hel jävla massa övertid på sista tiden och det tär. Det tär på mig, det tär på oss. Det har varit konferenser och det har varit skitsena möten och grejer. Men nu har jag lyckats ta ledigt en vecka. För familjen. Teo, du vet ju fan hur det är."

"Mm, jag vet hur det är."

Jesper hade lyckats få grepp om Evas knä nu och han höll kvar handen där. Rösten blev känslig när han fortsatte:

"Viktigast för mig är vi. Det finns inget viktigare."

Gelén i Jespers bakåtslickade hår glänste. En lock satt fasthakad i ögonfransarna och han blinkade alltmer frekvent med det ögat.

"Äh vad fan Teo, vi måste glida nu. Du hajar. Jag hör av mig när vi kommit hem. Solbrända som två fucking pepparkakor kommer vi att vara. Ha det så bra här hemma i kylan, blekfis."

"Jag ska försöka", sa jag och skrattade torrt. "Jag får väl låna din båt nu när du är borta förresten? Det ligger ingen is på fjärden trots att det är vinter."

"Min båt? Vad fan ... Javisst, kör hårt! Men skutan ligger på tomten, på bockar. Insnöad. Lycka till du."

"Jag bara tänkte på att det inte blivit av än. Jag har blivit lovad ett lån av din båt länge nu. Mot de tjänster som jag erbjudit dig alltså."

"Bättre på sommarn då, Teo."

Svaret kom kort och rappt. Bilens sidofönster åkte upp en bit och vindrutetorkarna tog några svep över rutan. Motorn varvades en aning. Jag tittade på vad jag hade i handen. Eva tittade på mig. Jag tyckte hon såg ängslig ut.

"Jag bara skämtade", sa jag. "Ni ska ha det så bra på Kreta. Jag ska gå och se om det finns nåt käk över till mig idag."

Jag gjorde en ansats att vända mig från bilen och gå. Jesper gjorde en ansats att köra iväg. Allt gick liksom trögt. Kanhända hade jag hunnit ta några steg mot Astra-byggnaden när jag fann mig själv sträcka upp armen som en stoppsignal. Jag såg Jespers bromsljus skina i ögonvrån. Jag halvsprang de få stegen tillbaka till bilen.

"Vänta! Jag glömde en sak! *Ni* glömde en sak!"

Rutan åkte ner igen och Jespers ögonvitor lyste bakom glasen. Han satt hukad som i attackställning över ratten, nu med ansiktet mot mig. Han sa inget, väntade. Blicken gick ner mot mina händer.

"Det var den här", fortsatte jag och sträckte in skärpet i bilen. "Ni glömde den här när ni var hos mig sist."

Marias skärp som varit en rulle blev nu till en orm. Den rullade ner på golvet kring Jespers fötter. Han behandlade den som om den kunde ha huggit. Slet tag i den, knep åt vid spännet och slängde den i baksätet. Skakade den av sig.

"Tack, Teo. Det var jävligt schysst. *Jävligt* schysst."

Han sa inget mer. Rivstartade och såg till att det gick undan när han försvann från platsen. Jag hann se att Eva sneglade mot baksätet.

Jag skakade i händerna när jag kom upp igen. Jag hade inte fått i mig någon lunch, men det var inte därför.

Lite ångestfylld var jag ett tag, men det gick över. Nu när det har gått ett dygn är jag nöjd. Det är mycket med Jesper jag gillar också. Han är en skön lirare som ställt upp med mycket, alla sina obotliga baksidor till trots.

Men det går inte att gilla honom när han ljuger så öppet för sin fru. Han ljuger för att dölja sina illvilliga lustar och jag vet inte på vilket ben jag ska stå när jag betraktar det. Det går inte att skylla på en obotlig liten baksida när man far med osanning för att rädda sig själv och sin trygghet. Det handlar om organiserad lögn.

Jag ångrar förstås att jag ställde upp från första början. På ett långsökt och vridet sätt var det för Affes skull. Affe och jag i Jespers fina båt, det skulle bli något det. Mot att kapten själv levde om på min övervåning med sin rödhåriga lilla affär. Jag kan inte ha tänkt på Eva. Jag kan inte ha tänkt på den svikna.

Det gör jag nu. Jag var en idiot.

Jag ser Vickans unga ansikte framför mig och så ser jag mitt eget i spegeln. Det är sju år sedan nu. Affe är för liten för att synas bakom våra lögner.

Fy fan för alla lögner.

*

Jobbplikten fortsätter på favoritfiket på stan. Här sitter jag med laptopen uppslagen framför mig. Jag gillar att ha uppsikt över gågatan som är stans ådra och där många passerar. Att då och då titta ut blir som små trevliga pauser i arbetet. Jag smider andra planer för eftermiddagen.

Men så kommer en statusuppdatering. En av de sällsynta. Några få ord. "Hatar köer! Ska ju bara till apoteket." En bild på en folkhop vid en bankomat. Jag slår ihop datorn, reser mig. Jag ser vilken bankomat det är. Den ligger nära apoteket där jag faktiskt också har ärenden att uträtta. Alldeles i närheten. Jag kan snabbt vara på plats.

Planen går i lås. Efter en stund tornar en bekant mörk hårman upp sig framför mig där jag står med en fotvårdssalva i handen. Jag har plockat upp den tub jag behöver för att få huden på mina fötter mjuk och smidig och då vänder hon sig om. Ska jag kunna dra nytta av det där första Plantagenbesöket i alla fall? Det är inte precis vad jag har trott.

Våra blickar möts helt kvickt. Ser jag en glimt av igenkännande därinnanför blir jag glad. Då blir möjligheterna så mycket större.

Jag stålsätter mig och prövar att öppna fryntligt:

"Nämen hej! Vänta nu, låt mig se ... Jag lovar att hjälpa dig om det dyker upp en tung pappersrulle igen. En gentleman i pappersrullar, det är jag det."

Det går några skrämmande tysta sekunder. Jag ångrar mig svårt. Isabella står nära men är bortvänd igen. Hon tittar på hårvårdsprodukter. I samma stund som hon vänder sig om för andra gången:

"Ursäkta, vad sa du?"

Jag står beredd att ta tillbaka allt. Det var bara löjligt.

"Nä, det var inget. Jag bara tyckte att det var du från Plantagen. Jag tror att jag har sett dig där nån gång. Jag har för mig att ... Det var inget speciellt."

Till min lättnad möter jag ett ansikte som bär ett visst mått av förståelse.

"Jag jobbar där ibland."

"Ja! Jag tyckte väl det."

Jag håller undan min fotsalva som vore den något att skämmas för. Gömmer den i ena handen. Jag tittar längs raden av diverse askar och flaskor med idel obekanta namn fulla med c och x och gärna z. Mitt uppdrag på AstraZeneca har inte varit av den arten att jag blivit expert på läkemedelsnamn. Jag låtsas intresserad.

"Vänta nu", säger Isabella. "Om jag inte missminner mig så ..."

"Ja?"

"Pappersrullen, jag minns faktiskt pappersrullen."

Hur i ...? Helt otroligt. Jag frågar inte.

"Då minns du kanske också att jag blev ... att jag blev avbruten. Jag kunde inte hjälpa till fullt ut, liksom."

"Ja, jag vet."

Nu ler hon. Det är ett enormt leende, precis som i albumen.

"Jag såg", säger hon.

Såg? Vad var det hon såg?

"Det finns väl ingen möjlighet för mig att gottgöra dig här", säger jag. "Fullfölja hjälpen liksom. Inte så mycket tunga saker häromkring."

Min blick går mot Isabellas händer. Oförskämt, tänker jag och tittar snabbt bort igen. Med den huvudryckningen lär hon inte ha missat att jag såg vad hon håller i. Jag döljer min tub med fotvårdssalva och hon håller sina två askar med håravfallsprodukter helt öppet. Läkemedelsnamn är svårt, men att läsa förklaringar på hyllkanter och förpackningar är lätt. Utan att vilja det har jag läst Recrea och Revexan Forte, kutan lösning. Mot håravfall.

"Nej, det gör väl inte det", säger hon. "Finns några tunga saker här."

Hon går iväg en bit i butiken. Flanerar längs hyllor med flertalet olika kategorier av piller och stannar upp här och där. Jag står kvar vid håravfallspreparaten. Vi har inte pratat tillräckligt mycket för att det ska krävas av oss att avsluta det hela på ett artigt sätt. Det är fortfarande helt okej att bara gå iväg när inget mer finns att säga.

Lade hon verkligen märke till Anitas och Rubens outgrundliga agg på Plantagen? I vilken dager försätter det mig? Hur går jag vidare? Salvtuben har blivit fuktig i min hand. Jag tror att jag har bråttom.

Det kommer in fler kunder, många kunder. Jag kanske ska ta och köpa lite vitaminer när jag ändå ... Isabella syns inte till. Folk skymmer och jag drar mig för att sträcka på halsen och spana som en annan struts. Jag går till kassan och betalar mina inköp, håller koll åt sidorna.

Dörren ut öppnas i min ögonvrå. Ett brunt hårsvall kastas runt och lägger sig över en krage av fårskinn. Hon har hunnit före och jag vill inte tro att det är till sig själv hon handlat medel mot lossnande hår. Jag tittar upp precis i rättan tid.

Isabella ler brett och säger hejdå till mig innan hon ger sig ut i snögloppet. Hon *sjunger* hejdå till mig fast hon inte alls hade behövt. Vänta, mumlar jag och fumlar med plånboken.

Jag stiger ut rakt framför en moped i full galopp. Isabella är borta. Motorn ylar och föraren lutar sitt fordon så mycket det går för att undvika mig. I snögloppet, på gågatan! Jag tar två vingliga steg tillbaka. Moped i EU-klass I eller II, inte fasen får de väl köras på trottoarer och gågator oavsett klass. Irriterat borstar jag av byxbenen och tänker på Filip. Och på Oskar. De dödar så lätt, om de används fel, mopederna. Dödar, säger jag högt till mopedisten som likt Isabella försvunnit för länge sedan.

Filip hade två nya mopeder stående utanför sitt kråkslott i Källsta en gång när jag hälsade på honom där. Den ena demolerades och lagades aldrig efter att Oskar kört ihjäl sig på den. Den andra vet jag inte var den blev av. Jag såg aldrig Filip åka på den och jag hörde honom aldrig tala om den mer. Men när jag hälsade på ville han ha mina åsikter om mopedlagarna för att jag jobbade för Trafikverket. Jag kunde inte ge honom några.

Isabella bor här i stan, så mycket står klart. Jag leker med tanken att hon kör moped mellan hemmet och Plantagen eller mellan studierna och hemmet. Filips moped.

Dagens aptitretare måste drivas till något mycket mustigare. Jag måste göra det för Filip. Bad han om det i sitt brev har jag inget val. Då är det självklart.

Min anspråkslösa bil väntar på mig i Lunagaraget. Jag drar kortet genom parkeringsautomaten. Inga köer. Jag slänger datorn på passagerarsätet, hoppar in. Precis då ser jag profilen bakom ratten på bilen som åker förbi, på väg ut ur garaget. Det är hon. Hon kör bil, inte moped. Naturligtvis. En svart Toyota Auris. Hon ser mig inte.

Det är ännu för tidigt att skicka en vänförfrågan till henne på Facebook. Det här räcker inte för det. Inte alls.

När jag kör iväg tänker jag att jag inte vill att Isabella ska ha med Filip att göra längre.

Ibland förstår jag mig inte på mig själv.

När jag för sista gången är på Astra-kontoret blir det tal om EU-mopeder med några kollegor. Jag är här för att plocka ihop mina saker och lämna över mina uppgifter. Det blir tal om korkade EU-lagar när jag frågar vem som lämnat sin äckliga snusdosa på mitt bord och det är jag som styr över samtalet från tobak till fordon.

Inget snus inom EU men mopederna får gå fortare. Det var bara det ena som gick igenom för Sverige. Ägaren till snusdosan fnyser och säger tacka fan för det.

Flera av kollegorna vet hur det ligger till. En av dem hör till pionjärerna när det gäller att ta förarbevis för klass I-mopeder. Han tycker att mopeden är det perfekta fordonet när han vistas på sitt sommarställe på Gotland. Klass I-moppen är betydligt rejälare än den gamla som bara fick gå i trettio. Pionjären tittar på oss och ser klurig ut. Den tål trimning så mycket bättre också, säger han.

Han tog sitt förarbevis redan 1999, lagom till det årets sommarsäsong. En annan kollega nickar och håller med. Både hans son och hans dotter tog beviset när de hade åldern inne. Flickan gjorde det redan sommaren 2000. Eller om det var 2001.

Alla ser helt ense ut och mannen med snusdosan kränger in en ny prilla under läppen. Det är bara jag som inte är nöjd. Jag blir upprörd inombords, jag vill inte höra talas om några bevis utfärdade under förra seklet. Tyst på er! Jag vet vad Filip sa när det där med mopederna var aktuellt.

Han sa att han var delaktig i lagstiftningen. Det var viktigt att allt blev rätt till hösten som var på väg. Det var då den nya EU-lagen skulle träda i kraft, just den hösten. Knappast på 1990-talet. Han var på mig flera gånger om saken. Jag minns det väl för att jag tyckte så illa om det.

Du som är på Trafikverket nu och allt, du ska väl ha åsikter om det här. Kom igen nu, Teo!

Jag blir arg och uppretad och jag känner att jag sluter mig inför mina kollegor, avslutningsdagen till ära. Jag lämnar rummet en stund, hoppas att mitt förändrade humör inte märks.

Till råga på allt upptäcker jag precis nu att Filips Facebook-profil har tagits bort.

11

Senaste gångerna Affe varit hos mig har jag gudskelov inte märkt av några tendenser till snatteri. Förra gången checkade jag av läget. Vi hade visserligen inte så mycket tid för varandra eftersom han kom på lördag morgon och åkte tidigt på söndag kväll, men vi hann med en tur till Kungens kurva för att variera oss lite i grabbshoppingen. Vi blev inte långvariga i butikerna. Bådas tålamod låg på en nioårings nivå när vi såg köerna. Men det blev ett spel till. Denna gång av ett sådant slag att pappa kunde vara med och spela när vi kom hem. Jag förlorade stort.

Jag erkänner att jag kände i Affes jackfickor när han inte såg. Det var alldeles tomt där.

Efter godisstölden på höstlovet tog jag upp frågan med Vickan. Vi hamnade snabbt i affekt. Inte så att vi skällde på varandra, det har vi inte gjort sedan vi delade tak. Men vi nådde den där kritiska stämningen som gör att jag svettas svårt under armarna och inte känner för annat än en dusch efteråt. Vi blir spetsiga i tonen, cyniska. Säger saker som vi säkert inte menar.

Jag sa att somliga tycks ha en benägenhet att uppfostra pojkar till tjuvar. Jag sa att jag vet en irländare som inte har några egna barn och som inte varit med från början. Utan minsta belägg hasplade jag ur mig att Paul säkert kan ha uppmuntrat vår son till att vara mindre nogräknad med vad han betalar för och vad han inte betalar för. Det kan man ju tänka sig hur den mannen är. Han kommer inte från samma kultur, han har inte samma värderingar. Där borta i Irland stjäl man nog både till höger och till vänster på ett helt annat sätt än här. Det vet man ju vilken hög arbetslöshet de har därborta.

Jag sa inte alla nidingsord på raken. Vickan triggade mig efterhand. Hon menade att jag var destruktiv i mitt leverne.

Hon sa att det var höjden av oföretagsamhet att bo hos den där gamla tanten. Hon undrade om jag hade något förhållande men så hindrade hon mig från att svara innan jag ens hunnit smälta frågan. I så fall vågade hon inte höra vad det var med för typ, sa hon. Vad det var för *läggning* typen hade i så fall. Bara jag inte utsatte Alfred för något.

Efter det där sista var jag hotande nära att bryta samtalet. Vad vräker hon ur sig? Läggning? Men så fick jag en rak fråga att svara på. Rösten hade i ett huj tappat det mesta av sin laddning och var nu mycket svagare. Den bar en mors oro och den bad om fakta. Snälla Teo, vad är det Alfred har stulit?

Jag berättade för henne om påsen med chokladkola. Hon lyssnade under tystnad sånär som på några svårdefinierade små klickanden då och då.

Hon kände igen något av det jag sa, sa hon. Hon var inte chockad, snarare lättad. Oron i rösten var borta och hade ersatts av ett lugn och en saklighet, något jag ofta kunde uppskatta när vi hängde ihop och saker skulle ställas tillrätta.

Frågan är om hon ens trodde på vad jag sa. Snart kändes det som om *jag* var barnet, den lille som fick hållas med enkla tillsägelser så länge han inte lät fantasin glida över i ren osanning. Först då skulle man behöva ta i med hårdhandskarna.

Jag borde inte ha fört det på tal alls. En sketen godispåse, vad är det att yvas över? Jag snodde säkert också lite godis någon gång när jag var grabb.

*

Jag brukar alltid skotta den snö som behöver skottas på Linneas uppfart. Men sedan snöflingor ulliga som bomullstussar fyllde hela himlen i timme efter timme under gårdagen har jag inte hunnit. Idag har jag suttit på möte med min chef på Bremers i stort sett hela dagen. Nu vet jag vad mitt nästa uppdrag blir och det var därför jag var tvungen att ge mig ut på löpning så snart jag blivit frisläppt.

Jag behövde en ordentlig omskakning.

Åtskilliga kilometer har jag tillbringat ömsom i djup snö, ömsom på tunnare vita täcken men inte en meter på barmark. Jag är skönt slut när jag ser huset skymta en bit fram. Jag tittar ner och ser att skosnörena gått upp på ena skon igen.

De är på väg på den andra. Det man kallar för det vita guldet har sipprat in och blivit till ljummet vatten runt mina fötter. Nu först känner jag att det kliar. Ett fotbad är allt jag behöver i livet just nu.

Jag saktar ner och når promenadfart strax utanför grinden. Flåsande granskar jag löpar-appen. Högre medelhastighet än någonsin. Mycket bra. Någon kämpar med en snösläde på andra sidan huset. Jag orkar småjogga runt husknuten och det blir svårt att stå still även när jag nått fram. Jag står och studsar medan jag hälsar på Linnea och hennes dotter. Linnea håller precis på att lämna över snösläden till nästa generation under sig.

Säg inte att gumman har skottat allt det här själv, tänker jag. En ordentlig gång har skapats ända ner till vägen på den här sidan huset. Linnea ser krokig ut, men inte direkt ledbruten.

Dottern Anki hälsar först misstänksamt på mig, sedan tar hon släden och det syns att hon inte gjort det tidigare. I så fall var det länge sedan. Hon känner sig för, ovant. Måttar med sina vantprydda händer utmed handtagen. Hon hugger håglöst med släden mot en snödriva nära gången och låter den stå kvar där när den väl fastnat. Hon vänder sig mot mig. Släden faller bakom henne.

"Jaså", säger hon kort. "Du har varit ute och sprungit du. Är det inte kallt?"

Ankis kortklippta svarta hår gnistrar av iskristaller. Hon borde ha mössa.

"Nej, inte så farligt", säger jag. "Jag är i rörelse hela tiden. Som du ser. Och så gäller det att klä sig rätt helt enkelt."

"Mamma, gå in du så kommer jag snart. Det är väl dumt att vi alla står här ute och fryser."

Linnea lyder inte. Iförd en lång vinterrock från ett annat sekel, pälsmössa och kraftiga kängor sneglar hon på sin dotter och så sneglar hon på mig. Hon fnyser till och står kvar.

"Jestanes", säger hon bara.

"Är det du som har skottat alltihop?" frågar jag min hyresvärdinna. Vänd mot Anki fortsätter jag: "Du hade bara behövt vänta till lite senare ikväll, Linnea, så hade jag självfallet gjort det. Det vet du."

"Det vet jag, Teo, det vet jag. Men så länge det finns krut kvar i gumman så är det lika bra att det används. Man vet aldrig när det sinar alldeles."

Hon blinkar mot mig och jag vet. Det är inte utan möda hon böjer sig ner och tar upp snösläden som fallit från drivan. Jag ser ut över gången. Linnea har inte skottat allt själv, det hade aldrig gått. En bit kanske, men inte allt. För det behövs inte lite krut, utan mycket krut. Någon annan har varit här. En granne, det spelar ingen roll. Det roliga är att Anki inte vet vad hon ska tro.

"Mamma, det här kan inte vara bra", säger hon.

Modern tittar tyst på henne, inväntar mer.

"Ja, det är tungt med vintrar när man har hus. Jättetungt kan det bli."

"Blir det för tungt har jag alltid Teo", säger Linnea.

Jag nickar och stretchar benen. Vinden är skärande frisk i lungorna. För mig är det bara skönt.

"Ja men han ..." Anki tittar på mig. "Han ska väl inte bo ... Det är väl ingen garanti att han bor här hur länge som helst. Du kan inte förlita dig till hyresgäster så där utan vidare. Du har ingen bostadsrättsförening precis."

Jag har lust att säga till henne att jag finns här, alldeles bredvid. Och jag kan tala för mig själv, riktigt sakligt till och med. Behandla mig inte som ett barn.

Men hon hittar mig på egen hand.

"Hur går det med det vi pratade om tidigare?" frågar hon mig, inte otrevligt. Nu ser jag att hon har iskristaller i fjunen på överläppen också.

"Du menar att jag borde flytta härifrån? Att jag borde finna mig nåt redigt?"

"Ja, just det."

"Jag ser mig om vad det lider", säger jag.

Jag stretchar lite extra med nedböjd överkropp bara för sakens skull.

"Du kanske har nån annanstans att bo, vad vet jag?" säger Anki. "Det är naturligtvis inte min sak. Men att värna om min egen mamma är i allra högsta grad min sak. Hon har ingen annan. Mamma är inte lika pigg längre, åren går för oss alla. Jag vill bara inte att hon ska belastas för hårt. Och nu ska vi flytta ganska långt härifrån och kan inte komma förbi så ofta."

"Jag är inte intresserad av att höra på det där just nu", säger Linnea och vankar iväg med släden släpande efter sig. Hon lutar den mot husväggen och går mot dörren. "Jag går in nu, precis som du ville. Jag sätter på kaffe, ni kan komma in och fika när ni är redo, båda två."

"Ska du också gå in?" frågar jag Anki. "Jag måste i alla fall in och duscha av mig och ta ett fotbad. Fötterna kallar på mig."

"Jag går in en liten stund bara. Jag måste snart åka. Jag måste hämta Rasmus från hockeyträningen vid åtta för Lasse är iväg med jobbet."

"På så vis. Ska ni sälja huset?"

Hon tycks bli överrumplad av min fråga.

"Sälja? Mammas hus? Ja, jag vet inte. Vi kanske måste det. Det kommer inte att vara för evigt det här. Det är den krassa verkligheten och den kan man inte göra nåt åt. Egentligen vill jag inget annat än att allt skulle vara som det alltid har varit."

Det knarrar om våra fötter när vi vandrar mot inomhusvärmen. Jag går sida vid sida med Linneas dotter som säger att hon är så mån om sin mor, och ändå har jag knappt sett henne här förutom några få gånger under det senaste halvåret. Då har hon dessutom alltid haft ett koppel av människor efter sig.

Rasmus ska hämtas från hockeyn. Jaså du. Linnea har visat mig hans porträtt. Först som femåring, sedan som femtonåring. Han var kavat och söt när han var liten, nu har han tappat viljan och glädjen. Ser du inte det, Teo? Ser du det, Anki?

Om de senaste nattskriken har inte sagts ett ord. Jag följde Linneas rörelser och läste hennes ansikte extra noga dagarna efter, men jag fann inget som avvek från det vanliga. Ibland ser jag en plåga bakom hennes mjukt skrovliga yta, en plåga som jag tror är gammal. Den kan visa sig när som helst, men sedan hon skrek senast har hon framstått som stark och klar.

Jag undrar vad Anki och hennes skallige man har sett. Jag undrar vad de andra som varit här har sett. Kanske är det bara jag som har sett.

Mor och dotter har köksdörren på glänt och jag står barfota i mitt allrum och uppfattar en och annan mening. Jag är på väg in i duschen men har stannat upp för ett ögonblick. Jag ser mitt leende avspeglas i det svarta fönstret mot gatan. Linnea är tuff mot sin dotter. Diskussionen är vässad och vad jag kan höra är det mor som ser till att dra kniven i slipen. Anki försöker släta över. Hon har väl råkat säga saker rakt, alldeles för rakt. Nu har hon ett behov av att badda in orden i något fluffigt och milt. Det är ingen skönsång att lyssna på. Den skränar falskt.

Linneas musiköra tycker som mitt. Hon är snabb i repliken, river ifrån för att slippa höra mer. Så vitt jag kan avgöra har hon argument för sin sak. 1–0 till Linnea, flinar jag när jag vrider på duschen och räddar mina fötter som nu till på köpet blivit svampiga.

*

Affe går intill mig och dinglar med pjäxorna utmed låren. Jag bär hans skidor under armen. Själv har jag inga. Min son är sur och jag hoppas att det bara är för att han är trött. Han har tagit sig utför Ragnhildsborgsbacken ett antal gånger medan jag har stått intill och hejat och sörplat varm choklad om vartannat. Mellan varven har Affe också fått i sig lite choklad och dessutom en våffla. I backens fot ligger en liten stuga där man kan köpa nygräddat.

Han tycker att det är långt till bilen. Jag säger att han får ge sig. Vad kan det vara? Hundra meter? Jag retas med honom och säger att jag först tänkte parkera minst ett par kilometer ifrån backen, så att vi kunde få oss en skön promenad i det gnistrande vintervädret. Då hade jag lugnt erbjudit mig att bära både skidor, stavar och pjäxor, hela rubbet. Till och med pojken om det hade knipit mot slutet.

Affe vill inte lyssna på det örat. Han hänger läpp och går med allt tyngre steg. Jag försöker ta hans pjäxor för att lätta på bördan på hans arma axlar, men han slingrar sig och gnäller som när han var fyra. Ingen ska ta hans saker ifrån honom.

När vi sitter i bilen säger jag att han får vila sig och bli människa igen när vi kommer hem. Han är inte trött, säger han blängande ut genom rutan. Det blir tyst. Kopian av hans mors hoppbackesnäsa ger inte alls det intryck av viktighet som Affe säkert skulle vilja nu. Jag berättar för honom att den är jättesöt. Han drar mössan långt ner över pannan och ögonen blir till skuggor.

Vickan lastade in pojke och skidpåse på tåget i morse. Antingen har det brustit alldeles i kommunikationen mellan oss eller så hade jag glömt. Jag hade förväntat mig en pojke med en sedvanlig väska på perrongen och jag fann en mastodontisk fjällpackning med en pojke bredvid. Någon vänlig själ hade hjälpt honom lyfta allt av tåget.

Jag vet att jag sa fel saker till min son medan Vickans beteende irriterade mig. Man *får* inte prata skit om den andra föräldern inför barnet, det vet jag lika väl som alla andra. Men förnuftet är inte mycket värt när lokomotivet av känslor kommer farande.

Affe hade sitt blyga sätt där han stod på perrongen och jag kramade honom hårt, men min ton var redan från början svärtad i kanten. Tänk om jag hade planerat helt andra saker för oss, tänk om jag hade köpt biljetter till något och bokat upp oss. Dessutom saknar jag lagg för egen del och det vet Vickan.

Affes mamma är beslutsam och handlingskraftig och det prisar jag gärna. Men hon kan också köra över folk. De egna besluten blir självklarheter. Hon får en idé, och är den tillräckligt stark ser hon till att den genomförs även om ett och annat lik råkar ligga i vägen.

Dragen har blivit värre sedan Paul kom in i bilden. Jag har aldrig sett honom som Vickans typ, jag upplever att irländaren är arrogant. Yrkesmässigt är han den stabilaste typ som kommit i hennes väg, men yrke och pengar är inte allt.

Jonas, som var den förste som stal min sida av dubbelsängen, var en strulputte på många vis. Men han var tamejfan rak som få. Han hade stil som någon form av världstrött svartrockare, med metallstycken instuckna lite varstans på den tatuerade kroppen, men han lismade inte. Han stod för sin stil och sina ideal. Han kunde vara riktigt cool i sin utstyrsel och i sin tillbakalutade hållning. Det gjorde honom skön bland det rätta folket. Knappast hade jag erkänt det när jag fann mig själv utkonkurrerad, men idag kan jag säga att Vickans grepp var förståeligt.

Naturligtvis sa jag inte allt detta till Affe. Men jag skickade ut giftpilar och de var inte bara ämnade för Paul utan också för hans käresta. Jag muttrade ut dem, i ett halvhjärtat försök att vara lite lagom bortvänd från sonen.

Det spelar ingen roll hur mycket han hörde av vad jag sa, Affe är snart tio och han förstår mer än vad ord kan förmedla.

Vi ser inte skymten av Linnea när vi kommer hem. Det är släckt och övergivet därnere. Affe dröjer en stund med blicken mot hennes stängda köksdörr.

När vi kommer upp placerar jag honom under milda protester på sängkanten, hjälper honom av med skidbyxorna med sådan kraft att gamle pappa störtar baklänges och rumlar runt på golvet tills jag med en duns når väggen under fönstret. Blir sittande där och gör mitt bästa för att rulla runt ögonen i hålorna och kvittra som fåglarna som snurrar i cirklar runt min skalle.

Nu skrattar Affe igen.

Vi pratar i timmar efter det. Svenskan går utmärkt för honom i skolan. Själv ser han inte det som någon bedrift, han är mest likgiltig. Oförstående. Grabbgänget i Linköping sysslar med äventyrliga fritidsaktiviteter och actionspel. Vad ska man med vacker svenska till där? Det kommer tids nog, har Affes lärare sagt. Låt honom bara leka av sig och bli lite äldre. Det kommer att falla sig naturligt.

Vi har det mysigt ända tills jag frågar honom om han vill åka till Ragnhildsborgsbacken i morgon igen. Då får jag ett tvärt nej. Jag som knappt lyckades få stopp på honom i backen idag, till och med våffla och varm choklad var tröga som lockbeten. Ibland hade han sällskap av andra barn vilket gjorde mig glad. Några riktiga kompisar i mina trakter skulle inte skada.

Det är en ganska löjlig backe egentligen, menar Affe nu. Han fnyser åt den.

Backen *är* liten. Ett enkelt konstaterande, men hela grabben ändrar hållning när han uttrycker det. Där finns ett fientligt drag som kom som från ingenstans. Jag talar om för honom att i den här delen av Sverige finns inga stora backar. Då måste man åka längre och det har hans gamle pappa ingen möjlighet till nu.

Dessutom har Affe varit i Ragnhildsborg förr. Han vet att det är vad som står till buds i den här stan. Jag erbjuder mig att åka till Romme igen eller kanske Sälen med honom någon gång när tid finns. Jag kan hyra lagg. Jag lovar.

Det löftet tas emot som luft. Affe fnyser igen. Den här gången åt mig, inte åt skidbacken.

Paul ska resa till Åre med några grabbar under sportlovet. Affe visar sig vara en av grabbarna. Det jag har kvar att vara glad för är att min son säger Paul och inte pappa. En irländare i en slalombacke, tillåt mig småle. Nu är det jag som fnyser. Får jag fråga vem det var som satte pojken på lagg första gången?

Till min frustration finns pur beundran i Affes röst. Han berättar om när hans plastpappa åkte snowboard och vann allting. Fast han säger inte plastpappa, han säger Paul med långt utdraget å-ljud. Gång på gång. Jag frågar honom vad det var för tävlingar Paul vann, jag undrar om min buksvåger är verksam som professionell snowboardåkare.

Det var när de åkte i stora backen förra året, säger Affe. Det var då Paul åkte som en kung och vann allt. Han vann över Linkan, han vann över Bosse, han vann över Mattias. Och han vann över mamma.

Vickan åker som om hon föddes med en snöbräda under fotsulorna, tänker jag. Det vet alla som rest till fjälls med henne. Paul måste vara förbannat duktig.

Jag ska precis fråga om Affe också skulle vilja prova åka bräda när han säger att han gjort det redan. Paul visade honom. Pååål visade honom. Det var svårt, men Paul var snäll och visade bra. När de åker till Åre tillsammans på sportlovet ska Affe få en alldeles egen bräda, det har han blivit lovad. Då ska han få lära sig bättre. Brädan ska vara röd och ha en massa asballa typ eldsflammor på sig.

Paul kommer att åka som en galning då med och han kommer att vinna över allt och alla. Det gör Paul alltid. Det blir helt vitt bakom honom när han fräser förbi. Man får torka bort snö ur ansiktet efteråt. Ibland hinner man knappt se honom. Han hoppar också, säger Affe och demonstrerar i rummet. Jag sitter kvar på sängen och studerar min son fara omkring med armarna utsträckta åt sidorna och med larmet på.

Paul hoppar över såna där typ gupp. Han åker baklänges och han flyger! Så här! Vraum vraum!

*

Vi fick en kort fikastund med saft och bulle hos Linnea, sedan gick Affes ögon i kors. Hennes också, såg det ut som. Nu har han somnat i sängen framför TV:n. Jag betraktar honom, samlat.

I klädstället hänger hans skidkläder och jättepjäxorna står nedanför. Så där stora fötter kan inte mitt barn ha. Idag finns ingen grön och olovligt bylsig täckjacka i rummet. Den var så missklädsam att det skälvde i kroppen. Det är min förtjänst att åbäket bytts ut. Så säger vi.

Jackan för helgen är istället svart med vita ränder över axlarna och utmed ärmarna. Mer rätt för slalom. Och mer rätt för Affe. Jag hade nästan kunnat välja ut den åt honom själv. Jag ler och förstår att den här har Vickan köpt, inte hennes engelskbrytande karl därhemma.

Mössa och handskar sticker upp överst på klädstället. Jag vänder ansiktet mot min Alfred igen. Går närmare, granskar hans oförstörda, släta hud som är rödaktig på nästippen och i kindernas mitt. Det väser om honom på ett barnsligt sätt. Lite saliv har samlats i ena mungipan. Affe är bar om överkroppen och hans späda axlar vilar så lätt över kanten av kudden. Så sårbar och så bräcklig.

Jag klarade av att bli pappa. Jag hade oddsen emot mig, men jag klarade det. Biologiskt. Det ni, morsan och farsan. Som om ni hade brytt er.

Tassande passerar jag klädstället och stannar upp när jag ser det röda som bryter av. Det skymtar nere i ena jackfickan. Jag tittar bort mot Affe och jag tittar på jackan igen. Nej. Jag ska inte snoka. Det ser ...

Jag ser en mudd från en handske, en annan handske. Ilsket röd och snyggt kontrasterande mot det becksvarta jacktyget. Försiktigt drar jag ut en bit men slutar snart. Det här är inget att bry sig om. Han har väl fått de här handskarna av sin mamma, han kan väl ha dubbla. Ett par kan bli blöta och man kan vilja byta.

Men så tänker jag på stunden i backen idag. Affe som stod länge ensam vid avställda skidor vid backstugan. Affe som ställde sig med ryggen till när jag närmade mig. Affe som plötsligt vände sig om och intensivt justerade sina svarta handskar som om de satt riktigt obekvämt på händerna. Affe som blev tyst.

Alfred ligger här under sin fars beskydd, på en övervåning i en Rosenlundsvilla, en övervåning hans pappa hyr av en tant som man hävdar börjar bli för gammal. Alfreds far har ingen riktig bostad och det finns folk som menar att det är något att oroas över. Alfred själv har aldrig oroats, han har aldrig visat minsta missnöje. Han tycker att man bor jättebra så här. Det är så här det är, det är så här det ska vara. Det är inget att ifrågasätta.

Han sover tungt precis som jag gjorde när jag var liten. Min skyddsbarriär mot kollektivets ständiga ljud har gått i arv.

Jag vet inte vad jag ska göra.

Slalomhandsken som vilar i min hand har stötskydd över knogarna och blixtlås från handleden ner mot tummen. Ett sportigt ord står skrivet över handryggen. Affes pjäxor ser stora ut, men de passar. Den här handsken är minst ett par nummer för stor och lär inte passa alls.

En namnlapp syns på insidan av mudden. Där står "Måns Krantz-Rehnfors, 7C". Under finns ett telefonnummer med begynnelsesiffrorna 550.

Jag öppnar kylskåpet men ser inget av det som finns därinne.

"Ja, du kan ringa den här tiden", säger jag till Vickan. "Han sover nu. Han hör inget."

"Sover han redan?"

"Ja, det har varit en aktiv dag. Jag har inte nattat honom ordentligt än, men det kommer."

"Vad har ni gjort då?"

"Ja, gissa. Vad tror du?"

"Ni har väl skidat, hoppas jag. Affe ville det så gärna."

"Jag kan tänka mig det."

"Varför låter du sur?"

"Jag är inte sur."

"Men nånting är det ju."

Jag talar om för henne att jag inte visste något. Vickan menar att vi hade bestämt, båda tillsammans. Vi hade kommit överens om att Affe skulle få åka skidor när han kommer så här några veckor före sportlovet.

"Så att han kan öva inför den stora resan till Åre", säger jag.

"Teo, jag vill inte att du har den där tonen mot mig. Jag tycker att det är jättetråkigt. Det brukar ju gå så bra."

"Vickan, det har hänt igen."

"Vad har hänt?"

"Affe har stulit igen."

"Är det sant? Vad har han stulit nu?"

"Ett par slalomhandskar. Han ryckte dem från en annan kille i skidbacken idag."

"Vadå ryckte? Gick han bara fram och tog dem? Det kan inte vara möjligt."

"Nej, inte så. Utrustningen var lämnad utanför backstugan."

"Varför säger du ryckte i så fall? Är du säker på det här? Gjorde du inget?"

"Jag såg inget av det då. Jag märkte det tyvärr för sent, för bara en stund sen."

Vickan anser att jag måste ta itu med problemet, för det är hos mig det uppenbarar sig. Varken hon eller Paul har sett något av det hemma. En god idé kan vara att låta Affe konfrontera problemet själv, säger hon. Varför inte låta honom ringa själv och be att få lämna tillbaka dem? Vägrar han får jag väl ringa själv, stämma träff med ägaren och ta med mig Affe till honom för en personlig överlämning. Vi behöver inte säga exakt som det var. Vi kan säga att vi hittat vantarna, borttappade i backen.

Jag rycker på axlarna precis som om Vickan skulle kunna se det.

"Tja", säger jag. "Vi får väl se."

"Det viktiga är att Affe förstår att han gjort fel och att han får känna av konsekvenserna" säger Vickan. "Jag blir så förvånad. Varför behöver han göra så här? Han har alltid så mycket gott att säga om besöken hos dig. Han har mycket gott att säga om sin pappa, Teo. Du är viktig för honom."

Jag sätter mig ner.

"Är det så?"

"Det är klart att det är så."

Det blir en liten paus.

"Förra gången pratade han mycket om spelen ni spelar", säger hon. "Jag visste inte att du blivit en sån hejare på TV-spel. Varken Paul eller jag håller på särskilt mycket med såna spel, konsolen vi har är rätt gammal dessutom. Affe blir besviken på oss ibland. Han skulle vilja ha med oss mer än vi förmår, han kan inte spela med sina kompisar hela tiden. Och så blir han så besviken på oss sen när vi bara är så dåliga. Det är bra att han har dig då, Teo. Så att han får rejäl konkurrens och inspiration, menar jag."

"Äh, jag är inte alls ..."

"Du behöver inte vara blygsam, stå på dig nu. Det är väl helt okej att du blivit duktig på spel och datorer och sånt. Jag tycker inte att det är barnsligt, om du tror det. Jag tycker att det är bra. Alla ungar håller på med sånt där. Affe är supernöjd med att du kan visa honom nya saker i den där världen."

"Är han?"

"Ja, det är han. Och så är det så kul att han har träffat en jämnårig kompis som bor så nära dig. Det är väl perfekt? Enligt Affe umgås ni alla tre killar ibland. Jag vet att du kan styra upp det om det blir för mycket, Teo. Jag vet att du kan säga ifrån om du tycker att kompisen tar för mycket plats. Det är jag inte alls orolig för."

Vickan är igång. Hon är positiv. Och mitt ansikte har stelnat.

Det finns ingen annan kompis här än Linnea.

Hon ber mig pussa Affe god natt. Jag säger att det ska jag göra. Jag önskar dem alla en trevlig Åre-resa om vi inte hörs innan. Jag hoppas att Affe får lära sig några riktigt schyssta konster av Paul, på snowboarden.

Jag får ett klingande skratt i örat.

"Av Paul? Skojar du? En irländare i en skidbacke? Den mannen skulle aldrig sätta sin fot i en pjäxa ens!"

118

12

Filip Silverstrand styrde sin lilla IT-verksamhet hemifrån Kaplansgatan. Vi utgick ofta därifrån för vårt umgänge under den sista tiden. Ibland satt vi hemma och pratade långt utåt natten bara han och jag, ibland var annat folk där och delade vår tid. Det förekom att vi gick ut och roade oss också, på restaurang eller på pub, ensamma eller med andra.

Allra bäst tyckte jag om då vi höll oss inom lägenhetens väggar, fjärmade från larm och stök. Och från konflikter.

Fast helt konfliktfritt var det inte alltid hemma. Jag minns ett undantag när en objuden gäst steg in i Filips hem.

Jag visste inget om verksamheten som Filip sysslade med. Det var IT och det var datorer och så föreläste han ibland, det räckte för mig. Viktigare var att han mådde så mycket bättre igen. Han hade genomlidit en tuff period. Hans son hade gått bort och han hade blivit sviken av fler än en samarbetspartner. Det är en chock att inse hur svart viss verksamhet är under ytan, sa Filip till mig. Jag skulle skatta mig lycklig om jag slapp se skiten under min yrkesverksamma tid här i livet.

Jag frågade om OrxLite och snabbt sa han att där hade jag ett praktexempel. Han drog sig inte öppet undan frågan, sådant var olikt Filip, men troligen fintade han mig. Han pratade en hel massa men det enda som fick fäste var att OrxLite inte var att lita på. Inget om varför.

Ovissheten som alltid lurade där under ytan, men som jag inte tillät komma fram för att benas ut. Rädd för att det som tittade ut skulle vara oförenligt med min sublima Filip. Idag, många analyser senare, blott en stegrande känsla av obehag. Och ett brev som inte kan mildra.

Det var en kväll hemma på Kaplansgatan när vi var fler än bara vi. Det var *hans* vänner som var där, aldrig mina. Vi hade inga gemensamma. De två vännerna var trevliga, trevliga på distans. Vi hade suttit länge och ätit och druckit på Filips matsalsstolar när dörrklockan ringde.

Tallrikarna var renskrapade sedan timmar tillbaka, glasen påfyllda ett antal gånger och Filip fick en gäst till. Han öppnade dörren och ännu ett okänt ansikte syntes i trapphuset. Ett filter lades på pratet som försiggick i hallen, den bekanta ryggtavlan med brett axelparti syntes länge i dörrhålet. När mannen blev insläppt gick han före Filip in i lägenheten och lät sig bli presenterad för oss.

Innan han kom hade det pratats om Filips IT-verksamhet och Filip var trygg och briljerande, vänd mot mig ibland trots att jag halkade efter de andra i erfarenhet. Ju mer de andra föll in i pratet om den gamla IT-bubblan som en gång sprack och vilka som strök med och vilka som klarade sig, desto mer föll jag in i musiken som strömmade ut i rummet. När Filips sista gäst anlände satt jag på knä på golvet och roades åt samlingen av gamla CD-skivor.

Filip var tidigt ute med att köra spellistor via mobilen, men ibland laddade han CD-spelaren med gamla skivor och tryckte på slumpmässig uppspelning. En form av nostalgitripp under speciella kvällar, som han uttryckte det. Klappret av plastfodral, tummade konvolut, en känsla. Blandningen av skivor var salig, stilarna många och spretande. Kombinationer man inte väntade sig i ett ensamboende.

Filip tittade på mig över axeln från bordet där han satt, det kan ha varit sekunder innan det ringde på dörren. Han blinkade åt mig.

Den nye gästen tog sig in i sällskapet. Vi tillhörde inte samma skrå, han och jag. Jag minns fragment av spridda diskussioner och av något som skulle komma att växa till en konflikt, ögonblick som inte var föremål för någon närmare utvärdering när de inträffade.

Medan jag rotade runt bland PJ Harvey, Motörhead och Niklas Strömstedt, kom och gick de andra i omgångar till och från matsalsbordet. Filips två första gäster hängde ihop. Stod på balkongen och rökte ihop, fyllde sina drinkglas ihop. Alltid involverade i samma samtal.

I stunder när Filip satt med sin nye gäst ensam vid bordet var de mjuka i pratet, kvinnligt empatiska i tonen. Borta var

Filips upplyfta roll som IT-man, den framgångsrike och samtidigt sympatiske mannen, fylld av de rätta skämten på de rätta ställena.

Så bytte gästerna plats. Den sist anslutne försvann på toaletten, in kom de två andra. Och Filip förbyttes till mannen med visionerna igen.

Han växlade beteende och det borde inte ha varit något konstigt med det. Alla har vi roller som vi skräddarsyr för olika situationer och personer. Men det var något mer i hans lägenhet på Kaplansgatan den här kvällen. Han växlade så rasande fort. Det hela kändes alltmer forcerat.

På slutet gav den siste gästen intryck av att vara Filips välmenande mentor som satt där vid hans bord och gav honom goda råd på vägen. En grå, kraftig kalufs och håriga armar med beslutsamma rörelser, en bred vigselring djupt nersjunken i fingrets hud. Jag tittade på dem, försökte beblanda mig ytligt i deras samtal, men obehagets vägg var högrest.

Omsider insåg vi alla att någon måste gå. Växelvis umgänge är ett dåligt recept i mindre sällskap. Var det så att Filip nalkades en konflikt som han för en gångs skull inte kunde lösa? Skulle konflikten visa sitt fula ansikte om han pratade med allihop samtidigt?

När alla till slut satt runt bordet hände det.

Var Filip svettig över pannbenet och var hans ögon svartare än bruna när han reste sig, var hans rörelsemönster kantigt och disharmoniskt på ett sätt olikt honom, var hans röst entonig och klanglös när han plötsligt visade någon sin egen ytterdörr, var vi andra förstummade av förvåning.

Så var det. En måste bort. Hade den sistkomne anlänt till ett hem utan andra gäster hade han tagits emot med öppna armar och varmt välkomnats att samtala i sin mjuka, ömma ton. Jag kan inte tänka mig annat.

Nu blev han istället brutalt utkörd och fick en ekande utskällning i trapphuset.

*

Jag sov på Filips soffa den natten. Vaknade i gryningsljuset och såg strimmor av sol teckna skarpa men substanslösa linjer över parkettens utspridda gamla skivsamling. Jag fick en spontan ingivelse att ställa tillrätta vad jag tömt över golvet kvällen innan, men det blev bara en utsträckt arm som lojt snuddade vid soffbordskanten.

Det var tyst i lägenheten. Jag tänkte på den snöpliga sortin från kvällen innan. Minnet kom med olust. Jag hade ingen kunskap om vad som egentligen låg bakom, jag kunde inte deras bakgrund. Jag visste inget om vad de varit med om. När ytterdörren väl stängt ute den objudne sken Filip upp som den gladaste av de glada. Han höjde musiken och pratade i mun på sig själv. Kastade huvudet bakåt i skratt, gång på gång. Bedyrade att han var gift med livet och skulle vilja gifta sig med oss, vi som var kvar.

Jag som kallade honom balanskonstnär och sa att jag älskade honom för det. Idag skulle jag inte vilja kalla det vi såg för balanskonst.

Soffläget ingav en känsla av lätt illamående. Jag satte sikte på mitt hem men det var en process som måste tas i flera steg. Det mentala var avklarat, nu återstod det fysiska.

Det rasslade till. Någon visade intresse för ytterdörren. Kanske hade jag legat vaken en halvtimme, kanske längre. Jag spände mig och det högg till i mitt arma huvud. Tankarna gick till Filips sovrum. Där låg han och sov utan att höra att något krafsade på hans dörr.

Jag kunde se ena kanten av ytterdörren från mitt läge i soffan. Dörrhandtaget var stilla. Jag väntade spänt och gick igenom vad jag skulle säga om någon som Filip förärat en nyckel bara klev på och fick denna syn slängd i ansiktet. Det kunde vara den brett omtalade Isabella som kom för att hålla om honom och ta en promenad med honom i solstrålarna över staden. Jag hade inte fått träffa henne ännu.

Jag skulle säga som det var. Att han låg i sovrummet och här hade jag hamnat. Flina snett skulle jag göra och säkert himla med ögonen också när jag sa att så kan det gå när man inte kan sluta i tid. Men det var väldigt gott och väldigt trevligt igår. Hehe.

Handtaget rörde sig till sist, följt av lätta och snabba steg över golvet i trapphuset. Pojkstreck, tänkte jag och lyssnade efter ljud från sovrummet. Filip hade stannat uppe länge under natten, längre än jag. Köket som sista hållplats, skjortan ledigt utsläppt över byxlinningen och köksfläkten på.

Nu var en nyckel och famlade i låset. Jag satte mig upp, försökte skärpa mina mossiga anletsdrag. Så kom röster och där

svängde dörren upp. Jag tillämpade röntgenblick på sovrums-
väggen utan resultat. På ostadiga ben drabbades jag av ett lätt
yrselskov och i samma slag sprang en ung flicka in i vardags-
rummet och bromsade tvärt några meter från mig. Jag drå-
sade tillbaka. Skulle flickan bli road eller skrämd?

Ellen.

Döm om min förvåning när jag såg vem som skrattande
kom in i rummet efter henne, fräsch i uppsynen och iklädd
mörk snygg rock som var uppknäppt hela vägen och blottlade
en bred halsduk med framträdande rutmönster. Minnet är så
starkt att jag till och med kommer ihåg hans klädsel i detalj.

Klokt nog hade han tagit på sig varma plagg när han häm-
tade sin dotter på morgonkvisten. Jag hade inte märkt någon-
ting av någonting. Solen var bedräglig så här års och där låg
jag med feststassen på.

Ellen gick i några vindlingar runt sin fars ben. Hon tittade på
mig och tittade på honom, fick godkänt och fnissade. Det var
en pajas som låg här och det var okej att peka på honom.

Jag valde att skrocka. Det kom ut som ett kraxande. Kon-
trasten lyste i rummet. Filip hade bestämt druckit några glas
och han hade garanterat inte hunnit sova många timmar. Men
han såg ut som piggheten själv, med sitt mörka hår prydligt
friserat och med ögonen fullt plirande.

Ellen studsade till ett annat rum och Filip satte sig i en
fåtölj mittemot soffan. Han log och sa att det spelar ingen roll.
Jag svarade att det var skönt att höra, men hur det än förhöll
sig var jag på väg hem å det snaraste. Han skrattade igen och
sa att han menade Ellen. Det spelar ingen roll vad man ställer
till med dagen innan man ska hämta sitt barn. Det finns aldrig
några ursäkter. Sitt barn försakar man inte, punkt slut. Det är
förbjudet att ens rada upp alternativ. Kärleken är envålds-
härskare.

Men så lade han till att det var helt okej att jag låg på hans
soffa och grisade ner också.

Filip lämnade rummet med en doft av rakvatten och tan-
kar på Affe och Oskar. Man får aldrig försaka sina barn. Aldrig
försumma dem. Jag kände mig lika otillräcklig för min Alfred
då som jag gör idag. Bland vardagskänslorna finns ingen
värre. Man är helt oförmögen att springa ifrån den.

Men Affe lever och har hälsan.

Filip hade dukat fram en voluminös frukost åt mig, alldeles för voluminös för att kännas naturlig. Det här var inte alls nödvändigt. Jag kom ur duschen, insåg att det till och med kunde bli en löptur senare på dagen, och såg det dignande köksbordet. Filip och Ellen var inte där.

Det fanns flera sorters bröd och flera sorters pålägg. Bäst minns jag Västerbottensosten. Jag älskar Västerbottensost och det hade jag i förbifarten nämnt för Filip. Och så var det aprikosmarmelad som passade bra om jag ville rosta formbrödet. Brödrosten var framställd och sladden var i.

Jag hade flingor av flera sorter att välja på och där stod mjölk, yoghurt, fil och juice i prydligt uppradade tetror. Jag slog mig ner, glodde på bordet och ropade in mot andra rummet.

Filip drog förbi dörröppningen och smackade tillgjort. Det fanns ägg också om jag ville ha, sa han och fick det att låta som världens självklaraste sak. Hade rollerna varit ombytta är jag rädd för att han fått hålla tillgodo med rågknäcke och kaviar från en bucklig tub.

Filip fångade in Ellen under sin muskulösa arm. En lång flicka, späd intill honom. Späd och dyrkande, med bruna ögon stora som valnötter. Hon frågade mig var Affe var, uppbackad av sin far. Inte visste jag då att det inte skulle bli några fler möten mellan min son och Filips dotter.

Jag hörde ett konstant mummel från sovrummet medan jag åt och sedan dukade av. Mest var det en mjuk basröst och Ellens ljusa inskjuten då och då. Min mage arbetade på det där energikrävande viset som bara inträffar när man slocknat med kläderna på utmed någons soffa och sedan vräkt i sig alldeles för mycket bjudmat. Jag fick sitta ned och samla kraft en stund inför hemfärden.

Filips röst gick upp och ner flitigt, jag fastnade vid den där jag satt. Min syn blev grumlig och jag rev av en bit hushållspapper och snöt mig utan att jag behövde. Torkade ögonvrårna med samma papper. Min Alfred, kom till mig så ska jag läsa sagor inlevelsefullt för dig, kom till mig så att du kan dyrka mig. Kom till mig så ska jag berätta att alla människor får gilla vem man vill.

En dörrglipa lät mig urskilja små rörelser då och då inne i sovrummet. I hallen hörde jag bättre. Filip läste ur en sagobok som jag inte kände igen. Han lade olika nyanser i rösten beroende på vem som talade. Från Ellen hörde jag inte ett ljud.

Det prasslade som av sängkläder ibland. Säkert gestikulerade Filip som besatt när handlingen i sagan så påbjöd, jag kunde nästan höra luftdragen därinne. Han blev alltmer dramatisk. Karaktärernas repliker skiftade oftare, spänningen stegrades. Det handlade om hästar, islandshästar. En tystlåten och bestämd samisk vägvisare ledde en trupp ryttare längs en fjällvärld utan farbara vägar någonstans uppe i Finnmark. Jag förstod att deras mål var livsviktigt att nå, de hade inga alternativ i världen. Någon var dödligt sjuk, på hästryggarna satt experter av olika slag och alla behövdes. Föll någon av var det likställt med ingen hjälp alls.

Jag kände inte igen den som någon av de klassiska sagorna. Människorna på hästryggarna kompletterade varandra. De var vitt skilda typer med vitt skilda särdrag. De hade handikapp och var inte perfekta, men mycket speciella. Deras avvikelser satte krydda på tillvaron och detta lyfte Filip fram så tydligt med sina röstsvängningar. Man skulle älska alla i boken.

Berättelsen var fantasifull, rolig och allvarlig på samma gång och den hade säkert ett bra, välskrivet budskap. Så passande för våra barns åldrar, tänkte jag. Jag undrade vem författaren kunde vara. En bok att låna hem till Affe?

Jag knackade på för att meddela min avgång. Jag hade fyra stora bruna ögon riktade mot mig när jag gläntade på sovrumsdörren. De var så lika. De hade ett förbund. Jag undrade om också Oskar hade fått de där ögonen.

Så märkte jag att något saknades. Det var mycket hud därinne, osande i sovrumsvärmen. Filip stod vid sidan om sängen och Ellen låg på rygg i den. Han höll händerna framför sig med spretande fingrar, mitt inne i en passage som måste illustreras extra vidlyftigt. Han sänkte händerna och sa till mig att det hade varit trevligt igår. Det hade varit mycket trevligt och det kunde vi gärna göra om.

Ellen frågade efter Affe igen. Jag sa att han kunde komma med nästa gång, om hon lovade att vara här då.

En bok var det som saknades. Filip stod där i sin teatraliska pose, iförd shorts och linne, berättande ur tomma luften. Ellen frågade något om sagan medan jag fortfarande stod kvar, och han avfyrade några dramatiska repliker från folket på hästryggarna som om han hade repeterat in allt noggrant innan.

Jag hittar bara på, det är inte märkvärdigare än så, som han sa till mig när jag frågade några dagar senare. Ellen tycker om det så, och då gör jag det så.

13

Det är nästan mars nu. Jag är kluven i årets första vårkänslor. Nedstämd med en känsla av förlamning, samtidigt upprymd över att jag närmar mig steget. Steget jag måste ta. Över ett halvår har gått sedan jag skickade mitt första brev till Filip. Jag vet inte om han läser dem. Kanske har det ringa betydelse.

Breven uppfyller mer än ett syfte. De skänker skribenten en tillfredsställelse, stillar ett behov jag inte visste att jag hade. Jag verkar ha funnit det skrivna ordets tjusning och mening. Efter alla dessa år.

Förr var det alltid torrt och konkret när jag höll i pennan. Det var aldrig i närheten av något som kunde liknas vid en lisa för själen. Orden kom nödtorftigt till för att ge en konkret handling i nästa led. Ord som verktyg för att skapa aktion. Ingen som helst koppling till skönhet.

Det jag skriver idag gör mig helare, friskare. Det höjer mitt självförtroende. Breven till Filip var redan från början förvånansvärt målande och fylliga, de gled fram i en berättarton jag inte trodde att jag behärskade. Sedan har det bara växt.

I höstas hade jag aldrig tidigare i mitt liv skrivit en insändare eller någon annan typ av inlägg i någon debatt. Nu tycker jag att det är riktigt underhållande. Att själv publicera en text på nätet är ingen match. Bloggande är var mans syssla numera. Men att bli publicerad av någon annan, av en redaktion, det är något helt annat. Är mediet dessutom tryckt går känslan inte att jämföra. Jag har märkt att det fungerar bäst om man är upprörd och samtidigt svänger sig med kluriga begrepp. Med det kan man få se sin signatur i en tidning när som helst.

Det är sällan jag *är* så upprörd. Det händer att jag låtsas. Senast jag fick en insändare publicerad ondgjorde jag mig över bostadspriserna och den allmänna bostadssituationen i länet. Då trodde jag att jag låtsades medan jag satt och skrev. Jag hånflinade som en liten djävul över tangentbordet.

När jag slog upp lokaltidningen en morgon och läste min egen text förstod jag att inget var på låtsas. Jag höll med mig själv i vartenda ord.

Mars redan i övermorgon. Hur mycket tid har jag? Mer än min tid löper risken att rinna bort, ser jag när jag nalkas gågatans centrum. Man har ställt till med utställning av isskulpturer på Politikertorget mitt i city. Skulpturer av is när det äntligen är plusgrader i luften.

Som novis inbillar jag mig att all is ska rinna bort på nolltid så snart termometern visar plusgrader. Men så är det inte, får jag höra. Det är inte bara färdiga skulpturer som visas. Kommer man i tid får man även se när de huggs fram. Några konstnärer står och finslipar på det sista när jag traskar fram till torget och det pratas om att temperaturen är perfekt. Detaljerna i skulpturerna framhävs mycket bättre när det inte är så kallt i luften.

Jag vandrar runt en stund mellan tiotalet skulpturer. De är alla framhuggna ur lika stora, rektangulära isblock, runt två meter höga. Det kan vara en tävling jag bevittnar. Förutsättningarna har åtminstone varit lika.

Konstnärerna ser stolta ut och torgscenen sprutar ut toner från Mellanöstern. Över mig vilar något ödesmättat, som av saknad. Många par strosar här intill mig. Gamla som unga. En del vänslas och andra går sida vid sida. Jag har alltid sagt till min omgivning att jag tycker om att vara ensam.

Jag går i sicksack mellan skulpturer av djur och skulpturer av ansikten, jag kisar för att se igenom en formation som ska fungera som ett kalejdoskop, jag ser med tom blick på en misshandlad iskoloss som inte liknar någonting annat. Den heter *Gränslös* och är framhackad av några studenter från KTH.

Lyfter blicken igen.

Tvivelsutan saknar jag något, men nu känner jag mig också iakttagen. Igenkänd.

Jag ställer mig en bit ifrån platsen för konstverken, i närheten av några bänkar som alltid funnits där torget övergår till gågata. Vi är fler nyfikna som står här och betraktar det som är nytt och annorlunda. Jag tar inte upp mobilen för att se om den kan bekräfta något. Jag ser mig omkring istället, förstulet sökande. På en av bänkarna sitter två alkisar som också betraktar. Men i deras rödsprängda blickar finns något helt annat. De ser mest förbluffade ut över detta främmande som släpats in i deras vardagsrum.

Ingen bekant syns vid skulpturerna.

Sommaren kommer att vara här snart. Det är is jag har i siktfältet, men sommaren syns där bakom, om än grumligt. Ska jag sätta mig ner i Linneas hammock för att författa ännu ett brev, ett brev vars innehåll präglas av sommaren omkring mig, ett brev som är ännu längre än alla de andra och som försvinner ut i tomma intet i samma veva som jag släpper ner det i postlådan.

Det känns inte försvarbart.

Nu står en person och kikar genom ett huvudstort hål mitt i ett isblock. Min uppmärksamhet är där. Helt och fullt.

Jag visste väl det.

Motvilligt erkänner jag att Facebook hade del i att driva mig hit idag. Helst vill jag tro att jag är här på ren känsla. Det går en liten skälvning genom mig. Personen sticker in huvudet en bit, håller emot sig med behandskade händer mot isens våta yta. Backar tillbaka, stoppar händerna i fickorna och läser på podiets namnskylt.

Det känns starkare nu än någonsin. Första kontakten är redan etablerad. Hindren är borta, vi känner nästan varandra.

Någon dyker upp bakom henne precis när jag är på väg fram. Han tar henne lätt om midjan, bara ytterst lätt, drar tillbaka händerna igen. Han trampar klumpigt i en hög av borthuggna isbitar. Jag tvärstannar. Hjärtat gör en frivolt. Egentligen förstår jag på bara någon sekund. Det kan inte vara han, naturligtvis är det inte han. Inget stämmer. Kroppslängden, hållningen, hårfärgen, valet av kläder. Det är helt fel alltihop. Mannen på isen är okänd. Jag hade hoppats att hon skulle vara ensam.

Jag gillar kalejdoskopet bäst, så det är inte enbart ett spel när jag ställer mig och tittar igenom det en gång till. Isabella står i mitten av torget och pratar med sitt sällskap. Han tar inte på henne mer. Nu resonerar de.

Jag vill göra det här snyggt och diskret. Teo, den evigt diplomatiske. Jag drar nytta av själva idén med kalejdoskopskulpturen och märker hur praktiskt det är. Ohöljt kan jag stå och se på Isabella genom isväggen, förvisso förvrängt och splittrat i små rutor av färgfält, men fullt behörigt. Deras ryggar rör sig bort. Då händer det jag vill att ska hända. De skingras. Mannen gör några åtbörder för ett vardagligt avsked, går sedan i rask takt bort längs gågatan. Spårar jag kärlek är den ytterst måttfull.

Isabella siktar hitåt. Jag stiger fram, naturligt på väg till en skulptur som föreställer två rovfåglar som sitter med näbbarna mot varandra. Det droppar betänkligt från utstickande delar. Jag råkar gå precis framför henne, nästan så att jag stöter emot henne.

"Hej", säger hon glatt.

Hon är på väg vidare. Jag måste göra något.

"Hej. Men vänta! Är det inte du som ..." Jag spelar tankfull.

"Jo! Det är du från Plantagen, eller hur?"

"Och från apoteket", säger hon utan tvekan. "Så du är här och kollar in lite konst?"

"Precis. Jag hade vägarna förbi. Från apoteket säger du?" Konstpaus. "Just det, vi stötte ju på varann på apoteket också. Tänk att du kommer ihåg det. Hur liten är den här stan egentligen?"

"Väldigt liten."

Hon har stannat upp. Jag önskar att jag kunde sudda ut det tvivelaktiga som hänger i luften, men jag vill inte använda Filip till det. Det måste börja mellan Isabella och mig. Filip får äntra scenen så småningom.

Isabellas utblommade leende är enormt på flera sätt. Hon ser på mig.

"Men du", säger hon, "det finns inga tunga saker här heller. Som du skulle kunna hjälpa mig med."

"Nej, inte direkt", säger jag och tittar mig fåraktigt omkring. "Är det ingen av skulpturerna du skulle vilja flytta på då?" Jag går fram till ett stort indianansikte och klappar det på näsan. "Hövdingen här till exempel? Skulle inte han platsa lite längre in här ... mot mitten kanske?"

Jag gör en ansats att omfamna ishövdingen för att baxa iväg med honom. Isabellas leende är kvar.

"Han är betydligt tyngre än en blompappersrulle, det kan jag lova", säger jag. "Borde helt klart kunna kompensera mitt bristande gentlemannaskap i blombutiken."

Hon säger inget och jag känner ett sting av nederlag. Jag skyndar mot det extremt normala:

"När jag ändå var i stan tyckte jag att man kunde gå förbi här och titta. Jag såg om det i tidningen. Det är mycket som är fint här, tycker jag."

Isabella tittar på klockan.

"Förlåt, jag ska inte uppehålla dig", säger jag.

"Det är ingen fara. Jag gillar också skulptörer som jobbar med is. Det är ett sånt naturligt material som kan vara så vackert. Och samtidigt så förgängligt."

Hon fäster blicken vid en oanständigt utskjutande stång som har vätskebildning kring hålet längst ut på spetsen. *Förgängligt.* Undrar om Filip också gillar det ordet.

"Jag måste gå rakt på sak", säger Isabella. "Är det okej?"

"Javisst."

"Med risk för att få skämmas nu, varför tycker jag att jag känner igen dig? Du verkar så bekant på nåt sätt."

"Alltså ..."

"Ja, bortsett från apoteket och Plantagen och det alltså. Jag tyckte redan då att du var bekant. Åh, det är så pinsamt att inte kunna placera folk. Så typiskt mig! Förlåt!"

"Äh, ingen ko på isen. Faktum är att du är bekant för mig också."

"Är det skolan? Pluggar du?"

"Nej, inte direkt."

"Nähä." Isabella begrundar mig. "Vad kan det då vara? Det spelar ingen roll egentligen. Vad heter du?"

"Jag heter Teo. Om det kan vara till nån tröst kan jag säga att jag inte vet var jag har sett dig förut heller. Jag kan inte placera dig heller."

"Vad skönt, Teo! Då är vi på samma våglängd i alla fall. Jag heter Isabella."

På samma våglängd, jo jag tackar jag.

"Var det din ...?" frågar jag och nickar bort längs gågatan.

"Min?" frågar Isabella. "Du menar Stefan."

"Ja, han som var här nyss. Jag vet inte, men han verkar bekant också. Fasen, snart är alla bekanta här."

Isabella skrattar.

"Det kan vara i ett sånt sammanhang vi har sett varandra", säger hon. "Nåt som har med min brorsa att göra. Stefan är min halvbrorsa egentligen."

"Så måste det vara", lyser jag upp.

Vi är glada över att ha något att hålla med varandra om. Hon är på väg igen.

"Det är väl dags att traska hemåt", är det jag som säger. "Men vem vet, vi kanske stöter på varandra igen, när vi minst anar det. Stan är ju så liten."

"Inte omöjligt. Lova att du inte känner ett behov av att gottgöra mig i så fall", säger Isabella. "Du skötte dig exemplariskt där på Plantagen. Och sen tog annat din uppmärksamhet."

Mitt leende kommer av sig. Tack för det, Anita.

"Jag lovar", säger jag. "Nähä, dags att bege sig hem till sitt lilla hem då", upprepar jag mig.

Jag vill varken hem eller upprepa mig. Isabella stannar. Hon fångar upp ett av mina enkla ord och gör en sak av det.

"Hem ja", säger hon eftertänksamt. "Jag har bara två månader kvar i min lägenhet. En etta i Grusåsen, en ganska stor en. Ja, jag hyr i andrahand då. Tänk att man håller på och flackar runt på det sättet fortfarande. Vuxna människan! Men det är väl rätt så typiskt egentligen."

Jag vill omfamna kvinnan framför mig men det är nog inte att rekommendera.

"Jaså", säger jag. "Ja alltså, jag bor inte heller helt som man borde. Fast jag trivs bra ändå."

Jag sammanfattar min bosituation. Isabella ser på mig och nickar allvarligt.

"Jag är på gång med att skaffa bostadsrätt", säger hon. "Det är verkligen på tiden. Jag ska kolla på en tvåa i Mariekäll nästa söndag. På Linnégatan. Lite av ett renoveringsobjekt tror jag, och det är väl därför man kan tänkas ha råd."

"Jaha, vad kul. Vad ska de ha för den då?"

"Den börjar på niohundranittiofem. Men det blir säkert budgivning. Avgiften är inte så farlig, tre och nio tror jag det var."

"Hoppsan, ja, det var inte så värst. Jag får önska lycka till."

Så trampar vi iväg år varsitt håll genom ishögarna. Jag saktar farten efter en stund, påminner mig om att jag inte är på löptur. Blicken jag fick på slutet var lång. Hon heter Isabella och hon är, eller har åtminstone varit, Filips käresta. Och det var mig hon gav blicken.

Det ödesmättade och känslan av saknad försvinner. Solen skiner och jag tar lätta vårsteg. Jag struntar fullkomligt i om isskulpturerna har smält bort till i morgon. Somligt är tänkt att bestå, somligt inte.

Filip är en vacker man. Han är vacker på ett omedelbart vis, det går inte att missa dragen. Isabella blir vackrare när man har pratat med henne en stund. Hennes utseende växer med uppgiften att förmedla sig. Hon bryr sig om den hon pratar med, hon lyssnar och hon är fokuserad. Hon ler, skrattar och respekterar. Snart är hon så vacker att det inte är några som helst problem att förstå Filip. De är ju så lika.

Varför visade Filip aldrig upp henne för mig?

Hon hyr en etta i andrahand. Ensam är ett ord som följer med ut av bara farten. Nu vill hon köpa en lägenhet. En *egen* lägenhet.

Ett sådant sammanträffande. Att springa på varandra så här på Politikertorget, menar jag. Men det räcker inte för att stämma en nästa träff. Det räcker knappt för att skicka en vänförfrågan på Facebook, inte den här gången heller.

Mitt eget boende hänger i en allt skörare tråd. Jag måste se mig om efter något redigt. Bör jag kväsa mina hemliga fantasier om ett annat liv i det avlägsna och istället ta mitt sparkapital och bruka det i närort? Blotta tanken känns som om någon sliter en livboj ifrån mig. Ska den få utrymme måste den mogna.

Men det skadar väl inte att bara titta lite. Nu vet jag var.

Nästa söndag i Mariekäll, på Linnégatan.

14

Mitt nya jobbuppdrag startar på måndag. Jag ska tillbaka till OrxLite i Stockholm. Och på söndag träffar jag Isabella på en lägenhetsvisning, om allt går vägen. Det är som om Filips ande vilade över alltihop.

Jag vet inte om Filips ande vilade lika mycket över hans mor Anita när Länstidningen ställde en fråga till henne i tisdagens upplaga och därtill publicerade en bild som jag tyckte gjorde henne väldig rättvisa. Hon såg ut som rena rama ragatan. Vanvettig blick och mörkt som av sot under ögonen. Håret i stripor stående ut från skallen, nästan uteslutande åt ett enda håll. Snett upp mot nordväst av någon anledning. En gång en stilig kvinna hade blivit en galen kvinna.

Säkert var det bara vinden som ställde till håret, men det strödde onekligen en extra krydda över helheten. Jag kände mig rättfärdigad när ansiktet mötte mig över frukosten. Jag *är* oskyldig, ser ni det nu allihopa?

LT-frågan handlade om fettisdagen, knappast överraskande. Tidningen undrade om folk firar denna dag på något särskilt sätt och hur många semlor folk sätter i sig. Anita gick under titeln pensionär och hon svarade att hon inte ser någon anledning att fira en dag där traditionen säger att man ska okynnesäta bara för att sedan kunna hålla upp under fastan. Traditionen är ur tiden, citerades hon. Det finns ingen fasta. Dessutom hatar hon semlor. Det är för mycket grädde.

Ingen glad pensionär där inte. Anitas ord gick bra ihop med bilden, tyckte både jag och tidningsredaktionen. Alla andra som tillfrågades i spalten svarade något lika småtrevligt som förväntat. En avvikare att garva åt piffar upp.

Jag blir tvungen att ta med Affe på visningen. Planen var att gå ensam, men så dök det upp som gubben i lådan. Beskedet från Alfreds mor. Nej, den helgen ska Paul och jag gå en drejningskurs ute i Mullhyttan tillsammans, lät det med självklar ton. Det var tydligen vida känt. Jag resignerade utan att protestera. Jag längtar ju samtidigt efter Affe.

Sist han lämnade sin far och klev på tåget hem till Linköping var han mosig i ansiktet av gråt. Vi hade fått några timmar av bearbetning efter påfrestningarna jag utsatt pojken för, så han hade lämnat det mest obändiga och motsträviga bakom sig. Men ögonlocken bar fortfarande svullnad och kinderna var rödare än normalt.

Jag fick ändå en stor kram som avslutning på besöket. Vi stod på perrongen och han höll sina smala armar länge om min midja. Pressade ansiktet mot min mage. Jag kände värmen av hans andning. Jag var stolt, inte minst över mig själv och mitt beslut. Nu hade jag tagit itu med ett problem och löst det. Det skulle Vickan få veta.

Jag hade satt igång en stund efter frukost på söndagsförmiddagen. På natten hade jag tänkt ut hur jag skulle gå tillväga. Vickans förslag var bra, det visste jag. Det gällde bara att finslipa på detaljerna. Tyvärr var inget solklart när jag vaknade på morgonen. Jag fick improvisera.

Affe pratade inte mer om Paul eller om skidbackarna i Åre. Han pratade inte om sin mamma heller. Han var pigg och studsig efter att ha fått i sig sina flingor och han störtade från den ena änden av övervåningen till den andra och använde sin far som tidtagare. Hans sprudlande humör var härligt, men jag skulle bli tvungen att ta ner honom på jorden.

"Du och jag har en sak att uträtta innan du åker hem", sa jag när han kom i mål för minst femte gången.

Han brydde sig inte om min kommentar. Jag lät honom skena ett par turer till.

"Jag är snabbast, pappa!" ropade han. "Snabbast i typ universum!"

"Jag ser det. Jag är officiellt utnämnd tidtagare så jag vet att det är precis så. Det är ingen annan som vet, bara du och jag."

Affe stannade upp.

"Bara du och jag? Nä, hela världen vet! Hela universum vet!"

"Är det så? Det kan säkert bli så om du tränar så här hårt."

"Ja! Det kommer att bli så. Det *är* så! Ascoolt!"

Jag studerade pojkens taniga kropp där den flög fram över möblemang och genom dörrhål. Jag funderade på vad det kommer att bli av honom. Vad han kommer att välja för vägar. Det var svårt. Det är alltid svårt. Min fantasi ger honom framgång och lycka förstås. Ett tryggare liv. En förhoppning. Jag satt där och klockade min son och beredde mig på det vi hade framför oss. Då blev det svårare än någonsin. Framtiden för mitt barn och för mig själv var just då mycket suddig.

"Nu måste du sluta skutta, Affe. Linnea kommer att bli vansinnig på allt dunder och brak. Hon kan tro att hela huset håller på att rasa samman. Dämpa dig nu."

Jag fann mitt ögonblick när Affe klädde sig. Jag hade lagt fram en ny svart tröja och ett par nya jeans som jag köpt åt honom. Han greppade dem utan att blinka.

"Vi måste ringa ett telefonnummer idag, du och jag", sa jag. "Vi måste ringa en kille som heter Måns. Jag tror att han saknar nåt som vi skulle kunna hjälpa honom hitta igen."

Affe slängde en blick på mig. En kort blick, en mycket kort en. Ytterst noggrant testade han hur bra det gick att få ner händerna i de nya, trånga byxfickorna. Med hakan pressad mot bröstet krängde han långsamt ner en hand i taget, centimeter för centimeter.

"Men kom igen, Affe!"

Händerna kom upp igen och hade vitnat av trycket.

Effektivt hade jag berövat honom hans lekfulla pojkhumör hemresedagen till ära, men det kunde inte hjälpas. Jag fick inte blunda längre. Jag måste ta mitt ansvar. Min vanliga känsla av otillräcklighet när Affe lämnar mig kanske till och med kunde lindras av det jag måste göra. Det är ju för hans skull.

"Vänta lite", sa jag till honom. Jag gick mot klädstället. "Hur många handskar hade du med dig när du kom från mamma igår?"

Affe ryckte på axlarna.

"Kom hit en stund. Din gamle pappa undrar en sak som du måste berätta. Jag har blivit så nyfiken."

Affe kom lomande.

"Här är dina svarta handskar", jag hakade loss den ena av dem från klädstället, "dem hade du på dig i skidbacken igår.

De är riktigt snygga, tycker jag. Är det mamma som har köpt dem?"

Affe ryckte på axlarna.

"Visst är det väl mamma? Hon brukar ha bra smak, din mamma."

Affe skakade på huvudet.

"Det är Paul", sa han. "Jag har fått dem av Pååål."

"Okej."

Jag kämpade emot för att inte släppa ut fel ord.

"Vad är det här då?" Nu pekade jag mot en röd mudd som tydligt stack fram ur ena jackfickan. "Har Paul köpt de här handskarna också?"

Affe sa ingenting.

"Du", sa jag. "Är det inget du vill berätta för mig? Kan du inte ta fram den där röda handsken så att jag får titta på den?"

Det ryckte i Affes arm. Han tvekade. Jag lät inte ovänlig. Det syntes hur hans unga huvud arbetade och jag lät honom ta tid på sig. Han sög på sin underläpp och längtade förmodligen hem.

"Jag ska säga vad jag tror", sa jag.

Nu höll han en röd handske hängande slappt framför kroppen. Stundens laddning gjorde att den såg stor ut som en basebollhandske.

"Jag tror inte att Paul har köpt de här handskarna till dig. Jag tror inte att mamma har gjort det heller."

Affe ryckte på axlarna ännu en gång.

"Kom", sa jag. "Vi tar med oss handskarna och går och sätter oss."

I farten grep jag telefonen och så lade jag allt på bordet. Affe satte sig tyst på en stol och bara tittade. Först hade jag tänkt att han skulle få ringa själv. Men han är alldeles för ung, det känns varken rättvist eller görligt. Under tystnad drog jag ner blixtlåset på en av muddarna och blottade lappen med namn och nummer. Jag tittade på den överdrivet länge och rynkade pannan.

"Men ... vad är det här?" sa jag till slut. "Det här är inte ditt namn. Det här är inte min pojkes namn."

Affe skruvade på sig.

"Jag ska hjälpa dig", sa jag. "Jag är inte arg, det ska du veta. Jag är bestämd. Är det som jag tror måste vi göra nånting åt det. Är det som jag tror, Affe?"

Inte en min.

"Jag tror att det här är en annan pojkes slalomhandskar. Är det som jag tror saknar den pojken sina fina handskar nu, tror inte du det också?"

Affes ben pendlade fram och tillbaka under bordet. Ett tecken.

"Jag tror att jag tar och ringer det här numret jag. Om inte för annat så för att höra efter om det jag misstänker stämmer. För du vill tydligen inte prata med mig just nu. Om du säger hur det ligger till behöver jag kanske inte ringa alls."

"Jag hittade dem", kom så en sur barnröst.

"Jaså, var det så det var?" Paus. "Men då tycker jag att vi ringer till ägaren och så bestämmer vi med honom hur vi ska lämna tillbaka det du hittat. Han blir säkert jätteglad!"

Nu vågade grabben fånga sin fars ansikte en liten stund, och jag såg strimman av hopp som tänts i hans ögon. Skulden hängde tung som en våt säck över hans axlar och strimman orkade inte alls igenom och förbi. Det gjorde ont att se. Både för att jag tyckte synd om honom och för att det var så smärtsamt uppenbart hur allt låg till. Han såg skymten av en utväg och en chans att behålla ansiktet.

Jag hade redan ringt numret en gång. När Affe sov chansade jag på att mottagaren inte hade sovmorgon. Jag fick prata med en glad mamma som sa att hon visste en som skulle bli ännu gladare. Måns hade blivit ledsen när hans nya handskar var borta. Nu prisade hon sitt beslut att skriva namn och nummer tydligt på lapparna. Hon tyckte att jag kunde göra likadant med min sons grejer.

Jag sa att jag ringer upp igen senare så kan vi bestämma en tid. Det är inte långt att åka.

Affes ben for som pendlar under bordet medan jag pratade i telefon en andra gång. Hans haka hade lämnat bröstet med råge. Här höll allt på att fixa sig ändå, sa hans trubbnosiga uppsyn, men det var banne mig nära ögat.

När vi väl fullföljt vår plikt måste jag förtydliga. Måns och hans mamma skulle inte behöva veta mer. Men Alfred skulle behöva veta. Han fick inte lämnas i tron att gamle pappa verkligen var så lättlurad och att det gick att komma undan bara genom att flyta med i de vuxnas korkade uppfattningar.

Visserligen med berövat stöldgods, men med bibehållen frihet.

Nej du, grabben.

När vi kom fram stängde jag av motorn i bilen, satte mig tillrätta i sätet och pekade ut porten för Affe.

"Det är den där dörren", sa jag. "Här får du en portkod att knappa in. Åk upp med hissen till fjärde våningen, ring på dörren som det står Krantz-Rehnfors på, eller bara Krantz, inte fasen vet jag. Och så när de öppnar säger du bara som det är och lämnar över handskarna. Du behöver inte åka hiss om du inte vill förresten. Så spänstig som du är kan du ta trapporna. Jag kan klocka dig härifrån bilen om du vill."

Affe såg skakad ut. De röda handskarna fyllde upp hela famnen på honom. Vi klev båda ur bilen.

"Hej", sa jag när en mager kvinna i yngre medelåldern öppnade dörren för oss.

Inledningsvis höll jag mig kort. Det var viktigt att Affe kände trycket av prövningen.

"Hejsan", sa hon och släppte ut en stark doft av främmande hem i trappen. Tvättmedel blandat med blöt hund.

Hon tittade ner på Affe och handskarna och log med blottat tandkött i en lila nyans. Isabellas leende är så oändligt mycket mer fylligt och friskt, tänkte jag.

"Vad roligt att ni kommer!" Hennes koncentration riktades mot Affe, rutinerat. "Vad snäll du är som kommer hit med Måns handskar! Verkligen jättesnällt av dig. Han kommer att bli överlycklig."

Affe sträckte inte över godset. Han tittade upp på mig.

"Men vill ni inte komma in?" sa kvinnan.

"Nja, vi ska nog åka vidare så fort som ..."

"Men en liten stund bara."

Hon vände sig bort och släppte ur sig sin sons namn som vore det självaste kärnan i refrängens crescendo. Det bullrade till och en gestalt som befann sig i gränslandet mellan barn och yngling uppenbarade sig i lägenhetens bakre regioner. Han kom lufsande mot oss.

"Schysst", sa han trött. "Lägg dem där bara."

Sedan försvann han igen.

"Men hörni", sa modern, "nånting ska ni väl ha i alla fall? En liten hittelön tycker jag absolut att den här snälle killen ska ha. Vad heter du?"

"Alfred."

"Vilket fint namn. Som han i Emil. Emil i Lönneberga. Kom med in här så ska du få nåt av mig. Du behöver inte ta av dig skorna."

Hon nickade och visade Affe vägen in i köket. Jag väntade i hallen och tänkte på förtydligandet jag måste göra. Affe kom snart tillbaka med en liten papperspåse i handen och en hängig schäfer i hasorna. Måns mors hand låg ömt om ryggen. Jag kände så väl igen det tillknäppta i hans ansikte.

Nu var modern riktad helt mot mig. Tandköttet kom fram igen, glansigt, missprydande.

"Hoppas att han gillar lakritssnören. Jag råkade ha flera paket hemma efter en utlandsresa. Taxfree, du vet. Man köper på sig. Armani, sitt! Tänk om alla var så här ärliga och snälla som ni. Då hade vi inte haft så många ledsna barn. Jag kan tänka mig att det finns många idag som direkt skulle plocka på sig ett par slalomhandskar om de bara fick chansen. De skulle inte ha en tanke på att försöka lämna tillbaks dem till den som verkligen äger dem. Det är så synd att det finns såna, tycker jag. Sitt, säger jag! Uppför dig!"

"Ja verkligen", sa jag. "Eller hur, Affe?"

Min son var strängt upptagen med att klappa Armani och hålla undan hittelönen från den blöta nosen.

Påsen med chokladkola från Plantagen väntade Affe länge med att sprätta upp. Men påsen med lakritssnören var öppnad redan när jag körde iväg från Måns och hans mamma. Affe mumsade i sig.

"Smakar det bra? Ska du inte bjuda din gamle pappa?"

"Oj då. Jo, här får du."

Jag avböjde när han sträckte fram påsen.

"Jag har ångrat mig. Jag vill inte ha. Behåll snörena för dig själv du."

Där satt han och njöt öppet av sitt kolsvarta godis, killen som inte kan skilja på mitt och ditt. Jag kände mig som ensam vårdnadshavare, ensam och utsliten av tätt umgänge.

"Tycker du verkligen att du har gjort dig förtjänt av det där?"

"Va?"

"Ja, de där lakritssnörena som du har där."

"Jag fick dem."

"Jag vet att du fick dem. Men varför fick du dem då?"

Affe ryckte på axlarna.

"Kom igen nu, grabben! Varför fick du godis av Måns mamma?"

"Vet inte."

"Jo, du vet. Berätta för mig nu."

"För att jag lämnade tillbaka ett par handskar."

"Just det, så var det. Var kom de handskarna ifrån då?"

"Från skidbacken."

Affes käkar slutade mala fast munnen var full. Jag tänkte på Vickan och på Paul och så kom instinkten att kapitulera. Men jag slog bort den, stod på mig.

"Affe", sa jag och stannade bilen, "vi måste prata om en sak."

Affe var på väg att ta av sig bilbältet.

"Nej, det där behåller du på. Vi kan sitta kvar här ett tag utan att gå ur bilen. Sen åker vi igen, när vi har pratat en stund. Din gamle pappa är lite ledsen på dig, förstår du."

Tystnad.

"Du har inte gjort dig förtjänt av den där belöningen, förstår du inte det? Det var din plikt att lämna tillbaka det du har stulit, Affe. Det var det enda alternativet. Jag är inte arg på dig. Men jag är förvånad och besviken. Jag trodde inte det här om dig. Nej nej, behåll lakritssnörena du, det blir inte bättre av att du slänger dem på golvet. Hördu!"

Jag lade handen lugnt över Affes händer och godispåsen. Underläppen plutade svagt. Jag fortsatte prata med det stint framåtvända pojkansiktet.

"Man *får* inte stjäla från andra", mässade jag. "Den här gången har vi rättat till det du har ställt till med, men det rättfärdigar egentligen ingenting." Blick på mig själv i backspegeln. "Med det menar jag att det inte blir mer rätt att stjäla bara för att man senare lämnar tillbaka det man stulit."

Jag önskade att min son skulle visa ånger. Jag behövde verkligen se ånger. Den här pärsen skulle ge honom det. Det var tvunget.

Jävla lakritssnören. Jävla tandkött.

"Affe, om man snor måste man också ljuga." Mannen i backspegeln, högt upp i sätet, myndigt drag över ögonen. "Det går inte på nåt annat sätt. Och vad har vi sagt om att ljuga?"

Bilen rullade igen. Affe drämde påsen med lakrits hårt i bilgolvet. Den här gången blev den liggande. Jag ryckte till av dunsen.

"Hördu!"

Ett knallrött ansikte med Vickans näsprofil och en kraftig inandning full av snörvel. Stämningen och atmosfären hade tagit ut sin tribut.

"Är du arg?" frågade jag.

"Jaaa!" skrek Affe.

Fördämningen brast. Min son grät högt och ljudligt, ibland kom ett och annat ord med ut. Till en början saknade jag sammanhang, men så småningom hörde jag vem som ansågs vara boven. Det var förstås jag.

"Ja ja, skyll på mig du. Jag vet att du vet, så jag bryr mig inte. Jag vet att du vet att du gjort fel och jag vet att det gör ont att skämmas. Men det är bra att det känns, ser du."

"Näää!"

"Jodå, det *ska* kännas. Det är då man lär sig att inte göra om det."

Vi kom fram till huset. Affe slet sig loss så snart jag stannat bilen och sprang upp mot verandan. Han blev stående vid dörren. Lakritssnörena lämnade han kvar på golvet. Jag tog påsen och slängde den i soptunnan på tomten. Pojkens armar hängde slappt vid sidorna. Ingen snäll kom och öppnade.

Istället blev det en dum som öppnade utifrån. Affe slank in, rusade uppför trappan och drog igen dörren till sitt rum. Han brydde sig inte om att ta av sig skorna nere i hallen trots att det var en regel. I lugn och ro tog jag av mig mina skor. Jag tog extra god tid på mig, hade inte alls bråttom upp.

Linnea måste ha hört att jag vistades ovanligt länge i vår gemensamma tambur. Dörren till hennes kök öppnades och där stod hon, rakryggad och pigg. I blicken fanns det där välbekant kluriga, det där som vet men som inte alltid avslöjar. Håret såg mer friserat ut än vanligt och hon föreföll klädd för utgång.

"Teo, där är du", sa hon. Hon tittade mot taket. "Ska Alfred åka hem idag?"

"Ja, det ska han."

Min suck var oavsiktlig.

"På så vis."

"Ska du ut?" frågade jag.

"Ja."

Linnea vände och gick tillbaka in i bostaden. Jag visste att jag uppmanades att vänta fast ingenting sagts. Hon var strax tillbaka.

"Du får ursäkta, men jag råkade få med mig delar av din post i fredags", sa hon. "Jag har glömt att tala om det för dig. Jestanes, jag glömmer bara mer och mer."

"Det är ingen fara. Jag kan också vara glömsk."

Hon höll en hel hög med papper i händerna och det mesta såg ut att vara riktad reklam. Den ville jag inte ha. Hon kisade genom glasögonen och sorterade i bunten en stund. Så stannade hennes fårade händer upp och hon tittade upp på mig ovan glasögonkanten. Hon log finurligt och så lade sig den där klädsamma retsamheten över hela ansiktet. Ofta är jag offret, men jag älskar det där uttrycket.

"Vad tror du jag har här?" frågade hon.

Jag såg att det var två brev, ett med fönster och ett utan.

"Ja, det där fönsterkuvertet kan du gärna behålla", sa jag.

"Trygg-Hansa", sa Linnea. "Men det andra då? Det vill du väl ha?"

"Får jag se?"

Hon drog åt sig brevet och klev ett par steg bakåt.

"Din retsticka!" sa jag. "Du är för skön. Men kom igen nu, jag blir ju nyfiken här!"

"Det är det som är meningen."

Hon höll brevet så att jag inte kunde nå det utan att sträcka mig över hela kvinnan och så läste hon på kuvertet.

"Jag tycker att det ser ut som ett kärleksbrev jag", sa hon.

"Äh, larva dig inte. Får jag min post nu?"

Förra gången Linnea retade mig för att jag fick anonyma privatbrev var det Filips enda livstecken hon stod och pekade på. Nu ryckte jag fram, höjde mig över min hyresvärdinnas späda kropp och sträckte mig efter brevet som hon höll uppsträckt i luften snett bakom sig. Jag kände hur hennes ansikte och glasögon dunsade emot mitt bröst. Oklädsamt, men det struntade jag i.

"Jestanes", mumlade hon och gav med sig.

En stund senare, när jag var uppe i mitt allrum och Linnea mycket riktigt var på väg ut, ropade hon ner mig igen. Jag blickade mot Affes stängda dörr och gick ner så långt i trappan att Linnea kunde se mig. Där stannade jag.

"Jag hoppas att du inte blev besviken", sa hon.

"Nej då", sa jag. "Det är ingen fara."

"Jag ska gå nu. Jag ville bara säga att jag önskar att ni reder ut det där innan han åker."

"Vad menar du? Reder ut vad?"

"Den fnurra ni har på tråden. Jag vill bara att du och gossen reder ut den innan ni säger adjö för den här gången. Det är viktigt."

Den gamla kvinnans konstanta bekymmersrynka mellan ögonen var fördjupad.

I minnet av den långa och heta kram jag fick av min son när han senare stod i begrepp att kliva på sitt tåg hem, vet jag hur rätt Linnea hade.

15

Det var inget brev från Filip. Jag sa till Linnea att jag inte var besviken. Vilken bluff. Det hade känts oerhört bra om det faktiskt varit ett svar från den försvunne. Ett vettigt och klart svar, ett svar fyllt av hopp. Inte ett destruktivt virrvarr.

Brevet som kom var något helt annat. Kuvertet hade inget fönster och adressaten var textad för hand. Men vad hjälper det när det ändå var fullkomligt opersonligt. Firman som säljer trädgårdsredskap är tydligen så ineffektiv att den anlitar någon som manuellt sitter och sänder iväg reklam till oskyldigt folk. Vad ska *jag* med trädgårdstillbehör till? När jag såg skymten av en trädgårdstomte mitt i den bifogade broschyren blev jag rent illamående och tände eld på eländet i diskhon. Det måste ha blivit fel i någon adresslista någonstans.

Kontakten med min vän som vill bli terapeut har varit dålig på sistone. Vi har inte hörts av på länge. Jag vet inte ens om den där tjänsten som psykoterapeut blev av för henne. Hon kanske gjorde som hon gjort förr; stannade kvar över studieböckerna för att bli ännu klokare.

Jag lät henne läsa Filips svårtydda brev kort efter det kom. Det var faktiskt hon som talade om för mig att jag borde svara.

Vi hade en bra kompisrelation en period, terapeuten och jag. Vi jobbade ihop och fann vägar vi kunde mötas på även utanför arbetet. Det kan vara mycket intressant med folk som kan folk.

Hon bjöd mig på middag hemma hos sig i samband med att hon skulle läsa brevet. Redan från början var jag inte helt bekväm i situationen, och det underlättade knappast när hon insiktsfullt och oväntat sa att jag kunde visa henne även slutet på brevet när jag var redo.

Känslan av att ha blivit ertappad övergick snabbt i något bra och jag gick därifrån med mycket värme i kroppen. Jag borde tacka henne en gång till. Nu, idag. Ringa upp och säga att jag är glad för det utlåtande hon gav mig. Tala om för henne att jag fortfarande inte förstår Filips text, men att jag börjat skriva. Att skrivandet fungerar som en form av terapi för mig.

Signalen går fram och jag knallar omkring under tiden. Går snabbt igenom vad jag ska säga. Men jag får inget svar. Tittar på telefonen och känner mig besviken. Som om jag räknar med att hon finns där närhelst det passar mig.

Jag skriver istället, i enlighet med min nya stil. Ett långt meddelande till terapeuten blir det.

Filips brev är sex tätskrivna A5-sidor långt, handskrivet precis som mina. Handstilen är rak och tydlig, språket är oklanderligt, metaforerna fyndiga. Allt i total diskrepans med handlingen. Det visuellt prydliga bidrar till att man vill ta det på allvar.

Han talar om en olycka. Första gången jag läste tänkte jag förstås på Oskars mopedolycka, men det stämde inte. Filip skriver att han själv blivit skadad. Han vet inte hur allvarligt, men jag vet att han ganska snabbt skrevs ut från sjukhuset. Han har skadats på flera sätt, skriver han. Det som inte syns har nått djupast. Olyckan lade sten på en redan gnagande börda. Någon kom och strödde salt i de öppna såren. Det gjorde ont som fan, med fan i versaler.

Ett antal långa meningar ägnas sedan åt att smutskasta folk som kör fulla i trafiken, och det är väl det närmaste han kommer Oskar i texten.

Människor har bytt sida, människor som Filip aldrig trott något ont om. De behandlar honom som skit och i bästa fall som luft. Han har fått fiender som vill honom illa utan att han förstår varför. Det är nu de få riktiga vännerna utkristalliserar sig, skriver han. Det är nu han har lärt sig skilja ut agnarna från vetet. Och jag ska inte tro att jag är självklar på något sätt.

Här får jag påminna mig. Brevet är ju ändå skrivet till mig.

Mot slutet blir det mer riktat. Filip använder du-form. Han tänker inte stanna länge där han är, men det ska jag inte vara förvånad över. Sådan är han ju, det borde jag ha märkt. Men han vet inte om det kommer att funka den här gången, om han kommer att klara av att ta sig ur allt. Han skulle behöva någon som redde ut varför han kommit dit han kommit. Någon som summerade för honom. Som hjälpte honom.

Och brevet, det är skrivet till mig.

Innan han kommer till de sista magstarka orden nämner han sitt livs mening. Dottern Ellen är hans kraftkälla på jorden, det är till henne han går för att få sitt livsuppehållande elixir. Det är hjärtskärande när Filip skriver att han inte kan vara säker på hur länge flaskan räcker och inte ens var den står alla gånger.

En dag kan den vara borta.

*

Jag är inte van vid lägenhetsvisningar. Kan inte minnas om jag någonsin varit på en mäklararrangerad bostadsvisning förut.

Linnégatan är en krok med tillträde via Liljevalchsgatan i Mariekäll. Jag har varit i trakterna förr. Gatan är inte lång och mäklarskylten som är utställd på trottoaren invid strängen av flerfamiljshus syns bra. Jag parkerar bilen utmed gatan. Tittar efter Isabellas svarta Auris men får ingen träff.

Affe hoppar och studsar intill mig. Han nynnar på en hitlåt och fnittrar till då och då. Just nu gör det inte så mycket att Linnea inte kunde passa honom under visningen. Vi har inte behövt säga ett ord om den jobbiga söndagen förra gången han var hos mig. Det är befriande.

Ingången till visningsobjektet sker från innergården. Vi rundar huset. Jag ser ett antal portar och Affe är den som pekar ut rätt. Jag sa siffran innan vi åkte och den har han memorerat.

Det står en till skylt vid porten. Jag tittar på klockan och inser att vi är punktliga. Det är min orutins förtjänst, gissar jag. Jag vet inte vilka vett- och etikettsregler som gäller i sådana här situationer.

Det står en liten anhopning människor och väntar i trapphuset en halv trappa upp. Affe och jag är punktliga, men somliga har tydligen varit i väldigt god tid. Jag nickar lätt mot mina hypotetiska kombattanter i den kommande budgivningen. De behöver inte räkna med mig. Dörren öppnas på glänt och vi välkomnas in. Då vänder Affe på klacken och springer ner igen och ut ur huset.

"Affe!"

Jag tar ett par älgkliv ner och vräker upp trappdörren. Jag har inte tid med några konster nu.

Min son står någon meter från en pojkcykel som ser flång ny ut. Mountainbike-typ, knallgul ram, svart sadel och minimala skärmar, styret alldeles för lågt justerat i mina ögon. Men nu är det ju inte mina ögon som fastnat.

Affe är som förstenad. Någon måste ha kommit åkande på cykeln och parkerat den precis när vi gick in i huset. Jag missade det men det gjorde inte cykelgalne Alfred. Många mer eller mindre skumma historier om olika cyklar i skolan har jag fått höra de senaste åren.

"Affe, du kanske hellre vill stanna härute medan din gamle pappa tittar på lägenheten? Ja, det är klart att du vill. Men i så fall får du absolut inte sticka iväg. Hör du det? Kom gärna in till mig därinne, men försvinn inte."

Jag tar på mig blåa plastpåsar utanpå skorna och ställer mig och glor i en okänd hall. Mäklaren är upptagen i ett av rummen längre in. Jag granskar hallväggarna överdrivet noga och känner på tapetskarvarna med handen.

Folk runt omkring mig går och mumlar. De flesta ser ut som par, men här finns också en stor familj. De är av samma modell allihop; mamma, pappa och alla tre barn är tjocka och oformliga. Jag ler mot en av ungarna som springer över mina fötter. Han är överlycklig över sina påsar, jag kan tänka mig att de förbättrar sladdförmågan radikalt. Är dessa omfångsrika figurer verkligen intresserade av att köpa en futtig tvåa?

Det pratas oroligt om stambyte och om slipning av parkett. Sådan finns inte i hallen där jag fortfarande står. Jag gnuggar påsarna mot en brun och sliten plastmatta. Jag hör att en kvinna längre in i lägenheten högljutt pratar om sina lånemöjligheter och om att hon fått nedslag på banken hon haft förtroende för i massor av år. Finns det något ämne det borde mumlas tyst om så är det väl det, tänker jag.

Jag för ena handen utmed badrumsdörrens ovankant. Fingrarna blir svarta av smuts. Jag luktar på dem, ser tankfull ut.

Det är då jag hör att kvinnan med bankproblemen får ett professionellt och högtravande svar därinne i vardagsrummet. Jag hajar till för rösten är bekant. Och det är inte på ett angenämt sätt. Nu låter den dessutom irriterad och undflyende. Rösten kommer närmare och jag hör knarrande steg längs den där parketten som behöver slipas och lackas. Mäklaren hade blivit fångad bortåt balkongdörren av en jobbig spekulant som ändå inte har några pengar. Men nu har han slitit sig.

Jag dyker in i badrummet och tittar in i ett gulnat kakel som bara går halvvägs upp på väggarna. Det är trångt om saligheten härinne, mycket golvyta tas upp av ett badkar som också sett sina bästa dagar. Det är säkert skrubbat men rengöringsmedlet har inte bitit. På golvet ligger en grå plastmatta med flera sprickor som genom åren samlat hudavlagringar så att de blivit mörka och uppstående som hårda vallar. Badrumsskåpet är inte rensat inför visningen. Till och med flaskorna och tuberna med olika preparat ser gamla ut.

Tänk om Isabella ska ge sig på att rusta upp allt det här. Det är inte henne jag möter i badrumsdörren när jag tar mig ut i hallen igen. Det är ett ungt par med förhoppning i blicken. Minst en miljon och så några hundra till ovanpå det, tänker jag och försöker att inte se nedlåtande ut.

"Ursäkta så väldigt mycket!" säger rösten och nu får den ett ansikte. Ett dekadent sådant.

"Det är ingen fara", säger någon som kom in strax efter mig och jag säger ingenting.

"Herregud, välkomna ska ni vara!"

Mäklaren plockar upp några prospekt från en hallmöbel och delar ut till oss. Bostadsrättsföreningens årsberättelse är bifogad. Jag tackar tyst. Han tittar på mig med sina isigt ljusblå ögon, tvekar ett ögonblick och ger mig en namnlista som han ber mig skriva på.

"Ja, jag ber om ursäkt, men jag fastnade", säger han. "Skriv namn och telefonnummer där bara så kommer jag att ringa upp så fort det börjat rulla, om man säger så."

Jag krafsar med pennan och ger tillbaka listan till den lintottsblonde profitören. Jag tror att han har känt igen mig också, om inte kanske det klarnar nu när han får se mitt namn skrivet. Jag prasslar mig kvickt till köket och får där ta del av en diskussion mellan två män, en i snickarbyxor och den andre i kostym. De står och avfärdar om vartannat. Allt måste ner, säger de och skakar på huvudena.

För mig hade köksinredningen dugt ett tag till.

Jag tittar ut genom fönstret och får syn på den gula mountainbiken. Jag ser ingen Affe. Blänger på klockan. Det är inget att oroa sig för. De dyker nog upp snart, båda två.

I vardagsrummet rycker jag till av ett rop.

"Hallberg! Teo Hallberg!"

Jag vänder mig om och stirrar in i Rickard Egertofts kalla ögon.

"Jajamän", säger jag och skakar hand. "Rickard Egertoft, eller hur?"

"I egen hög person."

Sekunderna det tar att titta in i varandras ögon känns alldeles för långa.

"Det var inte igår om man säger så", säger Egertoft.

"Nej, inte precis."

Två tjocka barn stormar förbi oss och lägligt vänder jag och går mot balkongdörren. Jag kämpar en stund med det kärva handtaget. Prasslar mig ut, drar in frisk luft och tittar ut på gatan. Rickard Egertoft och jag blev presenterade för varandra av Filip på en grillfest på Mörkö, en av de första roligheterna vi var på tillsammans. Mäklaren och jag hälsade bara som hastigast och hade ingen som helst kontakt under resten av kvällen. Jag kände direkt att vi var fullständigt olika. Inget har förändrats.

Jag minns att Rickards möjligheter lovordades av Filip. Rickard Egertoft är son till fastighetsmogulen Ulf Egertoft, det skulle jag veta. Han kan fixa nästintill vilka fastigheter som helst i 08-området, bara man ger honom lite tid. Filip och Rickard hade grejer på gång inom OrxLite, så det gällde att hålla sig på god kant med honom. Han var en skitstövel, men en skitstövel som det kunde vara bra att känna.

Jag skulle också införlivas i den tilltänkta Silverstrandska expanderingen av informationsskyltstillverkaren OrxLite. Jag skulle vara en huvudperson.

Nu är Filip borta från verksamheten, borta från mig. Det blir ett tomt uppdrag på OrxLite den här gången.

Rickard, han kränger tydligen nedgångna lägenheter i områden som knappast kan kallas för fashionabla trots att de hör 08 till, om än i utkanten.

"Jaha, det ska till att bytas bostad?" säger Egertoft bakom mig. "Eller är det till nån annan, om man säger så?"

Jag vänder mig om och ser på honom. Munnen ler lika kallt som ögonen.

"Ja, nej ... Det är till mig i så fall", säger jag.

"Jaså? Det trodde man inte direkt. Ja, det är en tvåa med potential. Väldigt ljus. Visst, kök och badrum är i äldre skick, men det ger å andra sidan större möjligheter. Valen är fria, som man brukar säga."

"Jo, allt måste väl ner."

"Ner? Äh, det beror på hur man ser det, det där."

Jag tittar ut på gatan igen och håller blicken vid en gammal man som kämpar sig framåt med rollator. Egertofts ögon bränner mig på kinden, sin kyla till trots. Han glor på mig. Det känns som om han vill något mer än bara sälja. Hur kan han överhuvudtaget komma ihåg mig? På Mörkö, den enda gången vi setts, fanns ingen mindre intresserad än han. I klarspråk sket han fullständigt i mig.

"Grannarna är lugna, som du ser", säger han och jag sneglar på honom utan att vända på huvudet. Han står med händerna i byxfickorna och nickar mot mannen med rollatorn. "Många pensionärer. Inget oväsen på kvällar och nätter. Säljaren av lägenheten har varit jättenöjd under hela boendet, om man säger så. Och det är tjugofem år."

"Vad bra", säger jag och granskar tapeter och lister runt balkongdörren.

"Hur går det annars då?" frågar han.

"Jodå ... Exakt med vad, menar du?"

"Du vet, med businessen."

"Jo, med businessen går det väl bra."

"Håller du dig på hemmaplan mest nu eller? Det går att göra bra affärer även här, om man har skickligheten ... och turen", säger Egertoft och jag är säker på att han blinkade åt mig.

Åtminstone sänkte han rösten och nu lutar han sig närmare mig, som i något slags konstlat förtroende.

"Jag är på hemmaplan", säger jag. "Har varit hela tiden, faktiskt."

"Inget med USA nu?"

"Nä, inget med USA."

Jag kommer att tänka på att det var just i USA som Filip och Rickard lärde känna varandra. De pluggade ihop i Boston, jag minns inte vad för slags kurser det var.

"Förresten, nu tror jag att jag kommer ihåg!" lyser Egertoft upp. "Var det inte nåt med Estland och Lettland när allt kommer omkring? Jag har för mig att det var så, om man säger så. Och Litauen? Rätta mig om jag har fel, men visst var det så att ni tog hjälp av ett etablerat men mindre företag i USA, nånstans i Florida eller var det var, men att er grej var att etablera er i baltländerna. Länder på uppgång liksom. Du ska veta att jag gillar sånt där va. Det är häftigt med folk som fattar var det är värt att satsa. Och att vara först, om man säger."

"Nej, alltså ..."

"Men jag ska väl inte stå här och anta." Egertofts blick tar en vända längs min uppenbarelse, uppifrån och ner. "Det är en känslig bransch också. Mycket kan hända. Men kul var det i Florida i alla fall, eller hur? Jag borde verkligen ha hakat på."

Där kom blinkningen igen.

"Alltså", börjar jag, "det måste vara nåt missförstånd här. Jag har inte haft med nån business i Estland och Lettland att göra. Inte i USA heller, för den delen. Jag är ledsen, men du måste ha misstagit dig. Jag är konsult på Bremers Bemanning. Bara svenska kunder, inget märkvärdigt."

Jag ler.

Rickard Egertoft tittar på mig, först klentroget. Sedan ger han sig på något som ska likna ett skratt, men han hinner inte säga något. En spekulant står och pockar så övertydligt på hans uppmärksamhet att han blir tvungen att slita sig.

"Det där med stambytet", säger spekulanten och precis i det ögonblicket ser jag en svart liten bil backa in i en ficka utmed trottoaren utanför.

Jag stiger ut mot räcket, spejar ut i luften och inväntar hennes steg ur bilen och in på innergården. Jag kommer att vidhålla att jag också är intresserad av lägenheten, och jag kommer inte att förneka att det var hon som fick upp mina ögon för den.

Hon ser mig inte. Rutinerat går hon med raska steg och rak hållning in bakom knuten och försvinner. Det mörka håret är levande nerför huvud och mellan skulderblad. Hon köpte medel mot håravfall en gång, det har jag sett med egna ögon.

Jag tänker på Affe. Jag nyttjar faktumet att detta är "en mycket välplanerad genomgångslägenhet" och tar mig tillbaka till köket som vetter mot innergården, min son och cykeln.

Tjocka familjen är borta och många med dem. Rickard Egertoft står i sovrummet och skickar iväg en hop säljklyschor till ett par av de få kvarvarande.

Isabella kommer spatserande direkt utanför köksfönstret när jag tittar ut. Hon har full koll på var objektet finns. Jag hör genom köksväggen hur det ekar i trappen när hon rycker i dörren.

Ingen son och ingen mountainbike i sikte. Jag viskar några svordomar för mig själv. Jag får en förnimmelse om att svett bryter fram på ställen som delvis är blottade.

Inför denna senkomna spekulant är Rickard Egertoft beredd. Han ger sig ut i hallen och möter upp direkt.

Hon flåsar lite. Pustar ut och så kommer skrattet. Det blir mycket vitt som pryder ansiktet. Jag har börjat gilla det, mer och mer. Hon får skriva sitt namn på listan som alla andra. Mäklaren försöker skratta han också. Det slår mig att hon borde känna Egertoft, allra minst känna till. Hon har varit ihop med Filip i åratal och alla hans vänner och bekanta kan bara inte ha gått henne förbi. Det räcker väl med att hon och jag envist har missat varandra.

Jag håller mig i köket en stund, hör vad de säger. Inget bekantskapens ordval, inga "Hur är det med dig då?" eller "Kul att se dig igen".

Det är ännu mer urholkat än så.

Fortfarande ingen Affe. Jag förlorade herraväldet över vårdnadssituationen i ett svagt ögonblick, det är bara därför han är med mig här idag. Jag vill inte ha rätt i mina farhågor.

Alfreds far är den som hårdast drivit tesen att pojken ännu är för ung och oansvarig för en egen mobiltelefon. Jag öppnar ena köksfönstret, sticker ut huvudet. Det är livlöst på innergården, sånär som på ett fjäderfä som plötsligt flaxar över ett hustak. Det klapprar mot plåten. Jag måste ut.

"Nämen hej! Kom du också hit?"

Hon står i vardagsrummet. Hennes resårförsedda plastpåsar påminner om blåa badmössor över skorna. Det hela blir lite komiskt.

"Bekantingen!" fortsätter hon.

"Hejsan!" säger jag. "Bekantingen, ja just det. Jaså, du kom till slut?"

"Jag gjorde ju det. Det blev så jäkla stressigt, jag var tvungen att fara runt och ... Äh, det spelar ingen roll."

Rickard Egertoft glor på oss. Det kan han gott göra.

"Bekantingen", upprepar jag. "Det är du som är bekantingen, det var ju jag som kände igen dig."

"Nej, det var *jag* som kände igen *dig*!"

Båda skrattar. Egertoft tittar på klockan, gravallvarlig.

"Hinner du se vad du behöver nu då?" frågar jag.

"Det ser vi till, om man säger så", flikar Egertoft in.

"Okej, vad bra. Jag måste ... Suck, jag har grabben med mig här idag. Jag sa åt honom att stanna i närheten, men nu har han ... Jag måste gå ut och se var han är."

"Grabben? Har du en grabb? Jag måste fråga, hur gammal är han?"

"Affe är nio, ska fylla tio."

"Svart jacka med vita ränder på ärmarna?"

"Ja."

"Då är han alldeles utanför. Jag hälsade på honom precis när jag gick in. En jättesöt kille!"

"Jaså, här utanför?" Jag gör en ansats mot ytterdörren. "Utanför trappen här?"

"Precis där. För nån futtig minut sen bara."

"Vad bra! Ursäkta, men jag måste kolla. Men du kanske blir kvar en stund?"

"Jag blir kvar en stund." Hon sneglar på den förvuxne lintotten. "Ta med dig Affe in vet jag. Jag måste ju få hälsa på honom på riktigt."

Jag hittar inte min son. Jag tar en vända runt hela byggnaden, går via bilen ute på gatan och in igen. Ingen Affe och ingen gul cykel. Jag knaprar surt på beslutet om mobilförbud.

"Har jag gjort bort mig nu?" säger Isabella när jag kommer in igen.

"Hur då menar du?"

"Skaffat mig en konkurrent i budgivningen. En motbudare som bräcker mig. Det var ju jag som tipsade om den här lägenheten. Och nu hittar jag dig här."

"Jaså, ja, så var det kanske. Men ..."

"Jag skojar bara med dig. Det finns inte så många tvåor ute i stan just nu, så vad gör man?" Isabella böjer sig närmare mig, och skillnaden i känsla jämfört med när Egertoft gjorde likadant är milsvid. "Och faktum är att jag är tveksam till om den här är nåt för mig. Lite väl mycket att göra här. Så det är bara att buda på om du har lust."

"Nja, jag vet inte det. Jag känner likadant. Man har inte lust att riva ner allt det första man gör."

"Hur går det med ditt boende då?" frågar hon. "Får du bo kvar länge till?"

Jag tänker till. Minns inte omedelbart att jag berättat.

"Jag tror att jag kan åka ut precis när som helst", säger jag.

"Det låter inget vidare. Är du ute efter just en tvåa i den här delen av stan?"

"Det spelar inte så stor roll egentligen."

Isabella vänder sina badmössor mot köket.

"Fick du inte tag på din grabb?" ropar hon in i ett köksskåp.

"Nej, han är på rymmen igen. Suck, man blir så trött på honom ibland."

Isabella öppnar och stänger ugnsluckan. Rickard Egertoft är i badrummet.

"Jag kan tänka mig att det inte alltid är så lätt", säger hon och röjer sig ett stycke till. Hon tar några steg rakt mot mig. "Sa jag nånsin vad jag heter? Isabella."

"Teo."

"Jag vet."

"Du har rätt. Det är inte alltid så lätt", suckar jag och spanar faderligt ut över innergården en gång till.

"Bor ni allihopa på den där övervåningen?"

"Allihopa? Jaså, nej, det är bara jag."

"Bara du?"

"Ja, Affe är hos mig bara vissa helger och lov. Gemensam vårdnad, du vet. Det är länge sen redan. Sen vi separerade, alltså."

"Aha, på så sätt."

Egertoft tackar en eftersläntrare för titten och luften i lägenheten fylls av en stark vilja att knyta ihop säcken. Det är Rickard som utstrålar den, inte jag. Tiden är ute och för stunden finns det ingen mer vinst att göra här.

"Jag älskar verkligen barn. Men jag har inga själv. Inte än i alla fall. Kan vara för sent nu."

Isabella ignorerar mäklaren. Leendet är där till och från. Jag ser inget som tunnats ut i linjen hennes mittbena bildar uppe på huvudet.

"Ja, de är härliga på många sätt", säger jag. "Apropå det måste jag verkligen söka upp min egen unge nu. Är du säker på att du såg honom här utanför?"

"Absolut. Jag kommer med ut och letar."

*

Affe satt vid några gungor på en av de andra innergårdarna i närheten när vi hittade honom. Ensam. Han höjde lojt på ögonbrynen när han upptäckte mitt sällskap. Jag skällde på honom och hörde hur konstlat det lät, som en ovan skådis på en misslyckad audition. Och det var ju nästan så det var.

Jag hejdade mig snart. Isabella ryckte in, gick ner på huk framför den unge och undrade vad han hade hittat på för bus medan vi gamlingar hade tråkigt i den där gamla inpyrda lyan. Jag tänkte på Ellen och Oskar. Jag såg Isabellas hållning och jag såg hennes fallenhet, och då tänkte jag på Filip.

Jag klandrar inte min son för att han tyckte att jag var urbota fånig när jag amatörskådespelade inför en okänd kvinna. Men på plats där vid gungorna klandrade jag honom för att han försvunnit så oansvarigt och för att han fått mig att misstänka nya stölder.

Affe sa till Isabella att det hade varit en pojke där. Vad spännande, tyckte hon och undrade var pojken fanns nu. Han har cyklat härifrån, sa Affe lågt.

Och där syntes ett sting av avundsjuka. Flera sting av avundsjuka.

När Affe dragit igen bildörren om sig sa Isabella att hon verkligen gillar ungar och att hon har chansen att axla rollen som bonusmamma då och då.

Jag undrade så att det knakade.

Det hjälpte inte. Istället frågade jag om Rickard Egertoft. Det var mycket lättare. Isabella sa att hon inte kände honom, bara kände igen honom. En välkammad uppsyn i en mäklarannons kan ha varit det enda, hon visste inte.

Hon skrattade mer, ännu mer, och sa att det finns bekantingar precis överallt. Men nu visste hon i alla fall hur det kom sig att *jag* var så bekant. Jag trampade som på glöd inför fortsättningen.

Snart förstod jag att hon njöt av att hålla mig på halster. Hon hängde upp ett frestande bete på precis lagom avstånd för att jag inte skulle kunna nå det utan bara känna dess doft. Hon lät mig inte få reda på dess riktiga smak och vad det egentligen innebar. Hon lämnade det att hänga där och pratade om Affe i bilen istället. Han ser otålig ut därinne, sa hon.

Det är *jag* som är otålig här, lät jag henne veta.

Hon skuffade mig lätt i sidan med armbågen och sa att jag var bekant från en utställning med isskulpturer i stan. Och från apoteket. Och Plantagen. Många ställen, inte undra på att jag blivit en bekanting.

Jag sög åt mig och aptiten var stor trots intet nytt om Filip. Något hade lossnat, något mer än bara betet. Bekantingar är inget man kan vara för evigt, avslutade hon innan hon gick till sin bil.

Då blir det bara *förgängligt.*

16

Affe kom springande uppför trappan medan jag satt i all-rummet och läste papperstidningen. Jag tog del av några de-battinlägg om hur mycket Stockholmskommunerna ska och inte ska lägga ner på att dra riktiga motionsspår i närheten av bostadsområdena, när jag hörde honom ta fart nerifrån tamburen.

Ingen dörr stängdes bakom honom. Det är ovanligt. När Linnea känner att hon är färdig med Affe brukar hon be honom stänga efter sig när han går. Och han gör det, snällt och försiktigt.

Men inte nu. I huvudet hade jag precis börjat skissa på hur mitt inlägg i debatten skulle kunna te sig, när pojken dök upp och kvickt försvann in i gästrummet utan att möta min blick.

Jag behöll tidningen i mitt grepp, kände mig inte redo att lämna inspirationen som bubblade inom mig. Löpspår är något som är en självklarhet i varje bostadsområde med minsta aktning, formulerade jag mig. Förbättringen av folk-hälsan får inte vara förenad med livsfara utmed de tunga trafikstråken.

Inget svar när jag kallade på Affe. När jag såg efter satt han nerböjd och rotade omkring i sin väska som för att förbereda hemfärd.

Jag fick korthuggna svar på mina frågor. Allt var okej, allt var roligt, helgen hade varit bra. Men kroppen sa något annat. Jag lyssnade efter ljud nerifrån men kunde inte uppfatta några. Det ryckte till i pojken när jag sa att jag skulle gå ner och säga hej till Linnea.

En välbekant oro vaknade inom mig. Jag har alltid känt för Linnea och jag har alltid oroat mig för hennes hälsa. Hon är gammal och klok, men hon är fasen inte odödlig.

Jag reagerade direkt när jag kom ner till hennes kök. Den annars så oföränderliga doften av sött och gott hade ersatts av något annat. Märkligt nog hade det inte nått upp till oss, men här var det tydligt. På diskbänken stod en kastrull med ett innehåll som var mörkt och koncentrerat till botten.

Det luktade bränd mat.

Spisplattorna avstängda, ingen direkt oordning på bänk och bord. Ugnen släckt, nästan inget annat än kastrullen framme. Jag kikade ner i kastrullen, petade lätt på den svarta substansen. Sliskig och beständig som tjära. Tänk om det var ämnat för Affe, som variation till det vanliga färdigköpta fikabrödet.

Det var alldeles tyst i huset. Jag smög längre in och upptäckte snart min hyresvärdinna liggande på soffan i vardagsrummet. Hon låg på sida, med ryggen in mot rummet. Instinktivt kände jag efter min telefon i fickan och förbannade något slags tungt fordon som bemödade sig förbi ute på gatan just i den stunden. Dess utdragna dån sänkte all koncentration. Linnea reagerade inte trots att rutorna skallrade.

Jag gick fram till henne och ljudet som nådde mig nu var alldeles älskvärt. Det väste av tung andning från det bortvända ansiktet. När jag böjde mig fram gnydde hon lite men fortsatte sova. Jag noterade att förklädet var på, fläckigt av intorkad mat. Färgen i ansiktet var friskt rödaktig som den skulle vara, andningen rytmisk och jämn.

Jag fyllde kastrullen med hett vatten innan jag gick tillbaka.

Min son visste inget alls om det svarta koket. Linnea hade inte sagt något om det. Där var han ärlig, det såg jag. Men han hade noterat det, det såg jag också.

Linnea hade varit vanlig först, men hon hade snart blivit konstig. Affe hade satt sig vid hennes köksbord och de hade försökt slutföra ett korsord tillsammans, och plötsligt hade hon börjat säga konstiga saker. Först hjälpte hon honom på det sätt hon brukade, men sedan sa hon fel ord, knäppa ord, ord som typ inte hade något med korsordet att göra. Jag frågade Affe om Linnea menat att orden skulle passa in i rutorna någonstans, och han svarade ja med stark olust. Hon hade menat det och till och med tagit upp en egen penna, men då hade Affe täckt över korsordet med sina händer.

Jag undrade om de blivit klara. Nej, det gick inte att bli klar, korsordet låg kvar på Linneas bord för Affe ville inte hålla på med det mer. Inte när Linnea bara ville förstöra. Så hade hon aldrig gjort förr.

Affe satt där på sängkanten framför mig och slutade äntligen rota runt på måfå i sin väska. Han tittade på mig. Hon skulle hämta en sax för att klippa ut korsordet med och så var hon borta länge, sa han. När hon kom tillbaka in i köket hade hon ingen sax med sig. Hon hade ingenting. Hon bara stod och stirrade.

Affe nickade när jag frågade om Linnea hade glömt saxen. Eller så visste han inte. Hon kanske inte glömde ändå, för typ lite senare tog hon fram en sax i alla fall, från någonstans helt nära, en kökslåda, men hon klippte inte ut korsordet från tidningen som hon brukade. Hon tog fram ett paket med typ mat och klippte i det.

Jaså, hon skulle laga mat? Pojken svarade nej. Linnea klippte upp ett matpaket men hon gjorde inget mer med det. Hon satte undan det igen, på en helt ny plats, spillde på golvet. Och så började hon prata om den där gubben.

Med ny röst röt hon åt Affe att bli klar med det där korsordet nån gång och ta ut det från köket. Han skulle inte gilla att bordet var belamrat med en massa tidningar, han som snart skulle komma hem. Rent skulle det vara. Linnea gick in i vardagsrummet och fortsatte prata för sig själv därinne. Hennes röst blev hög, sa Affe. Hög och asmörk och min son tog till benen.

Det var den där gubben Kurt, kom han ihåg några minuter senare. Affe gillade inte det namnet.

*

Jag är ensam och mitt inne i det bästa ögonblicket under ett fotbad. Det första.

Sitter i fåtöljen i mitt kombinerade gäst- och mysrum och skulle kunna slumra in när som helst. Fötterna är doppade i en plastbalja med badoljebestänkt vatten upp till en bit ovanför anklarna. Vattnet är hett och ångande och jag älskar kontrasten mellan glödande fötter och svalare vader.

Jag har precis bytt till den här nya badoljan. Har använt både fotsalt och grönsåpa tidigare, men nu tror jag att jag har funnit min ultimata gynnare. Doften är lavendel och hudens nya mjukhet förmedlar sig medan fötternas konturer förvrängs där under ytan. Jag pustar ljudligt och måste flina åt hur lustfyllt det låter. Det är nästan så att jag blir avundsjuk på mig själv.

När jag kom hem från OrxLite tidigare idag kunde jag knappt behärska mig medan jag slängde i mig näring, stående vid kylskåpet. Det var alldeles för länge sedan jag löpte och under dagen hade det växt till ett absolut måste. Jag har varit på det välbekanta Stockholmskontoret i tre dagar nu. Ventilerna måste öppnas.

För varje kilometer utmed Kusens backe i närheten av villan i Rosenlund kände jag mig bättre. Till slut var jag riktigt tillfreds, i synnerhet över mitt rykande färska inlägg som låg och väntade på att få skickas in till den stora morgontidningen. Jag har fått till det riktigt bra, tycker jag. Jag ondgör mig hårt och försöker samtidigt vara putslustigt vitsig i tonen. Här i min stadsdel har vi Kusens backe och i övriga stan finns några andra dugliga spår, men så är det knappast i alla bostadsområden i länet. Tona ner hård asfalt och tona upp mjuk flis. Jag gör en sak av motsättningen hård – mjuk. De måste ta in den.

Nyttig värk fortplantade sig i benen när jag kom tillbaka. Löpar-appens besked fick mig mycket nöjd och jag gjorde vägen utanför grinden. Stretchade i allrummet och med ansiktet anspänt av lidelse övertygade jag mig om att den nya tiden på OrxLite blir okej, den blir okej. Jag ska försöka vara en god insamlare och inte bara se allas dåliga sidor jämfört med Filips. Jag kanske måste börja tro på vad jag hör. Jag kanske måste, och mota undan det som gör ont.

En dusch och fötterna i baljan. Intill mig har jag lagt fram min nyaste mjukgörande kräm, köpt på apoteket gången efter jag träffade Isabella där. Bredvid tuben ligger fotfilen. Nu lutar jag huvudet bakåt i fåtöljen, spretar med tårna och hör att det ringer i telefonen som ligger i arbetsrummet en vägg ifrån. Kroppens avslappning blir avbruten som en småbarnsförälders. Självkoncentrationen får stryk av ett skrik.

Jag gör som man inte bör göra som småbarnsförälder. Ignorerar signalerna. De tycks pågå i en evighet.

Det skvalpar till i vattnet när jag obekvämt skruvar på mig. Till slut har telefonen tystnat, men nu kan jag inte återfå min frid. En föraning till något ont, för i nästa stund ringer det igen.

Jag betalar väl priset då, fräser jag högt. Teo kommer sist.

Trots lätta fötter lämnar jag stora och blaffiga fotspår efter mig. Jag greppar en handduk på vägen och virar den om benen, bligar på namnet i displayen. Jag hade velat något annat, något helt annat. Annars hade jag aldrig brutit upp.

"Hej du", säger jag. "Du, jag sitter ..."

"Tjena polarn! Det var fan inte igår."

Jesper har inte haft en av sina bästa dagar, det hörs. Bestämmer mig för att ge honom någon minut.

"Hur är det?" frågar jag.

"Det knallar väl. Själv då? Har inte hört nåt från dig på ett tag."

"Jaså? Ja, det har varit en del. Med jobbet och så. Och med Affe. Du vet."

"I know. Det är full fart med mina knoddar också. De har varit sjuka och det har varit ett helvetes fläng. Men det har lugnat sig nu. Med det alltså."

Han väntar sig en fråga. Jag infriar inte hans önskan.

"Där ser man", säger jag.

Fötterna är på väg att inta fel temperatur. Jag går tillbaka till mysrummet men vill inte stiga ner i baljan igen, det skulle vara som att elda för kråkorna. Det är att finna ro det hela handlar om.

Jesper svävar på målet. Han kallpratar på ett sätt som inte klär honom.

"Jag var precis på väg ner i ett fotbad", säger jag. "Men hur var det på Kreta då?"

"Va? Ja du, det funkade väl. Vi kom hem helskinnade, men det var fan knappt för en del av oss."

Han fyrar av ett garv utan glädje.

"Hände det nåt speciellt?" frågar jag.

"Njae, det har inte varit så lätt med Eva nu bara."

"Jaså", säger jag och tänker på ett visst skärp som bryskt återlämnades här för leden. Tanken bär spår av självvaktning. Då börjar han picka på målet, som om han läste mina tankar.

"Du Teo, vad fan, Maria, du vet."

"Jo, jag vet om Maria. Och jag tycker inte om det."

"Nä. Det är inte lätt det här, alltså."

162

"Det kan jag tänka mig."

Jag tänker inte leda honom någonstans.

"Det har inte gått som jag har tänkt mig", säger Jesper. "Det har kört ihop sig för mig. Fucking bigtime."

Jag känner igen det. Har hört det förr.

"Vet du", säger jag och doppar fingret i det kallnande vattnet, "jag har haft en diskussion med min hyresvärdinna."

"Jaha?"

"Det funkar inte längre. Egentligen har det aldrig funkat. Man kan säga att det var så där lagom pinsamt när hon mitt i alltihopa pratade om er. Att hon hört och sett allt."

"Va? Hon gamla kärringen? Hon ska väl ändå skita i vad du tar hem för folk. Du pröjsar väl hyra, eller hur?"

Jag reser mig upp hastigt.

"Jesper, vad i ... Du kan inte säga så där."

"Vadå då? Har jag inte rätt då?"

"Den här gången är det Linnea som har rätt. Hon vill inte att jag bjuder hem dig och Maria längre."

"Bjuder hem och bjuder hem, nu får du ändå ta och ge dig. Ska hon bestämma över dig? Det kan du fan ändå inte tolerer ..."

"*Jag* vill inte att ni kommer hit mer."

"Nähä." Paus. "Men det har vi faktiskt inte tänkt göra heller."

"Bra."

Jesper drar en harang om att jag ändå varit schysst och att han när som helst ställer upp för mig. Krusar han är han inte skicklig. Med fötterna ur baljan är jag maximalt svårflörtad.

Så återinför han sin fru i diskussionen.

"Jag lyckades hålla henne stången bra länge", säger han. "Det *har* varit en jävla massa att göra på jobbet vissa perioder, så jag kan inte säga att jag har varit helt oärlig. Det *har* hänt att jag har suttit över på mitt feta arsle. Men sen hjälpte Honken mig när det började hetta till. Det låter inte så jävla schysst när jag säger det så här, men han ställde verkligen upp. Han sa precis det jag sa att han skulle säga."

"Det du sa att han skulle säga?"

"Ja alltså, om Eva skulle börja fråga nåt."

"*Skulle* hon fråga nåt?"

"Det var en middag först, va. Vi umgås med Honken och hans donna ibland. Det kan bli prat, man vet aldrig. Honkens donna vet inget. Och prat blev det. Fy fan. Puh!"

Jag suckar och låter honom fortsätta.

"Donnorna började snacka om att vi bockar är borta så mycket. Först var det generellt, men sen blev det mer detaljer, om enskilda tillfällen liksom. Honken och jag sneglade på varann och ett tag trodde jag att han skulle svika mig, den fan. Men det gjorde han inte. Till slut fyllde han i helt rätt saker, han liksom stabiliserade hela fucking samtalet. Det var så jävla skönt när ämnet äntligen tog slut och jag hade mitt skinn i behåll. Snacket styrdes över på annat och lättnaden var enorm, du anar inte."

"Jo, jag anar. Jag anar verkligen."

"Det var mer en annan gång också. Honken gick att lita på då också. Han är en riktig klippa. Men nu ... Teo, nu sitter jag i pisset. Honken finns liksom inte till hands den här gången."

Jesper garvar hackigt. Jag bär ut min fotbalja till pentryt, häller ut vattnet med olja och allt och hoppas att det ska skvala ordentligt i luren. Fotspåren har torkat på golvet, men det syns ännu märken efter mina arma trampdynor.

Honken är att *lita* på, tänker jag. Honken *svek* inte, han *ställde upp.*

Måtte det ha rykt svart ur munnen på den fantastiske klippan till vän. Honken, Jespers *verklige* vän. Familjens vän, Evas och barnens vän.

Jag siktar dilemmat som kommer.

"Jag vet inte", säger Jesper, "men det kan hända att du får ett samtal nån gång snart. Jag är så fucking jävla skraj nu, du anar inte."

"Jag tror inte att jag vill ana."

"Va? Jo alltså, Eva har nåt i kikaren och jag vet inte hur det har gått till. Hon och Frida, Honkens donna alltså, har tisslat och tasslat och nu kan jag knappt få kontakt med Eva längre. Och igår så ... fan, igår ..."

"Vad hände igår?"

"När vi hade lagt oss sa hon att hon skulle ta reda på saker i morgon, med andra ord idag, saker som skulle bekräfta vad hon misstänker. Hon är nästan helt säker nu, sa hon. Hon tittade inte på mig, jag fick glana in i hennes rygg. Jag försökte fråga vad hon egentligen menade, men hon var skitsvår alltså. Till sist sa hon att hon inte fattar varför jag frågar så mycket. Jag vet ju allt, det är klart att jag vet allt. Det är ju jag som har gjort det, jag fucking Jesper. Så sa hon, sen släckte hon lampan och var knäpptyst. Inte ett sketet andningsljud, ingenting. Nada. Det var fan scary. I morse steg hon upp tidigt och drog till jobbet utan att svulla frukost. Hon sa bara kort att jag fick skjutsa knoddarna idag, både fram och tillbaka. Sen dess har jag inte sett henne. *Shit* alltså!"

Jag tittar på TV medan Jesper pratar. Ser knappt vad som händer i rutan. Jesper frågar om jag hajar. Jag hajar, alltför väl hajar jag. Han fortsätter:

"Det verkar på dig som om hon inte ringt än i alla fall. Men hon kan göra det, Teo. Fan, jag känner det på mig."

"Du menar alltså att Eva skulle ringa *mig*?"

Jag går mellan rummen på min övervåning och vet inte hur jag ska formulera mig. Svetten lackar i flertalet veck. Jag tycker inte om att behöva säga det jag måste säga nu. Men det finns ingen annan utväg. Jag tänker inte bli nästa Honken.

"Ja, jag tror faktiskt att hon kan tänkas ringa dig", upprepar Jesper lågt. "Om du tänker efter hajar du säkert varför. Jag har ställt till det för mig ordentligt nu och behöver din hjälp. Jag vill inte bli ensam."

"Och då vill du förstås att jag ska förneka att du och Maria varit här", säger jag.

Jag hör en lång pust och kan precis se för mig min gamle polare i andra änden. Hopknycklat ansikte, smala ögon bakom brillorna, de redan flyktiga läpparna helt försvunna.

"Ja, det vore jävligt schysst alltså", kommer det. "Skulle du kunna tänka dig att göra det för mig?"

"Fan Jesper, jag ..."

Nu följer den kompletta föreläsningen om hur schysst Jesper alltid varit mot mig, om vilka erbjudanden han har gett mig, om hur han alltid funnits på plats när jag behövt honom. En endaste liten tvekan från mig och han sätter igång. Orden flödar och de kommer från en man med allvarliga bekymmer, en man i ångest. Jag vet inte vad jag ska göra för honom. Förmodligen ingenting.

Jag tänker inte ljuga, och med det beslutet klart finns nog inget kvar.

*

Ett nytt bad är på plats under mina fötter. Jag sitter framåt-lutad och undrar vad det finns kvar för Jesper och mig att tala om. Han är en bra kille innerst inne, så egentligen vore det synd att bryta kontakten. Hans röst när han lade på luren lät som om det kunde vara sista gången.

Tanken på att det faktiskt är två kvinnor inblandade i Jespers affär stör min efterlängtade avkoppling. Han ljuger för sin fru för att rädda sig själv och det liv han ändå sätter något slags värde i. Han ljuger för Eva för att inte mista sin egen trygghet. Men vad har han sagt till Maria, den andra kvinnan? Vad vet hon? Ljuger han för henne också? Maria kanske tror att deras lilla affär är okej för att Jesper ändå är på väg att lämna sin fru. Hon kanske tror att Eva vet allt, att hon inte bryr sig för att äktenskapet ändå är över. Jesper har kanske sagt till Maria att tisslet och tasslet uppe på okända över-våningar och Gud vet var bara är ett förspel till vad som komma skall. Han kanske har lovat henne att fortsättningen kommer att ske i stora villan bara han fått iväg frugan däri-från. Han kanske har fått Maria att bryta med sin man för länge sedan.

Till mig har Jesper sagt något helt annat.

Fruktlöst flyttar jag fötterna en bit i baljan och blicken faller uppgivet på mobilen som stannat kvar med mig här i TV-rummet. Den ringer. Den jäveln ringer. Jag kan inte urskilja vad som står i displayen från den position jag har. Apparaten fortsätter trudelutta och jag kisar mot den som vore den en skadeinsekt. Det nya vattnet känns kallt som på beställning.

Signalen fortsätter som ett plågoris. Är Jesper på mig igen? Ska han skälla ut mig eller ska han falla på knä grinande med luren vid örat? Eller är det redan Eva som ...? Vänta nu, obe-kant nummer.

"Teo."

"Hej, är det Teo Hallberg?"

"Ja."

"God kväll, hoppas jag inte stör. Hur går det med busines-sen?"

"Jo, med businessen går det väl som vanligt."

Jag tittar demonstrativt på klockan, precis som om Rickard Egertoft kunde se det. Jag känner mig förvirrad, på gränsen till kränkt. Varför ringer den karln mig nu, mitt under mörka kvällen? Snart fattar jag hur dum jag är. Vi har att göra med en orutinerad bostadsköpare här. Mäklarskrået skyr all tänkbar löjlig telefonetik. Det vet ju alla.

Egertoft förstår snabbt att det inte är lönt att prata med mig om affärerna borta i Baltikum, och han närmar sig kärnpunkten med effektivitet. Han vill veta om jag vill hänga på över de två bud som redan lagts på lägenheten. Han ber helt enkelt om en siffra. På stående, badande fot.

Fötterna åker ur badet igen, jag lägger dem på en handduk och utstöter en serie ljud. De föreställer svaret från en man som inte på långa vägar förberett sig på det här, en man som inte ens besökt banken för att se vad han egentligen har råd med. Denne man har ingen aning om kutymen vid snabba budgivningar per telefon.

Rickard är en van mäklare. Han märker kvickt var jag står. Han frågar om jag vill fundera till morgondagen. Det kan jag få, men helst inte längre. Han vill stöka undan affären så fort som möjligt. Det där med lånelöfte är lugnt när det gäller mig, säger han.

"Två bud har alltså lagts", säger jag. "Har du många kvar att ringa till?"

Vore intressant med lite namn.

"Nja, det är nån enstaka kvar efter dig, om man säger så", svarar Egertoft. "Några har hoppat av. Det är snabba tag här. Det är ett yngre par och en kvinna som har lagt buden, det kan jag säga till dig. Hon är inte gammal hon heller, skulle jag vilja påstå. Den ensamma kvinnan, om man säger."

Jag tänker att Egertoft är extra förtrolig med just mig, den gamle businesspartnern till allas vår omtyckte Filip. Jag skulle gärna vilja ha namnet på den ensamma kvinnan. Men samtalet är brutet.

Med fotfil i hand inser jag att jag har funnit ett bra svepskäl till att ta kontakt. Så snart som möjligt vore bäst. Affären ska ros i hamn illa kvickt, det har mäklaren sagt. Nog för att Isabella sa att lägenheten inte var något för henne, men jag vet inte hur mycket sanning som ligger i det. Det kan vara ett vedertaget knep att ta till i bostadskonkurrensens tider, en

167

fullständigt legitim liten lögn för att knäppa en kombattant på näsan.

Jag ska fråga hur det har gått för henne i budgivningen, men det är naturligtvis något helt annat jag vill. Jag loggar in, funderar på om jag ska skriva eller rentav ringa. Då ser jag att jag har fått två nya vänförfrågningar på Facebook.

En från Rickard Egertoft. Och en från Isabella.

Del 2

17

Det blir plågsammare. Samma sak varje år. Det gick snabbt just i år, den bara satt där en förmiddag. Värmen, den obändiga. Det blir plågsammare att springa, men jag springer ändå. Valborgshelgen kan ha varit den sista kalla och löpvänliga helgen för säsongen. Sedan kom luftombytet.

En vecka in i maj. Jag tittar ut och inser att den nya somriga känslan är där fortfarande, med full kraft. Den gör mig inte lycklig.

Saker har förändrats när det gäller min bild av Filip. Nya uppgifter har kommit till min kännedom, men det är inte därför mitt brevskrivande tappat fart. Inte handlar det om de ständigt uteblivna svaren heller. Det handlar om mina egna vidgade vyer. Om min nya samtalspartner, min nya kontakt. Genom henne får jag ett annat slags utlopp, en särskild typ av närhet till både Filip och till samtalspartnern själv.

Ändå har vi inte pratat om Filip som en gemensam angelägenhet. Jag har inte nämnt ett ord om att jag känner honom, att hela mitt beteende grundar sig på en undran, en saknad. Isabella vet inget om att det är tack vare honom vi två blivit vänner, att vi ibland upplever känslan av att något kan komma att växa mellan oss. Jag borde förstås ha sagt som det är direkt.

Det blir allt svårare nu.

Hon nämner honom nästan aldrig men jag ser på henne att hon har mycket att säga. Hon vill påskina att Filip är ett obetydligt ex bara. Men hon får ett speciellt uttryck i ansiktet och rörelsemönstret blir annorlunda när hon närmar sig honom. Det var länge sedan de var ett par, säger hon.

Men det är mer. Mer som tvingar mig att förändra min syn på hela situationen.

Det är flera saker.

Bland annat har man pratat på OrxLite. Mitt uppdrag där har pågått i två månader nu och sträcker sig fram till semestern. Förra gången jag var här upprättade jag en oändlig massa listor med artiklar i olika kategorier. Dötrist. Städningen av företagets hemsida var förstås roligare. Idésprutan Filip var min ledstjärna, mitt ljus i jobbtillvaron. Det var här allt började.

Det är inte samma sak utan Filip. Förut satt han som närmaste man under en chef som aldrig visade sig. Han höll praktiskt taget på att ta över verksamheten, som han sa. Nu är chefen en betydligt synligare figur, men jag behöver ingen handledning längre.

Nyligen fick jag hoppa in i ett projekt. Man ska ta fram en speciell typ av elektronisk skylt på uppdrag av ett speditionsföretag. Designen är viktig. Förutom att skylten ska visa klockslag och yttertemperatur ska den ha ett antal fria fält för text som snabbt ska kunna varieras. Jag deltar som administratör och dokumenterare.

Företaget OrxLite är inte så stort och på kontoret i Vasastan sitter nu tolv personer inklusive mig. Fem är inbegripna i projektet och jag känner samtliga ytligt sedan mitt förra uppdrag. Jag gillade inte någon av dem. Snacket var mer än lovligt barnsligt och skrytsamt. Pratade man inte jobb handlade det om att verbalt tävla och veta bäst. Inte sällan om totala oväsentligheter.

Men så klev Filip in och vägde upp samtalen vars slagsida alltid blev allt värre vartefter de förflöt. Han var något så ovanligt som en verbal vägröjare som hela tiden vann poänger trots sin framfart. Nu har OrxLite ingen sådan och jargongen har inte blivit bättre.

Det händer att mannen som nästan tog över företaget kommer på tal, som den frånvarande han är. Jag skärper sinnena varje gång.

Det jag har hört har inte varit smicker.

Rykande kaffemugg i näven, korta inlägg då och då i samtalen under en fikarast jag bemödade mig att delta i härom veckan. En fot halvvägs ut genom dörren för att enkelt kunna retirera till min arbetsplats.

Så sa någon hans namn, helt kort mitt i ett sammanhang. Först fick jag inte ordning på begreppen. Flera ämnen pågick samtidigt. Jag ville inte fråga. Inte direkt.

Jag var rädd. Jag *är* rädd. Jag vill inte fråga om Filip och få höra fel förklaringar.

Hans namn upprepades och det kom ut tillsammans med ett garv. Det var Königs ord, König vars händer skakar ännu mer nu än förra gången jag var här. Krampaktigt höll han om sin kaffemugg för att inte vibrera sönder av denna laddade kommentar. Jag hörde ironi, stinkande ironi.

Han sa att det var ju en underbar snubbe den där Silverstrand. Underbar. Eller hur!

En Sahlén svarade att jovisst, men han var väldigt bra också. Extremt social, extremt trevlig. Dunderbra att jobba med, ställde upp och delade med sig av sin kompetens.

Jag tittade på dem båda och suktade efter tydliga uttryck. Jag ville se rätt och jag ville hålla med.

Ingen kunde säga något annat än att Filip delade med sig. Ingen protesterade mot att han skulle ha varit en bra andreman under chefen. Inte König heller. Jag flikade in att jag mindes Filip väl och att jag gillade honom. Nu föll det sig förlösande naturligt att fråga var han håller hus idag, vad han har gjort efter sitt uppbrott från OrxLite.

Jag vet inte vad jag förväntade mig, men svaret kom som en olustig överraskning. Det var så unisont, så definitivt. De hade verkligen ingen aning, inte någon av dem. *Ingen aning*, med avsmak. De avfärdade min fråga trots att den var enkel och hade ett enkelt svar. De svarade reptilsnabbt och ryggade undan.

Inte en jävla aning!

König höll sig kvar vid ämnet en stund. Han sa att han aldrig hävdat att den där Silverstrand skulle ha varit en osocial och otrevlig person. Varför skulle han? Silverstrand var en av de mest sociala personer han träffat. Han var så social att han aldrig kunde hålla mun. Han var så social att han var tvungen att skapa sig en relation med varenda jädra människa som kom i hans väg. Social så in i bengen.

Är det inte bra att vara social? frågade en Johansson, och den där ironin luktade igen.

Königs mugg klapprade mot hans spruckna framtänder när han sa att det inte alls behövde vara bra alla gånger. Allt har sin yttersta gräns. Lagom är alltid bäst. Silverstrand var inte lagom. Se bara hur det gick för honom. Det var ju det där med att skapa en *lagom* relation till folk, inte en relation som till varje pris måste gynna ens egna syften. Det håller aldrig i längden. Folk är olika och det går inte att tuta i vem som helst vad som helst. Man kan inte bygga upp en oherrans massa relationer på luftslott. Man kan inte snacka en oherrans massa skit och tro att man kan komma undan med det. Förr eller senare går det åt helvete. Käpprätt.

Det som kunde ha varit en fin aptitretare blev istället något riktigt surt. Man visste mer än man gav sken av. Det var som om en sekretess lade sig över församlingen.

Jag blev förvånad över hur König uttryckte sig. Hans ord gick utanför den vanliga jargongen. Men jag behövde inte misströsta. Sidospåret var bara tillfälligt. En Fagerholm, som skaffat två pilformade polisonger och kulmage sedan jag var här senast, styrde in alla på det trygga spåret igen. Tidigare under dagen hade jag hört honom prata i telefon om hur man beskär olika fruktträd. Han hade låtit okunnig och frågande. Nästan undergiven.

Nu skröt han om alla de självklarheter inom beskäringsvärlden som han tydligen känt till hur länge som helst.

Mister Handshake hakade genast på och berättade allt han visste om äppelträd och körsbärsträd och plommonträd och hela högen. Han formligen *krystade* fram sina inlägg. Tänk om Filip ändå hade varit där för att sätta dem på plats med någon rafflande mordhistoria.

Jag lämnade fikarummet och har inte besökt det sedan dess.

*

Och så är det en annan sak jag fått reda på om Filip. Något som är mer konkret. Något som skakat om, mer på riktigt.

Filip sökte sig ofta till mig när han ville prata känslor. Han kunde skråla, skämta och stå i med en massa människor, sedan kunde han bjuda hem mig för att förtroligt tala ut om sin familj. Mellan fyra ögon, i dunkel belysning.

Han pratade om sin dotter och i perioder mycket om sin son. Sin älskade son som strängt taget dog i hans armar. Han pratade om sin mor och om sin mors man Ruben. Han beundrade Ruben. Jag tror aldrig att han sa det, men jag såg det. Kontrasten mot när han berättade något om sin sjuke biologiske far var stor. Det var som att tända och släcka en ficklampa. Ljust och mörkt.

Han bjöd in mig till att dela med mig av min barndom. Han tjatade fram den och hade svårt för att ta den när den väl kom. Lyssnade på mig men ville inte säga något om min berättelse, inte först. Nu var det jag som fick tjata. Han klarade inte av att jag uppträdde så oberört inför min egen historia, sa han till slut. Inför min egen sargade historia. Förlusterna, bristerna. Saknaden som jag bestämt hävdade att jag inte kände. Filip skällde på mig, svart i blicken.

Jag lyfte fram likheterna mellan oss och fick honom att samla sig. När han var nära igen såg jag tvivlet, djupt därinne. Det satt långt innanför rådande omständigheter. Jag fick lov att använda mina bara händer för att torka bort tårarna som rann nerför hans kinder.

Först dessa förtroliga samtal och sedan brevet. Det där förbaskade brevet just till mig. Det är klart att det måste betyda något.

Filip nämnde aldrig något syskon. Han hade inga, han var enda barnet precis som jag. Det stämde bra ihop med övriga skildringar han gav mig om familjen. I den av Filips världar som jag fick vara en del av fanns inget utrymme för någon bror eller syster.

Det här ligger just nu främst i min lista av störningar. Mina skäl har hopat sig.

Jag befann mig på en av favoritplatserna på stan helt nyligen. Mycket jobb att komma igenom, svårt med koncentrationen i Rosenlundsvillan där ödeskänslan grep tag alldeles för hårt. Jag hade suttit många timmar, beställt in något med jämna mellanrum mest för att få sitta kvar. Datorn uppslagen på bordet, blicken allt oftare neråt gatan, ner på människorna. På livet.

Mina ögon fastnade vid en kvinna jag kände igen. Men ändå inte. Hon var så olik sig. Uppklädd och fin, hållningen så rak. Hon var inte ensam, förstod jag snart. Hon hade två med sig, en äldre man och en yngre kvinna. Obekanta för mig. Först tänkte jag att mannen är väl Ruben, uppklädd han också, men det stämde inte alls. Denne man var längre, hade tjockt silvrigt hår som omgärdade skallen, förde sig ståndsmässigt. Såg ut att bära skräddarsytt.

Trion stannade till så att jag hade god uppsikt över dem. Jag stängde av datorn, hade suttit länge nog. Bad att få betala och reste mig. Fick bråttom, jag skulle ju köpa ett spel till Affe som snart fyller år.

Den yngre kvinnan. Också hon var lång och föreföll mycket medveten om sitt utseende, rättade till sin klänning, sökte efter något i sin handväska. Jag gick ut från restaurangen och de tre stod kvar på samma ställe när jag kom ut på gatan. Jag fick en känsla av att de hade en obekväm distans till varandra. De var ute på ett uppdrag, ett uppdrag som måste genomföras. De var inga flanörer som såg fram emot att ha en trevlig stund på stan tillsammans. De var några personer som ville få något undanstökat för att sedan dra sig tillbaka till de skilda platser där de egentligen hörde hemma.

Jag gick i deras riktning. De samlade sig och började röra sig, bortåt. Här hade jag alltså Anita. Det kändes som en annan tid. Den monstruösa look hon visade upp i Länstidningen på fettisdagen var avlägsen. Det jag såg här var något graciöst, något som gav en bild av den mamma Filip sett under sin uppväxt.

Jag kom närmare medan de väntade på grönt ljus. Jag fick ett kort och snabbt övergående infall av provokation. Tänk om man skulle testa om Anita blir lika oklädsamt vansinnig när hon får syn på mig bärande sitt vackra jag som när hon går omkring som en allmän skräcködla.

Jag valde att ligga lågt. Tänkte på mitt eget skinn.

De satte av över gatan. Det var då jag såg den. Kvinnorna vände samtidigt sina huvuden åt samma håll och den var rent slående. Likheten.

Det kändes nästan onödigt att få den där muntliga bekräftelsen som kom strax därpå. Anita blev kallad för mamma av den yngre kvinnan, jag hörde inte vad det var hon ville säga, men jag hörde tilltalet. Mamma. Jag hörde det tydligt.

Jag saktade ner på stegen, tänkte på spelet som Affe önskat sig. Jag måste köpa det nu, jag hinner innan de stänger. Jag var alldeles nära innan jag vek av, mötte mannens blick för ett kort ögonblick. Likgiltighet. Något annat hade jag inte väntat mig.

Anita, kvinnan vars son ville ge henne ett sommarställe som hon aldrig tog emot. Kvinnan vars före detta man fastnade i en olönsam charkdisk och snart i en förintande depression, barskrapad intill benstommen och nu med minst en fot i graven. Kvinnan som i över tjugo år ska ha hållit ihop med en lugn och trygg ersättare till sitt barns far, en prestigelös man vid namn Ruben. En man som inte alls såg ut som den här högreste kostymnissen.

Jag hade behövt ännu en muntlig bekräftelse där på gatan. Ännu ett tilltal från den yngre kvinnan. Kanske ett pappa.

När jag kom hem beslöt jag mig för att gå en ny forskningsrunda. Min vana trogen började jag med att kolla upp Filips namn på ett par personupplysningssidor, för att se om något telefonnummer dykt upp eller om något hänt på adressfronten. Jag stirrade en stund på den första sajtens svar, skyndade mig att kolla nästa.

Det stod samma sak där. Vårdinge församling. Postboxen var borta. Och fortfarande inget telefonnummer.

Vårdinge församling? Ska det föreställa Filips nya adress? Har han blivit folkbokförd på en av församlingarna här i stan? Vad i helsike ... En snabb runda på Skatteverkets hemsida och jag fick klart för mig att så kan det se ut om koppling till fysisk adress saknas och om inte heller en särskild postadress finns angiven, som till exempel en postbox.

Bara ordet församling gav mig kalla kårar. Som den sista anhalten på något vis. Församlingen med den avgörande rollen när livet precis tagit slut. Församlingen. Begravningen.

Det funkade inte att sitta och klappra på tangentbordet med svettiga fingrar längre. Nu hade jag flera saker att ta upp. Muntligen. Det var dags att prata med någon neutral, någon som har till uppgift att lämna ut fakta om folk på begäran. Jag hade inte provat det förr, men jag visste att personuppgifter är offentlig handling i det här landet. Vem som helst kan ringa och begära uppgifter om vem som helst som finns folkbokförd. Det är bara människor med sekretessmarkering som är skyddade. Och för att få skyddad identitet måste man ha tungt vägande skäl och dessutom ha intyg från polisen.

Jag avancerade långsamt ner till plats ett från fyrtiosju i telefonkön. Uppgifter om Sveriges blott två Filip Silverstrand gavs utan fördröjning när jag kom fram. Inga problem. Killen på drygt tjugo avfärdades direkt och då fanns en kvar. Jo, min vän saknade mycket riktigt en fast adress just nu men jag behövde inte oroa mig, sa rösten i luren. Inga uppgifter om dödsfall hade kommit in. Det behöver inte alls betyda något allvarligt bara för att personen är folkbokförd på sin församling, tröstade rösten. Om personens bosättning kan hänföras till en församling men inte till en viss fastighet inom denna kan han anses bosatt i församlingen.

Paragrafcitat i luren.

Inget allvarligt, nähä. Inte för dig kanske, tänkte jag. En gammal vän som blivit bostadslös och inte går att nå. Det är allvarligt för mig. Postboxen då? Den avregistrerades alldeles nyligen. Anledning okänd. Då borde den ha tömts på mina brev i alla fall, uppmuntrade jag mig.

Kan han ha flyttat utomlands? Det är förstås möjligt, men om han har tänkt bo utomlands länge ska en anmälan ha gjorts till Skatteverket. Någon sådan anmälan finns inte.

Jag fick Filips personnummer utan knot. De fyra sista siffrorna med. Vad jag nu ska med dem till. Helt otroligt egentligen. Hela Sverige som en öppen bok.

Om Filip Silverstrand har några registrerade syskon? Inga problem. Knäppande på tangentbord. Några sekunder. Här finns en syster med samma föräldrar, född det och det datumet, på den och den adressen. Om jag var intresserad av eventuella syskon som avlidit före ett visst datum på 1990-talet var jag tvungen att vända mig till aktuellt landsarkiv. Jag kunde få numret till önskat landsarkiv direkt. Inga problem.

Jag tackade nej. Jag var klar för den här gången. Filips syster heter Anna Grind och är bosatt i Rönninge tillsammans med en Fredrik Wikberg och två barn.

Efternamnet Grind kände jag igen. Så heter Anita också. Jag mindes det från Länstidningens frågespalt. Anita Grind, pensionär. Med vild blick och håret pekande snett i vinden.

Jag hade förstås ingen anledning att betvivla Skatteverkets uppgifter. Ett facit av den digniteten manipulerar man inte i första taget. Ändå ville jag testa själv. Pröva uppgifterna liksom. Lyfta luren och höra systerns röst, tala med henne lite, känna på henne lite.

Öppna mig inför henne, be henne om hjälp.

När hon svarade flög något i mig. Jag låtsades att jag höll på med en undersökning om syskonskaror och betydelsen av var man är placerad i skaran. En kort utfrågning på max fem minuter, for ur mig. Efter viss tvekan och ett par motfrågor var Anna med på noterna. En äldre bror har hon, sa hon. Så långt enligt facit.

Men sedan hände något märkligt. När hon skulle precisera var hon var placerad i syskonskaran sa hon att det berodde på hur man såg på det. Hon kunde vara yngst av tre också. Det skulle hon kunna ha varit i alla fall, om inte ödet spelat dem i händerna som det gjorde. Men det var så länge sedan nu.

Hon ville inte gå in på det mer. Jag sa att jag kan notera att hon är yngst av två till min undersökning om hon vill ha det så. Jag sa att hon fick välja själv.

Filips syster Anna var trevlig och tillmötesgående. Och jag såg henne hela tiden framför mig medan vi pratade. Lång, smal, attraktiv. Fylliga läppar.

När samtalet var över märkte jag att svett hade trängt fram över ansikte och svål. Jag minns det väl för Linnea kom upp till övervåningen och ville säga något precis när jag lagt på. Jag kände hur jag glänste missklädsamt.

Det gjorde nog inget, förstod jag strax. Linnea brukar aldrig komma upp till mig självmant. Det måste vara något verkligt viktigt i så fall. Den här gången var det inget viktigt alls. Faktum är att jag knappt ens förstod vad det var.

Nu tittar jag ut genom fönstret från allrummet och ser hur den starka majsolen oblygt låter trädgården exponera sin tilltagande vanskötsel. Jag har blivit tillsagd att inte ge husägarinnan något handtag därute mer. På skarpen, och det var inte ägarinnan själv som sa det. Hon skulle aldrig ha uttryckt sig så, vare sig som den hon var då eller som den hon är nu.

De andra krafterna som regerar här nu går mycket snart inte längre att stå emot.

18

"Du, det är lugnt, det kommer inte att hända nåt läskigt", säger hon.

Rösten är öm.

Jag ger mig upp på en stilla vandring, iförd endast kalsonger och en T-tröja.

"Jag vet", säger jag bortvänd. "Det tror jag inte heller. Det är bara det att jag ..."

"Du behöver inte vara rädd." Nu skrattar hon. "Jag är inte ett dugg farlig. Även om det kanske ser ut så."

Jag vänder mig om och hon sitter där i soffan. Hon viker undan läpparna och visar tänderna ännu mer än vanligt. Försöker se ut som ett rovdjur, morrar svagt. Jag ler förläget, pratar om annat.

"Jag kan inte släppa det där med lyan", säger jag. "Den där andra."

"Vadå? Jaha, du menar den. Kyffet i Mariekäll."

"Du var ju med och budade på den."

"Det var du också."

"Ja, jo. Jag var väl det."

"Att du inte slog till då? Och köpte den."

"Äh."

Jag har aldrig köpt mig något så dyrt som en lägenhet, inte ens i närheten. Vickan och jag kom aldrig till det läget heller. Stillsamt har jag betraktat hur människor i min omgivning skuldsatt sig, en efter en. Och jag har bara fortsatt tänka i andra banor och betalat mina hyror.

Handläggaren på banken knappade in en massa uppgifter och sa helt kort att det inte ser ut att finnas några som helst hinder. Jag ser att du har ganska stora besparingar också, sa hon, så det behöver inte bli några problem med insatsen heller. Du slipper topplånet rakt av.

Jag satt där och kände mig smått skändad, blank om pannan. Mitt sparkonto ska ingen gå och rota i. Det är min ensak. Jag kanske har planer som bankpersonalen inte har ett dyft med att göra, och ingen annan heller. Lyfta allt och dra. Eller öka mina välgörenhetsbidrag tills hela högen är slut. Inte svårt alls.

Jag vek mig inför handläggaren, mest för syns skull. Nickade och höll med. Senare på eftermiddagen ringde Rickard Egertoft igen och ville ha mitt bud.

"Den var inget för mig", säger jag till Isabella nu. "Jag budade mest för att testa hur det kändes. Jättelågt, under utgångspris. Jag är glad för att andra var ivrigare. Du då?"

Hon lockar mig till sig. Kommer jag inte tänker hon inte svara, säger hon. Jag går fram till soffan, ser på henne.

"Visst kändes det bra? Jag budar bara för att jag tycker det är kul", säger hon. "Jag tycker att det kan vara kittlande att trissa upp ett pris fast man egentligen inte är intresserad. Det är lite av en maktkänsla över det hela. Sätt dig, Teo."

Ett utmanande drag har lagt sig över Isabella nu. Maktkänsla.

"Den gick för en bit över miljonen", säger jag. "Nästan hundra över utgångspriset. Du säger att det är din förtjänst alltså? Att de där stackars fattiga ungdomarna fick punga ut med allt vad de hade och slänga in skjortorna därtill?"

"Och brallorna. Om det är så du vill ha det, då är det det jag säger. Sätt dig, sa jag. Jag *är* inte farlig, jag lovar."

Jag trillar ner bredvid henne. Ömheten finns kvar i rösten hela tiden, trots att hon kommenderar mig. Jag känner mig ambivalent. Detta var aldrig min ambition, det fanns inte med i min kalkyl. Men ställer jag mig frågan inombords: "Vill du gå hem, Teo? Vill du fly?", då blir svaret ett osvikligt nej.

Jag vill inte hem till Rosenlund nu, inte till stackars Linneas hus. Jag vill vara kvar här.

"Vi har träffats ett tag nu", säger Isabella till mig. "Jag tycker om dig. Du är så otroligt olik min förra kille. Om det är okej att jag nämner honom."

"Självklart får du nämna honom. Jag har ju nämnt Vickan för dig."

"Men det är Affes mamma. Det är en annan sak. Mitt ex och jag har inte lämnat kvar något fint efter oss. Inget alls. Allt var bara förgängligt med honom. *Allt*."

"Oj, var det så illa? Ni hade väl det bra också? Ni var ändå ihop ett bra tag. Reste en del och så där."

Orden är redan sagda och det slår mig att jag inte är säker på om hon berättat. Jag ser Filips fotoalbum med många härliga resebilder framför mig. Hon kanske inte ens har antytt något.

Hon ser på mig allvarligt.

"Teo, det var inte helt illa", säger hon och tittar bort. "Det var inte alls *helt* illa. Då hade jag väl aldrig varit med honom."

Jag ser någon som älskat. Jag ser någon som älskade så att det gjorde ont och sedan upplevde något oväntat som också gjorde ont, fast på ett helt annat sätt. Det ena var liderlig smärta och det andra var den obeskrivliga förlustkänslan efter ett svek. Tomheten, oförståelsen. Jag kan inte klandra henne.

Jag vågar:

"Är det bra eller dåligt att jag är så olik honom? Din förra kille?"

"Du ska inte fråga så där", säger Isabella. "Fråga inte så där."

"Jag ska inte."

Slutpratat om Filip igen. Likadant varje gång. Det handlar inte om respekt för den nye partnern, om man nu kan kalla oss för partners. Det handlar om en hel massa annat som Isabella bär inom sig. Hon bromsar samtalet så fort jag skönjer lite substans.

Gradvis får jag lirka fram det jag vill veta.

"Jag tycker om dig", upprepar Isabella.

Jag tänker att jag tycker om henne också. Men jag vet inte hur och kan därför inte svara henne. Jag träffar henne av ett skäl hon inte känner till. Jag känner mig skyldig. Som om jag höll inne med en hemsk hemlighet som skulle föra med sig något förfärligt om bladet togs från min mun.

"Du har det fint här", säger jag. "Du fick till det riktigt bra."

"Delvis med din hjälp", säger hon och jag upptäcker att hennes pupiller ser större ut. De mörkblåa ögonen ter sig exotiskt mörkbruna. Som Filips.

Jag slår undan blicken, ser ner på mina bara ben och på mina boxerkalsonger. I ögonvrån skymtar jag Isabellas lika bara ben och det vita i hennes trosor. Jag fokuserar det inte.

"Äh", mumlar jag.

"Jo, men det är ju så. Teo? Du har hjälpt till massor här. Det hade aldrig blivit så här fint utan dig. Utan dig och Affe. Han är så himla go, din grabb."

"Tycker du det?"

"Ja, det är klart att jag gör. Det går inte att tycka annat."

Isabellas speciella uttryck av barnkärlek dröjer kvar i hennes ansikte. Hon har en lugnande effekt på min Alfred, hon gör honom harmonisk med sin blotta närhet. Precis som Linnea kunde göra.

Isabella morrar igen, och när jag reagerar fnissar hon. Det bländande smajlet är på plats. Tänderna är stora och vackra.

"Kom igen nu", säger hon. "Du måste lära dig slappna av. Du är så spänd."

Det är meningen att jag ska sova över på soffan igen. Så sa vi. Vi åt en god middag här hemma i Isabellas nya lägenhet och det blev ett par glas vin för oss båda. Det har hänt några gånger förr och då har jag parkerat mig på soffan och smugit hem frampå morgonkröken. Det har verkligen varit jättetrevligt och jag har gillat det mycket. Precis i den form det varit.

Den här gången smög hon inte in i sitt sovrum när jag gjorde tecken mot soffan. Hon satte sig i den, halvt avklädd. Sa att jag inte ska vara rädd, att inget farligt kommer att hända. Hon fick en ny röst och ett nytt uttryck.

Här sitter vi nu.

Hon lägger handen över min nacke och masserar den lätt med fingrarna.

"Är det skönt?" frågar hon.

"Ja. Det är jätteskönt."

Jag ryser. Isabella masserar hårdare, tvingar ner mitt huvud en bit. Mitt ansikte hamnar i riktning mot hennes kropp, den varma, den pulserande, den som Filip åtrått. Jag släpper blicken fri till slut och följer konturerna jag har framför mig.

De är runda, men inte påfallande kurviga. I vissa lägen kan Isabellas kropp nästan se manlig ut, men det är bara nästan och inte ofta. Hon ser kvinnligare ut när hon sitter ner och låter bak och lår svälla ut, och det blir inte mindre åskådligt när hon inte bär några byxor. Fronten på de lågt skurna trosorna är slät och bullig och jag ser några mörka strån sticka ut vid ovankanten. Inte slätrakad alltså, konstaterar jag sakligt. Hon fortsätter massera och jag lyfter blicken en bit, möter hennes. Ännu ett nytt drag har tillkommit, ett drag av förnöjsamhet och en form av frid. Det är vackert att se på.

Hon böjer sig framåt mer och kanske är det för att jag bättre ska se urringningen i linnet. Och visst ser jag den. Den är generös på gränsen till vulgär. Jag tittar inte för länge. Men jag hann se en av bröstvårtorna och fick en egendomlig känsla av att bröstet den satt på var lite mindre än det andra.

Hon flyttar sin ena hand. Jag känner hur jag krymper ihop. Blundar av beröringen, skäms. Jag får en ingivelse att springa härifrån. Klarar inte det här, funkar inte. Detta är Filips kvinna och jag är inte här i hennes soffa av några sådana här orsaker. Hela min kropp går i baklås, jag känner mig tunn och klen och kall.

"Det gör inget", säger Isabella och tvekar med handen för ett ögonblick. "Vi tar det lugnt, alldeles lugnt."

Hon fortsätter. Det tjänar ingenting till, men det verkar hon inte förstå.

På morgonen vaknar jag i Isabellas säng. Hon insisterade och sa att det enbart var för att hon frös och behövde något bättre än en extra filt. Bättre, tänker jag. Undrar om det blev så mycket bättre.

Ett tag vilade något som påminde om en besvikelse över lägenheten. Men det varade inte länge. Ömheten som funnits där från början släppte inte greppet och hela tiden kändes det verkligt, det där som Isabella sa.

Att hon tycker om mig.

Hon ser ut att sova fortfarande. Hon ligger med ryggen mot mig och hon har fortfarande trosorna från igår på sig, orörda. Jag är inte heller naken. Morgonståndet trycker genom kalsongerna och jag koncentrerar mig hårt på att det ska lägga sig. Kontrasten mot igår är enorm. Jag vill inte att Isabella ska vakna och lägga märke till det. Jag vill inte att hon ska tro att det är något annat än vad det är – ett regelrätt morgonstånd.

Hon rör sig inte när jag tassar upp. Jag gör min morgon-toalett, norpar en banan från fruktskålen i vardagsrummet, lyssnar en stund vid sovrumsdörren, hittar en lapp som jag krafsar ner ett par rader på. Jag skriver att jag har några sa-ker att uträtta idag och att jag ringer någon gång snart. Först funderar jag på att lägga lappen på köksbordet, men ångrar mig.

När jag kikar in i sovrummet ligger Isabella i exakt samma position som när jag lämnade henne. Jag smyger tillbaka in, och precis när jag lägger lappen på nattduksbordet vänder hon sig om i sängen och slår upp ögonen mot mig.

*

Visst har jag träffat Paul. Klart att jag har träffat Paul. Vickans irländare och tillika Affes plastpappa har jag träffat åtskilliga gånger, annars hade jag knappast kunnat ha de åsikter jag har om honom.

Nu ska jag träffa honom igen, denne glade man. Affe har fyllt år några gånger under Vickans och Pauls samvaro, och jag har åkt till Linköping för att fira honom varje gång. Men just på bemärkelsedagarna har Paul aldrig varit hemma. Till Affes tioårsdag ska han vara det, och inte vet jag om jag slår klackarna i biltaket för det. Jag sitter på motorvägen och har ungefär halvvägs kvar till min son.

Vickan läste av minsta nyans av min ton på sitt sedvanliga vis när vi pratades vid senast. Jag tyckte inte att jag visade upp någon tvekan, men med ens var övertalningens Vickan i luren. Paul ska vara på plats, och det är *extremviktigt* att jag också kommer.

Det här är vuxenkalaset. Affes grabbpartaj kommer senare och till det har jag ingen inbjudan. Vickans föräldrar ska vara där idag, Affes moster och ett par grannar som har en grabb i liknande ålder som vår och som tydligen blivit så oerhört goda vänner till familjen. Från mitt håll kommer bara jag.

Jag får en känsla av att något ska kungöras, något viktigt. Jag blir både entusiastisk och nervös av det. Jag vill så gärna att det ska vara något bra om Alfred och jag vill inte att det ska vara något alls om Paul.

Hela våren har mina obligatoriska orosmoln vid tankar på Affe varit tätare och mörkare än någonsin.

Huset ser lugnt ut när jag anländer. Det står några bilar utanför. I fönstren hänger ballonger och serpentiner, men det ser ändå lugnt ut. De är förstås på baksidan, åt trädgården till, och jag befarar att jag kommer sist.

Jag baxar ut den stora kartongen med presenter från bagageutrymmet. Det är viktigt att komma med gripbara saker när man går på publikt kalas för ett barn. Saker som syns direkt, syns ordentligt. Saker som alla förstår och kan applådera åt, omedelbart. Jag bär kartongen i famnen så att jag knappt ser var jag sätter fötterna. När jag ringer på dörren hör jag snart ungpojkssteg. De galopperar. Det känns som om mitt hjärta gör likadant.

Affe omfamnar kartongen med mig bakom och jag har aldrig önskat en kartongs försvinnande så mycket som nu. Jag säger något förnuftigt och försöker ställa ner den. När jag till slut lyckas händer det som räddar mitt famlande jag och får mig att känna att jag kan klara vad som helst. Inte bara här och nu utan i hela livet.

Min Alfred ser för ett ögonblick ut att vilja våldföra sig på sina nya presenter och inte ha tid för något annat, men istället sker det. Han tar sats. Kastar sig upp i min famn, så stor han är. Håller sig fast, hårt. Vill visa för de andra att nu kom pappa.

Jag vill inte släppa honom. Helst inte alls.

Vuxna steg hörs närma sig över parketten. Pojken landar på sina bara fötter. Ett ovälkommet svep av ytlighet och stelt skådespel närmar sig i takt med de vuxna. Först Affes kram och sedan det här. Vilken kontrast. Låt det bli kort, låt det passera smärtfritt och helst med alla ansikten i behåll.

Alfred känns större trots att det inte var länge sedan vi sågs. Han känns större och i denna hall står en främling som kallar sig far. Bamsekramens kraft varade kort, alltför kort.

Alla är bekanta för mig utom grannfamiljen. Det är några fler här än jag trodde. Jag hälsar på de olika sätt som seden föreskriver. Grannparets son utmärker sig. Detta ska alltså vara Affes nya kompis, men han ser inte ut som Affes nya kompis. Inte som jag föreställer mig honom. Killen har en air av något ovilligt över sig, hans uppsyn är trulig som vore han några år äldre, han ser på mig som vore jag en mindre vetande.

Jag tror att Affe blir splittrad av alla intryck, av alla de olika förväntningar som omger honom. Jag tycker att han uppvisar ett flertal ansikten samtidigt och jag skulle vilja rycka ut och styra honom rätt. Rätt, enligt vad pappa tycker. Men tillfället är fel.

Affe välter ut kartongens innehåll över hela uteplatsen och paketen rullar över varandra i gnistrande granna färger. Det går ett sus genom publiken. Jag försöker att inte se alltför högfärdig ut. Jag sätter mig ner bredvid Paul och jag skulle aldrig erkänna att det är för att markera. Affe får hjälp av sin kompis Ted, som kämpar för att absolut inte rikta sin blick mot mig under öppningsceremonin. Jag säger några välvalda till Paul som säger några till mig. Vi skrockar faderligt båda två. Jag tycker att han har åldrats sedan sist. De där rynkorna vid ögonen har bestämt djupnat och hjässan syns tydligare genom det glesa irländska barret.

Teds föräldrar tillrättavisar sin son. De tycker inte att han ska hjälpa till så mycket. Låt Affe öppna sina paket själv. Jag ler. Jag sneglar efter andra uppenbara nyheter omkring mig. Undrar hur många paket Affe fått av de andra. Jag ser en radiostyrd bil i ett hörn, en hög komplicerat tekniskt lego i ett annat. Vet inte om det är nytt. Jag ser inte särskilt mycket uprivet omslagspapper någonstans.

Affe sliter upp första paketet och får fram en bok. Lilla korsordsgurun. Jag anar att det inte var det bästa att få upp först. Ted och min son sitter och vrider på den ett tag, allvarliga. Vickan utstöter att den är väl säkert jättebra.

Paul pratar nu mer riktat och koncentrerat med mig. Han frågar hur det går på jobbet. Jag svarar att det går bra, uppdrag lider jag ingen brist på. Det flyter på helt enkelt, säger jag. Han bryr sig inte. Istället frågar han om jag springer mycket nuförtiden. Det blir mindre nu när det blivit varmt, rapar jag upp mekaniskt. Det där nya hänget över bältet har jag minsann inte sett på karln förut. Jag frestas fråga hur det går med snowboardåkningen.

Nu öppnar Affe paketet med cykelsetet, efter två TV-spel på raken. Han får en cykeldator till hojen, tuffa handtag, dekaler och reflexer. Paul hojtar till, klappar mig på axeln och säger att det där var helrätt. Nu blir grabben glad. Han ska inte kalla min Alfred för grabben, tänker jag. Allra minst med en sådan brytning. Jag blundar och tillrättavisar mig själv.

Vickan fyller på kaffe till alla vuxna och kommer sedan och sätter sig på andra sidan om mig. Nu är jag muren mellan Vickan och hennes sambo. Den gamla sambon har hamnat i vägen för den nya.

Paul pratar nu med Vickans pappa som sitter en bit bort. Han försvinner bort i bruset en stund, vänder sitt halvkala bakhuvud till. Jag tycker att Vickan ser irriterande fräsch ut. Hon är medveten om det också, håller sin hoppbackesnäsa högre än vanligt och har en ny kortare frisyr som hon bär som en berömdhet. Hon plirar mot mig, ser pillemarisk ut.

Hon böjer sig fram och säger att det var ju jättekul.

"Det var *verkligen* jättekul för dig, Teo", säger hon. "Det var faktiskt på tiden. Ändå."

Hon lägger huvudet på sned på ett nytt sätt. Jag frågar henne vad hon menar med det hon säger.

"På tiden? Med vadå?"

Samtidigt håller jag ett halvt öga på vår son. Vickan tittar också på honom då och då. Glimtar av det där milda syns i hennes blick, det där som aldrig syns annars. Milt och samtidigt oroligt, undrande över hur det ska gå för honom. Jag undrar också.

"Tror du inte att jag har hört?" motfrågar hon. "En sån sak pratas det inte tyst om i det här huset, ska du veta." Paus med tårtsked. "Men du, spela inte så oberörd nu. Du måste ju vara glad! Säga vad man vill, men det är aldrig bra att gå ensam för länge. Hördu, är du inte glad? Jag är glad. Jag är jätteglad för din skull. Det kanske du kan vara för min skull också."

Jag hatar tankarna som virvlar fram. Affe, vad i hela friden har du sagt den här gången?

Det är inget vi kan reda ut nu. Inte inför ett flertal vittnen så här. Mitt fräscha ex reser sig och tar sig om magen på ett sätt som också är nytt, och så är Pauls andedräkt kännbar igen. Affe öppnar precis ett paket med en magnetismlåda med 250 delar och hans plastpappa är åter vänd mot mig.

"Hur bor du nu då?" frågar han.

Det ska du skita i, tänker jag.

"Jag bor bra. Kommer att bo ännu bättre. Vad det lider."

Ser jag en glimt av något slags konstlad oro för att jag inte kan sköta om Affe de dagar jag har honom tvingar jag mig själv att blunda. Jag blundar och vägrar säga mer. Annars kan det hända något olyckligt.

"Affe tycker om att leka i poolen, det är bra", säger Paul då.

"Jaså, jaha."

Diskret försöker jag se mig om efter en pool någonstans på tomten. Visserligen är tomten stor och skulle kunna rymma en rejäl pool utan problem, men här finns ingen. Det borde jag dessutom ha hört om i så fall. Vad pratar karln om?

"Det är bra att han får träna sin simning", säger han. "Och att han lär sig att inte vara rädd för vatten. Det är inte bra att vara rädd för vatten."

"Nej, det är det inte."

"Affe är alltid så glad när han har varit hos dig och lekt i poolen nu när det har blivit så varmt. På sätt och vis är det synd om du ska flytta ifrån den."

Jag avslutar samtalet genom att nicka stramt mot min korpulente buksvåger och ställer mig upp kvickt. Det sista gjorde mig obekväm och svettig i en hast. Mina ord försvann. Pool säger du, Paul? Vadå för jädra pool, Paul? En Paul-pool från pool-Paul?

Jag måste gå runt, prata med någon annan. Min Alfred har tät kontakt med sin kompis, riktigt tät.

Nu ska största paketet öppnas. Off Road Hunter, det radiostyrda terrängfordonet som går på alla underlag inklusive snö och vatten. Dyrt som tusan. Affe och Ted är helt inne i vad de håller på med. De ser inte vad som händer omkring dem, de ser inte de vuxnas regeltyngda skådespel.

Passa på att vara barn så länge ni kan, tänker jag.

Kaffekopparna är tomma nu, tårtfaten renskrapade och jag har hunnit småprata en stund med Vickans föräldrar och med hennes syster och svåger om mina lyckade uppdrag för Bremers. Det går bra just nu för mig, säger jag.

Det ligger presentpapper överallt. Alla paket är uppslitna. Grabbarna är upptagna med att ladda waterblastern med vattenammunition för att sedan kunna rusa runt i trädgården och stänka ner. Ett riskmoment, ska erkännas, men det är trots allt bra att de inte fastnat undangömda vid någon skärm redan nu.

Vickan kommer ut till trädgården från villan där hon gömt sig ett tag. Hon vill att alla ska samlas på den stenlagda uteplatsen.

Mor i huset vill tala och alla tystnar utom pojkarna. Hon gör några håglösa ansatser att få dem tysta och på plats, men ber dem snart gå in och leka istället. Hon samlar sig. Jag känner så väl igen rörelsemönstret, sättet att föra sig när det är något viktigt som måste fram. Jag ser också att det är något roligt som måste fram, något spännande. Det hade säkert känts kul och spännande även för mig om det hade varit för tio år sedan.

Jag kisar för att se om jag kan upptäcka Affe genom den glasade husfasaden.

"Jo, det är så här", börjar Vickan, "jag tyckte att det här var ett jättebra tillfälle att berätta nåt som jag har velat berätta ett bra tag nu. Nu när vi alla är samlade så här. Mamma, sluta titta på mig så där!" En familjeintern gest och alla flabbar. "Några av er kanske redan har gissat er till det här, några kanske vet, vad vet jag. Skvaller kan det vara svårt att värja sig mot ibland. Men vad är det man säger ... Positivt skvaller är bra skvaller? Nånting sånt."

Det hörs ett brak följt av höjda pojkröster inifrån huset vilket registreras med en liten ryckning i Vickans högra mungipa. Inget mer. Waterblastern har stannat ute.

"Det är nämligen nåt mycket positivt jag har att berätta. Eller ska jag säga att *vi* har nåt att berätta?"

Den där blicken mot Paul får mig att vilja ta min kaffekopp och utan ett ord gå in och ställa den på diskbänken, ta min bil och åka härifrån. Jag hatar mig själv.

Vickans hand läggs på den egna magen.

"Jo, det är sant", säger hon. "Paul och jag ska ha barn. Affe ska få ett litet syskon!" Vickan tittar efter sin son men inser att han har hamnat utom synhåll. "Jag gick in i sextonde veckan igår. Jodå, visst syns det! Inte så mycket kanske, men hade ni sett mig naken skulle ni se. Jag tycker faktiskt att jag är större nu än när jag väntade Affe."

Efter det här följer en orgie i ojanden och kluckanden, och alla är så glada, så glada. Paul sitter förnöjt tillbakalutad och nickar åt alla lyckobetygelser. Passa dig du, tänker jag, folk kommer att ta dig för farfar.

Jag stämmer in i kören, kort och oengagerat men ändå. Vickan sjunker in i mjuka armar och varma famnar som skänks från flera håll. Flera vill känna på magen och jag går bort från skådespelet och in i huset.

"Jag hörde om din uppsats i skolan", säger jag till Affe där jag finner honom på köksgolvet.

Han sitter och plockar med ett slags minibiljardbord i tafflig plast och synbarligen alldeles för lätta kulor. Vilket skräp, det där kommer inte att ha den minsta chans mot alla spelskärmar i huset, tänker jag. Kompisen Ted hörs spola på toaletten intill.

"Fröken tyckte att din uppsats var jättebra, hörde jag. Det låter verkligen kul och spännande. Jag blir riktigt nyfiken. Du måste låta mig läsa den."

Min son tittar snabbt upp på mig men slutar inte med sin biljard. Jag ser splittringen igen, splittringen i hans ansikte. I hans hållning. Möjligen hade han inte mottagit mitt beröm med en tupps stolthet om det bara varit vi två heller, men nog hade han öppnat sig mer. Jag har blivit tillsagd att vänta, att vänta på den dag då Alfred ska förstå att vårda sin talang. Han är bara tio år fyllda och det är ingenting.

Ted kommer studsande och vräker sig ner på köksgolvet bredvid sin kompis. Det stormar kring småsakerna på golvet och jag försvinner.

"Jaha, biljardkväll ikväll", försöker jag. "Pool på engelska. Paul-pool. Då gäller det att träna."

Affe hummar något och Ted ignorerar med ett fnys. Jag förstår inte hur han kan ha fått så stort utrymme med tanke på vad Vickan sagt om dåligt sällskap. Tycker hon att det här är okej?

Jag tänker precis fråga henne men hon förekommer mig. Kalaset har nu trätt in i fasen då man öppet kan börja tänka på refrängen utan att vara oartig. Vickans syster med man har redan stuckit. Jag kliver omkring i startgroparna. Den värsta uppståndelsen kring den glada nyheten har lagt sig och jag går fram till diskbänken där Vickan ensam står och sköljer tårtfaten.

Jag hjälper henne med lite sortering utmed köksbänken.

"Det behövs inte", säger hon.

"Jodå, det är klart att jag hjälper till."

Vi plockar en stund.

"Jag menade det där jag sa", säger hon precis när jag öppnat munnen för min fråga.

"Vadå? Jaha, ja, jag trodde faktiskt inget annat", skrockar jag. "Det vore väl en höjdare om du stod upp inför alla och bara hittade på att du ska ha barn. Som en liten vits så där."

"Lägg av, inte det. Det jag sa tidigare. Att jag är glad för din skull. Glad för att du har hittat nån. Annars vet jag inte om jag hade ställt mig upp och berättat så där inför alla inklusive dig. Det hade känts taskigt mot dig då. Om du fortfarande var ensam och så."

"Det hade inte varit taskigt alls, kom igen! Varför skulle det vara det? Det är väl härligt att ni väntar barn. Tror du inte jag tål att höra det?"

"Jo ... jodå, det tror jag väl. Men det känns ändå bättre när jag vet att ni också funderar på det."

En stilla och kylig vind blåser över diskbänken och in mellan oss. Den sveper in mig i något tjockt.

"Vad sa du?" frågar jag grötigt.

"Jaså, okej", säger Vickan. "Det var inget. Du behöver inte berätta nåt än. Men du ska i alla fall veta att jag tycker att det är jättekul att det är nån som ... ja, nån som det ska vara, liksom. En kvinna, en tjej. En bra tjej. Inget annat."

"Åh Gud", far ur mig i en lång utandning.

"Vad är det?"

Vickan ser på mig. Nu först ser jag att hon har rött läppstift på läpparna. Hon måste ha bättrat på det nyss.

"En *kvinna* och inget annat ..." viskar jag. "Det var inget. Du vet tydligen mer än jag bara. Om det är Isabella du pratar om kan jag säga att vi blivit bra kompisar, hon och jag. Det är en tjej jag träffade på en lägenhetsvisning bara."

"Du hör ju själv! Det är ju kanon! Äntligen kollar du efter en vettig bostad och så träffar du en vettig tjej på kuppen. Isabella ja. Affe säger att hon är helbra och att ni ... Du behöver inte alls vara blygsam."

"Vickan, lyssna. Affe säger och Affe säger. Till slut vet jag inte vad *jag* ska säga."

Paul tar en vända genom köket och passar på att säga något platt och så låter han kvickt händerna gå via sin gravida kvinnas utputande bak.

192

"Vi måste prata mer om allt det där med Affe", säger jag när han gått igen. "Jag har ingen pool, vet du."

"Ingen pool? Vad menar du med det?"

"Strunta i poolen. Det gäller Affe. Allt Affe säger är inte bra. Allt Affe säger är inte *sant*. Det oroar mig. Det verkar inte bli bättre heller fast jag hade hoppats på det."

Vickan har sköljt klart och hon vinkar ut mot trädgården för att visa för de andra att hon är glad, välmående och på plats. Och för att försäkra sig om att ingen hör vad vi pratar om.

"Du måste sluta fundera på det där, Teo." Hon blir sammanbiten och har mig i full fokus. "Du överreagerar. Alla barn fabulerar. Det hör till deras beteende i den här åldern. De drömmer och fantiserar. Ju livligare desto bättre, var det nån som sa. Som vuxen måste man lära sig höra skillnad på när barnen fantiserar och när de bara försöker återge verkligheten. Sin verklighet. Ärligt talat, det ska inte behöva vara så svårt."

"Tydligen är det ganska svårt", muttrar jag. "Du, det här är mer. Det känns inte bra. Så här sa du inte i vintras när vi pratade om det, då trodde jag att vi var överens. Jag hade hoppats att Affe skulle ha lugnat sig med det där, men ... Nu fattar jag inte varför du ..."

"Teo."

In i köket kommer föräldrar och grannar och diskussionen tar stopp som om någon bröt strömmen. Jag lämnas som en kippande fisk över diskhon.

Innan jag åker ber jag Affe visa mig sitt rum som jag ännu inte sett den här gången. Förr var det alltid så viktigt att pappa fick se allt nytt som tillkommit. På väg uppför trappan frågar jag om Affe är nöjd med sin gamle pappas presenter. Jag behöver bekräftelse. Pojken svarar att det är han. Med utfällda vingar ylar han att han är jättenöjd. Med *allas* presenter!

Vi blir ensamma i rummet en stund. Jag tittar på Affes dator och tänker på vad han sa till sin mamma om mig som sin bästa spelkompis. Jag försöker spinna vidare på det och undrar om han vill ha hjälp med det nya kreativitetsspelet för PC som jag gav honom. Han tvekar en kort stund, nickar sedan.

"Vi får ta och köra de nya TV-spelen när du kommer till mig nästa gång istället", säger jag. "Det gäller att du inte glömmer att ta med dem då bara."

Affe tittar fundersamt på sin färgskimrande skärmsläckare och då ser jag det. Jag förstår det. Hela rummet är fullt av nya saker.

Min son får fart, jag hör steg utanför hans tröskel, pojken far runt som skjuten ur en kanon och munnen går i ett. Han vill visa allt han fått på denna hans minnesvärda tioårsdag. Han snubblar över orden, saker faller till golvet över hans fötter, han suger in överproducerad saliv.

Den här är från Paul, den här med, och typ den här. Och så den här, den är nog den asballaste presenten av alla. Paul har gett paket då och då under hela dagen, det första redan typ tidigt i morse. Det har Pååål gjort och han är så bra.

Affe håller ivrigt fram en ny smartmobil med ett pojkband avbildat på skalet. Färdigtankad med en massa ascoola appar. Batteriet måste bara laddas först, förkunnar han myndigt. I dörröppningen står nämnde irländare med händerna i fickorna och flinar. Mannen som i grånad väntar sitt första barn.

Vickan ber mig vänta när jag precis låst upp bilen. Hon står i hallen med öppen ytterdörr och tar på sig ett par skor. Så kommer hon fram mot mig, ställer sig och svankar med ryggen.

"Teo, jag förstår att du är orolig för Affe. Det är naturligt, jag är också orolig. Men du får faktiskt inte klandra Paul för problemen du ser. Paul är min man och han har inte gjort nåt fel. Han har inget emot dig. Jag tycker att det är extremt barnsligt av dig att inte kunna acceptera honom. Efter så här många år."

"Vadå, jag har väl inte ..."

"Lägg av. Tror du inte att det syns? Tror du inte att Paul märker nåt? Tror du inte att han hör hur du låter, ser hur du ser ut? Du som alltid är så snäll och undergiven mot alla, det klär dig inte. Så, nog om det nu. Jag vill bara att du tänker på det inför framtiden. Kör försiktigt nu så hörs vi snart. Tack för att du kom."

19

Jag måste ut. Tvånget att känna stötarna i låren när fötterna landar blev enormt, jag behövde känna mjölksyran komma och få äran att mota undan den med ett grin. Jag var tvungen att dra på tills självplågeriet nådde sin kulmen mitt i den stekande solen.

På avdomnade ben joggar jag tillbaka in genom grinden nu. Missionen är uppfylld. Jag är nära att kräkas över Linneas buskar. Men det är det värt, för nu har mina tankar samlats igen.

Filips postbox i Stockholm har upphört. Ge upp, Teo. Okej, jag är sansad nog att inte skicka något till Vårdinge församling. Men jag tänker posta ett brev till Filips mamma. Riktat till hennes son. Utan avsändare på baksidan.

Inte ett ord om att jag träffar Isabella står att läsa. Inte en stavelse om att jag går via hans gamla älskling för att finna något. Finna Filip eller rentav mig själv. Är det uppriktigt av mig? Är det schysst mot min gamle vän?

Kanske inte.

Men vem har sagt att jag alltid måste vara schysst, även mot dem som inte alltid är schyssta mot mig? Brev och insändare skrivs, ventiler öppnas och det är jag som får utlopp.

*

Det bär utför på nedervåningen i villan. Nu går det snabbt. Vi är flera som inte velat kännas vid den nya sanningen. Jag har funnit fragment av Linneas dotter Ankis mänskliga drag någonstans innanför hennes hårda skal. Vid ett par tillfällen har de dykt upp, små men omisskännliga. En gång såg jag att hon grät i bilen när hon och Lasse åkte härifrån.

Hon kan vara den som dröjt längst med att förstå, den som slagit ifrån sig hårdast. Jag ger henne det. Jag tar de brottstycken jag sett och ger henne min tro på att hon är en kvinna som försöker göra vad hon tror är bäst. En kvinna som det inte heller är lätt för. Det är förfärligt när en närstående håller på att byta personlighet mot sin egen vilja. Mot allas vilja. Jag har inte förhört mig om var de står i sina planer, trots att det minst sagt angår mig. Jag har fått veta tillräckligt från huvudkällan direkt, alldeles oavsett dess alltmer tynande tillförlitlighet. Och så träffar jag Isabella regelbundet. Hon har inget med Linneas tillstånd att göra, men hon har med mitt.

Linnea bor kvar tills hon bestämmer annat, har hyresvärdinnan viftat undan. Ibland har jag funderat på att trotsa släktens regler och ingripa. En gång kom jag en bit men mötte Anki i dörren. Hon hade ett råttlikt par i släptåg. Jag har sett dem här tidigare och precis som då förde de nu ett obehag med sig. Jag ska inte lägga mig i, fick jag höra. Jag ska bara flytta härifrån.

Vi pratade om grabbar senaste gången jag fikade med Linnea. Söner. Det är en dryg månad sedan nu. Innan jag bjöd ner mig själv klev jag omkring på min övervåning och stressade upp mig för det jag ser hos Affe. Han ljuger och han stjäl och just i den stunden kände jag mig som en gravt handikappad far. Jag visste inte vad jag skulle göra. Jag behövde någon att dryfta ämnet med, någon annan än Affes mor.

Linnea är en pensionerad högstadielärarinna, en mycket klok sådan som dessutom inte drar sig för att säga vad hon tycker. Jag bestämde mig för att göra ett försök trots att Linnea talat om för mig att hon är mycket tröttare nu än förr.

Jag kände mig än mer handikappad när jag kom tillbaka upp senare. Halva natten låg jag vaken, lyssnade på den slamrande takplåten ovanför mitt huvud och tänkte på att livet ibland ter sig så förbannat orättvist.

Visdom går och ängslan kommer.

Hon dök upp från vardagsrummet när jag kom ner. Jag blev glad först. På håll såg hon så ordnad ut, uppiffad. Jag undrade om hon var på väg någonstans. Hon bara flinade åt mig och tyckte att jag var tokig som fick för mig något sådant.

Det skulle komma att dröja några minuter innan jag kände den nya lukten.

Hon bad mig sätta mig vid köksbordet. Några gamla korsord låg utspridda över bordet, ifyllda mycket sporadiskt. Det var inte som det brukade.

Linnea sa att hon tyckte att de hade gjort dem så mycket svårare nu, korsorden. Med viss möda slog hon sig ner mittemot mig och såg på mig, sökte bekräftelse.

"För visst är det väl så? Att de har blivit svårare?"

"Jag vet inget om korsord", sa jag. "Jag löser dem aldrig. Men det är säkert så, det är mycket som blir svårare överlag i samhället."

"Det kan lika väl vara jag, min vän. Det kan lika väl vara jag som håller på att tappa förståndet och korsorden är precis lika lätta som vanligt."

"Varför skulle det vara så? Herregud! Du är samma gamla vanliga Linnea, damen som ger mig och min son råd längs livets hårda stig. Du har alltid varit ovärderlig, du *är* ovärderlig!"

Jag fäste blicken vid min hyresvärdinna, höll den fast för att inge förtroende. Nu syntes det tydligt att hon smetat på läppstift en bra bit utanför läppkonturerna och att hon kletat gammal mascara kring resterna av sina ögonfransar. Hon hade svarta små klumpar här och där i fårorna kring ögonen och munnen gav intryck av att vara alldeles sned och oformlig. Det såg för bedrövligt ut och jag tittade bort. Jag hade aldrig sett henne sådan förut.

Hon log när jag tittade upp igen. Sa att jag alltid var så snäll. Jag sneglade mot kaffebryggaren men mina signaler gick inte fram. Jag frågade om hon var trött.

"Jestanes nej! Inte då. Jag ser att du behöver prata, snälla vän."

En lättnadens sten föll ner. Men den skulle inte få bli liggande utan smög sig upp mycket snart igen. Skulle hänga som ett ok tyngre än förut när jag omsider retirerade.

Linnea rotade runt i skafferiet som hon brukade och jag tittade ut över tomten. Resterna av den sista snön hade försvunnit med något som tedde sig som en stor plötslighet, bara dagarna innan. Jag mindes när jag fann min hyresvärdinna framför en nyplogad gång, med snösläde i högsta hugg och med en förbluffad dotter intill. Då var det smällkallt och massor av snö. Jag pekade ut genom fönstret. Sa vad jag tänkte på.

Tomhänt vände hon tillbaka från skafferiet, satte sig på en annan stol än förut. Hon kom närmare mig och det var nu jag kände lukten. Kvalmig, instängd, sjuk. Den kom och gick, försvann ibland.

Jag förnam mer, såg mer. Hon visste inte vad jag pratade om. Något hade hänt med hennes minne. Linnea som aldrig glömmer, tänkte jag. Hävdar det ibland som alla gamla, men kan aldrig bevisa det. Kommer med ständiga påpekanden som tyder på helkoll.

"Du vet, när Anki blev alldeles ställd för att du skottat allt själv", sa jag. "När du och jag blinkade åt varandra för att vi visste."

Linnea lyste upp. Spontant skrattade jag till, men skrattet självdog som en knall. Linnea mindes inte alls. Hon lyste upp, men det hon sa handlade om något helt annat. Det var en ren chansning från hennes sida. Hon låtsades bara minnas. Linnea skämdes för att hon inte kunde komma ihåg händelsen och därför hittade hon på något annat och hoppades. Under vakan skulle jag inse den stora skillnaden mellan vanlig glömska och denna. Jag tyckte att det var en vidrig insikt.

Till slut gick jag själv fram till kaffebryggaren för att sätta på ett par koppar åt oss. Vidbränt kaffe var fastsmetat i kannans botten. Jag fick några skarpa klor i armen.

"Låt mig göra det där!"

Medan hon stod och skrubbade tänkte jag att det var dags för ett nytt försök. Jag ville inte släppa min övertygelse. Jag tänkte att det kunde underlätta för henne också, få henne på bättre humör. Fick hon bara säga några goda visdomsord skulle hon säkert må bättre sedan.

Men vips så pratade hon om en annan pojke än den jag hade för avsikt. Hon nämnde hans namn och suckade. Jag tyckte inte om mig själv när jag noggrant följde Linneas bestyr med filtret, kaffet och vattnet, men jag var inte alls säker på att alla moment skulle bli rätt.

"Rasmus", suckade hon. "Rasmus, åh Rasmus. Vad ska det bli av den gossen?"

Bryggaren puttrade och Linnea vankade tillbaka till köksbordet. Hennes uppsyn slet i mig. Jag hade velat fösa henne till badrummet för att tvätta bort det där äckliga gamla sminket. Jag hade velat tvätta hela henne. Få fram den gamla vanliga därunder.

Mitt intresse av att prata om Ankis son, Linneas barnbarn, låg så långt bakom mina egna bekymmer att det inte alls syntes.

"Han var kavat när han var liten och nu har han blivit tillbakadragen. Han var framåt och vågade sig på saker och nu sitter han mest bara och ugglar. Stirrar in i datan. Han är fyllda sexton nu."

"Så han stjäl inte då? Han diktar inte upp en massa historier? Han är inget skilsmässobarn och han har inga dubbla pappor, det vet jag."

Det ryckte till i Linneas gamla ansikte. Ljuset från fönstret föll så att hon minst av allt såg ut som en kvinna med kraft att sköta en gammal villa på egen hand. Det var som ett bildbevis.

"Säkert har han ljugit", sa hon. "Jestanes, det har alla. Särskilt barn i en viss ålder gillar att överdriva så att de imponerar mer. Om ändå Rasmus gjort det istället för att vara likgiltig som nu."

Jag ville opponera mig. Ville protestera. Men jag frågade bara hur Rasmus blivit sådan.

Det kunde hon inte svara på.

Du *vet* att Affe hittar på historier, ville jag säga. Det har jag berättat för dig och du har hört det själv. Den där historien om mig som hjälte på blomvaruhuset till exempel, eller när Affe sa till sin mamma att Linnea var en rolig grabb i hans egen ålder. Det har jag berättat för dig, Linnea, jag har oroat mig inför dig och du har förstått mig.

Jag tittade upp på henne men jag sa inget av det där. Hennes min hade stoppat mig även om jag börjat. Nu frågade jag henne vad som var så roligt istället, för hon satt och formligen fånflinade med uttänjd clownmun framför mig.

Hon slog ifrån sig. Blicken långt utanför fönstret.

"Det är ingenting", sa hon. "Ingenting alls."

Jag gick ut försiktigare. Bad Linnea komma ihåg när Affe var här och hälsade på senast. Hon tittade på mig, blev djupt allvarlig.

"Det är klart att jag kommer ihåg. Den underbara gossen glömmer man aldrig. Vi hade en jättefin stund som alltid."

Jag funderade ett ögonblick.

"Sa han inget som kändes konstigt då? Visade en fantasi större än verkligheten liksom? Eller var det något annat som blev fel eller bara lite underligt?"

Linnea tog min hand över bordsskivan. Hon upprepade sig, medvetet.

"Du ska vara glad för att Affe är som han är och att han inte är som Rasmus. Stor fantasi är fantastiskt, det borde du förstå. Uppmuntra gossen är vad du borde göra."

Jag ville släppa hennes kalla och knotiga hand, men höll mig kvar i den en stund. Andedräkten som lade sig i luften mellan oss fick mig att andas genom munnen.

"Alfred har *aldrig* ljugit så att jag har hört det", fortsatte hon. "Och att han skulle ha *stulit*? Vad yrar du om? Jestanes! Varför skulle Alfred stjäla? Det hade jag minsann fått reda på i så fall."

Jag lät henne veta att Affe var fundersam och orolig när han kom upp härifrån förra gången. Rädd rentav. En rynka djupnade mellan Linneas ögon. Min hand gled ur hennes och så trängde en pust av kroppsodörer genom kaffelukten igen, kaffelukten som blivit stickande. Linnea stapplade till när hon steg upp och mina armar sträcktes instinktivt ut en bit för att kunna fånga upp henne. Men hon fann snabbt balans igen och ställde sig vid bryggaren med ryggen mot mig.

Hon vände sig om med ny frenesi. Svart kaffe skvalpade i kannan som hon höll i handen.

"Du har en besynnerlig ton när du pratar om din son", fräste hon. "Du har en besynnerlig ton när du pratar om Linnea, om *mig*. Vad menar du när du frågar så där? Alfred och jag satt och löste korsord tillsammans när han var här, precis som så många gånger förr, och vi drack saft och åt bullar som alltid. Vi skojade och hade roligt. Alfred var nyfiken och vetgirig. Och hör sen!"

Linnea tog några steg mot bordet igen. Kisade med ögonen.

"Jo, så var det ju!" utropade hon. "Det var ju den gången jag hjälpte honom med att sy fast den där knappen som hade lossnat från byxorna. Vi gick in i sovrummet där jag har min symaskin och så sydde vi tillbaka knappen tillsammans."

Hon började hälla upp kaffe trots att inga koppar stod på bordet, men hejdade sig i sista stund. Jag ropade vänta och på min väg mot köksskåpen lade jag handen på hennes axel för att stilla henne. Jag tog fram två koppar åt oss.

"Vi sydde i knappar. Om det är det du menar med att något konstigt hände så får det väl vara så. Jag och Alfred sydde i knappar och så var det med det."

Linnea log snällt mot mig igen, nickade till skål med det alldeles för starka kaffet. Om sy fast knappar var samma sak som att skandera om sin avlidne man Kurt rakt upp i ansiktet på min unge son och sedan stupa i soffan medan maten brändes vid på spisplattan, så visst. Då var det precis vad de gjorde.

Jag hade inte trott att min tioårings ord skulle väga tyngre än kloka Linneas. Min drömmande tioåring mot den skarpsynta lärarinnan. Nu var det som om Linnea ljög och Affe talade sanning.

Det skulle komma mer om Kurre. Rasmus var en hejare på att sköta om det praktiska, skulle jag veta. Rasmus fixade och donade och han gjorde det obemärkt. Ingen såg när han jobbade, men det märktes desto mer när han var klar. Alla var så imponerade.

Jag försökte se frågande ut men Linnea fortsatte oberört.

"Jag har klarat mig utan Rasmus i många år nu. Det är svårt att veta hur det har gått till, men på något sätt har jag klarat mig."

Hon gjorde en kort paus, kom lite närmare och fick den där glimten i ögat, precis som den gamla vanliga Linnea. Jag kände mig ledsen. Glimten var härlig att se men när var det för sista gången? Nu, i denna stund?

Hon höll mig om underarmen och sa att jag skulle veta att det hade gått alldeles utmärkt. Allt hade gått *alldeles utmärkt* sedan Rasmus gick bort från henne. Folk kunde inte ana hur bra det hade gått.

"Rasmus var vacker på många sätt", sa hon. "Både på ytan och under den. Men där fanns lika mycket som var svart. Svart som synden. Det är viktigt att du får veta det. Rasmus var en djävul."

Precis när hon sa det sista hörde hon att något lät fel. Jag lade handen på hennes.

"Det var inte alltid så lätt att leva med Kurre, Linnea. Det förstår jag. Han var sjöman och mycket borta hemifrån."

Hon avbröt mig genom sitt blotta kroppsspråk. Skammen i hennes nersölade ögon sved.

"Det där med namnet gör inget", sa jag. "Absolut inget".

Hon skakade bara på huvudet nu. Vi satt och höll varandras händer och jag struntade i den unkna lukten som då och då gjorde sig påmind, jag struntade i det kollapsade ansiktet.

När jag gick sa Linnea att hon inte kunde bestämma vad som var värst. Att leva med Kurt eller att leva med det som höll på att hända nu.

Med det som håller på att hända nu, inuti henne själv.

20

Det blev spänt mellan Isabella och mig. Vi hade packat en picknickkorg och gett oss iväg för en måltid ute i det gröna vid Taxinge slott. Helmysig idé förstås. Men böjd över den uppdukade kycklingsalladen hade jag en förmåga att tangera känsliga ämnen den här dagen. Ett tag var jag rädd för att jag hade försagt mig ordentligt och att det hade kunnat bli svårt att reparera. Jag var och är inte redo att avslöja mig, även om jag anar att det en dag kommer att bli oundvikligt.

"Läkare?" frågade hon storögt med munnen full av baguette. "Var får du det ifrån? Jag har väl sagt till dig att det är några kurser i kulturgeografi jag har läst? Läkare! Det är nåt helt annat än några enstaka strokurser det."

Ett par brödsmulor kom fientligt flygande från hennes spända läppar.

"Ja, jo ... du har nog sagt det ja. Jag vet inte var jag fick det där ifrån. Jag tyckte väl att du var läkartypen bara. Det skulle du kunna vara."

Det blev en hyfsad komplimang av det hela, tyckte jag.

"Det lät bara som om du förutsatte det, liksom en självklarhet", sa Isabella. "Att jag var mitt uppe i pluggandet till läkare. Hur skulle det vara möjligt? Man undrar hur mycket du blandar ihop."

Hennes avoghet förvånade mig. Kycklingen antog en annan smak ett tag. Några tuggor blev kyligare, mer metalliska. Vissa felsägningar får Isabella att reagera oväntat hårt. Om fakta inte går ihop, om jag ändrar mig från en dag till en annan på någon till synes oväsentlig punkt kan jag rubba hennes lugn. Vanligtvis är hon tryggheten och trevligheten själv, men så ibland händer något.

Jag ändrade ställning på filten, försökte föra läkarpratet ut på alldagligare bredder och så log jag mitt vänligaste leende. Då smakade kycklingen genast bättre igen.

Isabella tog den tomma behållaren som det varit sallad i och fyllde den med skräp som vi producerat. Det gick knappt att få på locket igen, ändå låg rester kvar över halva filten. Brödrester, flottiga servetter, stänk av sås. Jag hjälpte henne.

"Jag går", sa hon.

Jag låg på mage och tittade efter henne när hon stegade iväg mot soptunnan i närheten. Saker stämde, saker stämde inte. Genom Filips ord hade jag bekantat mig med hans Isabella, trodde jag naivt. Men nu när jag hade den äkta varan i min närhet var upplevelsen en helt annan. Kroppen jag såg där från mitt grodperspektiv var inte Filips kvinnas kropp. Jag fick inte till det. Det var samma Isabella som i fotoalbumen, men på alltfler punkter en annan Isabella än den jag trodde var Filips.

Hon kom tillbaka och låren välvde sig med benens rörelser över gräset. Alltigenom solbränd hud över vader och lår, utsmyckad med en större mängd leverfläckar. Hon hade bikini direkt under kjolen och jag såg den tydligt när hon stod framför mig innan hon lade sig ner. Det kan mycket väl ha varit meningen.

"Jag tycker att det här är så underbart skönt", sa hon.

"Att ligga på en filt i solen och bara lata sig, det är livet det. Jag håller fullständigt med dig."

Jag lade mig på rygg med händerna vid nacken, sträckte på mig.

"Inte bara det", sa Isabella. "Det är mer för mig. Det är en sån skillnad. Allt är så lugnt nu."

"Jämfört med när då, menar du?"

"Tidigare i livet, helt enkelt. I tidigare förhållanden."

"Okej. Tänker du på nån särskild?"

Som om jag inte visste.

"Mest tänker jag på Filip", efter kort tvekan. "Min förra kille."

Aha, orsaken till att du och jag ligger här i gräset just nu, tänkte jag.

"Det var ett sånt skådespel där, hela tiden", fortsatte hon. "Det var så stissigt. Upptrissat, ansträngt liksom. Ja herregud, du skulle bara veta hur det blev på slutet. Egentligen var det väl likadant under hela vårt förhållande, men det var först på slutet jag började fatta. Det var först då jag hajade vad allting hade varit. Förgängligt ända från början. Nämen förlåt, Teo! Jag ska inte ösa det här över dig. Det är bara skit, det jag pratar om. Det ska inte du behöva ta. Det fina är att det är en sån skillnad nu. Ni är så olika att man knappt tror det är sant."

"Oj då. Det är verkligen så va?"

"Ja, det är *verkligen* så."

I solsteket och den lätta brisen över filten tänkte jag att nu är det dags.

"Nej, Teo", förekom hon mig, "säg inget mer. Inte om det, inte om honom. Han är inte värd att prata om. Jag vill inte. Det är värre än du kan tro."

Jag kunde inget annat än respektera hennes vilja. Med upptäckten av hennes nya ansikte kunde jag inget annat. Ett lidande och en smärta jag inte sett förut.

Lite senare såg vi några mopeder köra upp vid kaféet längre upp i backen och jag hörde mig själv sätta igång.

"Man undrar över alla de där moderna mopparna ibland", sa jag. "Hur fort de går egentligen, hur det är med klasstillhörigheten och så. Jag tycker att de kommer i världens fart ibland, med knappt könsmogna killar och tjejer som kör."

"Jo."

"Det är ändå bra att man måste ha förarbevis för de starkare mopparna nuförtiden, de som får gå i fyrtiofem. Klass I enligt EU, du vet. Frågan är hur lätta de är att trimma sen bara."

"Jo, frågan är väl det."

"Men det är klart, de kan vara nog så farliga redan i fyrtiofem knutar. Speciellt om man är för ung och kör utan förarbevis. Och om hjälmen inte ens sitter på ordentligt."

Nu sa Isabella ingenting. Hon låg och tittade upp i himlen. Jag var absolut inte ute efter att provocera.

"Jag har aldrig provat en sån där modern", fortsatte jag oskyldigt. "Det var helt andra moppar på min tid. Hur är de att köra, de nya?"

Isabella såg på mig nu, allvarligt.

"Är du intresserad av nya mopeder?" frågade hon.

"Nej, inte vet jag, jag hade ett uppdrag för Trafikverket en gång och då ... Nja, egentligen höll jag inte alls på med frågor om fordonsklassning och sånt. Jag kom att tänka på det nu bara."

"Borde *jag* veta hur de är att köra?"

"Inte vet jag. Jag bara tänkte."

"Jag bryr mig inte om mopeder. De intresserar mig inte alls, förstår du det?"

Tillsammans stod vi och skakade filten och när vi skulle vika ihop den tog vi ett par steg mot varandra. Mina fingrar snuddade vid hennes. Då fångade hon mina handleder och sa förlåt.

"För vadå?" undrade jag fast jag visste.

"För att jag var så otrevlig nyss."

"Ingen fara, verkligen. Jag märkte det knappt."

"Jag har inga vidare minnen av mopeder bara. Det är bara det. Jag påminns om jobbiga saker. Helst vill jag inte det nu. Är det okej?"

Jag behövde bara nicka så var ämnet släppt. Inget mer prat om det, bestämde Isabella. Men något hängde fortfarande kvar i henne när vi satte oss i bilen och åkte hem.

*

Jag är på väg till henne nu. Hon vill träffa mig. Väldigt gärna vill hon träffa mig. Det har inte avtagit det minsta, tvärtom. Hon ger intryck av att behöva mig. Hon säger att hon tycker om mig, jättemycket. Jag vet inte om det var smicker jag kände när jag lade på luren och genast packade för att ge mig iväg. Det satte sig som en tryckande klump i halsen.

Innan hon ringde försökte jag löpträna igen, men det gick inte bra. Jag hade inget flyt. Stapplade som en annan otränad plattfot och svettades ymnigare än någonsin. Jag tyckte att folk tittade efter mig där jag stånkade fram som en höggravid. Trots att det gick mycket långsamt hade jag svårt att få stopp utanför Linneas grind. Mobilen gled ur min hand och hamnade i ogräsrabatten just som jag skulle kolla löparappen. Istället för löparapp blev det Isabella. Det var nog lika bra.

Jag springer flera gånger i veckan och ändå tar jag bilen till Isabella. Jag skulle lätt kunna anlita apostlahästarna, till och med när de är urlakade som idag, längre än så är det inte. Det finns ställen på jorden där folk springer till vardags för att nå ett geografiskt mål. Det har jag sett på TV. Men jag, jag skenar runt runt i ett specialanpassat motionsspår för att en stund senare komma tillbaka till samma plats där jag startade. Och sedan tar jag bilen för att miljövidrigt åka den korta bit jag ska. Kunde bli ett finurligt inlägg i någon tidning det där, med den vinklingen.

Jag styr ut i trafiken och jag tänker på Oskar igen. Han var fjorton år när han förolyckades. Affe är tio nu och han tittar redan lystet efter ylande tvåhjulingar längs gatorna.

Hur mycket har Filips försvinnande med Oskar att göra? Säkert har det inverkat, det vore inte mänskligt annars. Isabella måste ha tagit mycket av Filips sorg. Jag fick en del av den, vilket jag är mycket tacksam för, men Isabella måste ha fått mer.

Jag tror att hon led med honom. Jag tror att han ältade inför henne och att hon fick klappa den store mannen som ett barn och säga att Oskar har det bra där han är nu. Jag tror att hon fick lyssna på vredesutbrott mot rattfulla, men allra mest vredesutbrott mot Filip själv som tog sitt livs sämsta beslut den där sena kvällen i kråkslottet i Källsta. Isabella må tycka illa om honom nu, men jag tror att hon var ett utmärkt stöd för honom då.

Hon älskade honom då.

Jag älskade honom då.

Något annat vill jag inte tro.

Jag är tidig och saktar ner farten. Vill inte komma fram så långt före utsatt tid, det vore ohövligt. Isabella kan ha annat för sig.

Bilen bakom mig blinkar med helljuset. Den glider då och då in mot mitten av körbanan, vill gärna köra om. Jag som ändå håller laglig fart. Vi är mitt inne i stan på en enfilig väg, men den här killen har tänkt köra om ändå. Jag blir villrådig.

Jag gasar på. Han bakom halkar efter först, men närmar sig kvickt igen. Vi stannar vid ett rödljus och bilen lägger sig som klistrad vid mitt bakparti. Förarens silhuett avtecknar sig i min backspegel. Han har något slags figur snörad vid sin backspegel, dinglande som en förbannad koskälla. Jag känner en irritation bubbla upp, jobbar på att mota undan den.

När det slår om till grönt viker jag av till höger fast jag inte skulle det. Utan blinkers. Krypkör längs kanten och ser att killen bakom först tänker köra rakt och försvinna från mig, men så gör han en snäv gir och kommer ikapp mig med vrålande motor. Han bromsar hårt alldeles vid min stötfångare. Strålkastarna är ilskna, grillen säger H som i Honda. H som i Häckla.

Vi är inne i ett bostadsområde med smala gator nu, max tillåtna fart trettio. Jag håller tjugofem. Lusten är stor att lägga mig i mittfåran och köra om möjligt ännu långsammare, men jag motar undan den också. Jag håller mig långt ut vid kanten istället, skrapar nästan emot ett staket. Då varvas motorn upp bakom mig, den lilla bilen sicksackar över vägen med snabba rörelser och samtidigt ser jag en knallröd moped dyka upp på en smal tvärgata längre fram. En modern moped täckt av plastkåpor. Föraren saknar hjälm, hon står upp och kör, ändan är lyft från sadeln.

Då signalerar silhuetten i min backspegel. Den dåren tutar på mig. Vi har ökat farten. Flickan på mopeden åker i nerförsbacke och närmar sig snabbt korsningen, vi närmar oss också. Jag förstår inte varför hon inte vänder huvudet åt vårt håll med tanke på alla ljud härifrån. Hon måste ju höra oss.

Borde jag stanna? Gör jag det blir jag säkert omkörd direkt och vad händer därframme då? Borde jag ställa bilen på tvären och blockera? Det låter så drastiskt, som vore jag någon jädra trafikpolis.

Min hjärtfrekvens har ökat. Pannan har blivit blank.

Det är frågan om sekunder nu, om ens det. Det jag gör hinner jag inte analysera först. Jag måste bara göra. Min bil kryper, den rör sig in mot mitten, killen bakom laddar, figuren i hans innerbackspegel dinglar frenetiskt. Flickan vänder sig äntligen mot oss, jag ser att hon reagerar, men jag tror att det kan vara för sent. Hon dunsar ner med baken på sin sadel, hennes nästa moment lär vara att försöka bromsa.

Han bakom mig kan inte ha fattat någonting, för nu gasar han för allt vad tygen håller och jag uppfattar att han är på väg om mig, mycket nära på vänster sida. Jag tror att jag bromsar, håller kvar foten på pedalen, hårt pressad trots att jag stått stilla ett tag. Jag vill gestikulera yvigt mot flickan på mopeden, jag vill få henne att göra det hon inte är förmögen att göra.

Framme vid nästa korsning ser jag den blå bilens bromsljus skina, det knycker till om karossen, bilen viker av och försvinner runt ett hörn. Sedan är den borta.

Det dunkar i öronen. Kroppen rister av mina egna hjärtslag.

Framför mig är det tomt. Jag uppfattade en duns, men sedan försvann allt. Jag står stilla, på tomterna runtomkring är det också helt stilla. Solen ligger halvt dold bakom några moln och det är varmt, men ingen är ute på sin gräsmatta. Jag märker att motorn går på tomgång och stänger av den. När jag öppnar dörren för att stiga ur ser jag. Kalufsen är blond och yvig, den reser sig framför min motorhuv.

Jag rusar ut. Himmelska makter, det var ju det jag visste hela tiden. Dunsen jag hörde var mopeden mot min bil, dess framhjul milt gnuggande min stötfångare. Jag fungerade som barriär för fartdåren. Jag räddade flickan. Men utan mig hade hela situationen aldrig uppstått. Något brister i mig.

"Du är okej va? Du är väl okej?"

Mina skakande händer framför flickan, förvissar mig. Sedan sätter jag av utmed den tomma gatan.

"Din jävla idiot! Förbannades jävla idiot! Vem fan tror du att du är, va? Svin som du förtjänar inte att ha körkort! Kom tillbaka, din satans fähund! Kom tillbaka så ska jag slå dig, jag ska slå dig så jävla hårt!"

Det ekar mellan husen.

Jag saktar av på stegen, snubblar och tar emot mig med en handflata och ett knä. Gruskorn river upp sår. Jag kommer till sans och skammen lappar till mig i ansiktet så att det svider om kinderna. Jag linkar tillbaka.

Flickan lutar sig mot min bil, fumlar med en mobil som inte vill lyda. När jag är framme tar hon tag i sin liggande moped men har inga krafter att lyfta den. Hon vill inte se mig i ögonen.

"Du", säger jag och böjer mig ner. Jag lyfter mopeden och hon sträcker sig efter styret. Hon tar det, jag släpper. "Förlåt. Herregud, hur gick det? Jag ber verkligen om ursäkt."

Hon mumlar ett bra, granskar sin moped och jag granskar henne. Jag ser inte en skråma. Hon har bara ben och bara armar, hon bär ingen hjälm och jag ser inte en skråma på henne. Från min ena hand rinner en tunn strimma blod.

"Helt otroligt", säger jag.

Min röst är ljus och konstig.

Flickan petar på en röd kåpa som har spruckit och sitter löst. Jag rör vid henne och hon ryggar kraftigt tillbaka, tappar nästan balansen när hon grenslar mopeden. Hon förbereder start, rycker i kåpan och svär tyst för sig själv.

"Du borde ha hjälm, hördu. Du borde verkligen ha hjälm. Jag har faktiskt en kompis och hans grabb körde sin moppe utan att ha hjälmen fastspänd, och han ..."

Motorn startar vid första försöket. Flickan gasar iväg och jag står kvar och tittar efter henne. Är glad för att ingen lagt sig i vår incident, för att ingen kommit fram och tjafsat. Jag tittar förläget omkring mig. Det dunkar inte i öronen längre, men jag känner en lätt yrsel.

I bilen rotar jag efter näsdukar. Väter en med saliv och torkar bort stelnat blod från handen. Jag är svettig över hela kroppen och skakar fortfarande. Måste vänta en stund innan jag kan köra.

Jag skäms så svårt att jag är nära att ta till lipen.

*

Det finns en Anna Grind i Rönninge och det är Filips syster. Enligt honom själv har han inga syskon. Enligt Filip själv är hans mor en bra kvinna som hittat en bra andra man och hans far är en svag svikare som ligger som en ömklig rest på en anstalt någonstans.

Enligt Filip själv.

Jag minns en gång när vi satt i huset i Källsta, bara han och jag. Det tragiska hade ännu inte hänt, Filips dröm om en idyll i lantlig miljö hade ännu inte spruckit. Han satt där i snickarbyxor.

Han drömde om att kunna ha något som barnen skulle älska, en plats som de skulle tycka så mycket om att de ville återkomma så fort de bara kunde. Han ville att de skulle växa och mogna där. De skulle välja den platsen om de vuxna frågade, Filips plats. De skulle välja pappa. Jag tror att hela Källsta-idén var den.

Vi pratade om barn och åt rabarberpaj i det rustika köket. Filips rabarberodlingar var så omfattande att de växte honom över huvudet om han inte gjorde något av dem och bakade paj som besatt. Nämnda huvud for bakåt i ett bedövande högt skratt när han sa det. På en väl synlig krok i köket hängde hans kompletta bagarutstyrsel, lagom mjölig.

Inte långt innan hade fikaämnet på OrxLite varit vikten av syskon. Kollegorna satt och sa på fullaste allvar att bestämde man sig för att sätta ett barn till världen skulle man också vara beredd på att skaffa flera. Annat var rent ansvarslöst.

Aldrig mer fika i det här rummet, tänkte jag.

"Jag är ensambarn", sa Filip när han tornade upp sig i dörrhålet. "Se bara vad sånt kan göra med en människa. Så skadad man kan bli. Helt vriden för resten av livet. Därför har jag sett till att skaffa två barn själv. Vad tycker ni om det?"

Snabbt fortsatte han:

"Tretton, snart fjorton och åtta, snart nio. Oskar och Ellen. Jag älskar dem över allt annat."

Silverstrand trängde sig in mitt i klungan av efternamn och valde en Strandbergs axlar för sina masserande händer. Hon sjönk ner en bit av hans kraft, log liderligt.

"Rivaler?" frågade han och tittade på var och en. "Jodå, mina ungar också. Ibland. Jag hade gärna haft en rival när jag växte upp. Bättre än ingen alls. Bortskämda kan vi bli, vi ensamma. Och det gör livets läxa hårdare för oss. Ta en titt på mig och bedöm själva."

Han satte sig och Strandberg strök tacksamt sin rödflammiga nacke efter beröringen. Filip sa att det kanske inte alltid var meningen, det som blev.

"Det är mycket möjligt att man skulle ha fått ett syskon. Eller två. Tusen anledningar kan ha funnits till att det inte blev så."

En König tappade sin kaffemugg på golvet precis då. Det small som ett pistolskott. Hans händer skakade okontrollerat när han kröp omkring för att samla ihop skärvorna i den bruna blötan. Det krävdes blodvite för att någon skulle rycka in och hjälpa till.

Min vän skulle berätta mer över rabarberpajen hemma bara någon dag senare.

Jag fick mycket vaniljsås, hemlagad förstås. Filip bad mig hälla på mer, viftade med handen mot tillbringaren. Pajen var inte för sur ens utan sås.

"De försökte, men de kunde inte få fler", sa han. "Mina föräldrar. De kunde inte få fler ungar. Jag blev deras enda."

Jag tittade upp på honom.

"I mitt fall var det aldrig meningen att bli några fler", sa jag. "Om det ens var meningen med mig."

Filip granskade mig eftertänksamt med sina varma ögon.

"Du pratar om din grabb ibland", sa han.

"Affe? Gör jag?"

"Ja, det gör du. Jag har inte känt dig så länge, men du har pratat om honom många gånger."

"Jo, det är väl så man gör."

"Ja herregud, visst är det så man gör."

Filips rörelser över den kraftiga gamla bordsskivan blev mer målinriktade. Som om en paralys hade släppt.

"Jag har också en grabb", sa han. "Oskar."

"Jag vet."

"Oskar kom först och sen Ellen. Så sitter man där med två och älskar dem båda lika mycket. Det var aldrig några problem för mig, så tydligen gick det inte i arv i alla fall." Gester mot skrevet. "Problemet med avlandet."

"Nej, just det."

"Teo, ta inte det jag säger personligt alla gånger. Jag tänker på det där med ensambarn och syskon och det. Du är ensambarn och har bara en unge själv. Och? Du hade strul med förhållandet och då kan det bli så. Det kan hända vem som helst och sen kanske tiden aldrig kommer för att fixa fler. Eller så ändrar man sig, byter riktning, blir en annan människa. Jag har för farao också haft en sjujäkla massa strul med kvinnor … ja, med förhållanden i allmänhet. Det är bara så mänskligt, så förbaskat mänskligt."

"Jag och Vickan", sa jag, "vi planerade aldrig fler."

"Nej, det är klart. Du kanske valde att bli en annan människa, en som älskar men inte avlar. Det är ju det jag menar! Det finns inga rätt och fel."

Filip plockade undan från bordet. Ställde resterna i kylskåpet. När han stod där sa han att det var så skönt med svalkan, man blev så varm av att gå omkring i snickarbyxor. Han fällde ner hängslena, band dem runt midjan.

"Är det okej?" frågade han och krängde av sig T-tröjan utan att invänta svar. Slängde den över en stol och vände sin bara framsida mot mig. "Puh, skönt. Du Teo, värre var det för morsan och farsan. Jag har hört att de fick hjälp. För att få mig till slut, menar jag. Jag vet inte vad för slags hjälp man kunde få på den tiden. Det har aldrig gått att prata med dem om det. Men ryktet säger att de var nära att ge upp. Att bilda familj var för farao hela grejen på deras tid, man förstår hur de måste ha mått. Fattiga och så problem med att skaffa barn till på köpet. Ibland tycker jag synd om morsan."

Filip kom och satte sig på kanten av den grova bordsskivan, nära mig. Bringan var renrakad nu, senast hade den varit hårig. Det ryckte lite i hans breda bröstmuskler, han tittade på dem i tur och ordning. På min seniga kropp hade oönskad svett brutit fram. Jag visste inte vart jag skulle titta.

"Jag är i alla fall hemskt glad för att jag skaffade två", sa han drömmande. Sedan for han upp, kysste sina handflator och sträckte dem mot taket, gnuggade dem i luften. Ylade att en högre makt varit inblandad.

"Fattar du Teo, jag har inte den formella vårdnaden om dem, men jag är så jävla lycklig för att de finns. Annars vet man aldrig om jag hade funnits."

Så vände han sig mot mig igen, sänkte rösten och kom närmare.

"Fattar du, Teo?"

*

Fattar du, Filip?

Det är något fel med det du har sagt, med det du har levt för, brunnit för. Det är inte bara det att du förnekar din systers existens och Gud vet hur många andra syskons, även om det förstås är illa nog.

Det är något mer. Det är något stort, för en ensam människa mycket stort. Och mycket, mycket sorgligt.

Jag gick till sängs och formulerade tanken:

Trådar som vävts under lång tid och som bildat ett tjockt och svart nystan som växt till ett ogenomträngligt virrvarr, ett virrvarr som det aldrig var meningen att någon skulle behöva nysta upp.

Vad händer om någon nystar upp det trots allt?

När jag vaknade morgonen efter kom jag tydligt ihåg mina slutord strax innan sömnen tog vid. Det var inga ord som kunde föra mig mot en fin dag fylld av framtidshopp. Ändå var jag stolt över dem.

Tycker du att jag borde vara det, Filip? Stolt över dem? Stolt för att de är en insikt?

21

"Affe ljuger", säger jag till Isabella.

Jag ser henne inte, hon har precis gått in i ett annat rum. Jag bara hasplade ur mig orden. Hon ger inget svar, men jag vet att hon hörde mig.

När hon visar sig har hon bytt om till mjuka inneshorts och ett tunt linne. Hon ler när hon passerar dörröppningen till rummet där jag sitter. Tänderna blottas vid minsta leende. De tycks allt vitare till hennes solb-brända hy. Det har varit en väldigt varm sommar.

Isabellas soffa är pösig. Det är tyst sånär som på ett avläg-set dunsande från en granne. Jag för fingret över nya plåstret i handflatan. Petar naglarna, synar dem. Är hon borta för länge från rummet finns risk för att jag börjar känna mig kusligt handlingsförlamad.

Till slut dyker hon upp. Hon har en rödvinsflaska och två glas med sig. Det har gått precis så lång tid att jag måste upp-repa vad jag sa om glöden inte ska slockna.

"Åh, lite rödvin, säger jag först. "Don Manuel."

Då ringer hennes telefon.

Isabella suckar och ursäktar sig. Hon halvspringer iväg över golvet medan hon tar upp telefonen och tittar på dis-playen. Hon slinker in i sovrummet och stänger dörren bakom sig. Jag hör hennes milda och sensuella röst gå på därinne, men jag uppfattar inget sammanhang.

Minuterna går, de blir snabbt många. Lätt uttråkad får jag syn på några askar på hyllan under bordsskivan. Jag tar upp en av dem, tittar på den. Revexan Forte, kutan lösning mot håravfall. Isabella säger att det är till hennes halvbror Stefan. Nu igen? Jag fnissar för mig själv.

När hon kommer tillbaka ska jag berätta att Affe ljuger igen. Det är absolut inget att fnissa åt. Jag blir allvarlig vid blotta tanken på det.

"Har du inte öppnat?" frågar hon och dinglar en korkskruv mellan fingrarna. Hon skrattar till. "Får jag flaskan så sköter jag den biten. Gud vad jag är sugen!"

Jag räcker henne flaskan och hon utför sitt uppdrag med effektivitet. Nu är ett sådant ögonblick då hon blir manhaftig igen. Men det blir kort. När korken är ur sätter hon sig ner och för ihop knäna. Höfterna ter sig breda och lårens överdelar bildar en mjuk rundel tillsammans med ändan.

"Det var Lisa som ringde", säger hon och häller upp. "En kompis. Förlåt för att jag svamlade så länge, jag ber verkligen om ursäkt. Det var oartigt av mig. Så gör man inte när man har gäster."

"Det gjorde inget."

"Hon var lite upprörd. Jag var tvungen att lugna henne."

Isabella har fångat upp en del av kompisens upprördhet och den har lagt sig som en tunn hinna över henne. Den är nästan helt genomskinlig, men den finns där. Jag tror att hon behöver vin och en fortsatt lugn kväll för att få bort den.

Kanske behöver hon mer.

Hon berättar omständligt och onödigt detaljrikt om vad det var som fattades denna Lisa, och jag känner hur mitt ämne långsamt nödgas skjutas på framtiden. Jag skruvar på mig, nickar och hummar, dricker små små mängder i många många klunkar. Glaset far som en jojo upp och ner. Lisa har bråkat med sin pojkvän igen. Oj då, så det kan gå.

Men så nämns hans namn. Pojkvännens. Det är ett ovanligt namn och jag reagerar direkt. Lisa sa mig inget, men Torben sätter klockorna på ringning. Torben och Lisa. Lisa och Torben.

Värdparet. Paret som höll i grillfesten på Mörkö som jag haft i så färskt minne ända sedan jag fick Filips brev. Värdparet som fick låna pengar av sin gode vän Filip för att kunna ställa till med sin bjudning. Lisa och Torben som lånade stället men hävdade att det var deras. Så som Filip sa.

Och lusthuset. Så gult och med så mycket glas. Mitt minne av minnena har hållit sig färskt som en nyplockad frukt.

"Men de håller ihop i alla fall", säger Isabella och tittar ner i sitt vinglas. Tänderna har blivit fläckade av mörkrött. "Alltid ihop. Alltid Torben och Lisa. De är som en institution, knakande ibland, men ändå. En institution."

Hennes min bakom glasbrädden är talande. Hon själv är inte del av någon institution. Jag blir frånvarande, och det är inte vinets fel. Men märks det kan jag alltid skylla på det.

De har gjort slut, sa Filip en gång. Vi satt på en restaurang i stan, en tid efter Mörkö-festen, och han sa det med sarkasm. Med Lisa och Torben är det finito för länge sedan, hånskrockade han. Sarkasmen gör att jag kan minnas samtalet i detalj. Jag blev så förvånad. Jag hade fått tydliga intryck av att han gillade dem, framför allt Lisa.

Somliga saker om Filip vet jag mer om än Isabella. Delar av hans äventyr vet jag mer om än någon annan. Privata saker. Allt som hände på den där på Mörkö-festen vet nog ingen av oss.

Men en sak vet vi båda. Filip och trohet är inte alltid förenliga.

"Hur var det med henne nu då?" frågar jag. "Lisa? Fick ni nån rätsida på hennes problem?"

"Det var inte så farligt när det väl kom till kritan. Får man bara snacka så blir allt bra igen sen. Med Lisa är det alltid så."

Isabella sätter sig i skräddarställning i soffan och håller glaset i båda händerna framför skrevet. Hennes fötter är nakna och jag ser förhårdnader på fotsulorna. Hon borde unna sig ett långt och härligt fotbad. Av någon anledning tycker jag inte att Filip borde ha haft en partner med sådana fotsulor. Filips Isabella ska inte ha sådana fotsulor. Han lät inte sådan när han pratade om henne.

"Är hon en av dina bättre vänner?" frågar jag.

"Ja, det kan man säga. Lisa är bra."

Så följer en nedslagen blick och en rynka av något tråkigt och ledsamt mellan ögonbrynen, något som ligger i det förflutna och därför ändå är förlåtet. Jag bara gissar.

Jag är nära att säga att jag också tyckte att Lisa verkade bra. Kanske borde jag säga det också, helt sonika tala om att jag varit på samma fest som hon. Jag tar en större klunk rödvin och försöker se tankfull ut.

"Man går igenom så mycket med sina bästa vänner", säger jag. "Umgås man mycket får man se många sidor. Ibland får man lov att acceptera sidor man inte tycker så mycket om. Och det är väl det som är grejen med riktigt bra vänner. Att man får tåla hela paketet liksom. Och att man gör det utan att bryta."

"Tänker du på nåt särskilt? Har du nån sån vän?"

"Jag? Nej, inte egentligen. Inte nu längre."

Isabella kommer närmare. Det doftar kvinnlig empati.

"Är du ledsen?" frågar hon.

"Jag? Verkar det så? Jag är inte alls ledsen. Med så här gott vin kan man inte vara ledsen."

"Det var billigt."

"Det spelar ingen roll. Jag är ingen finsmakare."

"Det kan jag vara. Ibland."

Ögonkastet gör mig generad. Det har blivit mer och mer av det här. När jag är kvar hos Isabella efter mörkrets inbrott kommer det. Jag kan inte riktigt förstå det. Jag tänker på Filip och kan inte förstå det. Vad har jag att erbjuda?

"Har en kompis gjort dig besviken nån gång?" frågar jag.

Isabella ändrar hållning, ställer ifrån sig glaset på bordet.

"Så är det", svarar hon. "Det är klart att man blivit besviken."

Hon fokuserar väggen i andra änden av rummet, kisar med ögonen. Jag säger:

"Det måste vara extra jobbigt om det handlar om allvarliga saker. Personliga, som otrohet och sånt."

Isabella håller kvar blicken, säger inget.

Jesper dyker upp på näthinnan. Jesper som är en så bra kille och som bad mig ljuga för honom precis som han själv ljuger för sin fru. *Han* gjorde mig besviken. Han dyker upp men han vänder sig bort i skam, precis som han gjort i verkligheten. I hans ställe dyker ett annat ansikte upp. Detta evinnerliga ansikte, alltid detta ansikte, ansiktet som med sina stora bruna ögon i tid och otid strider om bådas vår uppmärksamhet.

Isabellas och min.

"Vad var det som gjorde att det tog slut mellan dig och Filip?"

Svaret blir inte det väntade. Jag trodde på ett syrligt ord och kalla handen, men Isabella är tillmötesgående.

"Det var ett helt paket med grejer", säger hon lugnt. "Jag har aldrig blivit så sårad i hela mitt liv. Det är helt sjukt, du skulle aldrig förstå. Knappt nån kan förstå. Man tror inte att det finns. Att det ska kunna hända en själv. Det finns inget normalt i det."

Otrohet, detta svärtade ord. Det fanns något mellan Lisa och Filip på Mörkö, jag har hela tiden varit säker på att jag såg något. Det fanns känslor mellan dem, känslor av det slag som hårfint balanserar mellan åtrå och motvilja. Känslor som kan skifta laddning med hjälp av mycket små medel. Som några droppar sprit en sommarnatt.

Isabella har blivit besviken på en vän och hon blev sårad av Filip. Filip kunde inte vara trogen. Han rörde sig i parallella världar och i somliga av dem fanns inte Isabella. Där fanns istället andra, som Lisa. Mindre betydelsefulla, mindre åtrå-värda, men ändå nödvändiga andra.

Ibland kunde hans världar mötas i brytpunkter, de kunde ha vissa gemensamma nämnare. Somliga människor kunde fungera i flera olika sammanhang, men absolut inte i andra. Lisa och Isabella fick mötas om omgivningen gav klartecken, inte annars. Grillfesten på Mörkö. Där kunde inte båda vara.

Jag tror att Filip var otrogen med deras gemensamma vän Lisa och att Isabella kom på honom. Jag tror att hon likt många av oss andra fått erfara det stora sveket. Hon upplever sin situation som unik, det är därför hon säger att ingen kan förstå. Och visst är den unik. Alla svek är unika.

Men smärtan är gemensam och den kan jag förstå.

"Jag ser att du blev sviken", säger jag.

"Det kan du ge dig på att jag blev. Om det är sviken man vill kalla det så blev jag det. Tio gånger om."

Isabella fyller på våra glas.

"Det hände mig också", säger jag. "Jag blev utsatt. Jag bodde en tid tillsammans med Vickan medan det pågick. Det skedde i vår gemensamma säng. En gång var Affe hemma också."

Jag berättar för Isabella. Jag berättar för att jag behöver och jag berättar för att hon ska berätta. Men jag undviker en detalj som inte alls är en detalj. Sidosteget jag själv tog när mitt och Vickans förhållande var som mest insjuknat.

Jag såg det som ett straff mot Vickan som var först. Jag gav igen med samma medicin. Idiotiskt, omoget, visst. Men det är något mer som jag har svårt för att erkänna, till och med inför mig själv. Min otrohets andra dimension.

Isabella lyssnar deltagande. När jag är klar märker jag att en ny vinflaska hamnat på bordet. Conde de Valdemar, står det. Den är redan öppnad. Jag dricker som en svamp. Det är olikt mig.

"Otrohet kan vara fruktansvärt destruktivt", säger Isabella. Jag nickar. "Den kan bryta ner hämningslöst. Ibland tycker jag ändå att den kan vara motiverad."

Jag tystnar och ser på min smått suddiga soffpartner.

"Motiverad?" frågar jag.

"Ja, faktiskt. Även förhållanden kan vara fruktansvärt destruktiva. En otrohet kan komma som en frisk fläkt och rädda parterna ur eländet. Nån tar ett snedsteg och så har de äntligen en konkret anledning att göra slut på plågan. Förstår du? De kom sig inte för innan, liksom. Gick där och harvade på och hatade varandra i åratal. Förgängligt till tusen."

"Jag har nog aldrig tänkt på det så", säger jag lågt. "På vilket sätt var det du blev sviken då? Tio gånger om, som du sa."

Isabella drar på svaret.

"Var det Filip som ... Lisa?" fortsätter jag.

"Va?" Nej ... vänta lite."

Hon reser sig ur soffan och jag ser att hennes shorts glidit ner en bit. Stjärtskåran blottas ovanför linningen. Hon drar upp shortsen, böjer sig framåt och tar något i andra änden av bordet, upprepar sitt "vänta" och går iväg mot toaletten.

När hon böjde sig gled mina ögon mot hennes skrev. Jag såg ovalen, jag såg det lilla utrymmet högst upp mellan hennes lår. Det såg ut som om hon inte hade några trosor på sig.

"Hallå", försiktigt utanför toadörren när hon varit därinne ett bra tag. Vatten har spolat en stund. Jag har mitt nyfyllda glas i handen, läppjar på det då och då.

"Isabella, kan du inte berätta? Nu har jag berättat. Hur är det med dig därinne?"

"Det är bra med mig. Vad du är otålig! Jag är snart klar."

"Ursäkta, jag menade inte så."

"Ingen fara." Paus. "Lisa var inblandad i brytningen mellan Filip och mig, ja", hörs över skvalet.

"Det var så alltså?"

Nu spolar det i toaletten också.

"Hon var inblandad", upprepar hon sig. "I allra högsta grad inblandad."

"Men ni är ändå vänner igen nu", säger jag till den stängda dörren. "Det är jätteskönt. Det är bra att förlåta."

"Förlåta?"

"Ja, med tanke på vad du sa och så där. Om att otrohet kan vara motiverad."

"Otrohet? Teo, det handlar inte om otrohet här."

Låset i dörren vrids om och Isabella trycker ner handtaget. Hon låter dörren vara öppen bara någon ynka centimeter. Hon stannar kvar därinne, jag står kvar utanför. Jag gör ingenting, ser ingenting.

"Lisa såg igenom honom", säger hon. "Det är det det handlar om."

"Såg igenom? Hur menar du?"

"Det var hon som hjälpte mig. Jag klarade inte av att förstå det själv. När insikten väl kom var den skoningslös. Lisa tog mig åt sidan och tvingade mig att lyssna på vad hon hade att säga om Filip, om min 'älskade' pojkvän. Jag ville inte först, men när jag väl gjorde det rasade allt. *Jag* rasade. Jag tror att du har haft dina aningar, eller hur?"

"Nja, jag ... Så Lisa och Filip hade ingen affär då?"

Isabella skrattar till.

"Nej, inte så vitt jag vet. När jag tänker efter så vet jag faktiskt inte. Men det här handlar inte om nåt sånt. Visst har du haft dina aningar, Teo? Om mig och om vad jag har gått igenom? Det finns en klokhet i dig, en klokhet som gör att jag kan lita på dig. Du hade aldrig varit här hemma hos mig om jag inte känt att jag fullständigt kan lita på dig."

"Tack. Du kan absolut lita på mig."

Med känslosvall tittar jag ner i botten av mitt tomma vinglas. Lita på mig? Hur ska jag någonsin kunna berätta? Dörrspringan har blivit aningen större, vattnet har slutat skvala.

"Jag har stått på egna ben en tid nu", säger hon, fortfarande utom synhåll. "Han är borta och jag har kommit tillbaka. I själva verket fanns han aldrig. Det är den känslan man aldrig kommer över helt. Han *fanns aldrig*. Du, Teo, är den förste jag vågat närma mig efter det."

Närma sig mig, tänker jag och tar en lov i hallen. Närma sig mig, jo jag tackar jag.

"Jag hörde vad du sa tidigare", fortsätter hon. "Om Affe. Jag vill gärna prata med dig om det. Men inte nu. Vi tar det senare. Du kan öppna dörren och komma in hit nu, om du vill."

*

Jag finner mig själv i Isabellas sovrum, med en handduk nödtorftigt omsvept kring livet. Blöta fotspår avslöjar var i lägenheten jag har trampat omkring. Min överkropp känns kall när jag håller på att självtorka.

Hade hon bott större, med två toaletter, hade jag säkerligen befunnit mig på den andra nu. Jag hade skyllt på att jag måste gå, med en pajas trovärdighet, men ändå. Nu kunde jag inte ens säga det.

Jag drog mig upp ur badet, liten och insjunken. Isabella kändes stor och mustig där hon låg på sin sida av karet, och det var inte bara vattnets förvrängande effekt som gjorde det. Det var kontrasten. Kontrasten mot mig.

Jag sa att jag är tillbaka snart.

Det var inte så mycket skum på ytan, jag kunde se hennes konturer. Posen. Benen lätt isär, en mörk välansad buske däremellan, en strimma av hud mitt i. Magen rund, med en djup navel som ett svart hål rakt in. Brösten, det ena lite större än det andra, guppande vid ytan, endast det störres vårtgård ibland ovanför. En jämn utbredning av leverfläckar överallt, som om en van hand strött mörka frön över henne.

Ögonen. Leendet.

Jag som önskade henne ett fotbad.

Handduken ramlar av mig när jag smekt mig själv en stund. Den lägger sig i en hög runt mina fötter. Skinntrasan mellan mina ben kändes kall och sladdrig först, men den har blivit varmare nu. Jag runkar för att få upp ett stånd, jag jobbar alltmer frenetiskt, jag försöker få styr på tankarna. Så hittar de sin bana, når fokus.

Helvetes jävla skit.

Det fungerar fast jag hatar det. Tankar på Filip gör mig styv och upphetsad. Jag hör svaga ljud från badrummet, grymtar att jag är på väg, mina ögon är slutna, jag känner en lätt värk i handleden. Greppet har blivit fast som runt ett hårt verktyg, ett verktyg som hon i badet behöver.

Det finns höga förväntningar på mig. Jag måste gå att lita på. Jag bär min erektion högt när jag stiger in.

Jag är först efter katastrofen.

22

Jag gjorde misstaget att lämna kopiorna av mina brev till Filip framme i arbetsrummet när Affe var hos mig senast. Min son rände mot datorn för att surfa fram något om sitt senaste spel. Jag lät honom husera därinne ett tag, nöjd över att han blivit stor nog att söka upp information själv.

När jag kom in i rummet hade han en A4-sida uppvikt över tangentbordet och en i handen. Impulsivt klev jag fram och ryckte dem från honom. Jag såg Oskars namn skymta här och där i texten och röt till indignerat.

Affes ansikte talade sitt tydliga språk. Där fanns skam, men också en glimt av triumf.

Jag talade om för honom att jag inte kunde begripa vad han hade i mina kopierade gamla papper att göra. Han har förvisso visat prov på skrivtalang, men att han skulle inhämta inspiration från farsgubbens självdrivna terapi i brevform kändes väl långsökt. En obegriplig smörja för en tioåring, obegriplig och ocensurerad.

Affe fattade musen stadigt med höger hand och ryckte på axlarna. Jag bad honom se på mig. Han gjorde det men släppte inte musen.

Jag tog bunten med brev och klampade in i sovrummet med den. Breven fick ligga i nattduksbordets låda tillsvidare. Lådan blev full och gick knappt att stänga, men det fick duga tillfälligt. Återstår att se om Affes mamma fäller en kommentar om breven inom kort och hur den i så fall kommer att låta. Inget förvånar mig längre.

Förutom den lilla fadäsen på slutet hade Affe och jag det riktigt bra den här gången. Vi var ute och rörde på oss mycket, kom hem sent när det mörknat inne hos Linnea.

När han åkt blev jag svag av otillräcklighet igen. Spegelbilden visade upp rödkantade ögon och insjunkna kinder. Händerna kändes kalla och knotiga. Jag gned dem mot byxbenen när jag stod utanför Linneas stängda köksdörr. Upptäckte att den var låst, för första gången. Det var då telefonen ringde. Jag fick ett samtal från en okänd person, en förälder från Affes klass.

Efter det lades ännu en byggkloss på Vickans och mitt gemensamma problem. Det kändes som om allt var kört.

Jag har ingen Linnea kvar att prata med om viktiga frågor, och sedan Vickan blev gravid med en åldrande irländare har det sinat där också. Jag har sökt upp Isabella för att få svar på frågor om Filip, och nu ska jag ha henne för att få svar på frågor om Affe. Hon är ny men hon är den jag har.

Hon ska besöka mig här hemma snart och jag längtar efter henne.

Telefonsamtalet var oerhört pinsamt, jag kände mig bortgjord trots att jag inte gjort ett dyft. Dock är jag förmyndare, jag är förälder, jag är far. Jag har delad vårdnad om mitt enda barn. Jag sökte ursäkter i telefon, jag gick omkring på min övervåning med luren vid örat och försökte slingra mig som ett barn. Slutligen tog jag Affe i försvar och gjorde det jag minst av allt vill att han ska göra. Jag ljög. Jag ljög för att skydda min ljugande son.

Kvinnan i andra änden kvittrade om att det var ett helt otroligt fint initiativ av mig, det här med killarnas läger nu i augusti. Dels ville hon tacka mig naturligtvis, men hon behövde också reda ut några detaljer kring avresan. Den började ju närma sig. Var skulle hennes Kristoffer infinna sig och exakt när? Vad skulle han ha med sig? Hon hade bara fått veta att det var i slutet av sommarlovet det skulle ske, och att det skulle vara ett antal vuxna med men att det var jag, Teo Hallberg, Alfreds pappa, som ytterst höll i trådarna. Det var ju jag som ägde stället de skulle vara på.

Jag måste ha låtit som om jag precis vaknat. Den arma kvinnan måste ha trott att hon väckte mig eller ännu värre – att den där Alfreds pappa inte riktigt hade alla hemma. Det enda jag förmådde var att styrka att jag var jag. Hon behövde inte tro att hon ringt fel.

Medan jag samlade mig började hon prata om kanoter. Det skulle paddlas och det var absolut det bästa hennes Kristoffer visste, och det var så perfekt det där med att det fanns utrustning färdigt på plats därute. För visst var det väl så? Att det skulle paddlas? Att det var jag som ...?

Där stoppade jag henne. Där hade jag förstått. Där hade klumpen i halsen växt sig så stor att den börjat smärta.

Istället för att styrka hennes gryende tvivel om sanningshalten i alltihopa sa jag att det hela tyvärr blivit inställt. Det skulle inte bli något läger. Det skulle inte bli någon kanotpaddling. Förhinder hade dykt upp som gjorde att det var omöjligt att använda det där stället. Det gick inte att ta dit några småkillar nu. Tyvärr tyvärr. Det fick bli en annan gång.

När hon besviket frågade om det var något allvarligt som hänt sa jag nej.

Men jag tänkte ja.

*

Jag hör röster ute på Linneas tomt. Det är säkert Anki med familj. De har plötsligt funnit det intressant nog att besöka gamla mamma väldigt ofta. Nu duger det när hon inte är så frisk och motsträvig längre och när huset när som helst är färdigt för tömning.

De sa en gång att nu när de måste flytta så långt från mamma kommer de inte att kunna dyka upp spontant längre. Mamma kommer att bli så mycket ensammare. Dyka upp spontant? Jag bodde här i åratal utan att stöta på någon av dem en enda gång. Men nu har de nästan blivit som gamla bekanta, nu när de påstår sig ha fått så himla långt att åka. Vilken bluff.

Men det är något som inte stämmer med rösterna jag hör nu.

Jag slinker i ett par sandaler och går ner. Nere i tamburen blir allt tydligt, ytterdörren står på glänt. Jag tycker om båda rösterna lika mycket fast på olika sätt. Det är bara det att jag aldrig hört dem tillsammans förut.

Isabella är den jag ser först. Hon har inte besökt mig här tidigare. Hon skulle ringa mig när hon närmade sig för att bli vägledd den sista biten, men det behövde hon uppenbarligen inte. Här står hon nu i blå klänning på Linneas tomt. Det mörka håret är uppsatt i en hästsvans som fladdrar tjockt i vinden och då och då skrattar hon världsvant och vänligt på samma gång.

Sedan ser jag min hyresvärdinna. Den synen är en helt annan. Isabella är fräschare än någonsin och Linnea ser ut som om jag behöver ta upp telefonen och ringa efter hjälp omgående. Det är visserligen sommarvarmt fortfarande, men Linnea brukar aldrig vara barfota härute. Hon befinner sig inte på gräset, hon står mitt på den smala grusgången utmed huskroppen. De knotiga tårna trycker upp singelgrus mellan varandra. Nattlinnet hon bär är tunt och avslöjar hur smal hon har blivit. Hon var inte tjock när jag flyttade in heller, men det här ser för bedrövligt ut. Linnet hänger som ett halvt genomskinligt skynke över en samling ben. Jag har inte förstått att det har gått så här långt. Vad har Isabella att skratta åt i detta?

Båda tittar upp när jag kommer och Linneas ansikte ser välkomnande ut på ett befriande sätt. Hon är osminkad och leendet strålar längst in bland fårorna.

Isabella tar överraskande min hand så snart hon ser mig. Hon lutar huvudet mot min axel en stund, bara helt snabbt, sedan ställer hon sig rak igen. Hon behåller sin hand i min. Linnea ler åt det, ser på mig och nickar.

Isabella säger att Linnea här bekräftar att hon kommit rätt. Det var ju skönt att veta, även om det inte alls var svårt att hitta. Hon hade ju fått adressen, med nummer och allt. GPS:en i mobilen skötte resten. Hennes fingrar kniper till om min hand. Det är så trevligt att äntligen få träffa Linnea på riktigt, säger hon. Hon har hört så mycket bra saker om min hyresvärdinna, och så fann hon henne här, mitt i trädgården. Tänk vad roligt.

Jag har aldrig nämnt Isabella för Linnea. Det måste vara en verklig överraskning för henne, det här besöket. Jag ser inget som tyder på förvåning i den gamla kvinnans ansikte. Hon ser bara glad ut, fånigt glad. Mungiporna konstant uppdragna.

Som sig bör presenterar jag dem kort för varandra, men Isabella avbryter och säger att det inte behövs. De känner praktiskt taget varandra redan. Och så skrattar de mer.

Isabella vill att vi alla går in. Hon tar initiativet, hon som aldrig varit här. Linnea visar ingen handlingskraft alls.

När vi går vänder den äldre kvinnan sig mot mig. Leendet har mattats av till förmån för något som påminner om ånger. Jag ser plågan i de gråblå ögonen. Det är som om jag inte behöver fråga. Hon har ändå inte svaret på vad hon gör härute i nattsärken. Hon kan inte tala om för mig varför hon inte har några skor på fötterna och nu måste spänna fotsulorna för att det inte ska göra så ont när hon går.

Men hon vet att det är konstigt, hon vet att det är fel. Isabella berömmer olika delar av hus och tomt medan vi är på väg in. Linnea tackar och säger att hon inte kan hålla med. Det sköttes mycket bättre förr, menar hon och jag undrar stilla om hon syftar på Kurre-tiden eller på tiden då jag hade tillåtelse att hjälpa till.

Så förklarar hon för oss i alla fall. Vid första försöket tappar hon snabbt tråden, säger jestanes med ilska riktad mot sig själv, suckar och börjar om. Det hon försöker säga leder ingenstans, hon slår bara knut på meningarna och vad hon än får sagt spelar det ingen roll. Hon hittar på anledningar till att hon är klädd som hon är, varför håret är i oordning, varför hon inte har kaffepannan varm nu när hon får gäster. Det är klart att hon borde ha tänkt på att ha kaffet klart, säger hon och bannar åter sig själv. Att hon kunde glömma att det skulle komma folk! Den magra kroppen häver sig i ursäkter.

Isabella går en snabb husesyn på min övervåning och hon känns okoncentrerad, frånvarande. Hon säger att det är bra här med tanke på vad det egentligen är, och när vi stannar upp i mitt gästrum fattar hon tag i min hand igen. Hela hon håller sig närmare mig än förr. Det började hemma hos henne senast, ungefär halvvägs in i vistelsen, ungefär i badkaret. Jag visste inte att det skulle hålla i sig.

"Du borde göra nåt", säger hon.

"Göra nåt? Med vadå?"

"Med den gamla damen förstås, Linnea. Så där illa ställt hade jag inte fattat att det var."

"Nej, det har nog inte jag fattat heller."

Jag suckar uppgivet.

"Hon såg verkligt förvirrad ut när jag kom", säger Isabella. "Stod bara och tittade och såg ut att kunna falla omkull av minsta vindpust. Jag var rädd för att hon bara skulle prata en massa goja när jag väl fick kontakt med henne, men det blev inte så farligt. Hon var hyfsat fokuserad efter en stund. Jag har sett senilitet som gått betydligt längre än så här."

"Senilitet ja. Man vill inte fatta att det är det hon drabbats av."

"Det är ju jättetydligt. Men du, hon kan väl inte bo därnere ensam?"

"Jag är rädd för att det är så."

"Du borde verkligen göra nåt."

"Jag har försökt, men jag får inte."

"Får inte?"

"För hennes dotter med familj. De stoppar mig. De vill köra ut mig."

Isabella lösgör sig från mig och går fram mot ett fönster. Hon tittar ut och mumlar något för sig själv.

"Du har pratat en del om hur mycket du tycker om Linnea", säger hon. "Om att du bryr dig om henne och är orolig för henne."

"Det är sant. Vi har blivit goda vänner under de här åren och jag gillar henne verkligen. Man det är så svårt när det har blivit så här. Det är inte så lätt att köra över Anki, det ska du veta. Och gör jag det är jag rädd för att jag inkräktar. Eller mer konkret: Rädd för att de handgripligen kastar ut mig innan jag hittat något annat. Jag är ändå bara den okände hyresgästen som familjen aldrig velat ha här. Linnea har fått skäll för att jag bor här."

"Det låter inte bra. Vet du vad de har tänkt göra då?"

"De ska sälja huset. Härom dan märkte jag att det hade varit nån häruppe hos mig. När jag kom hem såg jag att saker hade flyttats på. Så skulle aldrig Linnea göra. En värderare har väl varit här. Redan förra hösten såg jag att det strök omkring en liknande typ här, men då var jag hemma och de höll sig på nedervåningen. Men sen var det lugnt hela vintern och jag har också legat lågt."

"Herregud."

"Det kan man säga. Man skjuter otrevliga saker åt sidan så länge det bara går."

"Men var ska du bo då?"

"Jag vet inte. Jag vet faktiskt inte."

Isabella tittar klentroget på mig och vänder ryggen till för en stund. Hon muttrar att om inte jag tar tag i det får väl hon ta tag i det.

"Försök att se det som nåt bra", säger hon senare.

Hon lägger belåtet ner besticken som hon ätit min snabbt hopkomna wok med. Torkar sig om munnen med en servett och blottar tänderna extra för att komma åt med tandpetaren.

"Det är svårt", säger jag.

"Man ska alltid se positivt på barn, vet du. Finns inget negativt. Att Affe får ett syskon kommer bara att bli en positiv erfarenhet för honom."

"Jo men ..."

"Det var faktiskt ganska många år sen ni var ihop."

Hon kisar mot mig. Huvudet rycker till när hon sliter ut tandpetaren som fastnat mellan två tänder.

"Sju år sen borde det bli", säger jag.

"Där ser du."

Jag dukar av bordet utan att se på henne. Slamret i diskhon känns brutalare än vanligt. Det slår mig att ämnet kan vara känsligt för oss båda. Mycket riktigt:

"Jag har inte fått några egna barn."

"Mm."

Hon spanar ut, petar fortfarande. När jag sträcker mig efter hennes glas smeker hon mig längs armen. Fingertopparna är lena och varma mot mina buktande blodådror, ändå går det en rysning genom mig. Jag stannar till.

"Vad är det, Teo? Jag tycker så himla mycket om dig. Jag vill vara nära dig, förstår du inte det?"

"Jo."

"Din pellejöns."

Jag spolar av tallrikarna under kranen. Tar rätt på resterna. Slänger några tomma förpackningar i sophinken. Harklar mig. Spolar lite mer med kranen. Harklar mig igen.

"Jag fick i princip vara bonusmamma till en flicka ett tag", säger hon. "Det varade några år ändå. Jag älskade det. Jag tror att jag började älska själva flickan också. Ellen hette hon. En supersöt tjej. Mörk och med intensiva ögon, som sin pappa. Männen kommer att falla som furor för henne en vacker dag, det är jag säker på. Det är så sorgligt när det tar slut bara. Jag var som en extramamma till henne ena dagen, och nästa var det över. Jag får aldrig träffa henne mer, det vet jag. De vuxna såg till att det blev så. Ellen kan inte ha begripit vad som hände. Jag kunde knappt begripa själv."

Jag ber Isabella resa sig från köksbordet och föreslår att vi sätter oss i TV-soffan istället. Hon blir glad för det. Det finns en spagettikänsla i mina ben. Vackra Ellen betyder allt för sin vackre far, det vet jag. Finns brevbevis om inte annat. Men jag kan inte säga något.

"Det är det närmaste jag kommit mammarollen", säger Isabella. "Extraförälder under begränsad tid."

"Det är ingen liten bit det", säger jag.

"Du lagade god mat. Tack, jag var hungrig. Kan jag inte få luta mig mot dig lite? Här, i soffan?"

"Visst. Det går bra." Paus. "Fick du vara bonusmamma till flera barn?"

"Nej. Det var bara Ellen. Jag antar att du har förstått att hon är Filips dotter. Det är klart att du har förstått. Usch, det är så obehagligt att prata om honom. Jag vill egentligen inte. Det liksom spjärnar emot inombords."

"Men du får gärna. Jag lyssnar jättegärna, har inget alls emot att du pratar om honom."

Då vi kommer in på skilsmässobarn kommer vi förstås in på vårdnadsfrågor. Jag hör att Isabella försöker vara så generell hon kan. Hon försöker glida ifrån Filip igen. Hon vill inte ha honom som konkret referenspunkt trots att jag bokstavligen frågar om honom flera gånger.

Hon ber mig föreställa mig hur det skulle vara att inte ha gemensam vårdnad om Affe. Det finns föräldrar som har det så, säger hon. Även sådana som varit gifta under tiden de hade barnet tillsammans.

"Du vet väl hur socialnämnden resonerar?" Jag svarar att jag vet ungefär. "Det blir automatiskt gemensam vårdnad om föräldrarna är gifta. Avtalet fortsätter om de skiljer sig. Det ska till särskilda omständigheter om en av föräldrarna mot sin vilja blir av med vårdnaden och bara får umgängesrätt. Det är så de säger. Särskilda omständigheter. Om den ena föräldern, säg mamman, inte vill att pappan ska få rätt till vårdnad måste hon vara beredd på att ta en domstolstvist. Roligare kan man föreställa sig, eller hur? Hon måste ha en hel del på fötterna om socialnämnden ska godkänna enskild vårdnad till hennes fördel. Eller så ska pappan vara ett uppenbart kräk med mycket tveksamheter på sitt samvete.

Då lär det gå betydligt lättare för henne. Då menar man nog att det är särskilda omständigheter rakt av."

"Du känner till det där, hör jag."

"Jag har kommit i kontakt med hur det kan vara."

"Ja, det har ju jag med."

Hon ser på mig. Pupillerna mitt i det blåa ändrar storlek. "Men du har halva vårdnaden trots att Affe inte bor här. Tänk på det, Teo. Det är ändå en bra lösning. Och det är för att du är vettig. Det är för att du är en schysst och bra person, om än lite tafatt. Det går att lita på dig, därför har Vickan och du gemensam vårdnad. Det är stor skillnad på vårdnad och umgängesrätt. Det är som att kunna lita på och inte kunna lita på."

"Affe ja", säger jag eftertänksamt. "Jag skulle vilja prata med dig om honom. Lite djupare så där. Om ett problem."

Isabella sätter fingret över mina läppar, ömt.

"Vi ska", säger hon, tydligt medveten om mina behov. "Jag vill bara att du ska förstå först. Du får träffa Affe nästan när du vill och du får vara med och besluta om saker som rör honom. Tänk om du bara hade rätt att umgås med honom vid några förutbestämda tillfällen, nån gång ibland. Tänk om det gick så lång tid mellan era möten att han knappt kände igen dig när ni sågs. Tänk om *särskilda omständigheter* hade rått i ert fall. Tänk om ... tänk om du själv hade sett till att det blivit så genom att bete dig som en skit, som ett riktigt as, och sen ... värsta ångesten. Teo, tänk om du sen missbrukade avtalet för din umgängesrätt och så fick du träffa Affe ännu mindre och så hade du gjort nåt riktigt dumt och ... Nej, förlåt."

Hon tittar ner i knät. För ett ögonblick störde det mig att hon som barnlös sitter här och predikar om att jag ska vara glad för att jag får träffa min son. Men snart förstod jag bättre.

Jag håller henne om axlarna nu. Det känns som om hon går från hård till mjuk under mina händer.

Vi ser inte varandras ansikten. Det skymmer ute och Isabella har krympt intill mig i soffan, så liten nu. Hon kurar ihop sig med fötterna upplyfta framför sig på dynan. Jag känner hennes värme och doft hela tiden.

Jag berättar. Jag nämner småstölderna först, forcerat eftersom jag inte ser lika allvarligt på dem. Isabella lyssnar. Hon nickar ibland, hummar ibland, ställer en kort fråga ibland. Det känns mycket bra.

Så säger jag att Affe ljuger. Han ljuger mer och mer avancerat, upplever jag, och jag skyndar mig att säga att jag vet att det är bra med livlig barnfantasi och att jag nog inte behöver oroa mig och allt det där. Jag ville hinna före Isabella men det känns inte som om hon hade tänkt säga det som alla andra säger. Hon håller inte ens med mig när jag tror mig förekomma henne.

Hon ber mig fortsätta, vaksamt.

Jag tar upp några av de tydligaste exemplen. Några harmlösa, några mer illavarslande. Några har jag klara bevis för att är rena påhitt, några har jag bara starka misstankar om. Jag nämner klasskompisens mamma som ringde mig så sent som idag och ville skicka iväg sin son till ett lantställe jag aldrig haft. Jag berättar om den felaktiga bilden Affe målat upp av mig i olika sammanhang, förvisso mer smickrande än verklighetens bild ibland, men icke desto mindre fel. Pojkens romantiserade bild av käre Paul vill jag inte ens vidröra. Jag talar om att jag tydligen har en pool, att Linnea förvandlats till en jämnårig pojke, att både det ena och det andra hänt utmed cykelställen i skolan.

Och så det mest hårresande av allt till sist.

Affe har tutat i sin mor att han ska få ännu ett halvsyskon snart, fast från sin pappas sida den här gången. Jodå Isabella, han ljuger om dig också.

TV:n är avstängd, det är helt stilla i huset.

Jag känner Isabellas mage röra sig in och ut när hon andas.

"Vad sa du?" frågar jag tyst.

"Han är ju ändå tio år", upprepar hon.

"Ja, det är han."

"Jag tycker så himla mycket om honom."

"Det gör jag med. Jag älskar honom över allt annat. Vad ska jag göra?"

Hon säger inget. Magens rörelser blir annorlunda, det känns under mina handflator. Andningen blir oregelbunden, det rycker till ibland. Jag hinner inte finna mig.

Isabella hulkar. I en våg av jämmer vrider hon sig ur sitt läge i soffan, hon snörvlar ymnigt redan när hon reser sig.

"Förlåt mig", snyftar hon med en röst så tunn att jag inte hade känt igen den som hennes.

Hon fumlar med badrumsdörren. Det klickar till om låset. Jag känner en obehaglig svettning, framförallt över bröst och mage där hon lutat sig. Det blev tomt och nu vet jag inte vad jag ska göra av händerna.

Jag smyger fram och ställer mig vid badrumsdörren. Känslan skiljer sig vida från när jag stod så här senast, villrådig och med en Isabella med okända krafter på andra sidan hindret. Men jag lyssnar nu också, precis som då. Och jag hör nu också. Något annat. Hon gråter därinne, dämpat men ändå obestridligt. Jag krossar mina vanliga barriärer, river mina oskrivna konventioner.

Bestämt ber jag henne öppna och släppa in mig, annars hämtar jag en skruvmejsel.

Hon försöker sluta, men kan inte. Vi omfamnar varandra, hon sittande på toalettstolen, jag på huk framför. En tacksamhet finns i hennes armkraft, en tacksamhet för att jag inte frågar.

Det kommer tids nog, tänker jag.

Det tär på krafterna att gråta och Isabella blir snabbt trött under sin första kväll här i Linneas hus. Vi tar en kvick tur ner till hyresvärdinnan för att försäkra oss om att allt är okej innan vi kryper till kojs.

Nu är vår kroppskontakt självklar. Nu är det fullständigt otänkbart att inte vara nära varandra. Det är av medkänsla jag gör det, och den är så omtumlande stark att det stundtals känns som om vi samfällt är på väg att rämna. Nattens stämning har burit iväg med oss.

"Du måste undra vad som tog åt mig. Det bara brast inom mig när du berättade."

"Jag undrar inte alls", säger jag.

Bland alla dåsigt milda rörelser blir en häftigare.

"Är du säker?" frågar hon och vrider sig om. "Det kan inte vara lätt att ha koll på vad jag håller på med. Jag har inte precis talat i klartext för dig. Men Teo, jag vet ... Jag har så svårt för att förstå att nån kan förstå, så att säga. Nån man. Men du är inte som ... andra män. Du är annorlunda."

"Äh", säger jag och anar genansens värme över kinderna.

"Jag skulle vilja prata med Affe", säger hon.

"Vill du? Mer än gärna får du det. Det skulle glädja mig nåt oerhört. Verkligen alltså!"

Isabella är rätt för uppgiften. Isabella kan varningssignalerna. Kanske har hon fått inse att det kan vara för sent om det har gått för långt. Kanske menar hon att det finns tid i det här unga fallet. Jag frågar inte vad hon tänker säga till honom, hur hon tänker lägga upp det.

Jag ligger i sängen och väntar. Jag har dragit täcket över min helt avslappnade kropp. Varenda lem ligger avspänd och lös. Hon kommer naken ut från badrummet, brösten guppar och när hon är framme ser jag att hennes ögon ser små och svullna ut. Hon säger att hon blev en aning piggare av att borsta tänderna och rengöra ansiktet, men att hon ändå kommer att somna snabbt. Hon ser fram emot det, här bredvid mig.

När jag släcker lampan påbörjar hon en berättelse som i sin helhet säkert är mycket lång. Ikväll får jag bara en del, för tröttheten som snabbt kommer tillbaka när det blivit mörkt är en lömsk en.

"Filip är den räddaste människa jag nånsin lärt känna", kommer i en varm utandning. "Det är svårt att tro, men det behövs inte mycket för att han ska darra som ett asplöv."

Rädd, tänker jag. Så det är rädd han är.

*

Jag har vaknat. Har inte rört mig än, inte öppnat ögonen än. Jag förnimmer ljus bakom ögonlocken, men det är en stund kvar tills jag är redo för en ny dag.

En slummer. Jag drömde nyss men minnena av vad mitt undermedvetna kokade ihop pilar iväg som en jagad hare så fort jag försöker närma mig dem. Innan jag vet ordet av är de borta.

Det som hände igår var stort. Jag har tagit ett stort kliv framåt. Men jag är inte i stånd att uppskatta det så som jag inbillade mig att jag skulle. Jag hade ingen aning om att det skulle bli så mycket känslor inblandade och den där upplevelsen av skuld kalkylerade jag inte alls för. Jag har till och med lyckats ha sex med kvinnan som nedbruten lämnade min vän och han vet förstås inget om det. Jag vet att det ofta förekommer stolthet i en sådan bedrift, oavsett bakgrund och förutsättningar, men för mig är det något helt annat. Jag känner enbart skuld, och det märkliga är att jag inte riktigt får ordning på hur den är riktad.

Ibland känns det som om jag har varit otrogen. Jag och inte Isabella. Som om jag har svikit och gått bakom ryggen. Som om alltihopa mer och mer liknar ett stort kärlekssvek fullt av förtiganden.

Och Filip är den som är drabbad.

Ändå vill jag att hon ska ligga här på andra sidan av sängen. Jag tänker på Affe och jag tänker på Linnea, på vad Isabella sagt om dem, och jag vill att hon ska ligga här intill mig. Utmattad somnade hon och jag höll om henne när det hände.

Det känns overkligt. Isabella i min säng.

Jag behåller ögonen slutna när jag känner med handen över lakanet. Sakta trevar jag mig fram. Det är svalt och svalt och svalt, ända ut till kanten. Det overkliga var tydligen precis så overkligt som det kändes. Det finns ingen här bredvid mig.

Jag går runt på min övervåning, tittar i alla rum. Hittar inga andra spår än två tallrikar och två glas, och nu byter det overkliga skepnad. Hur kan hon ha gått utan att jag har märkt det? Pyst iväg utan ett ord? Det känns oväntat och orováckande. Jag kollar telefonen, kollar Facebook. Inget.

Hennes doft finns kvar i sovrummet. Jag sätter mig på sängen med hakan pressad mot handflatorna och det är då jag lägger märke till det.

Nattduksbordet. Lådan. Breven.

Jag bar inte tillbaka dem till arbetsrummet efter att Affe fick tag i dem. Jag lät kopiorna av breven till Filip ligga kvar i en låda som knappt går att stänga, några futtiga centimeter från min gästs nästipp. Här har hon legat och snusat hela natten, med ord som har kraft att fördärva på en armlängds avstånd. Hon har talat med mig om mannen som breven är riktade till, talat intimt och i största förtroende.

Jag flyger upp, övertygar mig om att lådan är mer öppen än när jag rörde den senast. Sliter upp den så att den närmast lämnar sina skenor och parkerar sig på golvet. Det känns som om breven väller ut.

Det känns som om de ligger i en helt annan ordning än när jag lämnade dem. Det känns tydligt att någon annan flyttat på dem och ... läst dem.

Denna någon har lämnat Linneas hus utan ett tecken. Och jag inser att jag gjort något mycket dumt.

23

Jesper hörde av sig och då bestämde jag mig för att konfrontera Filips mamma Anita. Det låter bisarrt, men sannolikt hade hans samtal inverkan på mitt beteende, menlig eller inte låter jag vara osagt. Jag vet inte vem av oss som tog sig ur konfrontationen minst tilltufsad, Anita eller jag. Själv sprang jag efteråt. Tämligen brutalt och utan träningskläder, med regnet piskande i motvind. Det är dags att prata med hennes dotter nu, flåsade jag. På riktigt.

Sent i våras ville Jesper förbereda mig på att hans fru Eva skulle ringa mig. Han ville lämna över sina färdigt konstruerade ord till mig. Jesper satt nervös hemma och ville plantera en grov lögn i min mun, och planen var att den skulle blomma ut genom telelinan så fort Eva hörde av sig. Det han inte tänkte på var att det var en taggbuskes frön han gav mig, och när den slog ut skulle dess sylvassa horn rispa hans kära hustru till blodvite. Var det vad han önskade?

Jag talade om för honom att jag inte tänkte ställa upp på det. Han förstod mig inte och vi klippte kontakten i ömsesidigt missmod.

Gudskelov hörde Eva aldrig av sig.

Men nu, över tre månader senare, fick jag Jespers skämthumör i örat. Och när samtalet var över närmade jag mig Anita, lagom uppbragt som jag var.

Inget ovanligt att Jesper skämtar, men jag blev jag ändå paff med tanke på vårt moraliska läge. Han gick på om hur det var med alla brudar för honom, hur fucking svårt det kunde bli när man ständigt var jagad. Alla ville ha honom, konstant! Det var omöjligt att undvika anstormningen, ibland hade han inget annat val än att bjuda ut sig. Annars löpte han risken att formligen bli angripen till slut, hårdhänt ända in på bara köttet. Han hoppades att jag förstod.

Det gjorde jag inte.

Snart hade han garvat sig fram till kärnpunkten. Humorns klimax. Han undrade om det gick bra att låna min övervåning. Bara för ett litet nyp med en ny brud han träffat, ett kort ett. Det var inte rödhåriga Maria längre, hon hade blivit tråkig och gått tillbaka till sin familj. Nu var det en annan. En riktig höjdare, en fucking kalaspingla. Fotomodellaktig, en å åttio lång och med jättetuttar. Som gammal polare måste jag förstå att en man inte kan säga nej till ett sådant erbjudande. Det behövde inte bli länge, bara några timmar. Vi kunde ta det när jag jobbade, eller när jag var ute och dårrusade eller något annat sjukt som jag brukade.

Jag hade ingen garanti för att det var ett skämt alltihop. Jesper är en spelevink, en joker som inte alltid har känsla för de fina nyanserna. Men jag visste ärligt talat inte.

För säkerhets skull spelade jag inte med, jag sa bara att han kunde glömma det. Han kunde glömma de andra tillfällena också, jag erkände rakt av. Jag hade varit en idiot som upplåtit min bostad för hans otrohet från första början.

Då ändrade han ton. Kom igen Teo, det var ju ett skämt! Vad har hänt med dig? Har du gått och blivit allvarlig?

Jag fick lust att kapa banden en andra gång. Det kändes som om jag hade växt och Jesper hade stått stilla. Jag hade blivit en meter längre än han, och det på bara några månader. Hejdå, hade jag lust att säga. Och inget mer.

Det var då allt om Eva kom. Jesper sa till mig att ingen någonsin betytt mer för honom än hon. Hon var den enda och hade alltid varit. Hon var hans barns mor, hon var hans superkvinna, hans livsstöd. Det var bara ett skämt det där med alla brudarna! Fattade jag inte?

Jag tänkte på hans och Marias osande lakan som låg kvar i sängen när jag kom hem, jag tänkte på det kvarglömda skärpet som jag lämnade tillbaka på ett snyggt sätt, jag tänkte på när han föll ner på knä för att få mig att ljuga honom ur en plågsam sits. Maria var minsann inget skämt och min åsikt är att hon inte kan ljugas bort.

Men det är precis vad Jesper har gjort. Jag kommer aldrig att få veta hur mycket han ljugit för sin hustru och jag kommer aldrig att få veta hur mycket hon trott på. Nu upplever Eva och han en ny vår tillsammans. Han sa till mig att han aldrig varit kärare och att hon sagt detsamma om honom.

Så det var därför han tog kontakt med mig? För att skratta ut sin återvunna kärlek inför en vän som gått och blivit självaste herr Rättrådig? För att illustrera att lögnen inte alltid är fördärvlig, utan ibland till och med försonande? Jag vet inte.

Så kom det sig att jag stod bakom Anita när hon försökte ta ut pengar ur en bankomat, blott för några timmar sedan. Det hade börjat med att jag tagit vägen förbi hennes hus för att få en känsla av vart jag skickat det senaste brevet. Jag klev ur bilen och uppehöll mig ganska länge i området. Promenerade i regnet, insöp luft. Syre för att få kraft.

När bussen till centrum kom såg jag att Anita klev på. Det var då jag bestämde mig. Jag skulle konfrontera henne. Ställa henne mot väggen. Nu eller inom en mycket snar framtid.

Jag följde bussen, avvaktade vid varje hållplats. Skyndade mig att parkera när bussen kommit fram till centrum, hade tur och hittade en ruta vid Tellus på Köpmangatan. Hon klev av här, som väntat. Jag närmade mig henne på gågatan och var precis bakom när hon vek in vid bankomaten.

Jag höll mig bakom, lät henne bli klar. Hon dröjde. Pysslade och stod i. Suckade högljutt, svor till slut. Stunden kändes alltigenom grå, och det berodde inte enbart på att det hade regnat mer eller mindre flera dagar i sträck.

Hon backade ett stycke och jag kom närmare. Såg att hennes händer darrade när hon vred och vände på sitt kort. Hon provade sätta in det igen, fumlade och tryckte för hårt innan apparaten var redo, knäckte kortet med tummen. Måtte det ha varit slitet. Hon gnydde till, darrade ännu mer när hon granskade de två korthalvorna. Hon väckte något jag inte alls hade väntat mig. Hon väckte medlidande, hon kändes sårbar, jag kom nästan av mig.

"Jag vet att du känner igen mig", sa jag och såg henne rakt i ögonen när hon vände sig om. "Jag vet att du tror nåt om mig som inte stämmer."

Anita tappade kortresterna på marken, böjde sig inte ner för att plocka upp dem. Jag gjorde det åt henne. Hon blev stående och tittade på mig. Rådvill, klentrogen. Det är den där Teo som ska hålla sig borta från min son, det är den där kompisen som gjort min pojke så mycket ont. Här står han nu och är på väg att förstöra som vanligt.

Hon sa inget.

När jag pratade med henne på Plantagen förra hösten såg hon gammal och tärd ut. När jag såg henne i Länstidningen såg hon vansinnig ut. Senast, när hon var i sällskap med sin dotter och en okänd direktör, hade hon återfunnit delar av sin forna gloria. Nu stod här ett hopkok av alltihopa, en lång och rak dam med håret halvt på ända och illavarslande tics i mungipan.

"Jag vet inte *vad* du tror", fortsatte jag, "men jag vet att det är nån form av missförstånd. Jag har inte gjort Filip nåt illa, tvärtom. Jag har sökt honom i snart ett år nu, som en ren vän. Bitvis har det inte varit lätt, ska jag tala om."

Anitas blick dröjde kvar vid mig tills hon slet sig loss med ett ryck och lämnade bankomaten. Regnet smattrade ner och Filips mamma sökte skydd under ett utsprång alldeles intill. Hon kontrollerade att jag följde efter.

"Har du inte hittat honom?" frågade hon när vi stod skyddade.

"Nej. Jag har inte hittat honom än."

"Då har du inte letat ordentligt. Han har funnits här hela tiden."

"Var? Jag måste få veta var."

"Hemma. Han har funnits hemma."

"Hemma? Och var är hemma? Det kan knappast vara Kaplansgatan, det har jag kollat."

Det fanns en tydlig reservation i Anitas uttryck. Fördröjningarna var flera. Hon litade inte på mig.

"Vet du att Filip har varit sjuk?" frågade hon.

"Jag vet att han var med om en olycka och att han låg en kort tid på S:t Görans. Men sjuk, jag vet inte ..."

"Filip har alltid varit sjuk. Men ibland är han mer sjuk än ibland. Han har varit bättre igen under den sista tiden."

"Bättre? Menar du ...?"

"Jag menar att han lever sitt liv igen."

"Betyder det att han ... att han är som vanligt?"

Jag blev torr i munnen och kände mig lätt vimmelkantig. En saknad som var på väg att botas eller en rädsla som var på väg att stegras, jag vet inte.

"Han är bra nu", sa Anita. "Bra nu."

Hon tittade bort. Det fanns inget i henne som fick mig övertygad. *Han är bra nu.* Är han verkligen bra nu? Har han någonsin varit bra?

"Jag skulle bli mycket tacksam om du kunde berätta för mig var han finns", sa jag. "Jag är hans vän, oavsett vad han har sagt så är jag hans vän. Jag skulle vilja komma i kontakt med honom."

Anita tog fram en mobiltelefon. Hon torkade av den med handen, verkade inte säker på dess funktioner. Men jag fick Filips telefonnummer och jag fick en adress. Och det var inte Kaplansgatan här i stan. Naturligtvis var det inte det.

Jag insåg att jag hade fått det jag önskat. Jag stod där med Filips mor och hade de uppgifter jag ville ha. Borde jag ha satt punkt där? Jag hade tomrummet kvar, det var som om det hade blivit större. Som om insikten slog mig att det aldrig skulle kunna fyllas.

"Tack så mycket", sa jag. "Tack så jättemycket, det var verkligen snällt."

Anita siktade mot bankomaten igen. Men hon gick inte. Hon stod kvar, och jag drabbades av en känsla av osagda ord som närmast var brutal. Det var så mycket som var osagt, vi hade så mycket otalt. Hon och jag.

När hon började röra på sig fick jag nästan panik. Men bara i en blink.

"Hur mår Anna då?" frågade jag fast jag aldrig har träffat henne.

Anita stelnade.

"Det är fint med Anna", sa hon lågt.

Den fientliga auran var tillbaka. Jag var idioten igen. Den som man kan ge en utskällning när andan faller på.

"Känner du min dotter?"

Frågan var sylvass.

"Nja, inte så ... Inte lika bra som Filip. Inte alls."

"Men du undrar hur hon mår?"

"Ja ..."

Nu höll inte Anitas röst längre. Den krackelerade och föll i bitar som jag hört flera gånger förut.

"Jag ska tala om för dig att hon mår bra trots det som hänt", kraxade hon. "Anna har alltid mått bra. Jag förstår inte varför du vill veta det. Det har aldrig varit några problem med

Anna. Aldrig några problem med Anna. Du får ursäkta, men nu måste jag gå."

"Vänta! Hördu, behöver du låna ...? Jag tänkte, ditt bankomatkort gick ju sönder. Jag har pengar."

Anita lämnade mig och mitt erbjudande som om vår pratstund aldrig inträffat. Något fick henne att bli tillmötesgående, men dess död kom lika fort. Det var väl något jag sa.

Eller så var det allt Filip sagt.

Regnet bibehöll sitt grepp om stan. Min gång var hastig och hukande när jag gjorde min sorti. Det gick fortare och fortare. Det stänkte under mina skosulor, jag betraktade det från ovan. Ett par gånger vände jag mig om och såg att jag lämnade synliga spår efter mig i den tunna ytan av vatten. Jag lämnade avtryck ett kort tag, kanske för några sekunder.

Sedan suddades spåren ut av den första riktiga höstkänslan.

Skälvningen inom mig dröjde kvar. Utan att jag egentligen märkte det var min kropp höjd över marken i full galopp hemåt. Iförd fel sorts kläder såväl för regn som för löp spurtade jag fram. Det var mig fullständigt likgiltigt hur blöt jag blev.

Jag hade saker att uträtta hemmavid. Jag bestämde mig för att det var bråttom. Det gällde att smida medan järnet var varmt och det var Jesper och Anita som hade satt fyr på det. Tack ska ni ha för det!

Jag tänkte ringa ett samtal och jag tänkte bli klar med mitt brev.

Samtalet ska gå till Anna Grind i Rönninge och inte till Filip. Brevet är inte heller till Filip. Det är till Isabella, för hon har vägrat vara kontaktbar sedan hon såg allt jag skrivit.

*

Jag tar första fotbadet på länge och när jag sitter här sköljer det inte bara över fötterna, det sköljer över hela mig. Jag är ensam och jag känner saknad. Tankar på Affe får mig att kippa efter andan nattetid och agera oväntat dagtid. Min son får det att kännas som om jag vittrar sönder inombords, smula för smula.

Jag blir svag av hans existens men det är också den som driver mig.

Det kan hända att jag får en lur slängd i örat nu. Sak samma i så fall, jag vill i alla fall försöka. Men samtalet bryts inte. Inte heller får jag ett verbalt avvisande, men jag får långa stunder av tystnad och till slut ett tonlöst önskemål om att få veta mer.

Och jag berättar för Anna. Jag berättar så att vattnet i fotbaljan gör mina fötter kalla och skrynkliga, jag berättar så att jag får ta en het dusch efteråt och börja om.

Hon blir alltmer intresserad efterhand. När jag är klar säger hon att jag kanske vet mer än hon, trots att hon alltid har varit och alltid kommer att vara Filips syster och jag bara en vän från de senare åren. Jag har inte ställt en enda konkret fråga, har inte bett om något. Jag har inte behövt det, för Filips syster är smart precis som sin bror. Hon förstår att jag har lämnats i ett obegripligt tomrum och hon får det att låta som om jag är ännu en i raden av alla.

Anna Grind säger att hon inte vet vad som hänt hennes bror i vuxenlivet. Om jag bara förstod fullt ut hur Filip fungerar skulle jag också förstå att ingen vet. Påståendet är märkligt och jag försöker ta det till mig. Isabella säger att Filip aldrig funnits och Anna säger att ingen vet något om honom. Anna tycker att jag låter seriös och hon är villig att tala om för mig vad hon kan. Hon kan tänka sig att hjälpa mig med det hon tvingats inse genom sin och Filips uppväxt tillsammans.

För hon vet hur det kan kännas när inget stämmer. Man riskerar att bli knäpp, menar hon helt allvarligt. Även den mest sansade kan bli knäpp. Fast jag måste lova att inte ställa några krav på henne, jag får inte komma med åsikter om vad hon borde ha gjort och vad hon inte borde ha gjort. Om det kan jag ändå inget veta.

Med dessa enkla krav är hon villig att träffas.

Jag är glad för att hon inte känner igen mig som snubben med den där undersökningen om syskonskaror. Då hade nog bemötandet varit ett annat.

Jag är också glad för att jag valde att ringa just henne och ingen annan.

24

För närvarande sitter jag på avbytarbänken. Speditions-
företagets elektroniska skylt är klar. Mitt andra uppdrag för
OrxLite är därmed över och nu är inte Bremers säkra på var
man ska placera mig. Jag har varit med om ytterligheter här
förut, det får man räkna med som uthyrd hoppjerka. Nu talas
det om den stora statliga myndigheten istället för det lilla pri-
vata företaget. Trafikverket region Mälardalen låter det om i
korridorerna. Blir det något för mig där måste jag pendla till
Eskilstuna.

Det lockar inte ett dugg.

De sista veckorna på OrxLite ville jag bara därifrån. Stäm-
ningen var körd i botten och det inte bara på fikarasterna.
Någon hade satt igång ett skumt rykte om mig och trots att
det mest talades i tystnad om det var hela väggarna tapet-
serade med olust till slut. Jag hävdar att jag aldrig blev på-
stridig med prat om Filip, inte ens i närheten.

Ändå viskades det om att vi skulle ha haft något ihop, han
och jag. I början var det mer högljutt och med en tydlig klang
av dåligt skämt. Jag skulle ha kommit tillbaka till OrxLite för
att spionera, hette det. Jag var utsänd av skitpratarkungen
Filip för att hålla ett öga på hur hans belackare betedde sig
och om de hade några fler onda uppsåt på gång. Alla mindes
att jag ofta satt på hans kontorsrum under mitt första upp-
drag. Även det gjorde man en högst osmaklig grej av.

Det var när det första överdrivna fikaämnet lagt sig som
det började kännas olustigt på riktigt. Det gick inte att garva
med längre. Vad som varit ett löjligt skämt blev till ett skä-
rande tisseltassel med snett kastade blickar och grupperingar
tätare än förut.

Haft något ihop, Filip och jag, på vilket sätt? frågade jag till
slut, rakt ut. Då avfärdades allt som det dumma skämt det var.

Satt jag och brydde mig om det där fortfarande? Det skulle jag inte göra, det var ju bara på skoj! På skoj, jo jag tackar jag. Ett skämt lever inte så här länge om det ska kunna behålla sitt epitet som skämt. Men ett rykte kan leva och frodas en lång tid, i allra högsta grad om det är elakt.

Jag har garanterad lön i max sex månader sittande på bänken. Den är inte hög, men det går ingen nöd på mig. Jag bidar min tid.

Det är snart ett år sedan jag skickade första brevet till Filip. Ett år utan svar och nu ska jag träffa hans syster. Kanske blir det just Anna som kan hjälpa mig av med min tvångströja. Anna och ingen annan.

Hade jag en övertro på mitt möte med Isabella? Hursomhelst saknar jag henne nu. Jag lägger sista handen vid brevet till henne och är på väg ut för att lägga det i hennes brevinkast. Jag vill att hon ska komma tillbaka. Jag vill att hon ska komma tillbaka till mig och Affe.

Jag kombinerar brevpostandet med några andra ärenden och det är då det händer. Det är inte en EU-moped som får mig svettig ute på stan denna gång, det är något annat. Det är något som blivit så förstorat att det antagit formen av en orimlighet. Något spöklikt. Något som bara finns i fantasin.

Skärpning, Teo.

Det som händer är inte alls orimligt. Det är fullständigt naturligt. Stan är liten och jag befinner mig mycket ofta mitt i den. Ser många människor passera, kända, okända. För ett par år sedan hade det varit helt normalt det som sker nu.

Normalt, roligt, pirrigt.

Anita hade rätt. Filip är tillbaka. Han är i stan. Jag har inte sett honom sedan jag hux flux fick en lapp med en malmöitisk nonsensadress nedkladdad. Sedan dess har det bara varit frågetecken. Och en fantasi som kunnat skena.

Kringlan är inget stort köpcentrum. Man kallar det snarare ett litet varuhus. Butikerna är ganska små och gångarna mellan dem trånga. Han dyker upp kanske tjugo meter framför mig, på väg ut ur en butik och in i en annan. Jag slinker in i klädaffären mittemot. Ställer mig vid närmaste klädställ och bläddrar förstrött bland rabatterade sommarskjortor. Har ingen aning om färger, modeller och priser.

Jag har tur och får en bra vy över Filip, snett bakifrån. Han uppträder fokuserat, rör sig effektivt och målinriktat. Han tycks veta vad han är ute efter. Nu står han i kö vid kassan, lång och med sitt mörka hår liggande tätt över skallen. Det ser oklanderligt skött ut, precis som jag minns det. Han bär en mörkbrun skinnjacka som når precis nedanför baken. Hållningen är rak, rörelserna världsvana. Jag ser inte vad han håller i händerna.

Jag tänker på hans brev till mig, hans förvirrade svada riktad rakt upp i mitt ansikte. Vilken sida av den man jag nu ser knåpade ihop något sådant?

Mina händer jobbar sig fram genom plaggen. Jag tittar på händerna och jag skyr dem. Skyr mannen de tillhör. Jag förstår mig inte på honom. Förstår mig inte på mig själv.

Ett varv nu, in på nästa. Jag byter riktning. Somliga reaskjortor har axlar som känns tummade och solkiga i tyget. Jag skulle inte köpa en ens med tidernas största rabatt.

Jag orienterar mig nära skyltfönstrets insida, fingrar på några kavajslag som hänger högt. Nu är det Filips tur vid kassan. Jag studerar hans kroppsspråk när han pratar med expediten. Huvudet kastas bakåt i ett skratt. Händerna illustrerar yvigt vad han vill säga. Han skämtar med expediten, gör sig populär och attraktiv. Allt verkar precis som förut.

Det gör ont någonstans långt inom mig. Det är en mycket oönskad och obegriplig smärta. Den påminner så mycket om sorg. Om svek. Om svartsjuka.

Filip tar sitt inköp och går. Hans leende hänger kvar ett ögonblick medan han går ut ur butiken, han svänger om och kommer när som helst att passera skyltfönstret där jag står och samsas med skyltdockorna. Hans ansikte har blivit magrare, ser jag nu. Ögonen ligger djupare. Ett cigarettpaket har kommit upp ur fickan. Ser han mig så låter jag honom se mig. Tar han kontakt ska jag vara mottaglig.

Stegen är raska. Huvudet vrider sig en bit, åt mitt håll. Han tänker titta på kostymerna i fönstret, han har fångats av de jättelika chockrosa reaskyltarna. Han stannar till, jag smilar.

"Kan jag hjälpa till?"

Det hugger till i nacken när jag vänder mig om. Försäljaren är ung och liten, han står strax nedanför mig och tittar uppfordrande. Jag tar mig om nacken. Det är inte bra att vända på huvudet för kvickt.

"Nej tack, jag tittar bara."

"Okej. Säg bara till."

I gången utanför skyltfönstret ser jag nu ett äldre par långsamt strosa fram. Några ungdomar med kroppslig oro vältrar sig förbi. Filip är borta. Naturligtvis är han borta.

I bilen på väg till Isabellas lägenhet slingrar sig tankarna om varandra. Mentalt gör jag en stor sak av att Filip missade mig med någon ynka meter. Var det verkligen vad han gjorde, missade mig? Ju mer jag tänker på det desto säkrare blir jag på att han såg mig, kände igen mig, undvek mig. I mobilen ruvar hans nummer och hans nya adress, uppgifter jag fått av hans egen mor. Hans röst kan vara tre knapptryck härifrån.

Men jag gör det inte. Jag ringer honom inte. Jag vill inte längre.

Jag svänger upp mot Isabellas kvarter. Jag har hjälpt henne en del med lägenheten här. Tapetserat om sovrummet, målat om köksluckorna och monterat upp nya flådiga handtag på dem. Vi skrattade mycket och hon tog på mig. Allt under ett förtigande om vem jag egentligen är.

Nu vet hon det. Mina egna skrivna ord har talat om det för henne. I ett års tid har jag suttit med mina brev, och effekten av mitt slit blev denna och ingen annan. Jag skrev för mig själv och jag skrev för Isabella. Efter att ha sett Filip idag känns det otroligare än någonsin att jag skulle ha skrivit för honom. Min text är inte förenlig med hans oberörda yttre.

Finns det någon som vet vem han är?

Jag räknar inte med att Isabella är hemma. Det är högst osäkert om hon tänker öppna för mig om hon finns därinne. Det viktiga är att jag sticker in brevet i inkastet. Inte stå där och lyssna om ingen öppnar, inte dröja på stegen. Bara stoppa ner brevet gesvint som en brevbärare.

Portkoden stämmer fortfarande. Det ekar i trapphuset. Det är mitt på dagen en vardag och tyst i lägenheterna. Jag är den enda med fart uppför trapporna. Isabella har inte extrajobbat på Plantagen sedan i påskas, däremot har hon jobbat oregelbundet på Pressbyrån i centrum. Och så pluggar hon. Mer denna termin än någonsin. Inga läkarstudier nu heller, har aldrig varit. Jag ser för mig henne sitta böjd över en trave kulturgeografiböcker innanför ytterdörren när jag når den.

Jag knackar på, väntar inte länge. Det är helt stilla innanför. Brevet slinker ner. Det dunkar fasansfullt högt när luckan går igen. Då slår det mig.

Tänk om Filip tagit kontakt med henne. Det kan jag inte veta. Hon har pratat om ett stort svek, men jag kan inte minnas att hon nämnt hur han reagerade på deras brytning. Han kanske aldrig tyckte att den var befogad.

Någon öppnar trappdörren längst därnere och jag hatar att känna den paranoia jag gör. Den är så onödig. Är det Isabella som kommer så är det väl bra, för henne vill jag prata med. Är det Filip som kommer så är det väl bra, för honom borde jag prata med.

Mitt enda val är att gå nerför, i lagom fart, lagom långt till höger för att ge plats för mötet. Våra steg ekar i varsin ände, gradvis ekar de allt högre tillsammans. Jag formulerar mig inombords, förbereder mig sammanbitet.

Sedan möter jag en herre. Grå men spänstig, iklädd trikå med tydligt avtecknat paket på framsidan. Han ser oproportionerligt välutrustad ut. De illgröna löparskorna längst ner blir sekundära. Vi nickar rutinmässigt och diskret mot varandra när vi passerar. Oss löpare emellan.

*

Nu har sista varningen kommit. Jag ska vara ute om två veckor.

Jag blev inte upprörd, inte rädd, knappt ens ledsen när beskedet kom. Jag trodde mig känna en lättnad. Det fredligt lugna ansiktet som mötte mig i spegeln måste vikas undan, kvickt. Jag stod inte ut att titta på det.

Det är högst oklart vart jag ska ta vägen nu. Länge har jag närt en hemlig och vag dröm, ett hopp om en annan slags framtid, inte klart formulerad ens för mig själv. Paradoxalt nog är det just drömmen som gjort mig handlingsförlamad. Jag har velat vänta in i det sista på det där stora steget. Måtte jag te mig som en idiot utåt.

För Linnea kan beslutet bara vara av godo. Det svider, men jag kan inte se det på något annat sätt. Hon klarar sig inte själv längre. Hon behöver bli omhändertagen på heltid.

Förändringen har gått så fort att jag känner mig fartblind. Linnea har inte ens anlitat hemtjänst. Hon har klarat sig hemma ända tills nu, med mig ovanför huvudet och dottern Anki med familj stundom rumsterande på nedervåningen. Jag försökte titta extra noga på Ankis son Rasmus när han var här senast. Det jag fick se var en bekräftelse på att Linnea återigen haft rätt. Hon hade rätt i alla år ända fram till den stund då jag märkte att hon vred på sanningen för att skyla över vad hon börjat förlora.

Rasmus kom gänglig och kutig i hållningen. Han brås på sin far, och i den meningen måste jag lägga in ett tyvärr. Jag såg ingen framåtanda alls, jag såg inte ett spår av någon kaxig tonårsattityd. Hasande efter sin mor, åsiktslös, inte långt från att hålla handen. Han som var så kavat när han var mindre, som Linnea alltid sa, och nu hade han tappat gnistan någonstans på vägen.

Jag ska tänka på Affe, Linnea. Jag vet, jag ska tänka på gossen. Det får inte bli likadant för honom.

Som du alltid sa.

Huset går ut på annons inom kort. Värderingen är klar, mäklaren står redo. Övervåningen ska vara tömd på mitt bohag, nedervåningen lämnas möblerad under visningen. Jag vet inte hur många miljoner man har tänkt begära för den rustika gamla femtiotalsvillan där originalstilen går igen överallt. Jag har inte velat ta reda på.

I några dagar har jag varit ensam i huset. Jag har slitit med ett vemod, en tomhetskänsla som kom med en kraft jag inte räknat med. Jag har klippt gräsmattan och rensat ogräs som en vettvilling. Egentligen har jag inte tillåtelse. Anki säger att jag åker ut direkt om jag börjar åtgärda saker på eget initiativ. Inte ens en enkel gräsklippning går an. Det finns minsann andra som sköter det praktiska. Jag ska bara ligga lågt. Jag ska bara samla ihop mina saker så att jag är spårlöst borta när fingrarna knäpps.

Skitsnack. Jag har då inte stött ihop med någon annan trädgårdsmästare under mina ändlösa räder härute. Inte en enda.

Det känns så orättvist, och då menar jag inte ogräset. Det har bara fått fungera som fysisk slagpåse för det osynliga, det som inte går att slå på. Det som bara är ett faktum att konstatera, ett världsordningens grymma utslag.

Det att Linnea inte kände igen mig när hon hämtades.

Hennes tvekan i steget först, när hon trampade omkring i hallen för att klä sig. Hennes ängslan i blicken sedan, när hon tittade på sina domedagsförrättare, en i sänder.

Och när hon fick syn på mig. Jag stod vid foten av trappan. Där, en liten rest av något plirande bakom glasögonen, en snabb höjning av ena ögonbrynet. Jag såg det, jag vet att jag såg det.

En kvinna förs från sitt hem för att aldrig mer återvända, under ledsagning får hon äran att se sig om i varje rum en sista gång, med daltande röster försäkras hon en mycket bättre plats framöver. Och hennes saker, alla hennes saker, naturligtvis ska hon få ta med sig vad hon vill härifrån. Nästan vad hon vill. Allt som ryms i väskorna.

Jag sa att jag och Affe kommer, vart det än blir så kommer vi ofta och hälsar på. Innan dess tar vi hand om allting. Då försvann plirandet och Linneas ögonbryn sjönk lågt, ända ner till förargelsens kännetecken. Det kom en harang av ett slag jag aldrig tidigare hört från den gamla lärarinnan. Det var oresonligt, det saknade logik, det spretade som ogräsplantorna utanför. Hon fattade inte hur jag kunde stå här och prata om någon som var död. Hon mullrade. Hur kunde jag stå här och flina upp mig när någon just dött? Vad var jag för en?

Anki log mot sin mamma. Hennes make log mot mig. Illvilligt och förnöjsamt på samma gång, det var jag säker på. Jag ville inte tro mina ögon. Här stod de och exponerade sin triumf utan omsvep. Jag fick lust att kliva fram och klappa till dem.

Dödens tystnad lade sig när de åkt. Dörren in till Linnea hade lämnats olåst, dörren som leder rakt in i det ständigt sötdoftande köket. Det söta var borta nu. Utblåst. Jag gick runt på nedervåningen, besökte alla rum, kände på saker. Det klumpade sig i halsen. Jag behärskade mig, blinkade och stirrade in i mobilen för att distrahera mig själv.

Sedan fick jag fart. Fram med gräsklipparen och trälådan med trädgårdredskap, på med lämpliga kläder. Jag röjde i flera timmar utan att stanna upp. Hade inte tid att äta och blev överraskad när yrseln smög sig på.

När jag satte mig ner på verandatrappan fick jag syn på några yviga tovor jag missat. Gröna, spretiga monster borta vid redskapsboden. Jag samlade mina sista krafter, flög fram med vapnen i högsta hugg och attackerade plantorna besinningslöst. Högg, högg och högg, slet i dem med mina bara händer, slängde jordkokor omkring mig. Hörde mig själv gny och snyfta ljudligt, ville dämpa mig men gav efter för demonen.

Jag ville att det skulle bli sår efter mina redskap, öppna blödande sår för alla att se. Jag skrek att ingen får lämna mig ostraffat, ingen ska tro att det är okej att bara dra. Jag är inte den vekling alla påstår, jag kan minsann stå upp och tala om att jag har känslor jag med, jag har känslor som gör jävligt ont när de såras.

Jag borrade ner en planteringsspade i jorden, vred runt, rev upp några rötter som jag slet isär, blängde upp mot himlen med grumlig blick och bad morsan ta en titt. Morsan, din satans egotrippade mara, det här är vad jag gör med folk som lämnar mig! Hör du det?

Sedan sjönk jag ihop utmed bodens vägg och satt så tills mörkret föll.

*

Det kan inte komma på fråga att jag förlorar Affe. Jag kan inte avslöja mitt prekära läge för hans mamma. Vickan går i tron att jag är på väg att bli sambo igen. Saker och ting håller på att falla på plats för mig äntligen, jag har hittat en bra tjej och inget annat konstigt. Hon är beredd på att få en konkurrent i moderskapet, offrar hon sig borta i Linköping.

Men om Affes pappa hade hittat något konstigt istället för den här bra tjejen, då hade det kunnat bli knepigt med pojkens besök. Och blev Teo stående utan bostad skulle det bli dags att kontakta familjerätten för Affes räkning. Vårdnadsavtalet skulle behöva skrivas om. En vårdnadshavare utan ordnade förhållanden flörtar sannerligen inte med någon socialsekreterare.

Jag måste ligga lågt.

Ligga lågt är en sak, fara med osanning är en annan. Efter Vickans och mitt senaste telefonsamtal förstod jag att också min mun är svärtad. Jag är inte bättre än någon annan. Jag satt där i ett knäpptyst hus, med fötterna i ett ångande fotbad med en alldeles ny olja med doft av lime och vanilj, slumrade till med huvudet bekvämt bakåtlutat. Först då fattade jag innebörden av vad jag sagt.

Vårt samtal gick på kryckor ända från början. Och jag skyller inte på någon annan. Jag hörde min egen dumma röst hela tiden.

"Ted? Vad är det med Ted?" frågade Vickan.

"Ja, du sa ju själv att du var orolig för Affes umgänge", sa jag. "Ska jag inte få stöd i det heller nu?"

"Stöd? Jag förstår inte vad du menar. Tycker du inte att jag stöder dina åsikter?"

"Inte när det gäller Affes lögner och den biten. Varför låtsas du inte om Teds dåliga inflytande på vår son nu helt plötsligt?"

"Men Teo", flåsades ut med stor trötthet. "Jag pratade inte om Ted då. Förstod du inte det? Ted är en av Affes bästa kompisar. Har inte Affe nämnt Ted en enda gång för dig?"

"Det kan man aldrig så noga veta."

"Sluta med det där. Varför säger du så där? Du har ju för tusan blivit nojig."

"Knappast är jag nojig. Inte när det gäller så här solklara saker."

"Nähä du."

Kort tystnad mellan oss.

"Jag tyckte inte om Ted när jag träffade honom".

"Varför inte det?"

"Han splittrar Affe. Det gick knappt att få kontakt med honom så länge Ted var i närheten."

"Men Teo, de är ju kompisar. Har du aldrig sett två kompisar ihop? Jag kan inte tänka mig att det skulle vara annorlunda när Affe leker med kompisarna han har hos dig. Det är inget fel på Ted, killarna gör gott för varandra.

"Vem menade du i så fall?"

"När då?"

"När du pratade om dåligt umgänge för Affe, förstås."

"Äsch, det där är över nu. Det var ett gäng i skolan bara. Affe har inget med dem att göra längre. Flera av dem åkte dit sen och det var gudskelov efter det att Affe slutat umgås med dem."

"Åkte dit?"

"Ja, de höll på med småstölder och sånt. Inget allvarligt, men ändå. Affe platsade aldrig där och det är jag mycket glad för. Han fattade snabbt att han inte passade in hos dem. Jag ser positivt på det. Vår kille testade som alla småkillar gör, och sen insåg han att det var fel. Han är klok, vår Affe. Jag tycker att du ska se det så du också."

"Herregud."

Nu blev Vickan gravidtrött och orkade inte med så här laddade ämnen per telefon. Vi fick lov att träffas och prata mer om Affe om jag ville det. Hon skulle upp mot Stockholm i jobbet inom kort och ... Jag sa att det var perfekt. Vi måste träffas och prata, bara hon och jag. Det är på tiden.

Hon avrundade samtalet med det väntade. Måtte hon ha haft svårt att hålla sig. Tonen blev mjukare och vänligare, den där hon får när hon verkligen unnar någon något.

Och jag laddade på. Undanhöll information, utstuderat och planlagt sedan långt före samtalet. Jag undanhöll information så till den grad att det hela snart gled över till rena lögner. Vickan visade sin glädje över att jag sällskapar med Isabella och hon gav flera antydningar om det mysiga i att båda väntar barn samtidigt. Snart frågade hon mig raka frågor om boendet. Och om Isabella.

Rappt och effektivt ljög jag. För att gynna mina egna intressen satt jag där och blåljög, precis som alla andra.

Och jag kände mig så nöjd när jag märkte att jag lyckades.

25

En kvinna finns vid hans sida igen. En kvinna ännu en gång, inte något annat. En ny kvinna, en efterträdare. Hon har haft en blond, uppsatt frisyr när jag har sett dem och hon har sett äldre ut än han. Tio års skillnad, som en ren gissning.

Filips Facebook-konto har dykt upp igen, till synes oförändrat sedan tidigare. Och ja, jag finns fortfarande med i hans vänlista. Jag har inte hittat någon som liknar den här nya kvinnan bland hans FB-vänner, men i verkligheten är de två uppenbart mer än bara simpla vänner.

Arm i arm har de gått. Han har hållit upp bildörrar och portar för henne. Han har kastat sitt huvud bakåt i skratt. Hon har öppet tryckt sig mot honom, hållit honom om midjan, tittat upp på hans ansikte. Hon har insupit hans förbannade värme och hans jädra manlighet inför alla som velat se. Hon har kuttrat, jag har inte hört det men jag har sett det, hon har kuttrat. Hon har uppträtt lyckligt, så lyckligt. Kjolen har bergis trillat av så snart gardinen dragits för.

Och där har jag varit, en bit ifrån. Osynlig, arg, ledsen.

Facebook har talat om för mig var de har kunnat hittas, precis som Facebook kan vara så bra på. Filip är inte den som skriver långa utläggningar eller underfundigheter där, har aldrig varit. Han checkar mest in, på olika platser. Oftast ensam, man får upptäcka själv om han har någon med sig. IRL.

Och inte är han den som svarar på ett diskret meddelande från en gammal vän heller. Jag gav honom det, men fick inte ett knyst tillbaka.

Anita gav mig sin sons nya adress i centrala Stockholm. En smal gata mellan Norrmalm och Östermalm, ett äldre femvåningshus med små affärer på gatuplan och rejäla balkonger längs takvåningen. Enligt folkbokföringen är Filip fortfarande skriven på en församling. Som en hemlös.

Vad sysslar han med? Vad *vet* den här nya kvinnan? Vad *tror* den här nya kvinnan? Vad vet och tror *jag*? Ser jag världens största svikare ute på krigsstigen igen? Bevittnar jag ett återtåg från det okända till den öppna marknaden av lättlurade stackars människor? Borde jag vara den som varnar, jag som har erfarenheten?

Jag tycker synd om Isabella nu, så mycket att det gör ont. Jag har mest gått omkring och tyckt synd om mig själv under året jag väntat på svar från Filip. Nu känns det som om jag struntar i om mina brev kommit fram eller inte. Kanske lika bra om de inte kommit fram.

Det jag vill av hela mitt hjärta är att mitt enda brev till Isabella ska ha nått fram. Hoppfullt är att mina odds är några helt andra än de jag vant mig vid. Inte ens den allmänna posthanteringen är en riskfaktor nu.

Det är klart att hon har läst brevet.

Jag tycker synd om henne för allt hon varit med om. Mina minnen av vår sista natt tillsammans är knivskarpa och hennes gråt och ängslan lär aldrig lämna mig. Här har jag nu sett orsaken till alltsammans, smörigt leende mot en ny kärlek. Här har jag sett Filip Silverstrand, den mest häpnadsväckande av dem alla. Och det enda som gläder mig är att oron för att han ska kontakta Isabella igen inte alls är stark längre.

Jag tycker synd om Isabella och vill gärna hålla mig till den känslan ett tag. Den kan ge handling, bra handling. Och den kan skjuta undan annat som jag fortfarande har svårt för att vidröra. Se där, nya ursäkter. Igen. Men jag vet att det är slut på dem snart. Jag vet att det måste vara det.

Och det bränns, oj vad det bränns.

Det är tydligt att jag inte kan släppa Filip. Jag sällar mig till skaran av svikna, men jag kan inte acceptera det. Något gör att jag vill se honom. En strimma av besatthet drar förbi fast jag inte vill. Senast jag såg honom hände något obehagligt. Det var i samband med en motionsrunda.

Jag har utökat mina regelbundna löpturer nu när temperaturen sjunkit igen. Nya sträckor för i höst, både längd och geografi är annorlunda. Jag sitter alltjämt på Bremers avbytarbänk och har mer tid till förfogande än någonsin. Dessutom har jag känt ett ovanligt stort behov av att frambringa mjölksyra efter alla bankbesök jag gjort under den senaste tiden.

Iförd splitterny och dyr joggingoverall har jag stegräknat mig förbi det gamla villaområdet där Filips mamma bor, flera dagar på raken. Det är ett fint område. Både att löpa i och att förvänta sig något i. Det första sunt, det andra inte.

På tredje dagen, vid returpassagen, uppenbarade han sig. Helt i enlighet med senaste incheckningen.

Han vandrade i trädgården med Anita. Ruben fanns där också. Jag stannade, flåsade andfått, försökte stå så att jag såg ut som en vanlig joggare som bara tagit en paus. De pratade koncentrerat med varandra. Ruben höll sig i bakgrunden, det var mor och son i fokus. De vandrade sakta från trädgårdens ena ände till den andra, Filip gestikulerande med sakliga och distinkta rörelser, en cigarett klämd mellan två fingrar. Och så vandrade de tillbaka igen.

Jag tvingades gå ur vägen för en bil som kom med hög fart utmed villagatan, långt över de tillåtna trettio. Den bromsade in vid Anitas staket och jag försökte att inte stirra. Jag ställde mig att stretcha, lagom nonchalant. En träningsskrud kan fungera som ypperligt kamouflage. Det lyser om mig lång väg, men jag väcker ingen uppmärksamhet.

Jag skulle bli varse att det inte blott var bilens framfart som var häftig. Förarens egen stod inte långt efter. Hon klev ut och var mycket bestämd i steget, så bestämd att det nästan gick över gränsen för det praktiska. Hon var nära att ramla omkull när hon tog sig runt bilen och in genom grinden. Filip vände sig om direkt, släppte både mor och styvfar och gick den stormande till mötes.

Han hade knappt hunnit fram när örfilen satt som en smäck i hans avsmalnade ansikte. Det klatschande ljudet hördes förbluffande högt. Jag ställde mig på knä för att tydligt visa hur viktigt det var för mig att stretcha baksidan av låret just i den stunden.

Jag blundade av ansträngningen.

Så började hon skälla. Filips blonda kvinna avfyrade en riktigt ordentlig utskällning. Filip höll upp händerna vid sidan om huvudet, skakade dem avvärjande och höjde rösten han med.

Jag hörde inte mycket av vad han sa men jag kände väl igen tonarten i stämman.

De stod så en stund, sedan gav hon sig på honom igen. Ännu mer handgripligen den här gången. Han var mer än huvudet längre än hon och hon försvann för ett ögonblick när hon stångande sig som en bock in i hans bröst och mage. Jag häpnade. Kunde knappt röra mig på en stund och det hade inget med mina ansträngda muskler att göra. Vad var det som hände här egentligen?

Jag kände mig inte lika arg på Filip längre. Jag kände någonting annat. Revanschlystnad, kommer för mig, men det är ändå inte helt rätt.

Nästa gång jag tittade upp ledde Filip kvinnan mot huset. Hon såg ut som ett litet bylte bakifrån och benen rultade som ett barns. Anita dök upp med öppna armar, men det var bara en tafatt gest. Hon hoppade undan för dem när de kom för nära. Jag såg Filips mörka bakhuvud försvinna in i huset, och precis när jag började jogga framåt igen hörde jag hur någon vrålade hysteriskt bakom den stängda dörren. I farten vände jag mig om och det sista jag såg var Filips mor som hastade runt huset, kanske för att nå en andra ingång på baksidan.

Efter en uppfriskande dusch hemma upptäckte jag att Filip tagit bort mig som vän på Facebook. Och ingen annan än hans vänner kan se hans statusuppdateringar. Så var det med det.

*

Jag blev mycket besviken när Anna Grind ringde och lämnade återbud. Samtalet kom dagen före vi skulle ses och jag hade stålsatt mig och var ivrig inför det jag betraktade som en milstolpe. Jag frågade henne flera gånger om hon var säker. Hon beklagade sig och sa att det tyvärr var så. Hon uppgav ingen egentlig orsak och det var inget hon behövde heller. Jag förstod. Det hade varit för bra för att vara sant.

Isabella kom till mig starkare efter Annas återbud. Mitt brev hade inte gett något gensvar och nu blev jag ännu ledsnare för det. Affe frågade efter henne och jag var inte säker på vad jag skulle säga. Jag fick avbryta mig själv mitt i ett fantasifoster till bortförklaring. Jag stympade en lögn och sa på ett förenklat sätt hur det var. Isabella vill inte träffa oss längre.

Jag hade något ouppklarat med fem olika kvinnor, tänkte jag när jag satt och surfade på möbelmagasinering. Det var Vickan, det var Isabella, det var Anna och i viss mån Anita. Och så var det min vän som studerat till psykoterapeut. Den gamla vännen från ett av mina tidigaste jobbuppdrag, hon som en gång hade vänligheten att ta sig an Filips brev för en analys.

Hennes röst fanns på mitt mobilsvar för en tid sedan. Hon hade läst ett långt meddelande från mig och frågade försynt hur det hade gått för mig, om jag hade fått tag på min vän. Ursäktade sig för att hon inte hört av sig förrän nu. Månader hade gått sedan jag skickade det där meddelandet.

När Annas återbud kom tog jag upp terapeutvännens nummer på nytt. Tittade på det en stund. Vi har tydligen en förmåga att gå om varandra, hon och jag. Vad vet hon om Filip egentligen? Ingenting, men hon är bevandrad på det psykologiska området och hon är snäll. Det skulle väl inte skada att anstränga sig lite den här gången, ringa tills hon svarar?

Nu föll det sig så att mina nya kontaktplaner fick skjutas upp. En kvinna i taget här. Anna Grind blir först på tur i alla fall. För den dagens morgon när vi skulle ha setts ringde hon igen. Hon väckte mig och sa att hon tagit sitt förnuft tillfånga. Det är klart att hon vill hjälpa mig. Gick det bra den tid vi sagt från början?

Det var rena ottan, men jag kunde inget annat göra än stiga upp. Hade jag någon form av ro innan var den borta nu.

Jag kände mig som en reporter som gräver i folks olycka när jag satte mig ner på favoritfiket mitt i stan för att invänta Anna. Inte för att jag har varit en skrivande journalist i den smarriga tragikens tjänst någon gång, jag har bara bidragit med några insändare ibland, men så här kan jag tänka mig att de har det. Jag förväntas vara den som ställer frågorna, och om det hela ska ge något kan det mycket väl hända att de måste bli känsliga.

Jag beställde ett glas latte med mjölkskum upp till brädden. Skämtade om att påtår kunde ingå om jag skulle bli sittande länge. Föga anade jag att timmarna faktiskt skulle rinna iväg så som de gjorde.

Jag satt så att jag såg henne komma utmed trottoaren. Som väntat kände jag igen henne direkt. Hon kom lång, rak och snygg och hon sneddade gatan målmedvetet. Kläderna stämde exakt med beskrivningen jag fått, från skorna upp till den vinröda baskern på huvudet. Jag reste mig och gick henne till mötes i kafédörren. Hon hälsade och synade mig kort uppifrån och ner, jag log och sa att det var tur att jag fick ett så utförligt signalement. Vi valde ett bord på övervåningen, Anna hängde kappan över ett ryggstöd men lät baskern sitta kvar. Hon fick fram plånboken med långa flinka fingrar, ursäktade sig och tog trapporna ner igen. När jag väntade märkte jag att jag var nervös.

Annas röst lät inte likadan i verkligheten som i telefonsamtalen. Den var kallare nu. Hela hon kändes sval, korrekt och affärsmässig, samtidigt tillmötesgående. Bara det att hon befann sig där med mig var extraordinärt i sig.

Vi skulle komma in på sorgliga saker. Tragiska saker om hur en man med många gåvor hamnade fel redan från början. Jag skulle få lida av orolig sömn nätterna som följde.

Jag var noga med att tacka Filips syster i ett tidigt skede. Jag bedyrade hur fantastiskt jag tyckte det var att hon ställde upp. Hon sa att hon gjort det här förr. Hon har behövts förr, av samma orsaker. Hon har hjälpt två kvinnor att förstå och hon har fått dem att sluta anklaga sig själva och gå vidare. Jag var den förste mannen. Jag fick en känsla av att hon höll på att betala tillbaka. Att hon såg det här som en gottgörelse på något sätt.

Jag skulle ha klart för mig att hennes kontakt med Filip i vuxenlivet varit mycket knapp. Anna satte upp riktlinjerna över första latteslurkarna. Hon visste inga detaljer om honom nu. Det hade hon gett upp för länge sedan. Det var inte lönt för mig att fråga om var han är nu eller vad han gör nu. Det kunde man ändå aldrig veta. Så nog om det.

De inledande frågorna var hennes.

"Okej, Filip var din vän, men hur fick du idén att kontakta mig? Hur fick du nys om att jag finns?"

Relevanta frågor, tänkte jag, särskilt med tanke på att Filip av någon outgrundlig anledning förnekat sin systers existens inför mig.

"Anita", sa jag snabbt. "Jag har träffat din mamma Anita flera gånger."

Ur vissa vinklar var Anna så lik sin mor att det var rent kusligt. En osliten, vacker upplaga med fyrkantigt ansikte och plutande läppar. Hon ville veta hur mycket jag visste. Vad jag trodde, vad jag dragit för slutsatser.

Jag fann inga bra ord direkt men det gjorde hon.

"Jag har lärt mig att det är bra att snabbt tala om för folk vad Filip har för störning. Då blir det lättare att förklara resten sen."

"Aha."

"Han är mytoman." Anna tittade uttryckslöst på mig. "Min bror är mytoman och har varit det så länge jag kan minnas."

Det kom ut som av ren rutin. Hon lade till:

"Vet du vad det innebär?"

"Det är någon som ljuger", sa jag.

"Självklart, men vet du vad det *verkligen* innebär?"

"Det är någon som ljuger väldigt mycket. Någon som hela tiden vill framställa sig själv i bättre dager och därför måste ljuga så fort han inte naturligt kan vara främst."

Anna nickade men sa att det inte riktigt var så enkelt. Det var inte hela sanningen.

"Du behöver veta mer, förstår jag nu", sa hon. "Du behöver få höra mer om hur de kan fungera, de som har den här störningen. De ljuger nämligen inte bara som vanligt folk."

Naturligtvis visste jag att Filip ljuger och att han dessutom ljugit mycket under vår tid som vänner. Jag hade ingen aning om hans nivå medan vi sågs, det har kommit till mig gradvis efteråt. Jag har funderat på varför han velat framhäva sig själv, men precis när jag tänkt så har jag insett att något inte stämt. Det har inte bara varit frågan om att Filip förstorat sig själv. Han har *förminskat* sig också, suttit och gråtit mot min axel över de förluster han upplevt, över de tillkortakommanden han har.

Anna kunde bekräfta mina tankar.

"Mytomaner tillför gärna sig själv negativa saker likaväl som positiva, bara stunden är den rätta. Kicken av ljugandet är huvudsaken, det behöver du förstå", sa hon.

Filips brev låg prydligt hopvikt i väskan jag hade med mig. Jag sneglade på den där den låg på stolen intill.

Anna ville ha klart för sig på vilket sätt jag kände Filip innan hon fortsatte. Mycket nära, bedyrade jag. Det räckte inte. Hon granskade mig allvarligt, jämförde troligen med de gamla flickvännerna som hon tidigare fått rycka in för. Inte undra på att hon blev reserverad.

Jag visste inte hur jag skulle förklara. Hur mycket jag skulle säga. Hon tittade tyst på mig när jag försökte, och jag kände hur uppenbara mina problem med att beskriva mina känslor blev. För ett uns trodde jag att det var kört. Jag trodde att hon skulle ge upp i tron om att jag var en simpel snokare som samlade fakta för att jag hade något otalt med hennes bror.

Jag stakade mig och rodnaden i ansiktet blossade. Anna visade ett av sina få leenden och sa att det var lugnt. Hon förstod. Jag var seriös, hon var övertygad.

Filip flyttade hemifrån tidigt. Han hade inte ens fyllt sjutton. Anna sa att alla i familjen var glada för det. Hon tyckte att det lät hemskt att säga så idag, men hon tänkte inte sticka under stol med att det var så. Atmosfären blev en annan när han var borta. Lugnare, mer harmonisk.

"Ingen behövde gå omkring med andan här uppe längre", sa hon och visade med handen strax under sin skarpt mejslade haka. "Jag var elva. Filip är fem och ett halvt år äldre än jag. Som elvaåring förstår man inte det som hände. Det går inte att förstå att ens bror mår så dåligt att han måste ljuga om allt. Och att ens föräldrar har så dålig koll att de triggar hans problem istället för att försöka häva det. Man tycker bara att det är skönt när allt bråk är över."

"Kan du förklara lite närmare vad du menar med triggar?"

Påtår i bådas latteglas först, lite mer mjölk i mitt.

"Filip kunde komma hem och sitta vid matbordet och dra den ena historien efter den andra. Alla är vi barn i början och inte så duktiga på vad som sedan blir vår profession. Filips tidiga historier kunde vara överdrivna, ofta alltför fantastiska för att vara realistiska. Och där satt pappa och sporrade honom att berätta vidare, uppmuntrade sin son att dra på ännu mer. Han satt och blinkade i mjugg åt mamma. Och hela tiden fanns där en känsla av misslyckande, en känsla av utstötning. Ett hån. Det kunde jag känna fast jag bara var elva år när Filip stack och stannade borta."

Anna och jag tittade efter gäster som gick, såg nya komma. Jag tänkte på Anita och på Filips numera sjuke far. Jag skrapade med nageln på en fläck på bordskanten och tänkte på vad Filip sagt om att han tar hand om gubben nu på gamla dar. Den nedbrunna speceriaffären, familjens knapra leverne, ensambarnet Filip och hans lidande av att sakna syskon.

Mitt skrapande finger luktade gammal sylt.

Jag frågade om hemmet.

Det var ett mycket fint hem. Anna var lyckligt lottad på den punkten, det tänkte hon inte hymla med. Familjen hade alltid gott om pengar och gården de bodde på var enorm och hade heltidsanställda. Gribby gård, i Nynäshamnstrakten, kanske hade jag hört talas om den? Jag blev ställd och svarade svävande. En svag klocka ringde i bakhuvudet.

Jag fick veta att gården gått i arv i generationer, anorna sträcker sig till 1600-talet. Familjen har bedrivit olika verksamheter genom åren. När Filip och Anna växte upp hade man bland annat hästar för evenemang med guidade ridturer. Anna kommer bäst ihåg hästarna och stallarna. Man hade också bostäder för tillfälliga uthyrningar och större lokaler för olika företagsevenemang. Konferenser blev populärare och familjen inriktade sig alltmer mot det, men det går fortfarande att få sig en ridtur om man kommer på besök.

"Pappa driver gården än idag, trots att han börjar bli gammal. Det gäller att ha bra anställda bara, så klarar han det säkert ett bra tag till."

Jag följde Filips systers läpprörelser när hon pratade, dessa fylliga läppar. Kanske föll min haka ner ett stycke.

Hela familjen hade bott i den gigantiska mangårdsbyggnaden i gårdens västra ände. Anna såg drömmande ut för ett ögonblick.

"Pappa gillar när saker och ting är i skick. Vi hade folk som jobbade heltid med att underhålla alltihop, hela gården och alla byggnader. Bortskämd? Jag känner inte så. Filip och jag har aldrig någonsin behövt lida brist på det materiella, men det är mer än pengar som måste stämma för att nå harmoni och lycka. Håller du inte med om det?"

Det blev en smärre krock i mitt huvud. Visst hade jag hört talas om Gribby gård. Filip hade fängslat personalen på OrxLite genom att berätta om ett mord som begåtts där. Det var ett mord på en tyrannisk man, ett mord begånget av mannens barn. Det var bestialiskt. Och Filip var en god vän till familjen, bara en god vän.

Filip har inget med Annas ord att göra, tänkte jag när jag tittade på hennes vackra händer och långa fingrar som flinkt accentuerade allt hon sa. Min Filip har aldrig bott på den där gården med eget tjänstefolk. Min Filip var enda barnet till en sjuk, utfattig och misslyckad far och en mor som slutligen bröt sig loss och skapade sig ett nytt, anspråkslöst liv med Ruben. Anna kan väl också ljuga, tänkte jag, sprungen ur samma kött och blod som hon är.

Charkdisken, fotogenbranden, sista spiken i kistan. Gubben på dödsbädden. Skulle jag berätta min version för Anna? Jag började försiktigt men hon stoppade mig.

"Du behöver inte", sa hon. "Det bästa är att försöka glömma allt du hört Filip säga om sin bakgrund. Det kan finnas något som är sant mitt i någonstans, men hopplöst att reda ut vad."

"Anita då? Er mamma då? Jag har ju träffat ... Ruben har jag pratat med också."

Anna fortsatte med precis den lucka jag behövde få ifylld.

"De skilde sig. Det hade blivit mer harmoniskt hemma efter lögnerna, visst var det så. Men mamma och pappa behövde inte varandra längre. Jag minns inga hårda känslor. Ruben är på riktigt. Mamma var i behov av en enkel man som han, en kontrast. Våra föräldrar är inte ovänner idag, tvärtom. De ses om hon till exempel behöver hjälp med något. Pappa är trots allt en luttrad företagare och har sina goda sidor."

Den döende spillran av pappa Silverstrand, iförd skräddarsydd kostym och med det silvergrå huvudet högt, lotsande sin exfru och dotter på gågatan i stan alldeles nyligen. Bilden verifierad.

Jag kände mig liten och kränkt när jag ställde nästa fråga.

"Varför är din mamma arg på mig? Anita är så arg. Vad tror hon att jag har gjort? Hon har skällt ut mig offentligt, betett sig allmänt illa. Jag har aldrig gjort henne något. Att tro att hon är galen har varit en klen lindring."

Filips syster tittade ner i bordet, rörde vid sitt glas och fnös till. Ögonfransarna var som ögonlockens handtag. Stora, svarta, böjda. Fällde ner, fällde upp.

"Det är det där som är så otäckt", sa hon. "Folk kan tro vad som helst om en. Jag blev själv tagen för både det ena och det andra när jag var yngre. Nya bekanta kunde komma fram och granska mig ingående för att sedan skeptiskt undra hur det känns att vara i modellbranschen. Eller så blängde de bara anklagande och viskade till varandra när jag vände mig bort. Aldrig kunde man veta vad han sagt."

"Det är alltså Filip som har tutat i er mamma en massa påhitt om mig, det behöver alltså inte vara ..."

"Det kan handla om vad som helst", sa Anna. "Precis vad som helst. Bli aldrig förvånad."

"Svårt att låta bli att fantisera om vad för typ av skithög jag har målats upp som. Vad för slags brott jag begått."

"Försök släppa det. Skuldbelägg dig inte."

Jag kände mig inte arg, bara rättfärdigad. Men det var mer som inte stämde för mig. Anna sa att föräldrarna visste om att Filip ljög, hon sa att de till och med uppmuntrade honom. Filip hade bra kontakt med sin mor och har det fortfarande. Hon var den första han kontaktade när han återkom till stan.

"Men hur resonerar Anita egentligen? frågade jag. "Varför är hon arg på mig om hon vet att Filip är mytoman?"

I Annas ansikte fanns nu en överseende kärlek, som till ett oförståndigt barn. Jag såg den där bakom allt det korrekta, det stramt vackra. Långa fingrar klättrade graciöst upp över kinden när hon vilade hakan i handflatan.

"Mamma är mamma", sa hon. "Hon älskar sina barn, förutsättningslöst. Hon försvarar sin son när han råkar ut för dumma typer trots att hon innerst inne vet att det lika väl kan vara han själv som är dummast. Det är så det fungerar. Hon har gråtit floder över sitt svåra läge mittemellan."

Jag förstod säkert. Jag skulle inte ta det personligt.

Jag inbillade mig att kafépersonalen börjat titta på oss. I så fall fick de gärna glo. Det kändes oerhört underordnat.

"Filip påpekade själv ibland hur viktigt det är med ärlighet", mindes jag högt. "Det är ju helt sjukt. Utbildningen då? Hans utbildning? Åren i Boston, kurserna på universiteten i Lund och Uppsala?"

"Glöm dem", sa Anna.

Rickard Egertoft, tänkte jag. Han pluggade ju med Filip i USA. Sedan tänkte jag ett steg till. Jag hade inte nämnt det konkret för Egertoft. Och Filip hade inte nämnt det för oss båda samtidigt. Det var på Mörkö, på grillfesten. Hur mycket var egentligen sant där? Hur lyckades han mixa en massa olika lögner inför en massa olika människor?

"Men vad har han gjort då?" frågade jag med en röst som lät mer krävande än avsett. "Du är ju ändå hans syster, du vet väl vad han valt för inriktningar i livet? Vad *är* han? Vad har han för yrke?"

Anna skakade på huvudet.

"Jag vet inte. Och det otäckaste av allt – *ingen* vet. Det känns ovant för oss normala, men så är det med mytomaner. Det finns inte en levande själ som med säkerhet kan rada upp vad Filip sysslat med. Forskar man ska man upptäcka att versionerna blir många, jättemånga. En fullfjädrad mytoman är duktig på att dupera, det kan jag lova dig. Jag har stött på många som är säkra på att de känner Filip. Den där trevlige killen, utropar de. Om de inte umgåtts för länge med honom, vill säga. För hur skicklig en mytoman än är anar folk oråd till slut, de som står tillräckligt nära. Ingen klarar av att hålla hundratals lögner i luften samtidigt. Det vore helt omänskligt."

"Jag umgicks länge med honom", sa jag. "Och stod honom nära."

"Jag förstår det. Men du började se sprickor, inte sant? Då sticker mytomanen. Nya kontakter, nytt umgänge. Att erkänna en lögn har aldrig varit ett alternativ för Filip. Aldrig någonsin."

Anna behöll sitt lugn träffen igenom, knappt en ryckning i det perfekta ansiktet. Ledigt och hjälpsamt kom allt ut, känsligt som okänsligt. Hon hade väl ett behov, hon också.

"Filip och jag jobbade ihop på OrxLite", sa jag.

"Och det var där han förförde dig?"

"Förförde? Jag vet inte ..."

"Fångade dig då?"

"Så kan man väl säga. Han hade yrkesmässiga framgångar där, det var det jag ville säga. Han höll på att ta över, det såg jag med egna ögon."

"Det förvånar mig inte. Alla står handfallna inför hans charm i början. Svårt att värja sig, eller hur? En skicklig mytoman lurar vem som helst. Filip är en mästare på detaljskärpa. Jag är rädd för att det kommer att förgöra honom en dag."

"Förgöra? Tror du det? Det låter farligt. Men *varför* blev det så här? Hur började det?"

"Ja du", sa Anna och plockade fram läppglans ur väskan. Hon applicerade det omsorgsfullt och gnuggade läpparna länge mot varandra. Lät mig vänta.

Jag tänkte på mitt första samtal med henne, min bluff-undersökning om syskonskaror i telefon. Då sa hon att hon var yngst av tre. Eller två, beroende på hur man såg på det. Jag tittade på henne medan hon vek ihop sin spegel och stoppade tillbaka den. Ett biträde torkade bordet intill oss extra länge, extra noga. Trasan stänkte några droppar in över vårt bord.

"Vet du varför han började?" frågade jag igen.

"Jag vet orsaken", sa hon. "Och den är hemsk. På många sätt är den hemsk."

Och så berättade hon.

26

Hon skyller på sin egen ungdom och det gör hon rätt i. Anna Grind har haft stunder i livet när hon anklagat sig själv för att hon inte gjorde något. För att hon inte ryckte in. Men vad kunde hon ha gjort? Vad kunde man begära av en flicka som bara var ett barn? Ingenting, naturligtvis ingenting. Det var de vuxnas ansvar.

Alla barns uppväxt är de vuxnas förbannande ansvar.

En gång i tiden var familjen Silverstrand en familj med tre barn. Filip äldst, Markus i mitten och till sist lilla Anna. Det skilde bara ett och ett halvt år mellan bröderna och drygt fyra år mellan Markus och Anna. Tätt mellan bröderna, sedan ett glapp. Fanns det någon mening med att Anna kom precis ett år efter den tragiska förlusten?

Jo, menar Anna. Hon hade inte funnits om det olyckliga inte hade inträffat. Två pojkar hade räckt för dem.

Hon upplever inte att hon hade en dålig barndom. Oskyldigt dök hon upp i världen när allt redan var över, och där fanns kärlek som väntade på henne. Man såg med överseende på hennes väsen, hon flöt ovanpå det okända mörkret, hon var den söta flickan.

Som vuxen har hon förstått att den stora bristen för hennes överlevande bror har varit just det där viktiga. Måtte han någonsin ha känt sig älskad senare i livet, tänker hon idag. Hon skulle gärna unna honom det.

Filips syster sköt ifrån sig glaset och lutade sig tillbaka i kaféstolen. Baskern satt orubbligt och oantastligt. Jag skrapade lite på det där märket på bordskanten igen. Glömde den sliskiga syltlukten.

"Skulle du unna mig det också?" flög ur mig.

"Vad menar du?"

"Förlåt, det var inget. Fortsätt berätta".

"Okej." Kort paus. "Markus var bara tre år när han dog. Det var länge diffust, allt som hade med dödsfallet att göra. Oklara omständigheter, som man sa, och jag är inte säker på om man hade en slutgiltig förklaring ens när fallet avslutades. Jag fick aldrig träffa min andra bror. Filip fick ha en lillebror i några futtiga år, och det skulle komma att prägla hans liv fullständigt. Ingen vet hur mycket han såg av vad som hände den där vinterdagen då det var så mycket snö."

Anna fick då och då bevittna bråken, de jäkla bråken. De blev hetsigare med åren, vartefter Filip blev större och mindre rädd. Ett surt och besviket muttrande från en far till en tystlåten son blev till ett öppet skrikande med viftande knytnävar och smällande dörrar. Striderna bottnade alltid i samma sak, inser Anna idag. Att Filip inte dög.

"Jag gjorde vad jag kunde för att slippa höra eländet, men det var ofta svårt att stänga av och fly. Man satt ju vid samma bord liksom. När jag var lite större blev jag alltid skakis när jag hörde Markus namn nämnas. Då var pappa instabil. Det pratades aldrig om Markus till vardags. Hans liv var kort och det var tabu."

Annas vackra händer gestikulerade som trollstavar över bordet. Personal tittade på oss, vände och gick ner igen. Nu var jag säker. Hon fortsatte:

"Filip var räddhågsen som liten. Svårt att föreställa sig idag, eller hur? Han var räddare än Markus, så sa man. Åtminstone var pappa övertygad om det. Hela familjen sörjde när Markus dog, men alla visade sin sorg på olika sätt. Pappas sorg var en dämpad förtvivlan som han aldrig gav efter inför på riktigt. Han gick omkring som en uppsvälld böld och när den ibland läckte ut lite av sitt sura innehåll var Filip alltid i vägen. Och min bror svarade genom att bli ännu räddare. Det blev *hans* sorg."

"Det är starkt, det du berättar. Du fängslar med ditt ordval."

"Jag säger bara som det var. En av de saker som Filip inte tyckte om var höjder. Jag kommer ihåg en händelse på en balkong hemma. Jag var väl fem eller sex år, minnena har fått byggas på efteråt med hjälp av mamma. Balkongen var under renovering och hantverkare gick omkring i huset. Den låg inte särskilt högt upp, på andra våningen, men Filip tyckte inte om att stå längst ut på den. Kanske blev pappa extra besviken just den här gången bara för att det fanns en machopublik på plats. Kanske sprack bölden mer bara för att hantverkarna inte kunde applådera åt hans duktige och modige grabb. För han hade ingen duktig och modig grabb, han hade en vekling."

"Det är ingen vacker bild jag får av er far. Det fick jag inte när Filip pratade om honom heller, fast det var om helt andra saker."

"Som sagt, jag talar bara om hur det var, på riktigt", sa Anna. Hon tog fram läppglanset igen. Lät korken sitta kvar en stund. "Delar av balkongräcket var bortmonterat. Filip satt på sitt rum när pappa skrek på honom. Han behövde låna ett verktyg från en av männen på balkongen, en hammare eller något, vad vet jag. Springschasen Filip skulle jobba. Men brorsan vågade sig inte ända fram, ända ut. Jag kan föreställa mig hur han stod vid balkongdörren och tittade med sina enorma ögon. Hammaren låg därute, snickaren jobbade på och märkte honom inte. Filip var antingen tvungen att göra väsen av sig eller så skulle han tvingas smyga ut och hämta verktyget själv. Frågan var vad som var värst."

"Filip alltså, att det där verkligen var Filip. Du har för övrigt också fått de där stora bruna ögonen."

"Vet inte om jag ska se det där som en komplimang, men visst. Hur det än var så kom det ingen hammare och när pappa gick för att titta efter hade Filip satt sig ner i ett hörn innanför balkongen, på säkert avstånd från dörren. Det här har mamma berättat flera gånger. Snickaren skrattade och sa att det var mig en försiktig och blyg grabb. Jag har sagt till honom att komma ut och hämta den, men han vågar inte!"

Med läpparna blanka och förstorade efter en ny lång smörjning konstaterade Anna att snickarens ord blev den utlösande faktorn den dagen. Familjen fick ta del av faderns stora besvikelse i många timmar. Han gick omkring och grämde sig och Filip gjorde sitt bästa för att hålla sig undan.

Andedräkten puffade av syntetisk jordgubbe när Anna fortsatte:

"Vad hade pappa gjort för att få en så feg son? Vad hade han gjort för att förlora en så tuff son, en som bara fick bli några år men som hann visa upp såna perfekta drag? Var detta en form av straff? Markus hade varit som han, en kopia av pappa, och var Filip kom ifrån kunde han inte förstå."

Händelsen är inte det värsta Anna kommer ihåg. Det värsta är kommentaren hon hörde fadern fälla flera år senare, när Filip så sakteliga börjat revoltera. Några få ord, allena förödande som en giftpil.

"Då sa pappa att han önskade att det var Filip som dog den där dagen i snön istället för Markus. Hela han skakade av ärlighet, jag lovar dig, han skälvde."

"Och du väljer att ha kontakt med honom idag?"

"Jo. Han har alltid varit snäll mot mig."

"Jag har ingen kontakt med mina föräldrar", sa jag. Eller rättare sagt, jag har inga föräldrar kvar. Båda dog när jag var ung. Och när de levde hade jag ingen kontakt med dem heller."

"Det låter sorgligt."

"Ja. Fast nu är vi ju här för att prata om Filip".

"Precis."

Det var en bil men de visste inte vems. Spåren visade att den hade sladdat vilt mellan snödrivorna vid sidan om allén. Bröderna brukade inte leka så långt från mangårdsbyggnaden. En evig fråga blev varför de hade gjort det just den här dagen. Vem skulle beskyllas för att de släppts iväg så långt?

Det hände innanför ägornas gränser. Var det någon behörig som hade kört bilen? Var det någon anställd? Man hittade aldrig svaret.

Fast några månader senare riktades misstankarna mot en plats inte långt från gården. En villa några hundra meter söder om Gribby gård, på andra sidan landsvägen. En kvinna vittnade anonymt om att hon sett en viss bil köra i en viss riktning en viss dag. Bilen såg ut si och så och den brukade bestämt stå parkerad vid den där villan.

Villan ägdes av en ökänd suput, en deprimerad man som skapat sig både ett och annat rykte i trakten. Han hade setts köra på fyllan förr, och många sa att det var ett under att inget ödesdigert inträffat.

Men bilen kunde aldrig återfinnas. Enligt bilregistret var mannen inte ägare till något fordon, och i samband med att förhör skulle inledas hittades han hängd i takbjälken på villans vind.

*

Anna sa att hon skulle bli dålig i magen om hon drack en droppe mer kaffe och samtidigt vecklade hon upp brevet. Jag gick på toaletten medan hon läste det. När jag stod där stärktes mina tankar på Affe. Vad kunde jag dra för paralleller, nödgades jag inse likhetstecknen? De var för vaga, intalade jag mig. Alldeles för vaga. Fattar du det, Teo? Filips pappa är en imbecill, oförstående, stinkande jädra ... Jag skulle aldrig göra så. Affes vilda fantasi är något annat. Den här pappan gör vad han kan, den senige fan du ser där i spegeln. Spegelbilden som stirrade mot mig över handfaten kändes inte övertygande och jag fick lust att drämma till den.

Tillbaka uppför kafétrappan och jag visste att det fanns mer. Jag såg Anna bakifrån när jag närmade mig bordet. Hon satt med huvudet lätt nedböjt och Filips brev låg hopvikt framför henne på bordet.

"Det här var inte vad jag hade väntat mig", sa hon när jag satte mig. "Vilken förvirring, och samtidigt ett sånt djup. Men slutet känns så abrupt, avkapat på nåt sätt. Saknas det en sida, eller ...? Hur som helst måste han ha gått på något. De måste ha gett honom piller. Så där nära ett erkännande skulle han aldrig komma annars. Inte en chans på jorden."

Ett erkännande, säger hon. För mig innehöll inte brevet mycket alls i den riktningen och för henne betydde det att han var nära.

"Vet du något om hans sjukhusvistelse?" frågade jag.

"Nej. Där kanske du vet mer?"

"Det är i alla fall styrkt att han var inlagd en kort tid på S:t Görans. Jag kollade själv direkt med sjukhuset."

"Okej. Men Filips antydningar om en fysisk olycka av något slag tror jag inte på. Det är bara så otroligt tragiskt att han fortfarande pratar om rattfylleri i diverse olika sammanhang. Min tolkning är att olyckan var rent psykisk, att Filip tagits omhand av sjukhusets psykakut och att han fått medicinering."

Anna hade nästan gått och väntat på det, sa hon. Vi var båda nyfikna på vad som kunde ha utlöst det.

"Någon kom honom för nära", sa hon efter en stund.

"Så han fick hjälp till slut", filosoferade jag högt.

Jag försökte göra Filip frisk i mina senaste minnesbilder av honom.

"Nej", sa Anna. "Jag tror inte på det. Det fanns en tid när jag tänkte att han kunde botas bara någon fick honom att ta emot behandling. Men förhoppningen har flytt för länge sen. Jag tror tyvärr att min brors tillstånd är obotligt. Han har förmodligen inte ens sjukdomsinsikt. Att droga ner honom kanske hade kunnat dämpa hans förmåga, men vad är det för slags bot?"

"Nej, det ..."

"Når han insikt en dag tror jag bara att en utväg finns kvar", sa Anna till mig. "Och det är den slutgiltiga, den oåterkalleliga."

Hon kände rutinmässigt i kappans fickor och flyttade den över stolsryggen. Ställde bådas latteglas längst ut på bordskanten. Hon hade börjat knyta ihop. Detta var min sista chans. Jag måste få ett sista svar.

Filips barn.

Jag hade inte förväntat mig att det skulle göra så ont när hon sa det. Jag har haft lång tid på mig att förstå det, och visst har jag också gjort det. På slutet har jag tagit Skatteverket till hjälp, vilket om något borde ha dugt som svart på vitt. Men ändå inte. Jag har inte velat tro. Det var så in i vassen levande när han pratade om grabben, det var med en sådan inlevelse att jag själv fällde massor med tårar tillsammans med honom när han sörjde.

Filip hade fått en dotter med Katrina, den enda av hans kvinnor han gift sig med. På den punkten var Anna säker, här hade Anita hållit sig framme för att en gång för alla vara säker på hur många barnbarn hon hade. Det fanns ingen son, hade aldrig funnits någon son. Filip hade *ett* barn och det var en flicka som hette Ellen. En fin tjej som lyckligtvis bodde med sin mor.

Oskar var ett fantasifoster. En ren och skär lögn, ett verk av en fullfjädrad mytoman. Det var först då jag kände mig så där totalt grundlurad. Jag hade en solklar bild av Oskar i mitt huvud, det var som om jag hade känt honom på riktigt. En glad och mörk yngling med pappas ögon, en kille som älskade sin far och hade respekt för honom. En kille som förlät sin far någonstans därborta på andra sidan, förlät honom och sa att det bara var en olycka.

Det kändes som om tilliten till mig själv och till hela förbannade omvärlden fick sig en törn så stor att jag höll på att vräkas omkull. Vad är jag för en ynklig människa som gått på sådana fruktansvärda lögner? Hur kan jag vara så in i roten korkad? Förblindad av något? Av vadå? Av kärlek?

Jag besökte herrarnas en gång till, blundade inne i ett bås och gamla bilder av ett fördömt kollektiv kom strömmande mot mig, ruttna bilder där kärleken var falsk, ytlig, lurpassande bakom grällt tapetserade hörn, gruvliga besvikelser igen och igen och ingen som ville vagga mig till sömns.

Jag fattade inte varför de kom där och då, i ångorna av avföring och desinfektionsmedel.

Vi tog farväl på trottoaren utanför kaféet. Det kändes verkligen som ett farväl. Vi skulle aldrig mera ses igen, Anna Grind och jag. Nu skulle hon hem till sin Fredrik Wikberg och till sina barn. Vilken jädra morbror de har, tänkte jag.

Vi gav varandra en lång kram och doften av artificiell jordgubbe återkom, en aning oförenlig med Annas eleganta yttre. Hennes diplomati kändes i kramen, men den beblandades med ett tydligt stråk av värme. Ingivelsen att omsluta hennes fylliga läppar i mina, att känna huden av hennes långa oklanderliga fingrar i min hand, den slog jag bort med all den lilla kraft jag hade kvar.

Jag mumlade:

"Jag förstår inte hur Filip kan förneka sin egen systers existens, särskilt en syster som ... som är så ... reko."

"Tänk inte på det", sa Anna och justerade läget på sin vinröda basker. "För att få en rättvis bild måste man ibland se på saker från olika perspektiv. Det är inte alltid alldeles klart vem som tar första steget, steget bort. Och efteråt kan det mycket väl bli ömsesidigt. Båda blir lika duktiga på att hålla sig borta.

Ta hand om dig nu."

*

Senare satt jag med fötterna i det sista fotbadet i Rosenlund och skrev ett nytt brev till Isabella. Jag slukade allt jag kunde hitta i ämnet mytomani innan jag fattade pennan. Jag ville komplettera allt Anna sagt. Det var befriande att prata om

Filip som en självklarhet och inte längre mörka. Det var bara så synd att jag fick lov att göra det i skrift och inte mellan fyra ögon.

Jag skrev att vi är två om samma erfarenhet, Isabella och jag. Vem som helst kan bli lurad av en mytoman som är så skicklig som Filip, absolut vem som helst. Det finns exempel på höga chefer som dragit sina företag i sank för att de litat på den där trovärdige rådgivaren. Det finns många exempel på intelligenta människor som hade allt, ända tills de gängade sig med den där underbart levande kavaljeren som sedan sakta men säkert bröt ner dem med sitt tvångsmässiga och egocentriska beteende. En mytoman kan trycka ner en närstående människa i de mörkaste träsk utan att förstå det själv. Han kan förstöra andras liv och sedan bara gå vidare på annan ort, till synes oberörd.

Isabella skulle förstå att hon inte var ensam. Hon skulle förstå att det inte handlade om dålig analysförmåga från hennes sida. Det handlade inte om att hon var naiv bara för att hon blivit fångad i en av Filip Silverstrands många världar.

Kanske visste hon redan allt jag skrev, men jag lät mig inte hindras. Nu var det jag som talade, och jag ville ha hennes vänskap tillbaka.

Mytomaner har ett sjukligt behov, skrev jag. Det är svårt att fatta för en vanlig vardagslögnare som du och jag, vi som tänjer lite på sanningen för att göra saker och ting smidigare för alla. En mytoman är något helt annat. Han har oftast inget skuldbegrepp som vi andra, för honom kan det vara en ren lustupplevelse och ett bevis på god kreativitet när folk går på hans båg.

Han har ett stort behov av att stå i centrum, och behövs det ser han till att han hamnar där på bekostnad av andra. Han har ett sjukligt behov av bekräftelse, ständigt ständigt denna strävan efter bekräftelse. Och allt gör han egentligen för att undvika något. Han ljuger för att skyla över något. Sig själv, den sanna bilden av sig själv, det är den han jobbar heltid för att dölja. Han är livrädd för smärtan som uppstår när verkligheten skymtar bakom hörnet. Känner han den flyr han hals över huvud. In i en ny lögn eller till en annan plats. För ett avslöjande är aldrig en utväg.

Han hatar sitt rätta jag över allt annat.

Jo, jag säger han, för Filip är en han.

Tragiskt? Jo, det är förbannat tragiskt. Ett vettlöst slöseri med resurser är vad det är.

Jag skrev så att jag fick skrivkramp. Gammal hederlig skrivkramp. Att byta pennan mot tangentbordet var inget alternativ. Fötterna kallnade sakta med vattnet i baljan och med den kyliga luften i villan. Knogarna vitnade. Jag avslutade brevet med att säga att allt med Filip ändå inte är en bluff. När han mår bra, när han känner sig hel och äkta, när han kan berätta sina historier i form av en riktig saga som någon lyssnar andaktsfullt på med stora rådjursögon, i dessa sällsynta stunder är Filip Filip och ingen annan. Då behöver han inte ljuga.

Ellen är lika mycket på riktigt för Filip som för oss andra. Hon är en av hans få sanningar. Ett litet fragment av äkthet att klamra sig fast vid när det blåser hårt och allt håller på att rasa samman.

Kanske har du också förstått det, Isabella. Kanske har du också klamrat dig fast.

Jag skulle kunna göra allt för att få träffas och prata med dig igen. Jag ber så mycket om ursäkt. Affe saknar dig och behöver dig.

27

Affe kommer att berätta för sin mor om pappas nya andrahandsboende i den möblerade ettan i Hovsjö. Han kommer inte att kalla den för det, han kommer att säga att pappa bor litet bland en massa gamla saker. Hoppas jag, för sådan är sanningen.

Vickan lär undra vad som hänt och varför hon inte fått veta något och när hon ringer och frågar ska jag låtsas som om jag bor kvar hos Linnea så att hon får känna på hur det känns när inget verkar stämma. Fast jag ska bara hålla henne på halster en kort stund. Sedan ska jag helt okonstlat säga att Linnea flyttat till ett äldreboende och att hela Hovsjögrejen var ytterst planerad. En vit lögn är något helt annat än en mytomanlögn, i enlighet med vad jag har fått lära mig.

Det rörde om inuti mig när Affe frågade så mycket om Isabella när vi träffades sist. Jag hade förväntat mig att en tioåring snabbt skulle glömma nya bekantskaper som ryckts ifrån honom, men så var det inte. Han drog upp flera minnen som vi haft tillsammans alla tre, och han sa att han tyckte att det var jätteroligt då.

Det betydde att han saknade Isabella. Det betydde att han längtade efter att ses igen. Precis som jag skrev till henne.

Jag längtar också, sa jag till honom. Och jag är säker på att det snart kommer att bli som vi hoppas. En dag.

Det är mycket folk ute och löptränar i mina nya trakter. Jag får tränga mig förbi stora lunkande folkhopar och i nästa stund ruschar någon förbi mig så att det fladdrar förmätet i min dyra joggingdress.

Jag kommer precis tillbaka från en tur där jag försökte haka på en sprinter som tydligen var väldigt tävlingsinriktad. Vi sprang med några få meters avstånd från varandra, fortare och fortare. Upplevelsen var befriande när det gick upp för mig hur bra jag hängde med. Till slut drog han ifrån, men då hade jag redan hunnit kuta av mig det värsta. Jag brydde mig inte ens om att titta på löparappen.

Nu går jag sista biten mot trapphuset och hissen. Jag möter ingen, men jag hör det vanliga ekande ljudet av röster när jag stiger innanför trappdörren. Huset är alltid fullt av dem. Hissen har begåvats med en ny lukt jag inte känt förut. Jag kan inte placera den. Några nya sprejade tecken har kommit upp på bakre väggen. Min puls har ännu inte lagt sig där jag står och tittar på dem. Det dunkar som en hel armé i öronen.

Jag har inte vant mig vid känslan i lägenheten. Den instängda atmosfären, de främmande odörerna, möblerna och alla andra saker som inte är mina. Tanken är att jag aldrig ska behöva vänja mig, det är min handläggare på banken och de mäklare jag pratat med helt överens om. Allt ordnar sig. Du har ju pengar.

Min områdesansvariga på Bremers Bemanning tipsade mig om den här lägenheten. Hon kunde lägga in ett gott ord för mig, sa hon. Andrahand med kontrakt kvartalsvis, det passade väl mig utmärkt? Inget visste hon om att jag dagen därpå skulle säga upp mig.

När jag kliver in är det så tydligt att jag fortfarande tänker på villan i Rosenlund varje gång jag öppnar dörren här. På lugnet där, på känslan av det privata, på utrymmena, på Linnea. På skillnaden. Jag slänger av mig kläderna och går direkt in i duschen. Det är bara några få steg. Det är gott tryck i vattenstrålen, en av fördelarna med allmännyttan som jag inte tänkt på förut. Jag schamponerar in mig rikligt, tar god tid på mig, jobbar omsorgsfullt med mina intima delar.

Inget brådskar mig. Det kommer. Jag kan vänta.

Jag slappnar av i den inpyrda gamla plyschsoffan. Alla mina egna möbler är magasinerade på obestämd tid. De får inte plats här. Jag surfar in på tidskriften där mitt senaste alster finns att läsa. Jag beställer ett exemplar i pappersform. Det handlar inte om insändare i lokaltidningen den här gången, detta är något annat. Jag provade skicka min text om kontakten med en mytoman åt flera olika håll, och den här seriösa redaktionen nappade.

Det är det tryckta ordet som är magiskt för mig. Det är när ens ansträngningar gått igenom en redaktions kontrollapparat och fått godkänt som stoltheten kommer. En blogg fyller en helt annan funktion. En blogg kan vem som helst skriva. En bloggs trovärdighet kan väga lätt som en fjäder utan att det gör något. Det är bara att titta på bristen på språklig logik i många av dem så står det klart. Jag fnyser självgott och mår bra av det.

Jag slänger ihop lite mat. Spisen är gammal och plattorna tar lång tid på sig. När jag flyttade in hade kylskåpet fullt med fläckar på in- och utsida. Jag bet ihop och skurade, starkt förvissad om det tillfälliga i hela situationen.

Ägget fräser hemtrevligt i pannan och det känns alltmer självklart att jag inte är arg på Filip längre. Jag är lugn nu. Ilskan bubblade upp när jag med Facebooks hjälp betraktade hans återkomst och den eskalerade efter träffen med hans syster.

Nu har den övergått i något annat. Jag tänker en del på kvinnan jag såg bryta ihop i mamma Anitas trädgård, jag tänker att det är hon som fick ta över all ilska. Jag tänker att hon alldeles säkert är ytterligare ett offer för Filips rubbning. Jag tänker hoppas att hon klarar sig.

Det arga hos mig har blivit till något medlidsamt. Jag tycker synd om Filip, men där finns också en oro. Om jag någon gång pratar med honom igen ska jag inte anklaga honom för någonting. Absolut inte för någonting.

Jag tittar ut över miljonprogrammet utanför fönstret medan jag sakta tuggar maten. Radion står på låg volym. Apparaten tillhör den ordinarie hyresgästen, även den. Den har blivit klibbig av allt stekos genom åren. Jag tar upp Länstidningen där jag inte haft något inlägg på länge. Jag läser det mesta, skyndar inte.

Datorn är det tydligaste beviset för min existens härinne. Skärmen lyser upp mitt ansikte när skymningen faller och jag kan se reflektionen av mig själv tydligt i köksfönstret. Jag provar olika miner för att se om några självhatskänslor blommar upp.

Kopiorna av alla mina handskrivna brev till Filip ligger omsorgsfullt vikta och nerpackade bland allt annat löst i förrådet på magasineringsfirman. De är inte ens i närheten av mig nu. Jag vill inte se dem. De var en boja som nu är borta, och det var Anna Grind som hjälpte mig bli av med den. Det var hon som öppnade dörren ut ur min självdrivna terapi. Men för att kunna dansa långt bort därifrån behöver jag en person till.

Jag bidar min tid.

Det börjar bli sent. Jag slår på TV:n, till vilken Affes spelkonsol självfallet blev inkopplad så snart jag fick tillträde hit. TV:n är stor, platt och modern mitt bland allt det gamla. Det finns massor med kanaler, en ovana för mig. Jag zappar mellan dem en stund. En talkshow med en psykolog dyker upp, de pratar om att förlåta det som är oförlåtligt.

Inom kort blir jag trött. Blinkar till och tänker på uppdraget på Trafikverket i Eskilstuna. Jag hoppas att de hittar rätt person för det. Jag tackade nej till det. Jag tackade nej till alltihopa.

Ögonen vill inte vara med längre. Undrar hur många okända människor som har somnat så här i den här soffan. Undrar hur ofta och undrar vad de släppt ur sig. Vill nog inte veta svaret. Nu piper det ur TV:n. En kakofoni av reklamljud. Jag zappar blundandes.

Ett annat pip kommer. Lite mer som ett pling. Det åtföljs av en vibration vid sidan om mitt lår.

Jag tar upp mobilen och kisar medan jag fingrar fram SMS:et. Jag har inga förväntningar. Det kan vara Vickan som säger något självklart och lätt förmanande. Det kan vara någon ytlig vän med känsla för mass-SMS. Det kan vara något dumt, bara något dumt.

Men det är det inte.

Det är Isabella.

*

"Du skriver jättebra", står det. "Jag visste inte det om dig. Du har berört mig på många sätt."

Jag skyndar mig till Facebook och ser att hon har skrivit samma sak till mig där också. Hon har garderat sig. Samma formuleringar, samma tre korta meningar. Ingen hälsningsfras, inget förslag på hur den vidare kontakten kunde tänkas gå till, ingen fråga som kräver svar.

Trötheten är som bortblåst. Jag sätter mig upp och sänker ljudet på TV:n. Efter en stund inser jag hur glad jag är. Jag var inte alls så säker på att Isabella skulle höra av sig som jag låtsades. Nu känns det som en triumf, en seger. Mitt skrivna ord har avgjort något i mitt liv. Upptäckten att jag kan formulera mig i skrift är den största sedan jag förstod att tårna därnere var mina egna.

Jag knappar in några meningar, backar och raderar. Knappar in några nya, läser igenom dem flera gånger, ändrar, grimaserar när jag trycker på "skicka". Sedan går jag omkring i den lilla ettan, tittar ut på mängden av ljuspunkter som alla fönster utanför bildar, går in på toaletten och spolar utan att det är något annat än vatten i stolen. Jag tittar på mitt sända meddelande och tycker att det klingar annorlunda nu. Oåterkalleligt. I spegeln klämmer jag på några prickar i ansiktet. De går från brunaktigt till rött på några sekunder.

Skulle hon svara om jag ringde henne nu?

*

Jag vaknar redan vid fyratiden på morgonen. Inget mer hände igår. Jag slog numret till Isabella, det nummer som SMS:et skickades från och det nummer som hon inte svarat på sedan hon försvann från Rosenlund den där morgonen.

Hon svarade inte nu heller.

Signalerna gick fram, oförtrutet och med ett allt större mått av vemod för varje tut i örat. Jag skrev texter till henne, flera stycken korta, men fick ingen reaktion. Checkar av telefonen nu, inget nytt. Plötsligt vaknar fan i mig. Det är helg, jag behöver inte visa någon överdriven hänsyn, jag kan ringa till folk i ottan precis som vilken krogrännare som helst. Massor med mobiltelefoner går varma på stan den här tiden, så varför inte min?

Här ligger jag, på en okänd mans säng bara en liten bit från hans soffa, i oktobermörkret i en lägenhet i Hovsjö, spiknykter och med alla sinnen i behåll, och ringer till Isabella igen.

Den här gången svarar hon. Och hon låter inte ens sömndrucken.

28

Tillsammans har vi insett att han rör sig i en farozon, med risk för sitt eget liv. Vi satt bara tysta och tittade på varandra. Ingen av oss for upp för att med vidlyftiga gester visa det allvarliga i vår slutsats, ingen av oss gjorde anspråk på att vara först med någon form av åtgärdsplan. Vi bara satt där och tittade på varandra.

Det är inte mer än rätt att hon har fått se Filips brev till mig, brevet han säkert skulle förneka om han någon gång fick det upptryckt i ansiktet. Hon behövde en helhetssyn. Därför gav jag henne den fullständiga versionen, plus hela bunten där hon ofrivilligt fick in sina fingrar för en tid sedan. Jag grävde fram den ur bohagsförrådet fast jag trodde att jag aldrig ville se den mer. Nu kunde hon läsa i lugn och ro. Jag gick undan och fick kränga av mig tröjan för att huden fuktade så under tyget.

Filip var drogad av medicin när han skrev brevet, och den hade han fått för att han uppvisat självskadetendenser redan då. Vi vet inte hur långt han hade klivit för att hamna där han hamnade, antagligen var han redan en bit över branten. Antagligen var det ett misslyckande som förde honom till sjukhusets psykavdelning, det man brukar kalla för ett rop på hjälp. Antagligen.

Filip har varit en fara för sig själv länge, och där satt vi mittemot varann som om vi bara väntade.

Isabella var till en början innesluten och olik sig när vi sågs igen. Vi bestämde mötesplats i centrala Stockholm. Så onödigt då båda bor här i Södertälje, men ändå så nödvändigt. Det behövde vara neutralt som vid en blinddate, lätt att kvickt fly in i anonymiteten igen om något inte blev som man förväntat sig.

Hon såg mig knappt i ögonen först. Den öppna och sociala Isabella som alltid varit så omedelbar fanns inte där. Hon tittade envist utmed gatan där vi stod. Följde bilarna med blicken, tystlåten, obekväm.

"Det är bara för en sak", sa hon. "Det finns bara en anledning till att jag träffar dig igen." Jag nickade. Väntade. "Jag skulle vilja träffa Affe."

"Jag förstår."

Jag tog inget initiativ. Jag behövde mer.

"Går det att ordna, tror du?"

Bara snabba ögonkast mot mitt ansikte. Sedan mot bilarna igen.

"Det kanske det gör."

Vi traskade, gick omkring utan mål. Vi satte oss inte på ett kafé, inte på en pub, inte på en bänk. Vi gick. Hon kändes kort, liten, nästan satt. Det mörka håret var uppsatt i en hästsvans. Flickaktig var hon, inte ståtligt kvinnlig som Anna.

"Det bara kom från ingenstans", svarade jag henne. "Om du nu vill kalla det för förmåga. Det är inte svårt, det bara flödar ut. Jag tycker inte att det är så anmärkningsvärt."

"Det tycker jag. Jag kan inte alls skriva så där. Först blev jag helt ställd, ska du veta. När jag hittade breven. Jag fattade ingenting."

"Jag förstår det. Och som du vet har jag längtat efter att få be om ursäkt för det. Jag kände mig som en jädra spion, som en ... Jag visste inte hur jag skulle ta mig ur det. Jag ville berätta det hela tiden."

"Du är bättre på att få fram det på papper."

"Så håll tyst, är det det du vill säga?"

Ett litet litet leende över läpparna. Isabella ville inte visa det, men jag såg det.

"Nåt åt det hållet", sa hon.

"Då ska jag vara tyst", sa jag och knep ihop.

Jag hade något som hon ville ha och det var jag verkligt glad för. Jag njöt av att vara den med makten ett tag. Men hade hon tagit makten, vänt och sprungit hade jag sprungit efter. Jag hade inte tvekat.

"Du må tro att jag har funderat", sa hon. "Egentligen är jag arg på dig. Eller har varit i alla fall. *Förbannad* har jag varit. Jag har gråtit en massa igen och har inte kunnat plugga på ett bra tag. Jag har missat ett gäng kurser på grund av dig och dina brev. Breven du skrev till mig var så ... De var så ... Fan Teo, du har rivit upp gamla sår så att jag har blött och blött igen."

Jag funderade på att ta på henne när hon vände sig bort, men det blev bara några ryckningar ut i tomma luften. Hon lyckades. Hon fick mig att skämmas. Tack vare Anna Grind förstod jag allt nu. Vi förstod båda. Men en sak visste inte Isabella. Inte än. Jag skulle berätta, när ögonblicket kom. Jag skulle få skämmas mer, mycket mer.

"Du vet ju", sa hon, vände sig om och tittade rakt på mig. "Du har pratat med hans syster, en människa jag inte ens visste fanns."

"Jag visste inte heller att hon fanns."

"Fattar du hur jag har pendlat sen det blev slut mellan honom och mig? Först skrattade jag bara, jag gick omkring och tokskrattade för att jag inbillade mig nån slags lättnadskänsla. Mina vänner trodde att jag blivit galen. Och det hade jag väl också, det är lätt hänt när man gått i flera år och mer och mer ifrågasatt sitt eget intellekt och till slut har man en massa bevis på att man inte är den som det är fel på. Då blir man galen av falsk och tillfällig lättnad, ska jag tala om för dig. Jodå, jag trodde att det var mig det var fel på. Länge."

"Isabella, jag ..."

"Tyst. Jag har pendlat upp och ner, sa jag. För ganska snart efter glädjeyran sjönk jag ihop. Det var väl nån typ av depression kan jag tänka mig. Det var bara så himla svårt att fatta att det man levt för aldrig funnits. Att den man älskat aldrig existerat. För det är ju så. Den Filip jag lärde känna var aldrig nån riktig person. Jag visste inte ett jota om mannen jag var tillsammans med. Kan du förstå det?"

"Det kan jag faktiskt", sa jag. "Jag kan det."

Om hon bara visste.

"Och sen blev jag långsamt bättre. Jag pratade massor med Lisa och jag kom tillbaka. Och så nu. Nu kommer du."

Jag tog tag i Isabellas arm och hon gled in i min famn. Luften gick ur henne och jag kände hennes ångor mot min hals. Vi stod mitt på trottoaren och folk låtsades inte se oss. Det fanns bara ett ord för mig att säga i den stunden. Möjligen lät det tomt och platt, men det fanns helt enkelt inget annat.

"Förlåt."

Jag visste att jag skulle behöva säga det fler gånger.

När hon till slut sköt mig ifrån sig och såg mig i ögonen fick jag en känsla av att hennes anledningar var fler. Min son stod inte ensam och lockade.

Fast där och då tyckte jag att det kunde ha räckt. Affe är stor nog som ensamt motiv och mitt i alltihopa kände jag den där rädslan igen. Av att vara fångad i fel famn.

*

Vi sitter hemma hos Isabella och hon vill veta mer om kvinnan som Filip setts med. Jag berättar. Jag struntar i att hon tittar konstigt på mig när jag erkänner hur jag har kollat upp honom.

"Hon såg äldre ut", säger jag. "Säkert minst tio år. Och hon var upprörd på slutet. Mycket upprörd."

"Jag förstår henne. Stackars människa. Undrar just vad det var som blev den avgörande faktorn för henne."

"Vad blev den avgörande faktorn för dig då?"

Isabella suckar innan hon svarar. Jag är här och här är hon, och det som förenat oss är han. Det är nu vi måste berätta. Allt. Sucken är ingen uppgivenhetens suck. Den är bara en hjälp på vägen.

Hon säger:

"Den avgörande faktorn för mig blev Ellen, Filips tös. När det stod klart att han missbrukat sitt förhållande till henne också var det över. Då kom allt rasande över mig. Då blev det så uppenbart att alltihopa varit förgängligt ända från början."

Förgängligt, tänker jag.

"Jag tog kontakt med Ellens mamma Katrina", fortsätter Isabella. "Men först ... Min underbara kompis Lisa hade redan pratat flera gånger om vad hon visste, men jag ville inte tro henne. Vem var hon att snacka skit om min pojkvän? Fast en sida av mig hade fattat länge, ibland luktade det trubbel. Men man vill liksom inte. Jag var faktiskt kär i karln. Upp över öronen."

"Mm."

Jag med, tänker jag. Och så tänker jag Lisa. Jag har träffat Lisa och Torben. På Mörkö.

"Lisa var envis, Teo. Och det är jag tacksam för idag. Men då tog jag avstånd från Lisa och inte från Filip. Den dumma sidan av mig tog överhanden. Lisa måste vara svartsjuk, sa jag till mig själv."

Jag minns Lisas och Filips gräl nere vid bryggan på grillfesten. Jag minns hennes tydliga avoghet mot honom kvällen igenom. Kanske hade de haft något ihop i alla fall, kanske var det därför Isabella manipulerades bort från festen. Det gör detsamma nu.

"Men så kom en sista kväll när Filips prat inte gick ihop", fortsätter hon. "Jag antar att det till slut blir så för alla, precis som du skrev till mig. Jag var allmänt ledsen redan över allt som Lisa hade sagt, så utgångsläget när han började prata en massa osannolikt om Ellen var inte det bästa. Den här gången gick jag emot honom envisare än nånsin tidigare. Jag hade stridit emot förut, men det slutade alltid med att han såg sig som vinnare efter att ha skarvat med ett knippe nya lögner. Ibland trodde jag honom, ibland orkade jag bara inte gå på mer. Men den här gången ..."

"Vad hände den här gången?" hjälper jag henne.

"Det kan vara riktigt obehagligt att konfrontera en notorisk lögnare, vet du det? Om man är hård och skiter i hans undanflykter. Han kan bli riktigt otäck. Ibland garvar han bara överlägset när man slänger bevis efter bevis i ansiktet på honom, ibland blir han bindgalen och skäller ut en och anklagar en efter noter."

Isabella är så modig.

"Den här gången", säger hon, "den här gången blandade han verkligen ihop saker. Det var olikt honom. Han måste ha haft en dålig dag. Han sa att Ellen gick i en helt annan skola än den hon verkligen gick, jag visste ju vilken det var. Det var detaljerat och fullt med fakta som vanligt. Det var det första. Det var ändå lindrigt. Jag sa att han hade bett mig hämta Ellen i skolan för nån månad sen och jag visste väl vilken skola jag hade åkt till. Det bortförklarades. Men sen pratade han om att hon drabbats av en sjukdom som kunde vara allvarlig. Det var därför hon inte hade varit hos honom på ett tag. Han blev blödig och blinkade mot mig med sina stora ögon. Det bet inte på mig. Det var nog första gången det inte bet alls. Han fortsatte och drog på med att hon redan varit flera gånger på sjukhus och att de tagit en massa prover men det var ännu oklart var de stod. Det var hjärtat, förstås var det hjärtat. Ellen hade ett medfött hjärtfel, lät det plötsligt, och nu hade hennes lilla pump börjat krångla igen. Hon var väldigt svag just nu ... Teo, hur kan man ljuga om nåt sånt? Det var inte sant, jag kollade det sen. Flickan är kärnfrisk."

"Jag vet inte, Isabella. Jag har frågat mig själv samma fråga många gånger. Hans syster har förklarat, men jag vet inte."

"Vi tjafsade länge den kvällen", säger Isabella. "Filip blev vansinnig och skrek att jag var en jävla slampa med ett hjärta av sten. Jag hade inte en jävla aning om hur det var att ha barn, gastade han. Han slängde sig i bilen och stack iväg. Morgonen efter letade jag reda på Katrinas nummer, Ellens mamma. Jag kände att jag inte hade nåt val."

"Du valde rätt", säger jag och tänker på mina egna samtal med okända kvinnor. "Helt rätt."

"Jag gjorde nog det. För Katrina berättade. Hon förklarade varför Filip inte hade vårdnad om Ellen. De hade varit gifta, ändå hade han bara umgängesrätt. Filip är dömd, Teo. Visste du det? Han är dömd och straffad för urkundsförfalskning. Två gånger till och med. Jag minns inte exakt vad det handlade om, det har ingen betydelse för mig. Nån av hans lögnhärvor ledde honom till att förfalska dokument om nåt företag han höll på med. Det är inte direkt förvånande."

"Verkligen inte. Jag blir nyfiken på hur han kände när han avtjänade sitt straff. Om han nu inte har nån insikt i sitt eget ljugande, menar jag."

"Han var säkert mycket kränkt över att nån kunde lura honom dit han hamnat. Kränkt och hämndlysten. Jag tror inte att han erkände för sig själv då heller. Men det var en annan grej också, som bidrog till att han förlorade vårdnaden. När det sprack med Katrina försvann han med Ellen. Två gånger där också. Han bröt mot avtalet de hade. Och när han till sist kom tillbaka till exfrun hade han en kasse full av presenter med sig och så diktade han ihop en liten söt historia förstås. Snyggt va?"

"Skitsnyggt."

"Ellens mamma blev förbannad och tvekade inte att ta kontakt med socialtjänsten. Det hade jag också gjort."

"Jag med."

Jag frågar om Isabella hört talas om en pojke som hette Oskar. En storebror till Ellen, en pojke som dödskörde på moped när han bara var fjorton år.

Isabella fnyser till när hon svarar. Nej, någon Oskar var aldrig på tal i den av Filips världar hon hade tillträde till. Aldrig någon Oskar. Har aldrig funnits någon Oskar.

Vi står vid sovrumsfönstret och hon tittar upp på mig.

"Någon Teo hörde jag inte heller talas om", säger hon. "Däremot om en annan kille som i mångt och mycket påminner massor om Teo. Jag minns inte vad han skulle ha hetat. Han var en version av dig, det är jag säker på."

"Det spelar ingen roll."

Det skär till i mig för vad jag måste berätta. Om vem jag är. Jag måste, snart.

"Nej, det spelar verkligen ingen roll", säger hon. "Bara riktiga personer spelar roll."

"Men jag fick höra om Isabella. Massor om Isabella. Och det var du, det var verkligen du. Jag fick se bilder också. Han pratade jämt om dig."

Hon tittar ut igen.

"Kan vi verkligen bara släppa det här, Teo? Jag är osäker på det. Den där äldre kvinnan du pratade om, Filips nya, deras gräl. Jag tänker på Ellen också. En massa olika plastmammor, tänk dig det. Bråk och försvinnanden. Filips konstiga sjukhusvistelse nu på slutet, hans skumma brev till dig. Hur påverkas flickan?" Paus. "Jag kommer att ringa Katrina igen. Jag måste få höra vad hon vet, jag måste få höra hur Ellen mår. Och vad Filip ... var Filip ..."

Hon tystnar igen och jag tänker på farozonen, Filips farozon. Hans hot mot sig själv.

Jag böjer mig fram mot fönstret för att dela den vackra höstvyn med Isabella.

288

29

De kommer tillbaka från stan och jag har gjort mig redo för att gå ner. Isabellas svarta Toyota Auris syns långt därnere på gatan. Jag skyndar mig ut i trappen och tar hissen ner. Det rycker hårt i den vid start och stopp och nu är lukten värre än någonsin. På bakre väggen står det *Life iz a Fantazy* i rinnande röda tecken. Fan tro't.

Affe tycker om att sitta fram i bilen så jag sätter mig där bak. Jag begrundar den fina bilden jag ser framför mig. De två därframme. Förbundet är återknutet, om än flyktigt. Jag har tvivlat, trott att de inte skulle få träffas mer. Trott att allt varit bränt.

Vi tre nu, precis nu. Fånga ögonblicket, det kan vara det sista.

Jag hör inte allt de säger från baksätet, men det gör ingenting. Det syns hur bra de trivs med varandra och stundom fnittrar Affe som en flicka. Det kluckar om honom och det lyser om Isabella. Hon är ett med barn, den här kvinnan.

Det finns inget ljug därframme, luften känns ren och ärlig.

Vi borde känna oss fria nu, men vi delar något som gör oss oförmögna att släppa greppet och koppla av. Det har kommit med insikten, med vår växande vishet. Vi har blivit svikna, men vi klarar inte av att göda vår bitterhet gentemot källan. Vi tycker synd om honom för mycket.

Svek. Jag har ännu inte gett henne hela bilden.

Katrina har lovat att ringa upp. Hon lät orolig på rösten när Isabella i korthet fick tag på henne. Och det oroar oss. Men just nu har vi något annat att uträtta. Jag blev så glad när Linnea retades med mig när vi bestämde tiden för vårt besök. Jag garvade högt när hon sa att det faktiskt var något redigt jag skulle skaffa, inte någon sjaskig andrahandskvart i ett sånt där område.

Hon undrade vad jag har tänkt göra av alla mina pengar. Och där fanns glimten, jag är säker på att den fanns där.

*

Vi har suttit hos henne en stund nu. Affe är rastlös och stryker omkring utmed väggarna. Ibland får han tag i något som han fingrar på en stund och sedan lägger tillbaka.

"Affe, skärp dig nu", halvviskar jag. "Försök vara lite artig och snäll nu när vi är här."

Isabella lägger sin hand på min. Hennes leende säger allt. Ställ inte för höga krav nu. Han är bara ett barn. Han behöver göra det han gör nu. Det är ingen som blir störd här, allra minst Linnea.

Den gamla kvinnan tittar hela tiden med en rar min på oss och det hela förstärks när Isabella rör vid mig. Det finns ett obehag i det. Linnea har ingen aning om vem Isabella är fast hon har träffat henne. Men det är inte bara det.

Linnea säger knappt något. Det blir stelt. Jag vänder mig mot Affe hela tiden, gång på gång är jag på väg att tillrättavisa honom och prata allmänt förmyndarspråk ut i rummet. Men jag hejdar mig. Jag har två kvinnor här som ljudlöst ser till att jag hejdar mig.

Jag och Isabella tar till diverse klyschor om oss själva och om Affe. Vad ska man egentligen säga? Linneas framtid är kort och den är här och aldrig mer någon annanstans. Det vet hon. Jag skulle kunna ge massor för att hon fick vara tillfreds med det. Nöjd med vad hon har uträttat.

"Gossen är fin", säger hon.

Alla tittar på Affe i bortre änden av rummet.

"Ja, det är han", säger jag.

En knotig hand söker sig fram mot mig. Jag fattar tag i den och håller den. Linnea börjar säga något men kollrar bort sig efter en liten stund. Det har gått så snabbt det här, ofattbart snabbt. Det är för jävligt men det är livets gång.

Jag säger något om Rosenlundsvillan, stoppar mig själv. Vad finns det att säga om den? Istället för jag bort en hårtest från den gamla lärarinnans kind och ser henne i ögonen. Jag vill se gnistan, jag vill se det lekfulla, det barnsliga. Hon är ren och fin i ansiktet, harmonisk till det yttre. Men så kommer

Kurt. Vi gör bäst i att hålla oss på god kant med honom, menar hon. Då kan han vara bra. Annars kan vi få akta oss.

"Kalla hit gossen", uppmanar Linnea och jag gör det.

Min son kommer släntrande och hans senaste tillskott av centimetrar uppenbarar sig för mig. Han växer så att det svider i mig. Linnea vill ta även hans hand. Hon får det. Hon nickar upprepade gånger, blundar.

"Nu känner jag att det har gått bra", säger hon. "Jestanes, det var bara en liten trotsperiod. Den är över nu. Det är ruter i dig. Ni har gjort bra ifrån er."

När det är dags att gå vill hon inte släppa våra händer. Affe sliter sig loss med röda kinder. Indignerad, skrämd. Men min hand sitter fast. Det är inte charmigt, inte smickrande som det borde. Linneas känsla för gränser har suddats ut tillsammans med allt det andra.

Jag får bända upp hennes fingrar.

Där finns en vrede som sitter kvar när jag går mot dörren och slentrianmässigt lovar att komma tillbaka. Hon ger oss inget muntligt farväl, inget muntligt alls. Men det finns där ändå.

Farvälet.

Isabella frågar inte varför jag ber henne gå en sväng med Affe medan jag bryter ihop på parkeringen.

*

Filip har skrivit sig på sin mammas adress. Det känns skönt på något sätt. Hemtamt, tryggt. Eller? Jag håller fram telefonen med adressuppgifterna framför Isabella. Hon har aldrig varit där, vill veta var det ligger. Vi åker via på vägen hem från tågstationen.

Det är en fin höstdag och många villaägare är ute och pysslar på sina tomter. Det är mycket som måste fixas innan tjälen kommer. Bilen glider runt hörnet och vi ser de pösiga höstkläderna hopa sig i klungor bakom staket och häckar. Gummistövlarnas granna färger lyser i de snipiga solstrålarna och krattorna far omkring som tättingar över gräsmattorna.

Anita är också ute. Det kan vara någon samfällighetsaktivitet på gång. Alla är ute. Hon sitter på huk vid garageuppfartens grind. Påtar med något vid grindstolpens infästning. Invid husväggen står en gigantisk trädgårdstomte och jag kan se vårtan på näsan ända från gatan.

Isabella ber mig köra nära. Hon hissar ner rutan när vi är precis intill uppfarten.

"Stanna", säger hon till mig. "Stanna här."

Jag ser inte Anita, hon befinner sig för lågt ner. Hon håller sig där.

"Nämen hej!" utbrister Isabella, lagom överdrivet.

Tvekan som följer är tryckande lång. Jag hör bara ett svagt krafsande på markplan.

"Hej du", kommer sedan och rösten är mycket bekant.

Jag stirrar in i bilens instrument.

"Känner du inte igen mig?"

"Jo", kraxar Anita, "jag känner igen dig."

"Så bra. Vad kul. Vi råkade bara passera här idag. Hur är det med dig nuförtiden?"

I ögonvrån ser jag Filips mammas silhuett dyka upp för att sedan försvinna ner igen. Hon kollade säkert vem som satt vid ratten.

"Det har ni inte med att göra", säger hon lågt därnere.

"Oj då, förlåt. Det var inte meningen att störa. Jag bara undrade en sak. Har du sett Filip på länge? Det var väldigt länge sen jag hörde från honom nu."

Jag kniper ihop hela ansiktet, får en ingivelse att gasa iväg.

"Vad är det ni två håller på med?"

Rösten stark strax innan den krackelerar, kvinnan fullt synlig utanför bilen. Vansinnesblicken på plats, håret i tovor.

"Vi tänkte bara ..."

"Tänkte och tänkte! Jag vet vad ni är för ena! Ni är såna där inkräktare, snokare, såna som nästlar sig in i andras liv. Ni ger er inte förrän ni har brutit ner era offer, ni ... Fy farao för såna som ni!"

"Men herregud", försvarar sig Isabella. "Lugna ner dig! Vi ska genast åka, det var inte alls meningen att reta upp dig så här. Vi ber så mycket om ursäkt."

Jag låter bilen ta fart, långsamt först.

"Stopp där!" gastar Anita och viftar efter oss med sitt rotjärn. Hon slår handflatan mot bilen vilket får mig att tvärstanna. "Komma här och fråga om Filip! Som om ni inte visste! Varför gör ni det? Kan ni tala om för mig varför ni gör det? Varför gör ni oss illa så här?"

"Men snälla Anita", sköter Isabella snacket, "nu är du oresonlig. Vi har inte setts på jättelänge och så står du här och anklagar oss nu. För vad? Jag tycker faktiskt inte att vi förtjänar det, oavsett vad du tror."

Rösten är lugn och sansad.

"Och han där ... han ..." Anita hötter mot mig och nu är rösten blott en tunn spillra. "Han har ... Ni ska inte komma hit överhuvudtaget. Ni ska inte låtsas som ingenting. Hycklare är vad ni är! Stick!"

Nu får Anita springa snabbt om hon vill lägga till något mer. Jag gasar på, ut ur villaområdet, ut ur stadsdelen, hem till Isabella. Nu kan jag förstå om de två kvinnorna faktiskt undvek varandra den där gången på Plantagen.

Det har blivit mörkt och vi har druckit vin. Ganska mycket vin. Det är bra. Jag tror att jag behöver ännu mer innan jag vågar ruinera kvällen med min nya uppriktighet. Röja min skuld. Avslöja mitt riktiga jag.

Vi har diskuterat igenom scenen på villagatan, synat den ut och in. Vi tror oss ha förstått Anitas situation. Hennes anledningar.

Varken Isabella eller jag finns bland Filips vänner på Facebook längre. Inte i verkliga livet heller. Vi bestämde oss för att slå hans senast uppgivna telefonnummer. Ställa honom mot väggen om han svarade.

Numret var inte i bruk.

Nu skålar vi, fnissar och driver med mytomanens löjligaste sidor. Filip hör till avdelningen proffs. Det är sällan man fnissar åt honom. Han kan charma folk med hjälp av tomma ord i åratal utan att bli misstänkt. Till slut gör han misstag han också, det gör alla heltidsmytomaner, men det sker långt ute på kanten av lögnhärvorna. Hade han bara hållit igen lite och skippat den där sista orimligheten hade han kanske kunnat gå omkring oupptäckt under ett helt liv.

Isabella och jag tar fram minnen av andra lögnare. Folk vi stött på i skolsammanhang, i kompisgäng, på krogen. Lustiga typer, allmänt betraktade som misslyckade. Vi inser att de finns lite varstans.

Isabella minns en tjej från feståren. Där var det låg nivå som gällde, busenkelt att genomskåda. Allt blev bara komiskt, inte skrämmande. Tjejen hade dåligt minne, ett handikapp lika stort för en mytoman som stelopererade ben för en sprinter. Någon frågade hur det hade gått med den där Ronan Keating-kopian. Blicken tom för ett ögonblick, det tunga sminket mer framträdande än någonsin, en harang om att snubben var dumpad för att han var så tråkig eller dum i huvet. Eller ännu värre, att han hette något annat än han gjorde förra veckan. Trovärdighet noll, gång efter annan. Det hjälpte inte att skylla på fyllan.

Det händer att Isabella tänker på den här tjejen idag. Undrar var hon har hamnat, hur det har gått för henne. Det var ju tragik de såg, inte komik.

Mitt exempel är från högstadiet. Det påminner om Isabellas, men det här var en kille, en outsider. Under en period satt jag och några polare och hängde på en bänk utanför skolan så snart det blev rast. Ljugarn hittade oss där, på bänken. Ingen av oss visste i vilken klass han gick, han bara dök upp och satte sig med sin knallröda acne bubblande mot oss. Vi sa aldrig att vi inte trodde på hans historier, snarare överdrev vi vår entusiasm och pushade honom att fortsätta.

Mycket i hans svada stämde överens med någon film eller bok som gällde just då. Ljugarn hade trytande fantasi, också en stor belastning för en historieberättare. Han hade gått igenom ungefär samma sak som den coole killen i filmen, eller också hade hans pappa gjort det, eller varför inte brorsan. Vi hade kul med honom och han hade kul med oss. På helt olika villkor.

En dag var han bara borta. Han kom inte till vår bänk mer. Möjligen hade han insett att vi skrattade åt honom och inte med honom. Och nu måste han vandra vidare.

Affe är i alla fall inte mer än tio år än, tröstar jag mig.

Isabella har närmat sig mig i soffan. Precis på samma sätt som då, som innan. Då jag höll inne med saker, då jag ljög genom att vara tyst.

Nu ska jag vara ärlig, öppen med allt.

"Filip ljög om små skitsaker också", säger Isabella precis när jag ska säga det som måste sägas. Hon tar en klunk till. "Det visste du va?"

"Ja, jag antar det."

"Alltså riktiga struntsaker. Sånt som gör att man verkligen inte fattar poängen. Det kunde vara helt uppenbara grejer, mitt i allt det proffsiga. Så sjukt."

"Som vadå?"

"Han kunde ta mat ur kylskåpet och sen vägra erkänna att det var han."

"Va?"

"Jo, det är sant." Ännu lite närmare mig, låret snuddar vid mitt. "Och så tyckte han om att bläddra i mina damtidningar. Det gör många karlar, inget underligt med det. Men han erkände det inte."

"Det låter ju löjligt."

"Det är löjligt. Ibland tog han hand om posten, tog undan min tidning och läste den, och sen dök den bara upp där på köksbordet senare på kvällen. Då kunde han på fullaste allvar säga att han inte sett den förut."

"Nu skojar du?"

"Nej, det är faktiskt sant. Jag tyckte mest att det var lustigt då, jag trodde att det var nåt slags skämt. Men nu har jag insett att det är en del av hans störning."

"Skrämmande."

Hon har lutat sig mot mig nu och jag undrar vad hon tänker om mina tidigare prestationer. Hon kan omöjligen vara imponerad. Jag gör en vänligt avvärjande gest.

"Jag har levt i en livslögn", säger jag. "Du måste få veta det".

Det har varit tyst i hennes telefon ovanligt länge ikväll, men precis nu ringer den. Sin vana trogen måste hon ta samtalet så fort hon bara kan.

Hon studsar iväg och stänger in sig i sovrummet. Jag hör rösten därinne, mumlande och sensuell. Tiden går, jag sjunker allt djupare ner i soffan. Vinets verkan går över i nästa fas. Jag blundar och tänker på hur mycket hon har förstått om min livslögn. Om hon har förstått den alls, trots att hon har läst. Om hon har förstått att Filip också var en sökare. Att han hittade ett svar i mig. Att vi var mer än vänner.

Tankarna ändrar form, blir praktiska. Affes nästa besök. Isabella och han ska få göra något kul ihop på tu man hand igen, för jag måste till Bremers kontor för några avslutande åtgärder just den fredagen.

Kanske har jag slumrat till när jag hör sovrumsdörren. Kanske far jag upp och sätter mig upprätt på soffkanten bara för att jag inbillar mig att det på det viset inte ska märkas att jag blivit trött.

Kanske reagerar jag som jag gör på vad Isabella säger bara för att jag egentligen är yrvaken och lite trög.

"Det var Katrina", säger hon.

Hon ser konstig ut. Annorlunda.

"Teo, nu vet jag varför Anita var så där idag. Hon sörjer. Och vi hade rätt, Filip är död. Fan för att vi hade rätt!"

Isabella sätter sig inte bredvid mig, hon sätter sig stel som en pinne en bra bit bort. Sedan börjar hon gråta.

*

Det är gränslöst spännande att vara tillsammans med en mytoman. Det är underbart att vara kär i en. Livet är fullt av äventyr, saker händer hela tiden, risk för uttråkning finns inte. Ingenting är omöjligt. Ens älskade är mer än villig att ta en med på allt man önskar och lite till. Och gör det också. I mångt och mycket gör han det också.

Det susar i mitt huvud. Jag ligger raklång på rygg, hör tydligt mina egna andetag.

Men det gör så ont när det går mot sitt slut. Ännu mer ont än om han hade varit en vanlig kärlek, en vanlig kärlek som bara överdriver sanningen som vem som helst. Då hade det kunnat finnas en mängd orsaker till att man siktar vägs ände. Normala orsaker, samma orsaker som för alla andra.

Med en mytoman finns det bara en orsak. Man har kommit till insikt, man har börjat förstå. Man bannar sig själv för att man varit medaktör. Man känner skuld. Man vill hämnas, men man vet inte riktigt på vem.

Kärleken kvarstår. Den kvarstår trots att det tar slut. Jag har gått ut till ett annat rum när hon sagt så, jag har inte klarat allt. Hon säger att kärleken aldrig kommer att dö, men hon säger också att föremålet för den bara är en bild. Det är det som gör mest ont, för den har varit död hela tiden. En bild lever inte.

Huvudet susar än mer, jag ligger som i ett töcken. Kan inte röra mig, jag drömmer att jag inte kan röra mig. Affe dyker upp och han har blivit större, han har hamnat i målbrottet redan och han har börjat använda sin språkliga talang. Pappa, det vore kul att lära sig en massa nya språk, säger han. Svenska är roligt, men det finns så mycket mer därute. Vill du lära mig ännu bättre svenska innan jag ger mig iväg? Vill du visa mig hur man skriver riktigt bra, pappa?

Min pojke behöver inte hävda sig längre. Han behöver inte ta andras saker och han behöver inte säga att de är hans fast de inte är det. Han har blivit stor nu. Det är bra nu. Nu kan jag lära honom utan att behöva oroa mig.

Jag är inte helt säker på vad som är dröm och vad som är verklighet, men jag hör min andning hela tiden vilket är en trygghet.

Andetagen blir kortare, gradvis kortare. De kommer som i stötar och ibland följer lite röst med ut. Jag känner mig spänd och hård, jag märker det som i ett slag. Avslappningen blev till en upphetsning medan jag var mitt inne i en helt annan tanke.

Jag för ner handen, som för att förvissa mig, och det går fort att förstå. Jag behöver bara nudda vid den. Den är stenhård, het, pulserande. Blottad och fuktad i änden som i förberedelse.

Och det är förberedd den behöver vara för det visar sig att den har alla skäl. Min egen hand möter en annans; den är mjuk, varm, med perfekt fuktbalans, kvinnlig.

Den omsluter, den börjar sakta röra sig rytmiskt, den får min kropp att böja sig i båge. Jag håller på att få orgasm, alldeles för fort, pinsamt fort, jag sträcker ut min hand rakt ut i luften och träffar hennes ansikte. Mina fingrar blir kvar där, känner efter, utforskar. Hon slickar mina fingertoppar och återtar försiktigt behandlingen av mitt stånd. Pausen var välbehövd, jag har backat och kan börja om.

Jag har kommit ur drömmen men jag vill egentligen inte. Jag önskar få vara kvar, det känns så mycket bättre där. Jag kan få precis vad jag vill där. Isabellas mun går från min hand till mitt ollon, jag gnyr för det hon gör är något himmelskt. Jag tycker verkligen om henne.

Men bara som vän.

30

En bekant gestalt under lysrören i sjömackens butik. Påklistrat ungdomlig stil trots att han inte är purung längre, klampande träskokliv utmed hyllorna, snabba gripanden efter dyra och glest utplacerade varor som han gjorde klokt i att köpa i en riktig butik istället.

"För helvete!" Jesper kommer emot mig med fart i steget när jag går in. "Teo, fan vad snygg du är!"

"Detsamma."

"Hur är läget med killen?"

"Ganska uppåt", säger jag. "Jag ska flytta. Till Köpenhamn faktiskt. Ser fram emot det."

"Köpenhamn? Fucking Danmark? Galet! Men kul, hoppas jag. Men du bodde ju ..."

"Jag bodde i Rosenlund senast vi sågs, ja."

"Just det! Hos den där gamla kärringen. En riktig häxa var det, om jag inte missminner mig."

"Hos Linnea."

"Har hon stupat nu eller? Det var väl på tiden i så fall."

"Hon har inte stupat, Jesper."

"Inte? Hon var ju gammal som gatan. Och fan så gaggig. Lite smååäcklig, tyckte jag."

"Hon har *inte* stupat, sa jag. Men du, hur tänkte du med båten? Varför ville du att jag skulle komma hit? Du får vara tydligare i dina meddelanden. Nu kom jag bara för att jag var i närheten. Jag trodde inte såna här ställen höll öppet så här års."

"Jorå, de kan ha öppet. Nån slags sjöräddningspryl idag. I kallt vatten, mörker. Nej fan, inget jag ska vara med på, hatar kallt vatten. Jag har liksom inte fått upp båten än, tänkte att ... det var dags och klubben har liksom klappat igen för säsongen så ..."

"Du behöver alltså hjälp med att ta upp båten? Nu, när det nästan är november?"

"Typ."

"Nu får du skärpa dig alltså. Hur hade du tänkt att det skulle gå till? Du står ju för fasen här i träskor. Bättre framförhållning, tack."

"Det finns en ramp nere vid marinan du vet, den kan man använda fritt. Jag tänkte, jag kör dit båten och så sticker du via och hyr ett släp med vinsch och så möts vi upp där sen. Och så får du låna båten nästa säsong. När som helst."

"Nej, Jesper. Inte intressant. Dessutom har jag inte tid."

"Ströget kallar, eller? Har du hittat nån brud där eller vad är det som lockar? En dansk pige behöver inte vara fel! Jag hade en med riktigt extrema lökar en gång. Äkta var de."

"Nej, inte riktigt så."

"Inte riktigt? Du har väl inte gått och blivit bög eller nåt?"

Gapskratt, ansträngt. Besvikelse bakom.

"Jesper, jag måste gå nu. Det här var ett mycket onödigt möte."

"Jag hälsar till Eva från dig, va?"

"Eva? Ja, gör det. Absolut."

"Det ordnar sig med båten, det var en chansning. Jag fattar. Jag har andra vänner. Kommer ner och gör Ströget med dig nån gång. Promise."

Jespers och Evas tårdrypande försoning efter en hord av lögner och otrohetsaffärer, det samtalet har jag inte glömt. Jag funderar på hur min gamle polare och rödhåriga Maria skulle ha trivts på en okänd mans gamla inrökta soffa i Hovsjö. Det hade inte varit särskilt mysigt för dem, å andra sidan hade de sluppit en klarsynt gammal dam under sig. Gammal kärring, häxa, fan ta dig, Jesper!

Han gör en åtbörd på väg ut på bryggan och råkar vinkla träskon olyckligt under ena foten på det såphala trädäcket. Grimaserar och tar sig för ankeln. En enda båt ligger förtöjd därute. Det är tydligt att Jesper vill att jag ska se något, vill skylta med något. Jag håller blicken fäst vid förruffens fönster en lång stund. Ser snart rörelser. En ung kvinna, en Maria, en Linda, en Cissi, vad som helst men inte en Eva. Rörelserna är inte Evas. Jag känner ju henne.

Försoningen var väl bara en lögn den också. Eva skulle aldrig förlåta honom för det han gjort. Hon är klok och bra, hon skulle aldrig tolerera att bli blåljugen rakt upp i ansiktet. Hon skulle aldrig ...

Då öppnas kapellet och någon tråcklar sig ut.

"Teo! Jag tyckte väl att det var du! Kul att se dig, det var ju jättelänge sen."

Eva ser flera år yngre ut än jag minns henne. Hon är uppiffad och fräsch trots det råa båtlivet, som vore hon nyförälskad eller något.

"Hej Eva, roligt att se dig härute i rusket."

Jag tar några steg ut på bryggan. Jesper passerar mig med svår hälta, jag hinner tänka att hans häftiga ansats känns vådlig på det här lutande, hala underlaget. Rakt framför mig brakar han omkull och ändan dunsar hårt mot kanten av bryggan. Ena träskon tar ett skutt ner i det svarta vattnet. Händerna krafsar för att få fäste. En del av hans nyköpta varor flyter, andra inte.

"Aj som fan! Fucking helvete!"

Jag står alldeles nära när Evas käre make viker kroppen över kanten och i en kaskad av svordomar tar samma väg som träskon. Jag är stilla, alldeles för stilla, låter honom falla. Plasket klingar så mycket eländigare i oktober än i juli och jag har inget emot det. Jag kan inte hålla mig. Skrattar våldsamt, högt och ihållande. Mellan salvorna får jag ur mig att det var ju också ett sätt att öva sjöräddning. Det spottar och fräser under bryggan och ett sälhuvud med förlorade glasögon guppar upp och ner.

Ännu inget sjöräddningssällskap i sikte.

Eva och jag hjälps åt att dra upp honom men hon vill inte titta på mig. Ingen av dem yttrar ett ord när de försvinner in bakom båtkapellet, Jesper med åtsmitande, blanksvart igelskrud och en tunghäfta som jag aldrig upplevt den förut. Jag tycker den klär honom.

*

Lögner. Otrohet och svek. Nu är jag där och fingrar igen.

Jag har svurit åt andra som ljugit. Andra som varit otrogna, som svikit. Med bävan har jag sett det komma i nästa generation. Retat upp mig och hängt upp mitt liv på det.

Jag är inte ett dugg bättre själv. Det har tagit tid att inse, men efter den senaste tidens händelser har jag äntligen erkänt. För min omgivning, men i första hand för mig själv. Jag var otrogen mot Vickan en gång för länge sedan. Som ett straff för att hon gjorde likadant. Och för att pröva mina vingar i en annan riktning, skenbart legitimt bara för att hon också svek.

Men det handlar inte om det nu. Det var en engångsföreteelse. Nu är det livet. Jag har inte vågat erkänna vem jag är. Förtigit inför mig själv, motat undan känslorna och formulerat dem till något annat, gång på gång. En stor typ av lögn, kanske den största. En livslögn. Den är min och jag har levt i den.

Där har funnits en annan otrohet, en riktig otrohet. En återkommande som jag var orsaken till. Inget infall, inget straff, utan en kärlek. Och den som blev sviken och förd bakom ljuset var min nya vän som jag tycker så mycket om.

Jag hade ett kärleksförhållande med Filip under tiden han var tillsammans med Isabella. Förhållandet var känslomässigt, det var sexuellt, det var allt.

Flera kvinnor har hjälpt mig framåt i min utredning. De har bidragit med olika delar, oberoende av varandra. En av dem har befunnit sig i periferin, men jag var tajt med henne för några år sedan. Numera skriver vi bara meddelanden till varandra, och det glest. Några muntliga meningar på mobilsvar har det blivit. Min gamla vän som alltid velat bli någon form av psykoterapeut var mån om att få tag på mig den här gången. Hon ringde tills jag svarade. Någon egen vinning för hennes del har jag inte kunnat se.

Hon berättade att hon fortfarande tänker ibland på det där brevet som jag visade henne en gång, att hon är nyfiken på hur det har gått med allting. Var jag redo att visa även de avslutande raderna skulle hon ta sig an dem, när som helst. Vi borde ha varit bättre på att hålla kontakten, det sa vi båda.

Nu tog jag chansen att tala om för henne precis allt. Jag inledde med att läsa upp Filips sista sida högt. Och så fortsatte jag, i ständig rörelse mellan konkreta handlingar och högst abstrakta känslor. Där kom allt som lett mig dit jag är nu. Hon lyssnade. Frågade. Hon hjälpte mig, men jag hade nästan kommit fram till målet på egen hand redan innan. Nu kunde hon stämpla alla mina nyvunna insikter om mig själv som godkända. Hon kunde ge mig den sista bekräftelsen jag behövde.

Hon sa att jag inte har varit besatt, även om det säkert har verkat så ibland. Jag har varit förälskad, jag har känt svartsjuka och inte alltid handlat rationellt. Så som vi gör. Som vem som helst som är kär gör. Om föremålet är en man eller kvinna har ingen som helst betydelse. Men, lade hon till, allt det här letandet sedan Filips brev kom har inte bara varit efter Filip. Sökandet efter Filip har lett till ett sökande efter mig själv.

Och samtidigt har jag burit på den här förvanskade självbilden. Hon var inte alls förvånad, sa hon. Hon hade sett min tyngd tidigt. Tyngden av livslögnen. Ord från en helt opartisk och förbannat insiktsfull människa, ord som fick mig att gråta och hulka som ett barn.

När jag frågade hur det har gått med hennes utbildning sa hon att hon till slut hittat sin inriktning och att hon nu var ute på praktik som barnpsykolog.

Barnpsykolog. Jag tänkte på min Alfred. Naturligtvis tänkte jag på Affe.

Isabella och jag äter mat tillsammans i hennes lägenhet. Ankbröst med örtkryddad, krämig risotto. Det smakar fantastiskt, hon är en duktig kock. Affe är på väg till oss igen, den tätaste kontakten min son och jag haft på mycket länge. Vickan och Paul hade visst glömt att det är den här helgen som fortsättningskursen i drejning ute i Mullhyttan går av stapeln, och de vill så hemskt gärna gå på den. Inte mig emot, sa jag. Skicka hit grabben ni, vi är två här som kan ta hand om honom. Jag åker inte än på några dagar.

"Det är så konstigt", säger Isabella. "Att man blev så ledsen. Jag blev ju så ledsen när jag fick veta att han dött."

"Är det så konstigt, tycker du?"

"Det är bara det att jag inte trodde det. Jag trodde att jag skulle vara likgiltig. Vi kom ju till avslut för länge sen. Jag trodde att jag var färdig. Att jag älskat och hatat honom klart."

"Jag förstår. Men ibland har man mer kvar inom sig utan att veta om det. Du kan säkert gissa hur jag känner."

"Breven?"

"Precis. Tänk om det var jag som drev honom till att göra det, genom mina brev. Att han tolkade mina analyser på det viset. Så tänker jag, ofta. I vissa stunder känner jag mig extremt skyldig. Jag drev en vän till självmord, du hör ju själv. Mindre samvetskval kan man ju ha."

"Nej, Teo, nej! Du ska inte tänka så för det är inte sant."

"Nä, jag försöker. Men du vet, skriva trosorna av en tjej är en sak, skriva livet av en vän är nåt annat. Pennans makt i olika former."

"Skojare där", säger Isabella. "Din svarthumorist. För egen del blev jag ledsen över tragiken den här gången. Livets tragik. Hur det går för vissa människor, hur en grej i deras barndom kan skapa nåt så himla destruktivt som varar till den dag det tar slut. Förut var jag ledsen över förhållandet, över mig själv, över vad han gjort mig. Över hur förgängligt det var. Nu är det livstragiken. Hans livstragik."

"Och livslögnen. Hans och min. Jag är ledsen över min livslögn."

Isabella tittar på mig. Ler med stora tänder.

"Och du som inte vågade berätta om den för mig", säger hon. "Tänkte du du inte på att jag läst alla dina brev till Filip? Tror du inte att det märktes att ni var mer än kompisar där? Det fattade jag långt innan du lät mig läsa Filips egna ord om sitt förhållande till dig. Jag blev lurad av Filip, men det betyder inte att jag är dum i huvet."

"Jo men ... det känns som om jag var den som bidrog till att han bedrog dig, att du blev sviken, att han vänstrade på grund av mig och ... han vänstrade *med* mig."

"Äh, lägg av. Jag ser det inte så. Du var knappast den enda han hade något intimt ihop med jämte mig, och dessutom är du man vilket sätter saken i ett annat ljus. Du vet hur Filip var. Han charmade alla. Varför skulle en storlögnare som älskar allt vackert vara trogen? Det faller på sin egen orimlighet."

Jag låtsasskrattar. Tittar ner. Mitt nya öppna jag är här och ska stanna. Men det är svårt.

"Du förstår nog inte helt", säger jag. "Det förvånar mig att jag är här med dig nu. Och det vi gjorde härom natten, det ... Efter att du fått reda på vem jag är, du vet. Jag ..."

"Teo", stoppar hon mig. "Du skulle vara uppriktig mot dig själv hädanefter, har du lovat både dig själv och mig. Du gillar

303

inte bara män. Det händer att du gillar en och annan kvinna också, eller hur? Jag är avundsjuk på er bisexuella, ni har ju liksom dubbelt utbud."

"Bisexuella, jag vet inte ..."

"Klart att du vet, Teo. Klart att du vet."

När vi ätit klart hjälps vi åt med att reda upp i lägenheten. Det är lika bra att få det klart innan Affe kommer. Jag drar fram hennes vinställ och dammar av de äldsta flaskorna. Hon får syn på vad jag gör och kommer fram.

"Den här", säger hon. "Vad sägs om den här? Ikväll alltså, sent ikväll, efter läggdags för junior?"

Isabella spricker upp i ett brett leende. Hennes stora vita tänder hade kunnat vara som brustna knoppar på våren. Om läget varit sådant.

"Nja, jag vet inte", säger jag. "Måste upp tidigt i morgon."

"Jag vet. Jag bara skojade."

Jag ser på henne att det inte alls handlar om skoj. Det finns fler saker som gör henne ledsen.

"Det behöver inte betyda så mycket", säger jag.

"Det är klart att det betyder mycket", säger hon och visst har hon rätt. "Du ska flytta till Köpenhamn, till ett annat land. Och du behöver det. Du måste det. Du har lagt undan pengar för det i flera år. Det är din frigörelse. Hela den här grejen med Filip och ... mig, blev din språngbräda ut i livet."

"Jo."

Hon slår undan blicken. Jag kan inte säga emot om hon tycker att det är skumt att jag har sparat pengar till en frigörelse som jag själv förnekat under alla år. Vad är det då som fått mig att spara? Bara en skulle kunna svara på det, men han är inte förmögen.

"Det behöver inte bli omöjligt att ses", säger jag. "Affe kommer naturligtvis ner och hälsar på mig lika ofta som han kommit till Södertälje. Nästan i alla fall, jag ser till att arrangera det. Han får flyga vissa helger och andra kommer jag med bil och hämtar. Det vore inte omöjligt om du ..."

"Tyst, Teo. Vi vet båda två att det inte blir så. Du kommer inte att vara ensam där nere heller om jag har förstått det hela rätt. Du har ju träffat nån via nätet. En ny partner som är ren och helt osmittad av allt det gamla, som du själv sa."

Det ringer på dörren. Isabella springer och öppnar. Därute i trappen står Vickan och Affe. Paul sitter kvar och väntar i bilen. Han hade gärna fått komma med upp om han velat. Jag tänker ringa honom någon dag. Föra ett samtal mellan två mogna män. Tala om att det är hos mig felet legat.

Vickan påstod sig ha ärenden här i stan på vägen till Mullhyttan, varför hon lika bra kunde passa på att köra Affe till oss. En rejäl omväg för ett litet ärende, tänker jag. En vit liten lögn är vad det är. Ett smart sätt att få se vem Isabella är.

Vickans mage har blivit riktigt stor och det blir samtalsämnet mellan kvinnorna. Måtte Vickan undra varför Isabellas kula inte syns än. I skymundan hoppas jag att Isabella med självklar ton säger att hon aldrig varit gravid och att hon inte flyttar med mig till Köpenhamn. Att det aldrig har varit tänkt så. Att vi inte ens vet när vi kommer att ses nästa gång. Om vi kommer att ses.

Låt Vickan konfunderas. Låt henne komma till insikt. Affe kommer störtande in till vardagsrummet där jag sitter och han ger mig en kram så stor att jag tappar andan.

Först en stund senare, när hans mamma gått ner till sin trygge irländare, kramar han även Isabella. Han vill att de ska spela det där spelet de gjorde förra gången.

Hon blinkar, ler och så sätter de sig tillrätta vid skärmen.

*

Filip, jag talar till dig fast du inte kan höra mig längre. Jag talar till dig genom det skrivna ordet fast du inte kan läsa mina brev längre. Det spelar ingen roll. Jag skriver ändå.

För att jag måste. Säg för min egen skull, om det känns bättre.

Du ska veta att jag inte är arg på dig. Jag kan inte säga att jag förstår dig heller, påstod jag det överdrev jag. Ja, jag ljög rentav. Det finns ingen som kan förstå dig tillfullo, ingen som kan förstå hur du kände och hur du verkligen mådde. Trodde du på dina egna sagor? Tänk om du gjorde det. Vem kan då klandra dig?

Jag är inte arg på dig, för jag förstår att vägen du tog var den enda du visste.

Låt oss vara raka. Du var mytoman. Ditt släkte är ett hemlighetsfullt släkte. Vi i din omgivning kunde inte gräva oss

in bakom din yta. Det var omöjligt. Hellre försvann du från
världen vi kallar den riktiga och lämnade oss evigt frågande.
Och här står vi nu, tvingade att gå vidare utan fullständiga
svar.

Jag har tagit reda på vad jag har kunnat, det ska du veta.
Ibland har jag skämts för de metoder jag har använt mig av.
Men så här efteråt har jag övertygat mig om att du inte hade
tagit illa vid dig. Du satte aldrig några hinder i vägen för Isa-
bella när hon lämnade dig. Hon var fri att gå. Hon var fri att
göra vad hon ville, träffa vem hon ville. Mig. Att du i själva
verket aldrig låste upp hennes fotboja tror jag inte du insåg.

Jag gjorde det för vänskapen, för kärleken, för det som fanns
mellan oss. Vår likhet, vårt tysta förbund, vårt mod att älska
andra män. Orsaken till att du skrev ett brev just till mig när du
mådde som sämst, ett brev vars sista sida sa att jag var den
förste man du vågat med, den ende man du vågat med. Den
siste.

Isabella älskade dig. Det var därför hon hjälpte mig. Hon tog
kontakt med en annan kvinna som också älskat dig, Ellens
mamma Katrina, och tillsammans skrapade vi fram den där
konkreta anledningen till varför du gjorde det.

Varför du laddade din pappas vapen, gick ut på din barn-
doms gård och tog ditt liv.

Fast vi vet att den verkliga orsaken ligger så mycket dju-
pare. Men vi är bara människor. Också vi behöver det där kon-
kreta att luta oss mot. Annars orkar vi inte.

Jag hoppas du förstår att Katrina känner sig skyldig just nu.
Hon kommer att komma över det, men det kommer att ta sin
tid. Klandra henne aldrig. Jag måste skärpa tonen mot dig nu.
Vi hade alla gjort som hon. Vi älskar alla våra barn. Vi är be-
redda att göra allt för deras bästa. Det vet du också. Om du
bara tänker ett litet steg längre så vet du det också.

Du misskötte din avtalade umgängesrätt med din dotter
Ellen en gång för mycket och Katrina valde att ropa på hjälp.
Hon säger att du var fullkomligt omöjlig att förhandla med.
Socialtjänsten grep in och gjorde sitt jobb. Du fanns inte att
tillgå. Någonstans. Du var borta på äventyr, Gud vet var. Ären-
det blev ett rättsärende och du blev formellt kallad. Du dök
aldrig upp, för något gjorde dig rädd. Vart hade din charm

tagit vägen? Din duperingstalang, din enorma förmåga att leda folk dit du ville? En domstol var väl inget att sky för dig, Filip?
Jo, för något gjorde dig livrädd. Du var livrädd för att förlora det enda som verkligen betydde något för dig.

Tack vare Katrina vet jag att mer hände dig vid samma tidpunkt. Världen stramades åt kring dig. Ditt senaste förvärv, din senaste kvinna, tog kontakt med Katrina i ren frustration över att saker och ting börjat misstämma. Bit för bit hade den vackra bilden av dig fallit sönder och hon stod handfallen och utblottad. Filip, jag kände igen mig i vad Katrina berättade. Jag kände så väl igen mig. Jag gjorde likadant, fast i mitt fall var det din syster jag sökte mig till.
Systern som du inte hade.
Det är så vi gör, vi som blir bedragna.
Katrina sa att din sista kvinna föredrog ett flärdfullt liv. Du ville ge henne det. Naturligtvis skulle du ge henne det. Hon förväntade sig det, för du sa att ju du hade allt som krävdes.
Det var en driftig kvinna du hade fått tag på, Filip. Du hade inte räknat med att hon skulle sprida sitt budskap när det väl stod klart för henne vad du gick för. Du lämnade henne med ett falskt kontrakt på en ståndaktig innerstadslägenhet som du så ädelt ville skänka henne, och någonstans på vägen måste du ha siktat snett för du fanns inte tillgänglig när kronofogden hörde av sig. Det var din kvinnas namn som stod på alla papper och du var borta.
Hon stod där inför sina snobbiga vänner och skulle visa upp sitt nya fina liv med sin nye, unge och vackre man, och upptäckte att i botten av säcken fanns bara en drös skulder och en ännu större drös lögner. Vännerna gick upp i rök och din kvinna förvandlades till en orkan.
Filip, detta är vad jag har fått höra. För en sekund tänkte jag att det är synd att du inte finns kvar för att bestyrka berättelsen, men så slog det mig igen. Du var ju mytoman. Varför skulle du styrka en sådan berättelse? En smärtsamt sann berättelse? Du kunde inte konsten.
Katrina sa att denna blonderade kvinna, den sista i raden av alla som förälskat sig i dig, förde ut sitt ord med full kraft. Hon talade om för alla vad du var för en, hon nystade fram vänner och bekanta från ditt förflutna och fyllde dem med vad hon fått reda på. Hon gjorde så att du återigen blev av med ditt jobb

och hon försvårade säkerligen din fortsatta framfart på arbetsmarknaden.

Hon tog Ellen åt sidan och varnade henne för sin pappa. Hon straffade dig, Filip. Hon gav igen som ingen annan av oss gjort. Världen stramades åt kring dig. Och den här gången klarade du dig inte.

Filip, jag är inte arg på dig, för jag förstår att vägen du tog var den enda du visste. Du ljög och du bedrog, men du var också vacker på så många sätt. På ditt alldeles egna vis hjälpte du mig ut ur min håla. Du tog din lust och släppte mig fri så att jag kunde möta mig själv. Jag kan inte annat än tacka dig för det, din förbaskade skojare.

Vi är så många som älskade det vackra i dig. Och jag vet en som älskar dig på ett alldeles särskilt sätt, med hela sitt hjärta, fullständigt oberörd av vad alla andra säger. Hon kommer alltid att minnas dig som den pappa du var för henne. Inför henne var du äkta, mot henne var du snäll. Henne ville du inget annat än väl. Du blödde för henne.

Din dotter Ellen saknar dig och älskar dig, Filip. För alltid.

Jag talar till dig fast du inte kan höra mig längre. Jag talar till dig genom det skrivna ordet fast du inte kan läsa mina brev längre.

Frågan är om du någonsin läste breven jag skickade. Det kommer jag aldrig att få veta. Vare sig nu eller om du stannat kvar i livet.

För du var mytoman, och med sådana som ni kan man aldrig veta.